'सब कुछ हो जायेगा। आप बस हाँ बोलो। अगले दस दिन तो आप वहाँ छुपोगी जहाँ कोई सोच भी न पायेगा। सारे देश में आपकी तलाश होगी पर वहाँ नहीं, जहाँ मैं आपको ले जाऊँगा।' सनम ने कहा।

मधु ने प्रश्नसूचक निगाहों से सनम को देखा। वो तीसरी सिगरेट सुलगा चुकी थी।

'कहाँ?' फिर उसने ज़ुबान से भी पूछा।

'राजमहल।' सनम ने कहा।

'क्या? राजमहल?'

'जी, राजमहल। कौन सोचेगा कि आप वहाँ हो सकती हैं। मुझे दस दिन राजमहल में रहना है। आप मेरे साथ चलो।' उसने कहा।

'अच्छा। मेरे वहाँ जाते ही सब जादू के ज़ोर से अन्धे हो जायेंगे। कोई मुझे पहचानेगा ही नहीं। फिर क्या समस्या है। ऐसा हो जाये तो हम सदा ही वहाँ क्यों न रहें?' मधु ने विनोदपूर्ण स्वर में कहा।

सनम ने आहत भाव से उसे देखा।

'रानी साहिबा। मैं वहाँ आपको ऐसे बना कर ले जाऊँगा कि आईना भी आपको पहचान न पायेगा। आप बस हाँ कहो।' सनम ने कहा।

मन में डर घर कर जाये तो शरीर का सुरक्षा चक्र ख़ुद ही सक्रिय हो जाता है। मधु के साथ भी यही हो चुका था।

● ● ●

क़ुदरत की गोद में बसी इस घाटी की इस ख़ुशनुमा आलीशान शाम के सीने में भी जैसे किसी ने चाक़ू घोंप दिया था। माहौल ग़मजदा हो गया था। तमन्ना तय न कर पा रही थी कि वो मुझे आगे बोलने को कहे या न कहे। आगे के अंजाम से बेफ़िक्र विभा गुप्ता के चेहरे पर परम सन्तोष के भाव थे। मधुमालिनी सनम के साथ चिपक कर खड़ी हैरत से सब सुन रही थी। प्रलाक्षा को अहसास हो गया था कि मैं कुछ ऐसा कहने जा रहा था जो प्रतिकार की आइन्दा ज़िन्दगी पर विपरीत असर डाल सकता था, वो प्रार्थना के भाव से मुझे देख रही थी।

राज़महल

मुकेश भारद्वाज

वाणी प्रकाशन

प्रकाशन के उत्कृष्टतम 62 वर्ष

vaniprakashan.com

पेपरबैक प्रथम संस्करण : 2025

वाणी प्रकाशन

4695, 21-ए, दरियागंज, नयी दिल्ली-110 002

फ़ोन : + 91 11 23273167, 23275710

शाखाएँ

अशोक राजपथ, पटना-800 004, बिहार

कॉफ़ी हाउस कैम्पस, महात्मा गांधी मार्ग, प्रयागराज-211 001, उत्तर प्रदेश

महात्मा गांधी अन्तरराष्ट्रीय हिन्दी विश्वविद्यालय, वर्धा-442 001, महाराष्ट्र

sales@vaniprakashan.in
vaniprakashan@gmail.com

Raazmahal

by Mukesh Bhardwaj

ISBN : 978-93-7348-214-9
Novel

मूल्य : ₹ 395

जी.एस. ऑफ़सेट, दिल्ली-110 095 में मुद्रित

वाणी प्रकाशन का लोगो मक़बूल फ़िदा हुसैन की कूची से

अमित रतन के लिए

एक

दिल्ली के वसन्त विहार की पाकेट छह के एक आलीशान घर से एक इनोवा हाईक्रॉस मुहल्ले का पूरा उलटा चक्कर काट कर मोती नगर और वहाँ से राष्ट्रीय राजमार्ग नम्बर आठ पर पहुँची। जहाँ से गाड़ी यू-टर्न लेकर गुड़गाँव के इंडस्ट्रियल एरिया में दाख़िल हुई। फिर गाड़ी इंडस्ट्रियल एरिया में ही बेतरतीब दौड़ती रही जहाँ से वह मारुति की फ़ैक्टरी के सामने से सेक्टर 23 में दाख़िल होने की बजाय फिर यू-टर्न काट कर कापसहेड़ा की ओर बढ़ गयी। बरसात ने कापसहेड़ा की सड़क की बैंड बजा दी थी। यहाँ व्यावसायिक वाहनों के लिए एक बैरियर था। इनोवा सवार ने कार को प्राइवेट व्हीकल्स वाली सड़क पर जब डाला तो आगे चल रही फोर्ड एंडेवर से उसका बम्पर लगभग टच कर रहा था। गाड़ी निर्विघ्न आगे बढ़ी। गाड़ी में सवार एक नौजवान ने अपने रियर व्यू मिरर में पीछे देखा। फिर गाली दी। मुँह में ही बुदबुदाया।

'मन्नै पहले ही लाग्या था कोई छोरी होणी।' उसने कहा तो उसके साथ बैठी लड़की ने भी पीछे मुड़ कर देखा। उसने टहोका मारा और बोली–

'आप अपने रास्ते चलो चौधरी साब, यो छोरियाँ तै बच्च के।'

पीछे चल रही हाईक्रॉस सड़क पर उस समय रुकी जब सड़क पर इक्का-दुक्का वाहन ही आ-जा रहे थे। सामने गुड़गाँव के हाई एंड बैंक्वेट हाल्स दिखाई दे रहे थे। गाड़ी रुकी और पहले उसमें से एक सुडौल टाँग बाहर निकली। पल में उसके जोड़े ने भी बाहर की फ़िज़ा में क़दम रखा। और फिर जब कार सवार का पूरा बदन बाहर आया तो जैसे फ़िज़ा में सन्नाटा छा गया। वक़्त की रफ़्तार थम गयी। घने काले बालों में एक सतरंगी हेयर बैंड लगा था। आँखों पर इतना बड़ा चश्मा था कि ऐसा लग रहा था कि सलीके से कटी भवों के बाद सीधे होंठ ही हों। ठुड्डी और मुँह के आकार से साफ़ था कि वो एकदम गोल था। चश्मे के शीशे इतने काले थे

कि उल्लू भी भाँपने में फेल हो जाता कि आँखें हैं भी या नहीं। कानों में छोटे-छोटे हीरों के नाक के कोके जैसे टॉप्स थे वैसा ही कोका भी था। गले में सोने की एक महीन सी चेन थी जिसमें उतना ही छोटा हीरा जड़ा था। कोई ग़ौर से न देखता तो पता भी न चलता कि हीरा है भी या नहीं। पांव में हाई हील की सैंडिल ने उसके पहले से ही कदरन लम्बे क़द को 5-9 की दहलीज़ पर पहुँचा दिया था। वो गाड़ी का बूट खोलने के लिए ड्राइविंग सीट की साइड में झुकी तो उसके पृष्ठ भाग का कोण ऐसे बना कि फेविकोल की बूँद भी गिरती तो फिसल कर ज़मींदोज़ हो जाती। वो अपनी गाड़ी के रंग से ही मिलती गहरे काले रंग की सिंगल पीस ड्रेस पहने थी हाई हील के बावजूद वो बिजली की रफ़्तार से गाड़ी के पीछे पहुँची और क्षणों में वहाँ से निकाल कर गाड़ी की पिछली नम्बर प्लेट को कस दिया। डिक्की को बन्द किया और फिर उसी रफ़्तार से गाड़ी की ड्राइविंग सीट पर पहुँची। इतने में ही उसकी दूधिया गर्दन पर पसीने की बूँदें छिटक आयी थीं।

इस दौरान सड़क पर कोई वाहन नहीं आया। लगा था कि कार सवार को यह रूट अच्छी तरह मालूम था। कम से कम यह सुनसान सड़क तो पक्का ही पता थी। कार की सीट से टेक लगा कर आँखें मूँद लेने की अपनी इच्छा का बेदर्दी से गला घोंटते हुए उसने गाड़ी सड़क पर दौड़ा दी। थोड़ी दूर जाकर ही राइट कट लेकर वो एनएच-8 को हरियाणा की ओर से मिलती सड़क पर थी। उसने गाड़ी को फिर रोका। अपनी कार के डैश बोर्ड से एक फ़ोन निकाला और उसे ऑन कर दिया। इस दौरान पीछे से आने वाली गाड़ियों के सवार उस पर नज़र मारते हुए निकल रहे थे पर अब वो बेपरवाह थी। फ़ोन ऑन हुआ और वेलकम टू दिल्ली का सन्देश आया और फिर नेट एक्टिव होने का सिग्नल। इसके बाद उसने तसल्लीबख़्श तरीक़े से सिर हिलाया और क़रीब डेढ़-दो किलोमीटर के बाद गाड़ी को बायाँ कट देकर एनएच-8 पर फिर से डाल दिया। गाड़ी का म्यूज़िक सिस्टम ऑन किया, उसका फ़ेवरिट एनरिके इग्लेसियस का ब्रेकअप सांग 'सम बाडी' बजने लगा। वो गाने में डूब गयी। अक्षरधाम तक वो सीधी चली। इस बीच सारा समय उसका जीपीएस ऑन रहा। फिर अक्षरधाम से पहले रुक कर उसने फ़ोन पर नेट बन्द कर दिया। उसके बाद गाड़ी अक्षरधाम पुल के नीचे से ही काट कर आईपी एक्सटेंशन को छूते हुए संजय झील की तरफ़ मुड़ी और धर्मशिला अस्पताल की तरफ़ एक बेकार का चक्कर काट कर उलटी दिशा से त्रिलोकपुरी में दाख़िल हो गयी।

सावन-भादों की झड़ियाँ लग चुकी थीं। अब तो कभी-कभार धूप के साथ ही कोई आवारा बादल दिल्ली शहर की उमस भरी फ़िज़ा को कोई अति संक्षिप्त

राहत देकर गुज़र जाता था। सड़कों पर एमसीडी की पोल खोलते गड्ढे पड़े थे। त्रिलोकपुरी पर तो मौसम की ख़ास मेहरबानी हुई प्रतीत हो रही थी। गाड़ी नयी थी। इनोवा ने क्रिस्टा की कामयाबी के बाद इसे इंट्रोड्यूस किया था। गाड़ी हिट थी। पहले महीने के बाद ही कम्पनी ने बुकिंग क्लोज कर दी थी। छह महीने से एक साल की वेटिंग थी। काले रंग की गाड़ी होने के कारण इतने लम्बे सफ़र ने गाड़ी पर धूल की मोटी परत जमा दी थी पर गाड़ी की शानोशौक़त पर कोई असर नहीं था।

1984 में इसी इलाक़े पर दंगों की सबसे ज़्यादा मार पड़ी थी। लोगों के दिलों पर ज़ख़्मों के निशान व उनका दर्द राजनीतिक पार्टियों ने कभी न ख़त्म होने दिये न भरने दिये। दंगों के चालीस बरस बाद नस्लों की दो पीढ़ियाँ आगे बढ़ जाने के बाद भी राजनीतिक दलों ने इसे मुद्दा बनाये रखा है। कार सवार ने गाड़ी को तंग गली के मुहाने पर दुकानों के बिल्कुल साथ सटा कर खड़ा कर दिया। देश में लड़कियों की ड्राइविंग का मज़ाक़ उड़ाने का मर्दवादी माहौल इसे देख कर शायद अपनी सोच बदलने के बारे में सोचे। और ऐसा करने वाले इस युवती की दक्षता पर दाँतों तले उँगली दबा लेते।

युवती कार से बाहर निकली और एक भरपूर नज़र सामने की दुकान के बोर्ड पर डाली। सिंह शस्त्र भण्डार। नीचे महीन अक्षरों में लिखा था। ऑथोराइज़्ड आर्म्स डीलर। दुकान एक पुरानी इमारत के ग्राउंड फ़्लोर पर थी। जैसे पुराने शहरों में चलन था, नीचे दुकान ऊपर मकान। दरवाज़े शीशे के थे और बाहर एक लुटा-पिटा थका-हारा गार्ड कन्धे पर एक लम्बी दुनाली लटकाये बैठा था। सारे मुहल्ले की नज़र युवती पर टिकी थी। लोगबाग अपने काम छोड़ कर उसे देख रहे थे। हालाँकि चेहरे के नाम पर बस चश्मा ही दिखाई दे रहा था। युवती शस्त्र भण्डार की ओर बढ़ी और जैसे ही अन्दर घुसी, दुकान का मालिक निहाल सिंह निहाल हो गया। दो बातों के लिए उसके मुँह से निकला—वाहेगुरु तेरा शुकर है।

एक तो इतनी ख़ूबसूरत लड़की के दर्शन हो गये और दूसरे दुकान में ग्राहक आया। शस्त्र भण्डारों में हिन्दुस्तान में लाइन लगा कर तो लोग आते नहीं। ऐसा तो अमेरिका के बारे में पढ़ा-सुना है कि वहाँ आर्म्स शॉप्स पर भी आम दुकानों जैसी भीड़ होती है। यहाँ तो ग्राहक के लिए पूजा-पाठ, हवन करवाना पड़ता, मन्नत माँगनी पड़ती थी। पिछले साल निहाल सिंह अमृतसर मत्था टेकने से रह गया था। उसने मन्नत माँगी थी कि एक साल में अगर 24 हथियार बिक गये तो मत्था टेकने आयेगा पर 31 दिसम्बर तक 22 ही बिके थे। हालाँकि दो जनवरी को दो और बिक गये थे लेकिन तब तक निहाल सिंह अगले साल की मन्नत माँग चुका था। इस बार 26 की मन्नत थी। 24 इस साल के और दो पिछले।

वो उठ कर खड़ा हो गया। दुकान ऐसी हो गयी जैसे रोज़ गार्डन हो। युवती महक रही थी। वो तो एकटक उसे देखता ही रह गया।

'हलो सर।' युवती ने कहा तो ऐसे लगा कि लता ने मल्हार छेड़ दिया हो। बारिश की बूँदें दुकान की छत तोड़ कर बरस पड़ी हों। निहाल सिंह की तन्द्रा टूटी।

'जी, बीबी जी।'

'दिखाइए कोई खिलौना।'

'वो तो जी सामने की दुकान पर मिलेगा। खिलौनों का यहाँ क्या काम?'

फ़्लर्ट के मामले में मर्दजात बड़ी खोटी और बदनाम है चाहे पैर क़ब्र में लटके हों। जिसे छेड़ रहे हैं घर में चाहे उतनी बड़ी बेटी हो, बहन हो। छेड़खानी में फ़र्क़ नहीं पर निहाल सिंह की स्मार्ट टॉक का युवती पर कोई असर न पड़ा।

'बड़ों का खिलौना दिखाइए सरदार साहब।'

निहाल सिंह ने नीचे काउंटर की तरफ़ इशारा कर दिया। युवती ने ग़ौर से सभी मॉडलों को देखा।

'ऐहनू वेखो बीबा लेडीज़ स्पेशल।' कह कर निहाल सिंह ने एक पिस्टल की ओर इशारा किया। लेकिन युवती ने काउंटर पर नज़र गड़ाये रखी। आख़िर उसने एक पिस्टल पर इशारा किया। यह 9 एमएम स्प्रिंगफ़ील्ड आरमोरी एक्सडी एस थी। यह चार इंच बैरल वाली सेमी ऑटोमेटिक एक्सट्रीम ड्यूटी हैंड गन थी। हाल ही में इसने गन ऑफ़ द ईयर का दर्जा पाया था। देखने में वाक़ई खिलौना गन लग रही थी।

'बेस्ट है बीबी जी, लेडीज़ स्पेशल।' कह कर निहाल सिंह ने गन को काउंटर पर रखा। तभी मैं भी बेआवाज़ दुकान में दाख़िल हुआ। इससे पहले कि युवती पिस्टल को उठा कर देखती मैंने अपनी गन उसकी बग़ल में रख दी। फिर मैं निहाल सिंह की ओर पीठ करके खड़ा हो गया और युवती को भरपूर नज़र से देखा। चश्मे के सिवाय कुछ दिखायी न दिया। मैंने मुड़ कर साथ पड़ी दोनों गन की ओर इशारा किया और कहा–

'है न परफ़ेक्ट मैच।'

युवती ने ग़ौर से मुझे देखा, फिर गन्स की ओर देखा।

'हाँ बिल्कुल भाई बहन।' युवती ने हँस कर कहा।

निहाल सिंह खींसे निपोर कर हँसा।

'लै लो मज़े। हर वेले बस गल्ला करा लो।' उसने कहा। मैंने खूँखार निगाहों

से उसे देखा।

निहाल सिंह मेरा पुराना जानकार था। मुँह लगा भी था। पहचान तो आप गये ही होंगे।

मैं हूँ आपका अपना अभिमन्यु। नैसर्गिक हीरे जैसा शुद्ध, 24 कैरेट सोने जैसा खरा, दिल्ली शहर से अपराध को नेस्तनाबूद करने के लिए संकल्पबद्ध। मैंने बिना पूछे अपना परिचय दिया। शस्त्र भण्डार में बन्दूक़ लेकर खड़ी हसीना से फ़्लर्ट करने में जोखिम तो था पर अपने पास भी पिस्तौल थी। और फिर सच तो यह है कि उसकी पर्सनैलिटी पहली नज़र में भा गयी थी। सुन्दर, आकर्षक युवती और हथियार की दुकान। फिर तो उसके बारे में जानने की उत्सुकता लाजिम थी।

उसके माथे पर यह सब सुन कर तीन लकीरें उभरीं। शायद इन लकीरों को देख कर ही कभी किसी शब्दकोशी ने तौबाशिकन लफ़्ज़ का सोचा होगा। उसने चश्मे के पीछे से ही मुझे देखा।

'इन्सान हो या सुनार की चलती-फिरती दुकान।'

'वो तो देखिए आप यूँ ही अगर हम से मिलते रहे...।' मैंने वाक्य अधूरा छोड़ा।

उसने निहाल सिंह से कहा–

'आप पहले इनसे निपट लें। मुझे कोई जल्दी नहीं।' कह कर वो परे हो गयी। इससे पहले मैं कुछ कहता निहाल सिंह कूद पड़ा।

'ऐहदी कोई गल्ल नईं जी। ओए काका बल्ली, तू फेर आ जाना। वैसे भी तेरा तो फ्री फंड का खाता है। कोने विच हुस्न लाल की जलेबी की दुकान है। जाके छक लै तब तक, मैं मैडम जी की सेवा कर लूँ।'

मेरा दिल किया उसकी दाढ़ी नोच लूँ। फ्री फंड का कह कर जो फ़ज़ीहत उसने की थी, उसे मैंने नोट किया। कभी हिसाब करना पड़ेगा। इसे तो आज नहीं कल मेरी ज़रूरत पड़नी थी।

'ख़रीदने से इतना डर रही हो तो चलाओगी कैसे।' मैंने कहा।

'किसने कहा कि चलाने के लिए ख़रीद रही हूँ।'

'तो धूप बत्ती के लिए तो सरदार साब के पास और भी सामान है।' मैंने पीछे पड़ी शेरांवाली की तस्वीर की ओर संकेत करते हुए कहा।

उसने फिर पिस्टल उठा कर हाथ में ले ली।

'शिकार करने के लिए ख़रीद रही हैं? इससे तो होगा नहीं। पर्स में रख कर डराना ही है तो पिस्टल शेप के लाइटर आते हैं वो ले लो। काम भी आ जायेगा।'

मैंने उसे ग़ौर से देखते हुए कहा। उसके होंठों पर लिपस्टिक इतनी लगी थी

कि कहना मुहाल था कि सिगरेट पीती है या नहीं। इस संशय का निवारण उसने हाथोंहाथ कर दिया। पर्स खोल कर चाँदी का एक सिगरेट केस निकाला और सिगरेट निकाल कर होंठों में लगा ली। मैंने दूर से पहचाना 'लक्की स्ट्राइक'। मेरा मन किया कि एक मैं भी माँग लूँ पर यह धृष्टता होती। मुझे लगा शायद इसमें इतना शिष्टाचार हो कि मुझे भी पूछ ले। ऑफर कर दे। उसने पर्स से एक सुनहरी लाइटर निकाला। सिगरेट सुलगा कर मुझसे बोली–

'उसके लिए यह है।' कह कर उसने धुआँ छोड़ा तो निहाल सिंह के मुँह से 'वाहेगुरु वाहेगुरु' निकल गया। सिख धर्म में सिगरेट वर्जित है।

वो सिगरेट केस पर्स में रखने ही वाली थी और मैं नाउम्मीद होने ही वाला था कि उसने मुझे पूछा–'लोगे?'

'अरे नेकी और पूछ पूछ।'

उसने सिगरेट केस मेरी तरफ़ किया। चूँकि वो बन्द था सो मैंने केस ही उसके हाथ से लेने की कोशिश की। उसने फ़ौरन उसे खोल कर मुझे सिगरेट लेने का इशारा किया।

'इसे कहते हैं कलाई पकड़ने के बहाने गले लग जाना। भई सिगरेट ऑफर की थी, सिगरेट केस नहीं।' हथियार की दुकान में एक लड़की का ऐसा आत्मविश्वास मेरे दिमाग़ की घण्टी को दूसरी तरफ़ बजाने लगा। मैं और ग़ौर से उसे परखने लगा।

'वो दिन भी आयेगा। पंजाबी पुत्तर का वादा है यह।' मैंने कहा।

उसने मेरी बात को इग्नोर किया। फिर सिगरेट का एक भरपूर कश लिया। दुकान लक्की स्ट्राइक के धुएँ से महक रही थी। मुझे मेरे कालेज के दिन याद आ रहे थे। जब एक एनआरआई दोस्त अमेरिका से लक्की स्ट्राइक के पैकेट लाता था। सिगरेट बाज़ार में आसानी से उपलब्ध नहीं थी लेकिन जितनी दयानतदारी से उसने मुझे पेशकश की उससे तो यही ज़ाहिर था कि उसके लिए यह आसान था।

'कितनी रेंज है इसकी।' उसने निहाल सिंह से पूछा। लेकिन सरदार जी के बोलने से पहले ही मैं बोला–

'डिपेंड करता है? सामने वाले को मारना है, इंजर्ड करना है, ख़ाली छिटपुट रौब ग़ालिब करना है अपना या फिर बस डराना ही है।' उसने मुँह से कोई जवाब न दिया। पिस्टल उठा कर मेरी छाती के बायीं ओर इंगित करके तान ली। प्रिसेट ट्रिगर था पिस्टल का। ज़रा सा दबाव भी ठाँय से किसी की भी इहलीला ख़त्म कर सकता था। पर मुझे पता था कि बेचते वक़्त सरदार मैगज़ीन फुल करके नहीं देगा।

उसके और मेरे बीच फ़ासला दो फ़ीट का भी नहीं था।

'चला दूँ?' उसने गम्भीरता से पूछा।

'कोई फ़ायदा नहीं।'

'क्यों?'

'दो कारण हैं। एक तो मुझे मारने के लिए गोली चलाने की ज़रूरत नहीं। चश्मा उतार दो। नज़र भर देख लो। ठौर न मर जाऊँ तो समझो कि शाने पंजाब पर कलंक लग गया। दूसरे जिस दिल पर निशाना लगा रही हो वो दस मिनट पहले ही मुझसे अलग हुआ। ग़ौर से सुनोगी तो यही गाता हुआ मिलेगा–'दिल चोरी साडा हो गया।' मैंने कहा।

उसके होंठों से हँसी ने रास्ता बनाया तो उसके मोतियों की लड़ी से दाँत दिखे। मैंने पहली बार नोट किया कि एंजलिना जोली जैसे उठे हुए होंठ थे उसके।

'फिर तो बड़ी मुश्किल हो गयी। कैसे टेस्ट करूँ?' उसने पूछा।

'एक तरीक़ा है तो सही।'

'बताओ।' उसने पूछा।

मैंने उसके हाथ पर हाथ रखा। मैंने उसकी कलाई को घुमा कर उसकी नाल का रुख निहाल सिंह की तरफ़ कर दिया।

'इधर ठोंको। सेंट परसेंट कामयाबी की गारंटी है।'

हाथ पकड़ने पर उसके किसी एतराज़ के न आने पर मैंने उसके साथ सट कर पोज़ीशन ली और पिस्टल का घोड़ा दबा दिया। क्लिक की आवाज़ आते ही निहाल सिंह 'ओए मार दित्ता, मार दित्ता' करके दुकान के कोने में पहुँच गया।

'मार दित्ता होता तो भाग के कोने में न जा पाते अपनी बिल्ली की तरह।' निहाल सिंह की दुकान के बाहर बोर्ड पर दुकान के नाम के दोनों तरफ़ दो शेरों की आकृति थी जो बिल्ली ज़्यादा लगते थे।

'वैसे ऐसे जो भागे, लोडेड गन कब से बेचने लगे सरदार जी।' मैंने कहा।

'सो यू रेकेमेंड दैट आय शुड बाय दिस।' युवती ने पूछा।

'यस। बट विदआउट नोइंग द पर्पज इफ यू वुड टेल मी द पर्सन यू वांट टू शूट इज़ ए मैन, ए वूमैन और–मैंने निहाल सिंह को देख कर कहा–एन ओल्ड मैन देन आय विल बी एबल टू गाइड यू बैटर।' मैंने कहा।

युवती ने मेरी बात को इग्नोर किया और गन को पैक करने का ऑर्डर दिया।

निहाल सिंह ने वाहेगुरु का शुक्र किया। गन अपने असली से दुगुने दाम पर बिकती है। 'अज्ज शामीं ता लेग, पेग ते शेग।' उसने मन में सोचा।

पैक करके उसने डब्बा काउंटर पर रख दिया।

'बिल किसके नाम काट दूँ? तै तुसीं अपना लाइसेंस वी दे दो।' निहाल सिंह ने कहा।

युवती ने तब तक पर्स से निकाल कर नोटों की कई गड्डियाँ काउंटर पर रख दीं।

निहाल सिंह ने 'रब्ब रब्ब' करते एक गन्दा तौलिया नोटों के ऊपर डाल दिया।

'बीबी जी की करदे ओ। लुट्ट पै जू ऐत्थे। तुसीं लाइसेंस गिव कर दो मैनूं।' निहाल सिंह ने हड़बड़ाहट में अंग्रेज़ी बोली।

युवती परेशान दिखी। फिर वो बोली–

'पहले इनकी लाइसेंस देखो।' उसने मेरी तरफ़ इशारा करके कहा।

'मेरी क्यों?'

'क्यों नहीं? आपकी भी तो गन है। और सरदार जी आपने बेवकूफ़ समझा है क्या? लाइसेंस होता तो 70 किलोमीटर चल कर यहाँ आती। पैसे बोलो। पर याद रहे ओरिजिनल के अधिकतम खुदरा मूल्य से दोगुने से ज़्यादा नहीं।'

'ए ते मुश्किल...' निहाल सिंह अपने भाव बढ़ाने के चक्कर में था कि मैंने कहा–

'ओ बाबेओ क्यों परेशान कर रहे हो। यह स्टॉक का माल थोड़े है। ऐसे भी भोले बलम नहीं हो कि नये कस्टमर को ओरिजिनल वैपन दे दो।

निहाल सिंह सोच में पड़ गया। काउंटर के पीछे से निकला। सड़क पर दूर तक नज़र दौड़ा कर आया। फिर निश्चिन्त होकर लौटा और बोला–

'पंज।' साथ ही उसने अपना पूरा पंजा भी दिखाया।

'ठीक है। ठीक है। यह कांग्रेस को ही वोट डाल देंगी। अब ठीक-ठीक लगाओ।' मैंने यह जानते-बूझते कहा कि वह कितनी रकम माँग रहा था जो आज की तारीख़ में तस्करी से लायी गयी गन की बहुत ज़्यादा भी नहीं थी। ख़ास तौर पर जब किसी को महज़ फ़ैशन के लिए ही चाहिए हो। यह मेरा अन्दाज़ा था कि जैसी रईसी लड़की में दिख रही थी यह महज़ खिलौना ख़रीदने जैसा ही था।

निहाल सिंह जो थोड़ी देर पहले युवती के यौवन के जाहोजलाल में तप रहा था उस पर अब अंटार्टिका की बर्फ़ गिर चुकी थी। अब वो बिज़नेसमैन था। कस्टमर की चमड़ी को उस हद तक उधेड़ने वाला कि बस ख़ून दिखे पर बहे नहीं। पाँच लाख ज़्यादा रकम नहीं थी। तीन तो युवती ने नक़दी में काउंटर पर धर रखा था। उसने गन को उठा कर काउंटर के नीचे रखा। फिर बोला–

'कोई गल्ल नहीं जी जे नईं पुगदा ते। ज़बर्दस्ती थोड़े है।'

'ओ बाबेओ की गल्ल करदे ओ। ठीक लगा लो।' मैं ऐसे दख़लअन्दाज़ था जैसे गन युवती को नहीं मुझे लेनी हो। पता नहीं क्यों मैं अपने स्वभाव के विपरीत व्यवहार कर रहा था। ज़ाहिर सी बात है कि मेरे लिए यह महज़ सुन्दर लड़की का मामला भर नहीं था। अमीरी की बरसात के साथ ग़ैरक़ानूनी तरीक़े से ख़रीदा जा रहा हथियार मेरे दिमाग़ को सतर्क करने के लिए काफ़ी था। उस अल्ट्रा आधुनिक लड़की में ज़रा भी स्वाभाविकता नज़र नहीं आ रही थी। उलटे उसमें मुझे लेडी मैकबेथ जैसी छवि नज़र आ रही थी। अपराध और स्त्री का तानाबाना जिस तरह शेक्सपियर ने बुना है, शायद इसलिए भी कला में अपराध का आख्यान रचने वाले मैकबेथ को ज़रूर चुनते हैं। उस लड़की की लम्बाई और उसके चेहरे की रहस्य की गहराई में मुझे मक़बूल की अदाकारा तब्बू की छवि नज़र आने लगी। फिर मेरे दिमाग़ ने झटका देते हुए कहा, एक गन की ख़रीदारी में इतना फ़िल्मी होने की ज़रूरत नहीं। गन ख़रीदने का मतलब कहीं अपराध होने की मुनादी नहीं है।

'सरदार जी, इतना कैश तो मेरे पास होगा नहीं। जो था आपके आगे पड़ा है। जितना मुझे पता है उस हिसाब से यह रकम कम नहीं। प्लीज़।' युवती ने कहा।

ऐसी क्या इमरजेंसी थी गन ख़रीदने की। मैंने सोचा। लेकिन मेरी सोच को अपनी नरम लेकिन दो टूक आवाज़ से भंग करता निहाल सिंह फिर बोला–

'ओ कोई गल्ल नहीं। कल्ल लै जाना। किसे होर नूं भेज देना। नाले बीबी जी गूगल से बन्दूक़ों के दाम नहीं पता चलते। रेट के बारे में कुछ ग़लत पता कर लिया तुसीं। हुन तू दस्स वई। कोई कम्म मिलया या वेल्ले ई...।' निहाल ने यह पूर्वानुमान लगा कर कि मैं कोई और वकालत करूँ मेरी फ़ज़ीहत की।

'मैनूं छड्डो, महीने की बोहनी करनी कि नहीं। चलो चार लगा लो।' मैंने कहा।

'ओ भैण दे खसमां तू निकल। आप ते तू फ्री फंड वाला। बाक़ी लक्ख रुपया तूं देगा। साले ने सारा सौदा ख़राब कर ता। इस दी गल्ल विच न आओ बीबी जी तुसी। ऐहनूं ते सारे गप्पू कहते हैं, हमें तो लगता है अपनी बातों से कहीं ये परदानमन्त्री न बन जाये।' निहाल सिंह ने कहा तो वो खिलखिला कर हँस दी। पूरी दुकान गुलज़ार हो गयी। मुझे तो निहाल सिंह की झुर्रियाँ भी अदृश्य होती दिखीं।

'पानी का तो कई बार देखा पर...।' मैंने वाक्य अधूरा छोड़ा। वो मुड़ी जैसा कि अपेक्षित ही था–

'क्या?' उसके मुँह से बरबस निकला।

'झरना। पर फूलों का पहली बार देखा।'

'ओए कंजरा क्यों मैनूं पच्ची साल पिच्छे लै के जा रिया है। साला दुकान नूं मजनूं का टिल्ला बना दिया। मैडम जी पौने पंज। इत तों घट्ट नईं।' निहाल सिंह ने कहा।

'पौन तो पंजाब में अशुभ हुंदी है सरदार जी। पता चला गोली चली। मरने वाला मरा नहीं और मैडम जी अन्दर। साढ़े चार कर लो।' मैंने कहा। जितना कम करवा पाता उतने ही मेरे उस लड़की को आगे जानने के आसार थे।

अपनी अब तक की तीस साला ज़िन्दगी में मैंने देखा था कि आदमी कितना भी अमीर हो, मोलभाव से बाज नहीं आता। फाइव स्टार में ठहरेंगे तो कॉरपोरेट के नाम पर डिस्काउंट माँगेंगे। अमेज़ॉन से शापिंग करेंगे तो सेल का लेबल ढूँढ़ेंगे। एसी ऑफ सीजन में ख़रीदेंगे। होटलों के सर्विस चार्जेज़ दे तो देंगे पर दिल में हज़ार गाली देकर। पीक टाइम में उबर तभी करेंगे जब बहुत ज़रूरी हो। वरना रेट के नार्मलाइज़ होने का इन्तज़ार करेंगे। लेकिन रिक्शा वाले से, गली में सब्ज़ी की फड़ी वाले से, ढाबे के वेटरों और आजकल जो माँगने वाली नयी पौध पार्किंग लाट्स में पनपी है को दस रुपये न देने वालों का मज़ाक़ उड़ायेंगे। युवती भी कोई अपवाद न थी वरना अब तक काउंटर पर पैसा धर चुकी होती। निहाल सिंह के सब्र का बाँध टूट गया था।

'तुसीं मैडम चार सत्तर दो।' फिर वो मुझसे मुख़ातिब हुआ–'जै हुन तू कुछ बोल्या ते...।' उसने मेरी ही गन उठा कर मेरी छाती पर तान दी।

'हुन की बोलना। बिल्कुल ठीक है। यह तो वाजिब रेट है।' मैंने कह कर निहाल सिंह के बूढ़े होते हाथों को पकड़ कर गन का रुख़ युवती की छाती की ओर किया। इसके बाद धड़कन मेरी छाती की बढ़ गयी। उसने चेहरा ऐसा बना रखा था कि अब तक ध्यान कहीं और गया ही नहीं। मेरी नज़र फिसली उसकी कमर पर। ऐसी कर्व! ऐसा कोई तुलनात्मक अध्ययन जब भी होता था तो दिमाग़ का ऑटो सेट माया को पहले ही उसमें से निकाल देता था क्योंकि वो तो बस एक ही थी।

युवती ने दो लाख और काउंटर पर रखे। निहाल सिंह ने ईमानदारी से तीस हज़ार निकाल कर उसके हवाले किये। पैसा चौकस किया और गन उसके हाथ में थमा दी। वो जाने लगी। मैंने उसका रास्ता रोका। उसके चेहरे पर हिंसक भाव आ गये लेकिन जल्दी ही वो सँभली।

'सरदार जी ने बताया वेल्ले हैं आप? लेकिन इतने वेल्ले?'

'जी नहीं ऐसा तो नहीं।' मैंने कहा, 'सोचा आप पूछ लेतीं क्या करता हूँ तो कभी शायद काम ही आ जाता।'

'क्या करते हैं?' उसने पूछा।

'पीडी हूँ।'

'अरे वो राहुल गांधी वाला। बड़े नहीं हो गये बहुत!' वो हँसी। उसकी हँसी अच्छी ही लगी चाहे वो मेरी तुलना राहुल गांधी के कुत्ते से कर रही थी।

'जी वो नहीं। इन्सानी रूप। मर्दजात का सबसे नायाब नमूना। जिसे बना कर भगवान को वो खाँचा ही तोड़ना पड़ा। सो सिर्फ़ एक।' मैंने कहा।

'सीरियसली। क्या करते हो, औरतों को हैरेस करने के अलावा?' उसने पूछा।

'बताया तो प्राइवेट डिटेक्टिव हूँ।' मैंने साँस खींच कर जितना हो सका अपनी छाती को फुला कर कहा।

ग़लती कौन नहीं करता। भगवान भी यहीं ग़लती कर गया था। मेरा खाँचा लम्बा तो भरपूर था पर चौड़ाई में महीन रह गया था। हर किसी का ताना। बचपन में भूखे रहे क्या?

'तो क्या शहर में एक्स्ट्रा मेरिटल अफेयर वालों का अकाल पड़ गया। प्रेमियों का प्रेमिकाओं पर यक़ीन मुकम्मल हो गया। अधिक मास है तो शादियाँ रुकी हैं। राम राज्य सच में आ गया कि अब सिक्योरिटी गार्ड चाहिए ही नहीं। किस निस्बत से तुम अपना कामधन्धा छोड़ कर यह झक्क मार रहे हो।' फिर उसने एक भरपूर निगाह अपने उफनते हुए उरोजों पर डाली। फिर मेरी नज़र पर निगाह डाली और हिकारत से बोली–

'और क्यों उस ऊँचाई पर चढ़ने की कोशिश कर रहे हो जिससे फिसल कर जाने कितने बलवान-बलशाली गिर-गिर कर चूर हो गये। वहाँ तुम्हारे जैसे पिड्डी की क्या बिसात है।' कह कर वो आगे बढ़ी। गनीमत यही थी कि उसने पिड्डी कहा पिद्दी नहीं।

बहरहाल, साहिबान यह पहली महिला थी या पहला वो व्यक्ति जो मेरे पेशे को सुन कर हैरान-परेशान-हलकान नहीं हो गया था।

मुझे अन्देशा हो गया कि आगे की मुलाक़ात तय है।

'जानेजहाँ पिस्तौल ख़रीद रही हो, ज़ाहिर है किसी मुसीबत में हो या होने वाली हो। यह रख लो।' कह कर मैंने अपना कार्ड उसके हाथ को पकड़ कर उसकी हथेली में धर दिया। 'मुसीबतज़दा हसीनाओं की मदद करने का मेरा रिकॉर्ड सूरज

की तरह चमकदार है। जब तक ज़रूरत न पड़े तब तक ख़ुदा हाफ़िज़।' कह कर मैंने दो उँगलियों से अपना माथा छुआ और उसे जाने दिया। फिर मुझे जैसे कुछ याद आया और इससे पहले वो दुकान से बाहर निकलती, मैंने हाँक लगायी।

'हलो मिस।'

उसने मुड़ कर देखा। बोली कुछ नहीं बस रुक गयी।

'नाम?' मैंने पूछा।

उसने कुछ क्षण सोचा। फिर मेरे क़रीब आयी, हाथ आगे बढ़ाया। पता नहीं क्यों मैंने फ़ौरन उसका हाथ थाम लिया।

'टाटा।' उसने कहा।

'वो तो ठीक है। बाय बाय। पर नाम?' मैंने कहा।

'यही नाम है।' उसने कहा।

'अरे तुम वो हो? वाक़ई? टाटा?'

अब हकबकाने की बारी उसकी थी।

'तुम्हें तो जर्मनी एयरपोर्ट से ही वापस भेज दिया था। कोलम्बिया से कैसे निकलीं। हिन्दुस्तान में कैसे दाख़िला पाया। बच्चे कहाँ हैं तुम्हारे?' मैंने कहा।

'ओ फक।' उसके मुँह से निकला। 'अब यह सब क्या है मिस्टर, तुम तगड़े ड्रामेबाज़ हो।'

'अरे भई पाब्लो एस्कोबार की बीवी नहीं हो तुम।' मैंने कहा।

'यू फूल। मेरा नाम टाटा है। टाटा घोष। कैसे है, वो फिर कभी। अभी रास्ता दो।' कह कर वो बिजली की रफ़्तार से बाहर निकल गयी। पहली बार यह नाम किताबों में पढ़ा था और पहली बार यह कानों से सुना था।

टाटा ने हाईक्रास को दक्षता से इतनी सँकरी सी गली में ही यू-टर्न पर घुमाया और धर्मशिला अस्पताल का चक्कर काटते हुए गाज़ीपुर की ओर मुड़ी और वहाँ से एनएच-24 पर चढ़ गयी। अक्षरधाम से उसने गीता कॉलोनी का रूट पकड़ा और फिर जमना बाज़ार, मजनूं का टिल्ला होते हुए मुकरबा चौक पहुँची और वहाँ से करनाल रोड पर पहुँच गयी। मुरथल के ढाबों में उसने सबसे सुनसान पंचवटी ढाबे के आगे एक किनारे पर गाड़ी रोकी। ढाबे की विशाल पार्किंग उजड़ी पड़ी थी। इस रूट पर शायद यह एकमात्र ढाबा होगा जिस पर उजाड़ था। मालिक की क़िस्मत कुछ ख़ास ही ख़राब थी। हालाँकि इस रूट की रेकी करते हुए उसे पता चल गया था कि इस ढाबे में कहीं भी सीसीटीवी नहीं है।

उसने गाड़ी की डिक्की खोल कर वहाँ से पेचकस लिया। अगले दो मिनट में

उसने नम्बर प्लेट बदल दी। नक़ली नम्बर प्लेट को लेकर वह ड्राइविंग सीट की ओर बढ़ी। जाली प्लेट को अन्दर गिराया और फिर दो ही मिनट में फ्रंट की प्लेट भी बदल दी। इस दौरान उसने देखा ढाबे पर न तो कोई गाड़ी रुकी न अन्दर से कोई आया उसे पूछने। उसने गाड़ी की सीट से अपना हैंड बैग उठाया और अन्दर बढ़ गयी। अन्दर एक थका-हारा वेटर बैठा था। कस्टमर के तौर पर एक वाहवाह करती हसीना को देख कर वेटर को जैसे शिलाजीत का टीका लग गया हो।

'चाय मिलेगी?' उसने पूछा।

'हाँ जी क्यों नहीं।' वेटर ने कहा।

'तो बनाओ एक।' उसने कहा। 'और सुनो वाशरूम किधर है?'

वेटर ने अन्दर की ओर इशारा किया। हालाँकि वाशरूम इमारत के बाहर पार्किंग के पास भी थे पर वो तो अन्दर ही जाना चाहती थी।

वो अन्दर घुसी। स्टाफ न होने से वाशरूम का रखरखाव अच्छा होने का सवाल ही नहीं था। उसको इस समय इससे कोई मतलब नहीं था। उसने माइकल काज का अपना चमचमाता हुआ लैदर बैग गन्दे से वाशबेसिन पर रखा और उसमें से शिफ़ॉन का एक झोलझाल सूट निकाला। शिफ़ॉन का चयन सोच-समझ कर किया था। यह तह लगा कर मुट्ठी भर हो जाता था। उसकी मौजूदा ड्रेस भी ऐसी ही थी। क़रीब पाँच मिनट बाद उसने चेंज करके अपना चेहरा देखा। फिर मुँह को अच्छी तरह पानी से, फिर अपने फेसवाश से धोया। सारा मेकअप धुल गया। बालों को उसने बिजली की रफ़्तार से जूड़े की शक्ल में बाँध कर एक रंगबिरंगा हेयर बैंड लगा लिया। कानों से हीरे का टॉप्स और नाक से हीरे का कोका निकाला। तीनों नक़ली थे। फिर उसने सोने की बड़ी-बड़ी बालियाँ पहन लीं। नाक में सात नग वाला बड़ा सा कोका लगा लिया। माथे पर एक नन्ही सी बिन्दी लगा कर ऊपर एक लकीर खींच ली। अब वो एक टिपिकल पंजाबन लग रही थी। वो बाहर आयी तो वेटर की ज़ुबान उसके दाँतों से दब गयी। वो पूछने ही वाला था, 'मैडम जी वो दूसरी मैडम कहाँ है?'

टाटा ने चाय के दो-चार घूँट भरे। पट्ठे ने चाय तबीयत से बनायी थी।

उसने सौ का एक नोट वेटर को थमाया और फिर पंचवटी के लगभग साथ ही सटे सुखदेव ढाबे में गाड़ी रोकी। गाड़ी में बैठे ही एक कटर से नम्बर प्लेट के टुकड़े कर दिये। इस काम को करने से पहले उसने पार्किंग के गार्ड को 50 का नोट देकर परे किया।

कार से उतर कर टाटा जैसे ही सुखदेव ढाबे के प्रवेशद्वार की ओर बढ़ी, अन्दर के फास्ट फूड काउंटर पर खड़ा फ़िल्म सितारों जैसा ख़ूबसूरत क़रीब सवा छह फ़ीट लम्बा युवक उसकी ओर बढ़ा। दोनों बगलगीर होकर मिले। दिल्ली-चण्डीगढ़ मार्ग पर सुखदेव ढाबा एक तीर्थ का दर्जा हासिल कर चुका है। 24/7 चलने वाले इस ढाबे में ग्राहकों की संख्या कभी तीन अंकों से नीचे नहीं जाती। सौ से ज़्यादा गाड़ियाँ तो एक वक़्त में पार्किंग में रहती हैं। भारी भीड़ के बावजूद प्यार के पब्लिक इज़हार पर किसी ने दोनों को मुड़ कर नहीं देखा। दोनों ने सफ़ेद मक्खन के साथ आलू परांठे बन्धवाए और फिर गाड़ी की ड्राइविंग सीट युवक ने सम्भाली। दोनों वापस दिल्ली की ओर चल पड़े।

दो

राजधानी का अल्फ़ा-1 क्लब एक निहायत एक्सक्लूसिव क्लब था। सच तो यह है कि इस क्लब के बारे में दिल्ली की 99.99 फ़ीसद जनसंख्या को कोई इल्म ही नहीं था। बाक़ी में ज़्यादातर ऐसे थे जिन्हें कुछ अन्देशा था या पक्का था कि ऐसा कोई क्लब है। सच तो यह भी है कि जब तक सन्देशा नहीं मिला था इस ख़ाकसार को भी नहीं पता था कि तानसेन मार्ग के मेरे दफ़्तर के एक किलोमीटर के दायरे में ऐसा कोई क्लब था। क्लब के महज़ 350 सदस्य थे। अब दस्तूर यही था कि कोई सदस्य मरता था तभी रिक्त पद घोषित होता था। क्लब का सदस्य कोई मेहमान लाना चाहता हो तो उसे 24 घण्टे पहले मेहमान का आधार कार्ड, पैन नम्बर जमा करवाना पड़ता था और मेहमान की पूरी गूगल गाथा तैयार हो जाने के बाद ही सदस्य को हरी झण्डी दी जाती थी। क्लब फ़िरोज़शाह रोड पर या यूँ कहें कि दिल्ली के कनॉट प्लेस के मुहाने पर दो एकड़ की निजी सम्पत्ति पर स्थित था। बिल्डिंग के बाहर कोई बोर्ड नहीं था। न कोई फैंसी गेट। बस एक सामान्य सा निहायत ही ख़ूबसूरत घर जैसा दिखने वाला ढाँचा था। बाहर से देखकर कोई कह नहीं सकता था कि यह कोई घर न होकर कोई क्लब था। ख़ाकसार जो दिल्ली के चप्पे-चप्पे को जानने का दम भरता था आज दिल से शर्मिन्दा था। यह कुछ ऐसा था जैसे नाक के नीचे नचनिया ने धूम मचा रखी हो और जिसकी नाक हो वो मातम मना रहा हो। मुहावरा कुछ जमा नहीं था। खनक भी एकदम बाज़ारू थी। पर किसे परवाह थी।

यह दो दिन पहले की बात थी। मैं अपने दफ़्तर में मारने के लिए मक्खी तलाश रहा था। बुरा हो मेरी सेक्रेटरी कली का जो इतनी सफ़ाईपसन्द थी कि देश के इस नागरिक का यह सम्मानजनक अधिकार भी छीन लिया था कि वो अपने ख़ाली समय में मक्खी ही मार ले। बहरहाल, जिस रफ़्तार से देश में बेरोज़गारी बढ़ रही थी यह हो सकता है कि थोड़े दिन में वक़्त काटने के लिए बोतल भर भर कर मक्खियाँ

बिकने लगें ताकि लोग अपने ख़ाली समय का सदुपयोग करने लगें। जब से सरकार गली-गली फॉगिंग करने लगी थी मच्छरों की भी भारी कमी हो गयी थी। लिहाज़ा रामदेव के ताली योग का भी बंटाधार हो चुका था।

ऐसे एक दिन मेरी सेक्रेटरी कली ने मेरे दफ़्तर की दहलीज़ पर क़दम रखा। वो एकदम 'तुझे देखूँ तो देखता ही रहूँ' नुमा ड्रेस पहने थी। उसने एक ज़हरमोरा ब्लाउज़ पहन रखा था जिसकी बाँहें लगाना शायद दर्ज़ी भूल गया था। आगे से गला भी इतना गहरा था कि मैं उसे लगातार ज़्यादा देर नहीं देख पाया। वक़्त को जल्दी से आगे बढ़ाने के लिए मैं अभी टाइम देवता का कोई मन्त्र सोच ही रहा था कि उसके होंठ हिले।

उसके होंठों के हिलते ही रुकने को तैयार वक़्त ने फिर मन्थर गति से आगे बढ़ना शुरू कर दिया। वो बोली। एक कुटिल मुस्कान के साथ।

'अगर नेत्रपान हो गया हो तो मैं कुछ कहूँ।'

'क्यों न कहो। तुम तो जम जम कहो। इधर आके मेरे कान में कहो। पाँव में मेहँदी लगी हो तो मैं उधर आ जाऊँ और मुँह में कह दूँ।' मैंने कहा।

'मुँह में?' उसने हैरत से कहा।

'हाँ मुँह में। मैं ज़रूरी बात मुँह में ही कहता हूँ। लेकिन मेरी गारंटी है कि तुम्हारे कान भी सुन लेंगे।' मैंने कहा।

दरअसल कॉलेज में हमारा दोस्तों का जो ग्रुप था उसमें कमल बंसल था जिसके खाने की प्लेट की सारी आइटम एक तरफ़ और कटा हुआ कच्चा प्याज़ एक तरफ़ बराबर तुलते थे। खाने के बाद दोस्त यार उससे दूर भागते थे। न जाने उसे किससे ज़रूरी बात करनी हो और वो ज़रूरी बात कान की बजाय मुँह में कहता था। तीन दोस्त उसकी ऐसी ही किसी ज़रूरी बात को सुनते हुए गश खा चुके थे। दो ने उसके कन्धे पर ही उलटी कर दी ती। मैंने आज इस घिनपरक स्मृति को एकदम ताजा परिभाषा दी थी।

'नहीं, इतनी भी ज़रूरी बात नहीं करनी मुझे। लेकिन फ़ोन पर आपकी नातिन है जिसे निश्चित ही कोई ज़रूरी बात करनी है। कहाँ करनी है यह आपको तय करना है।' उसने कहा।

'कहाँ करनी है।' मैंने फ़ोन की एक्सटेंशन की ओर इशारा करके पूछा–'फ़ोन नहीं है क्या?'

'जी कहाँ क्योंकि आपका कुछ पता नहीं न कि आप ज़रूरी बात मुँह में करने के लिए जहाँ वो है वहाँ निकल लें।' उसने कहा और हँसी।

'ये दिन में कम से कम तीन बार हँसती है। कमबख़्त, नासमारी ने 'हँसी ते फँसी' मुहावरे को भी निरर्थक कर दिया। यह सोच ही रहा था कि मुझे याद आया।

'क्या बोला तुमने, किसका फ़ोन है?'

'जी आपकी नातिन का। कह रही है मुझे अंकल से बात करनी है।' उसने पूरी संजीदगी से कहा।

'अरी कमबख़्त मेरी तो शादी भी नहीं हुई। अभी बेटी-बेटा कुछ है नहीं यह एक्सप्रेस ऑर्डर से नातिन कहाँ से आ गयी।' मैंने कलप कर कहा।

'वो मुझे नहीं पता। उसकी आवाज़ और आपकी उम्र देख कर मुझे लगा कि आपकी नातिन होगी?' उसने कहा।

'उसकी आवाज़ और मेरी उम्र। उसके दर्जे का तो ठीक है तुमने आवाज़ से तय कर लिया पर मेरी उम्र का? मेरा तो आधार कार्ड भी तुम्हारे पास है, उस पर जन्म तिथि है।' मैंने कहा।

'क्या पता है सर जी, लोगबाग छह-छह अलग-अलग तिथि के जन्म प्रमाण-पत्र लेकर घूम रहे हैं। रिटायरमेंट से एक महीना पहले एक नया सर्टिफ़िकेट प्रोड्यूस कर देते हैं जो उनकी उम्र को दो साल कम कर देता था।'

'अच्छा। तुमने उसे क्या कहा कि फ़ोन होल्ड रखे या आ जाये और सामने ही बात कर ले।'

'न सर जी, ऐसा तो नहीं किया। कर दूँ क्या?' उसने पूछा।

'नहीं मेहरबानी, जाके फ़ोन फॉरवर्ड करो। लेकिन एक बात बता कर जाओ। तुमने कहा मेरी नातिन का फ़ोन है। कह रही है अंकल से बात करा दो। लगता है देश के सबसे बड़े गप्पू से पंगा ले लिया है तुमने गपबाज़ी में।'

'नहीं जी, वो तो बहुत बड़े आदमी हैं। मैं एक मामूली, हाईली अंडरपेड सेक्रेटरी हूँ। बाक़ी बच्चे आजकल सयाने हो गये हैं। ख़ास तौर पर लड़कियाँ जो महज़ उम्र के कारण बुज़ुर्गों को शर्मिन्दा नहीं करतीं। अंग्रेज़ी में इसे 'एज शैमिंग' कहते। पर आपकी अंग्रेज़ी मेरे से अच्छी कहाँ!' कह कर वो खिलखिला कर हँसी और जाने को मुड़ी। उसकी हँसी को सुन कर और उसके पृष्ठभाग को देख कर समय संघर्षशील होकर आगे बढ़ा। वरना रुकने का ख़तरा खड़ा हो गया था।

मेरे इंटरकाम की बीप बजी। मैंने फ़ोन उठाया।

'हलो।'

आवाज़ सुन कर मेरा कलेजा धक्क रह गया। वाक़ई बच्चों जैसी आवाज़ थी। दिल-दिमाग़ पर दहशत का साया पड़ गया हो जैसे। लगा अगला वाक्य, 'गुड मॉर्निंग अंकल' ही न हो। फिर मुझे लगा कि कोई रांग नम्बर होगा।

'यस प्लीज़।'

बिना किसी सम्बोधन के उधर से कथित बच्ची ने अपनी बात जारी रखी। कली ने तो न कान से न मुँह से कुछ सुना या कहा पर इस आवाज़ को सुन कर मुझे लग रहा था जैसे लता मेरे कान में गीत गा रही हो।

'आय नीड टू हायर यू फॉर योर प्रोफ़ेशनल सर्विसेज।' उधर से आवाज़ आयी।

'माय नेम इज़ अभिमन्यु। फॉर व्हाट पर्पज?' मैंने पूछा और अपना नाम भी बताया।

'आय नो योर नेम बट योर फ़र्स्ट नेम इज़ इनफॉर्मल फॉर दिस फ़र्स्ट कनवरसेशन एंड आय डोंट नो योर सरनेम और परहैप्स यू डोंट यूज वन।' उसने बिना सम्बोधन बात करने को सफाई दी।

'वो ठीक है। बताइए, मैं आपके लिए क्या कर सकता हूँ?' मैंने पूछा।

'मिस्टर प्राइवेट डिटेक्टिव, आय थिंक समवन वांट्स मी डेड। समवन वांट्स टू किल मी।' बच्चे ने या बच्ची ने उधर से कहा।

मैं सँभल कर बैठ गया। मसला गम्भीर था। देवी लक्ष्मी के दर्शन की सम्भावना बन रही थी। दो महीने बाद वैसे ही दिवाली थी।

'ओह! क्या मैं जान सकता हूँ...' उसने मेरी बात को बीच में ही काटते हुए कहा–

'यस, आयम प्रिंसेस तमन्ना कटोच। कैन वी मीट?' उसने कहा।

'यस ऑफ़कोर्स मैडम।' अब इसके बाद जो मैंने करना था वो सबसे बदमज़ा काम था लेकिन पापी पेट आदमी से जो न करवा दे।

'मिलने से पहले मैं आपको अपनी...' उसने फिर काटा।

'...फ़ीस के बारे में बता दूँ। मुझे पता है आपकी फ़ीस। उसकी दिक़्क़त नहीं। मुलाक़ात के लिए जब आप आयेंगे तो आपका एडवांस चेक आपको गेट पर ही मिलेगा।' उसने कहा।

'कब मिलना चाहती हैं?'

'आज ही शाम को।' कह कर उसने फ़िरोज़शाह रोड का पता बताया।

उसके वादे के मुताबिक़ गेट पर मेरा नाम पता चलते ही एक लिफ़ाफ़ा मेरे हाथ में दे दिया गया जिस पर मेरा नाम लिखा था, नीचे कोने में प्रिंटेड था तमन्ना कटोच प्रिंसेस ऑफ़ राजगढ़। हिमाचल प्रदेश।

मेरी गाड़ी पार्किंग की ओर बढ़ी तो उसमें स्वयमेव ही ब्रेक लग गयी। पार्किंग में एक से एक हाई एंड कार मेबैक, बेंटली, जैगुआर, एंडेवर, प्राडो, मर्क, आडी

और भी पता नहीं क्या क्या। मेरी सियाज़ की हिम्मत न हो रही थी वहाँ जाने की। इतने में मेरी नज़र बायीं ओर पड़ी। उधर सब गाड़ियाँ जैसे डिज़ायर, सेंट्रो, होंडा सिटी, वर्ना वग़ैरह थीं। एक गार्ड भागता हुआ कार की तरफ़ आ रहा था। मुझे लगा वो मुझे स्टाफ पार्किंग में कार लगाने को कहेगा वहाँ मुझे कम से कम तीन-चार सियाज़ खड़ी दिखाई दे रही थीं। मैं ख़ुद ही गाड़ी उधर घुमाने लगा था कि गार्ड ने मुझे शीशा नीचे करने को कहा। मेरा नाम सुनते ही उसने मुझे वीआईपी पार्किंग में जाने का इशारा किया। मेरी गाड़ी उस तबेले में राजमहल में चोर सरीखी हैसियत से खड़ी हो गयी। गेट पर एक गार्ड ने मुझे देखा। मैं समझ गया मुझे ज़रा भी इल्म नहीं था कि यह कोई क्लब था। लिहाज़ा अपनी नॉर्मल वीयर में था। गार्ड ने मुझे मेरी पैंट से मिलती ब्राउन कलर की जैकेट दे दी। मैंने सहर्ष पहनी क्योंकि अब मैं कम से कम सफ़ेद कमीज़ में एक और बैरे की तरह नहीं लग रहा था। उसके बाद शुरू हुआ इन्तज़ार। मेरे बैठते ही सिंगल माल्ट व्हिस्की का एक पेग मेरी टेबल पर हाज़िर हुआ। साथ में फिश एंड चिप्स। कितनी अजीब बात थी कि जासूस को पूरी जासूसी करके बुलाया गया था।

निर्धारित समय से 15 मिनट ऊपर हो चुके थे लेकिन मेरी मेज़बान का कोई अता-पता न था। मैंने गिलास में से बची-खुची व्हिस्की को पेट में उड़ेला। उधर जैसे बार में ख़ुद ही घण्टी बज गयी। एक और पेग मेरी टेबल पर था। जैसा क्लब था उसमें व्हिस्की की क़ीमत का अन्दाज़ा लगाना मेरे लिए बेमानी था क्योंकि माँ सदा ही एक बात कहती थी कि इन्सान का बच्चा कितना ही बड़ा हो जाये अपनी औक़ात से बहुत ज़्यादा ऊपर नहीं सोच पाता क्योंकि वो उसके चरित्र में रची-बसी होती है। बचपन में कभी सुन कर उपेक्षा कर देते थे लेकिन जैसे-जैसे बड़े हुए उससे पूछा कि ऐसा क्यों कहती हो मम्मी।

'क्योंकि मैं लोक कथाओं को सुन कर, गुन कर बड़ी हुई हूँ जो हमें इन्सान की अन्दरूनी आबोहवा को समझने में मदद करती हैं।'

मम्मी ने कहा–

'तो एक ऐसी लोक कथा मुझे भी सुनाओ।'

मम्मी दोपहर की फुर्सत में थी और उसने अपनी कहानी शुरू कर दी।

किसी राज्य में एक युवक की ख्याति फैली कि वो किसी भी इन्सान और जानवर को देख कर उसके बारे में सब कुछ बता सकता है। राजा को लगा कि यह व्यक्ति मेरे काम का होगा तो उसने पहले उसे अपने शाही अस्तबल में काम पर लगाया। उसने राजा के सबसे प्रिय घोड़े के बारे में बताया कि यह शाही नस्ल का

नहीं है। मालूमात करने पर उसकी बात सच साबित हुई। पता चला कि शाही नस्ल के घोड़े के जन्म लेते ही उसकी माँ मर गयी थी तो वह गाय का दूध पीकर बड़ा हुआ। युवक ने राजा को बताया कि शाही नस्ल के घोड़ों की तरह यह मुँह ऊपर करके नहीं बल्कि मुँह नीचे करके घास खाता था। राजा ने इनाम में उसे घर-गृहस्थी के बर्तन और मवेशी दिये। अब राजा ने युवक से रानी के बारे में दरियाफ़्त की। अब युवक ने बताया कि रानी भी शाही ख़ानदान से नहीं है। मालूमात करने पर रानी के पिता ने बताया कि हमारी बेटी के जन्म लेते ही आपके पिता ने आपकी शादी उसके साथ करने का वादा किया। लेकिन हमारी बेटी की मौत हो गयी। आपके परिवार के साथ रिश्ता रखने के मोह में हमने दासी की पुत्री को अपना लिया, जिसका आपके साथ विवाह हुआ। सेवक ने कहा कि रानी का अपने मातहतों से व्यवहार अत्यन्त ख़राब था। जबकि शाही परिवार की महिलाएँ मातहतों से भी तहज़ीब से बात करती हैं। राजा ने फिर ख़ुश होकर उसे ढेर सारे भेड़-बकरी दिये। अब राजा ने उससे अपने बारे में पूछा। युवक ने कहा मेरी जान सलामत रहे तो कहूँ। राजा से जान सलामती का वचन लेकर उसने कहा कि आप भी शाही परिवार से रिश्ता नहीं रखते। यह सुन कर राजा को चक्कर आ गया। अब राजा की माँ ने बताया कि हमारी कोई सन्तान नहीं थी तो एक चरवाहे से हमने तुम्हें गोद ले लिया। राजा ने कहा कि तुमने ये कैसे पता लगाया। युवक ने कहा कि महाराज मेरी ऐसी प्रतिभा पर राजे-महाराजे मुझे रत्नों से तोल देते। लेकिन आप हर बार मुझे मवेशी दे देते थे।

मम्मी की कहानी का अन्त सुनते ही अभिमन्यु हँसने लगा था।

आज माँ की सुनाई यह कहानी याद कर अभिमन्यु सोचने लगा कि शायद वह युवक अपने समय का बड़ा जासूस रहा होगा। इन्सान को पढ़ने की यह क़ाबिलियत न हो तो कोई जासूस कभी गुनहगार तक नहीं पहुँच पायेगा। आज जब गेट पर ही काम करने से पहले उसका मेहनताना उसकी जेब में पहुँचा दिया गया तो उसने सिर ऊपर कर अपनी माँ को याद किया। हाँ, वह अपनी माँ का ही बेटा है। इन्सान को पढ़ लेने वाला।

माँ की मीठी याद के साथ इन्तज़ार का एक घण्टा हो चुका था। मेरी मेज़बान का नामोनिशान न था कहीं। चौथा पेग भी अपनी अन्तिम साँसें गिन रहा था। मछली के बस अस्थिपंजर ही बाक़ी थे। पचास रुपये किलो में ख़रीदे हुए आलू जो साफ़-सुथरे होकर और खौलती कड़ाही में अपनी अग्नि परीक्षा देकर चिप्स के पैकेटों और रेस्टोरेंट की प्लेटों में छह हज़ार रुपये किलो के हिसाब से बिकते हैं, मेरी प्लेट में अपनी उपेक्षा से आहत थे। तभी लगभग जगमग करते हाल में जैसे रोशनी मद्धम हो

गयी हो। किसी क्लब, होटल, रेस्टोरेंट, घर के अन्दर शाम का ऐसा सुरमई आलम किसी कवि की भी कल्पना से परे था। हो भी नहीं सकता था क्योंकि पिछले दस सालों से कवि अपनी हवाई चप्पल के जुगाड़ और अदालतों की पेशियों में उलझा था। नख शिख, खम, कमर, चेहरा, चाँद, सुरा-सुराही की जगह बेरोज़गारी, दमन, चुप, चापलूसी, महँगाई और भी न जाने कौन-कौन सी दुश्वारी ने ले ली थी। मैंने शाम के इस ख़ूबसूरत रंग का स्रोत तलाशने के लिए वास्को डि गामा जैसी महारत से हाल में नज़र दौड़ायी तो मुझे हाल के गेट पर खड़ी वो दिखाई दी। यह मेरी ज़िन्दगी में पहली बार था कि किसी साँवली सूरत ने मेरे दिल को धड़का लगा दिया हो। क़द साढ़े पाँच फ़ीट से निकलता हुआ। बाल पुरानी हीरोइनों की तरह ऊँचे जूड़े में बँधे हुए जिनकी वजह से कद में डेढ़ से दो इंच का इज़ाफ़ा हो रहा था। मेरा दावा था कि वो कम से कम तीन इंच हील के सैंडिल पहने थी तभी पाँच दस के दहाने के पार पहुँच गयी थी। रंग जो कि उसके मुँह और उसकी बाँहों के खुले हिस्से से ही ज़ाहिर हो रहा था। ऐसा था जैसे किसी ने दूध में भस्म मिला दी हो। सलेटी। न गोरा, न काला, न मेरे शुरुआती आकलन के मुताबिक़ साँवला। वो कहीं भी जाती उसके वक्ष का नज़रों की दहलीज़ को पहले पार करना तय था। ख़ाकसार की पहली निगाह भी वहीं अटक गयी थी फिर जब नीचे सरकी तो कमर को ढूँढ़ने के लिए साढ़े तीन पेग के नशे और माँ की याद से लबरेज़ नम आँखों को मशक्कत करनी पड़ी। कुछ क्षण वो वहीं रुकी रही। मुझे शक हुआ नशे में मैंने किसी मूरत की कल्पना तो नहीं कर ली। लेकिन यह अहसास दो पल में ही दूर हो गया। वो किसी ज़िन्दा इन्सान की तरह हिली। उसकी नज़र पैन होते हुए पूरे हाल में घूमी और फिर वो मेरी टेबल की ओर बढ़ी। जैसे अब तक रुकी कायनात में हरकत हो गयी। दुनिया बुतों से जीवन की ओर बढ़ चली हो। उसके हिलते ही उसकी ड्रेस ने चुग़ली कर दी कि यह वही थी जिसका मुझे इन्तज़ार था। उसकी सिंगल पीस ड्रेस का वेक उसके पीछे कम से कम तीन फ़ीट तक फ़र्श पर घिसटता आ रहा था। इससे पहले कि मैं आपको बता दूँ कि यही तमन्ना कटोच थी। यह भी बता दूँ कि अब तक चौकीदारों या स्कूल के बच्चों की वर्दी का कलंक झेलने वाला सलेटी रंग आज वाक़ई औक़ात से ऊपर उठ गया था। वो अपनी त्वचा के रंग से मिलता हुआ सलेटी रंग का गाउन पहने थी। रंग आज अपने रचे जाने से आज तक पहली बार अपनी प्रतिछाया से एकाकार था। उसके वहाँ पहुँचते ही उसके आसपास चल रहे दो बाउंसरनुमा हट्टे-कट्टे युवक उससे अलग होकर प्रवेशद्वार के पास जाकर खड़े हो गये। उसके टेबल के पास पहुँचने से पहले ही एक वेटर कुर्सी सरकाने के

लिए मेरे सामने वाली कुर्सी को पकड़ कर खड़ा हो गया। बटलर सारे काम छोड़ कर टेबल पर स्वयं ऑर्डर लेने के लिए हाज़िर था। टेबल पर पहले से मेरी हाज़िरी से बेख़बरी दिखाती वो कुर्सी पर सेटल हुई।

'यस मैम।' बटलर ने पुरी मुस्तैदी से अपनी हाज़िरी लगायी। अब तक शेफ भी उसके साथ आकर खड़ा हो गया था। तमन्ना ने शेफ को देखा।

'कैसे राइस लेंगी। योर प्रिऑर्डर इज़ आलरेडी हेयर।' कह कर शेफ ने इशारा किया और पलक झपकते ही टेबल पर चार तरह का सलाद और कटे फ्रूट की ट्रे सज गयी।

'अमिताभ। नो राइस टुडे। आयम बिजी टुडे सो आय लीव द चॉयस ऑफ़ मेन कोर्स टू यू। मीनवाइल सेंड अस सम स्नैक्स।' फिर उसकी नज़र टेबल पर पड़ी फिश एंड चिप्स की ट्रे पर पड़ी। उसके माथे भृकुटी तन गयी। उसने नाराज़गी से बटलर को देखा। उसे अपनी भूल का अहसास हुआ। आगे बढ़ कर उसने स्वयं प्लेट उठायी।

'सॉरी मैडम योर ऑर्डर फॉर बार।'

'बार से ऑर्डर हर बार वाला और बार बार।' उसने कहा। फिर उसकी नज़र मेरे गिलास पर गयी।

'साहब क्या ले रहे हैं?' उसने पूछा।

'सिंगलटन। सिंगल माल्ट।' बटलर ने कहा।

'गिलास हटाओ साहब का।' उसने कहा।

मैंने हसरतभरी नज़र से आधे भरे गिलास को देखा! वेटर से खोंस कर पीना अच्छा न लगता सो मैंने सब्र किया।

'मिस्टर पीडी, कैन आय आल्टर योर ड्रिंक? अनादर ब्रांड?' अनादर ब्रांड कह कर उसने मेरी समझ पर अहसान किया था। वरना उसकी फैंसी अंग्रेज़ी को मैं ग़लत ही समझता। फिर मेरे मौन को ही उसने सहमति माना।

'ओके, ब्रिंग हिम द' बेनरिएक एंड जिन एंड टॉनिक वाटर फॉर मी। माय ओन ब्रांड। नाओ गेट अवे।' उसने कह कर हाथ से हल्का सा इशारा किया। सब लोग जैसे जितनी तेज़ी से प्रत्यक्ष हुए थे उतनी ही तेज़ी से अप्रत्यक्ष भी हो गये।

भारत में इन्दिरा गांधी ने रजवाड़ों की आख़िरी निशानी प्रिवीपर्स ख़त्म कर शाही विरासत के दावेदारों को सफ़ेद कुर्ता और प्रिंटेड शिफ़ॉन की साड़ी के साथ लोकतन्त्र के आगे नतमस्तक करने के लिए मजबूर कर दिया था। लेकिन प्रिवीपर्स ख़त्म करने वाली इन्दिरा गांधी ने ही देश के साथ किसी मल्लिका-ए-हिन्दुस्तान

जैसा व्यवहार कर आपातकाल ला दिया। इन्दिरा के साथ ही कांग्रेस पर राजकीय वंशवाद का जो आरोप लगा आज उनके पोते के लिए सबसे बड़ी मुसीबत बना हुआ है। असली रजवाड़ों के बच्चे भाजपा में शामिल होकर वंशवाद के आरोप से मुक्त हैं और राहुल गांधी वंशवाद के इकलौते ब्रांड अम्बेसडर हैं। भारत में रजवाड़ों की सन्तानों को वैसी नफ़रत से नहीं देखा जाता है, जैसे राहुल गांधी को देखा जाता है। जिस देश में वकील का, पत्रकार का, नेता का बेटा-बेटी होना बड़ी योग्यता है वहाँ राहुल गांधी की सबसे बड़ी अयोग्यता नेहरू, इन्दिरा से उनका जुड़ाव है।

मेरी नज़र एक बार फिर से तमन्ना की पोशाक पर गयी जो उसकी पर्सनैलिटी को बहुत ज़्यादा बनावटी बना रही थी। पहली बार शाही मुहर वाला लिफ़ाफ़ा जेब में था तो मेरा मन पूरी तरह वर्ग-संघर्ष के फलसफ़ों से जूझने को आमादा था। इन दिनों दुनिया जिस तरह से बदल रही है उस बदलाव को नकार कर भारत के पुराने अमीर ऐसा ज़ाहिर कर देते हैं जैसे उनकी अमीरी अभी नयी-नयी है। भारत पर हुकूमत करने वाले ब्रिटेन के शाही वंशज शादी से लेकर परिधान में ज़मीन से जुड़े होने की कोशिश करने लगे हैं। डायना, केट मिडल्टन, मेगन मर्केल ये उन साधारण औरतों के नाम हैं जिनसे जुड़ने के बाद शाही परिवार जनता के प्रति ज़्यादा विश्वसनीय बना। वहीं भारतीय मूल के ऋषि सुनक जब ब्रिटेन के प्रधानमन्त्री बने तो राष्ट्रवादी भारतीयों का हर तबका उनसे अपना नाता जोड़ने को बेताब हुआ। लेकिन भारतीय यह भूल गये कि वहाँ की मिसाल क्या थी? आर्थिक हालात को क़ाबू नहीं कर पाने के कारण ज़िम्मेदारी लेते हुए वहाँ की प्रधानमन्त्री ने इस्तीफ़ा दे दिया था। 'ज़िम्मेदारी लेने' से ज़्यादा अमीराना अन्दाज़ क्या हो सकता है? 'ब्रेग्जिट' के बाद पश्चिम में इसके कई उदाहरण दिखे। लेकिन, जिस ऋषि सुनक के प्रधानमन्त्री बनने की ख़ुशी में भारतीयों ने नाच-नाच कर आँगन को सीधा कर दिया वहीं बहुत जल्द ब्रिटेन में सवालों के घेरे में आ गये और देश में चुनाव करवाने पड़ गये।

सुनक की सनक सिर से उतार कर मैंने फिर से तमन्ना पर ध्यान देने की कोशिश की लेकिन जेएनयू परिसर में 'कोलोनियल क्लाइमेट' के ख़िलाफ़ भाषण और लेक्चर सुन चुके कान बार-बार होटल स्टाफ के 'हर हायनेस' सुन-सुन कर परेशान हो रहे थे। तमन्ना का दिखावा कुछ वैसा ही था जैसा अभी यहाँ के नवधनाढ्यों का है। प्रगतिशील देशों के अमीर 'रिंकल अच्छे हैं' कह कर एक कपड़े को बिना धोए कई बार पहनने की वकालत कर रहे हैं तो हमारे यहाँ सेलिब्रेटी ड्रेस रिपीट कर देने पर ट्रोल होते हैं। देश के सबसे अमीर परिवार ने हाइली एस्ट्रावेगेंट प्री वेडिंग का कल्चर ला दिया। एक समय देश में शादी में ज़्यादा ख़र्च करने

वाली कुप्रथा के ख़िलाफ़ आर्य समाज का आन्दोलन चला और प्रगतिशील लोग आर्यसमाजी तरीक़े से पैसों के अश्लील प्रदर्शन के बिना शादी करने लगे। फिर आ गये सेटेलाइट चैनल, एकता कपूर और करन जौहर की तिकड़ी। पैसों के प्रदर्शन को नया सामाजिक मूल्य बना दिया गया। सब्यसाची जैसे ब्रांड के आते ही दुल्हन 'ब्राइड' बन कर बाज़ार में पैसे बहाने का बेस्ट मॉडल हो गयी। ब्राइड के लाखों के कपड़े और मेकअप दिखाने के लिए शादी में करोड़ों ख़र्च होने लगे। हम दहेज नहीं लेंगे वाला आर्य समाज का नारा पिछली सदी में रह गया और इक्कीसवीं सदी में वेडिंग लोन लिए जाने लगे। अभी भारतीय समाज वेडिंग लोन की ईएमआई से जूझ रहा था कि गुजरात वाले 'मोटा भाई' भारतीयों को प्री-वेडिंग पकड़ा गये। जब देश के 18 टीवी चैनलों से लेकर सिनेमा प्रोडक्शन कम्पनी में इनका पैसा लगा हो तो हर आम ओ ख़ास के फ़ोन पर यही रील मिलेगी कि प्री-वेडिंग में फलां ने कितने का लहँगा पहना तो कितने की साड़ी पहनी।

सामने टीवी पर चल रही प्री-वेडिंग वाली दुल्हन का पारदर्शी घूँघट और क्लीवेज देख कर मेरा मन हँसने का हुआ, लेकिन मैंने तमन्ना का चेहरा देख कर फिर से संजीदा होने की कोशिश की। अचानक मेरी नज़र तमन्ना की कलाई पर पड़ी। उसकी लांग ड्रेस से एक आँचलनुमा हिस्सा निकाल कर चौड़ी पट्टी में ब्रेसलेट की तरह कलाई में बाँध दिया गया था। अभिमन्यु ने तंज़ कसते हुए कहा कि आँचल का ब्रेसलेट बनाने में जितना कपड़ा लगाया गया है उतने में एक और अदद ड्रेस तैयार हो सकती थी।

'उफ़्फ़ जासूस साहब कर दी न ग़रीबों वाली बात।'

यह कहते हुए तमन्ना ने वाट्सऐप चेक करने के लिए फ़ोन को फेस रिकॉगनेशन से अनलॉक किया। फ़ोन के अनलॉक होते ही स्क्रीन पर तमन्ना की फ़ोटो चमकी। बायीं प्रोफ़ाइल से उसकी फ़ोटो अच्छी आती होगी इसलिए उसने फ़ोटो खिंचवाते वक़्त हाथों से बाल उठा कर दायीं तरफ़ फेंक रखा था। इतनी देर में ही मेरी नज़र चेहरे पर बाल डाल रही कलाई पर पड़ी। अब जब भी तमन्ना फ़ोन छूती मेरी नज़र स्क्रीन पर लगी उसकी फ़ोटो को स्कैन करती। फ़ोटो में साफ़ दिख रहा था कि तमन्ना की बायीं कलाई पर कई गहरे दाग़ थे। जैसे किसी ने ब्लेड जैसी किसी धारदार चीज़ से खुरच दिया हो। अभी कलाई के उसी हिस्से पर ड्रेस से जुड़ी ब्रेसलेट बँधी है। पुलिस में काम करते वक़्त मैं इन निशानों को पहचानने का आदी हो चुका था। ख़ुदकुशी की ओर ले जाने वाला सबसे ज़्यादा चुना जाने वाला और सबसे नाकामयाब तरीक़ा। हिन्दी फ़िल्मों ने महँगे वेडिंग के साथ हाथ की नस काटने की कोशिश का भी तो सुपरहिट फ़ॉर्मूला दिया है।

'जी कहिए।' उसकी आवाज़ के साथ ही मैं अपनी सोच से आज़ाद हुआ।

'यह बेहतर विकल्प न होगा क्योंकि अगर मैं कहने लगा तो बार इस पल से कल अल्लसुबह तक खुला रहेगा। आपको यूँ ही मूरत बन कर मेरे सामने रहना होगा। सुबह-सुबह के कुछ कुदरती क़ायदे क़ानून न हों तो यह सिलसिला 72 घण्टे तक चल सकता है। रन थ्रू बिना किसी ब्रेक के। वैसे भी पहले किस पर कहूँ, आप पर या आपको बनाने वाले पर। दोनों ही सूरत में अलग 24-24 घण्टे दरकार होंगे। और आपको सजाने वाले पर भी कहूँ तो 24 आपको और एड...।' सलेटी संगमरमर की वो मूरत हिली। कुछ कुनमुनायी, फिर बोली–

'जैसे आपको मेरे नाम से ही अन्दाज़ हो गया होगा, मेरे पिता राजगढ़ रियासत के आख़िरी महाराज थे। उनकी तमाम मशक्कत के बाद उनके भाग्य में मैं ही थी। मेरे दो भाई हुए पर दोनों ही असमय मृत्यु का शिकार हो गये। दक्षदीप तो किशोरावस्था में ही ज़हरीले भोजन को खाकर मर गया और सुदक्षदीप क़रीब साल पहले अपने अरबी नस्ल के घोड़े राघव के साथ खाई में उतर गया। दोनों में से किसी की लाश न मिली। उसकी मौत के बाद महाराज अक्षदीप सिंह कटोच बुरी तरह टूट गये और पिछले साल एक रात सोते-सोते ही उनकी मौत हो गयी।'

'जी, आयम सारी टू हीयर।' मैंने संवेदना जतायी जिसका आभार व्यक्त करना उसने ज़रूरी न समझा।

'जिस दिन से महाराज की मौत हुई उसी दिन से मुझ पर मौत का साया मँडरा रहा है।' कह कर वो रुकी।

'मैडम।' मैंने कहा। उसने टोका–'प्रिंसेस' प्लीज़।

'प्रिंसेस।' मैंने कहा क्योंकि इस फ़ालतू बात के लिए समय बर्बाद करने में कोई अक्लमन्दी न थी। वैसे भी मेरी जेब में एक लाख की रकम पाँच-पाँच सौ के नोटों के रूप में पड़ी थी। 'मेरा काम तो मौत के बाद शुरू होता है।'

उसने सुना, समझा और फिर जो किया वो निहायत अप्रत्याशित था और किसी राजकुमारी जैसा तो बिल्कुल नहीं था।

उसने अपना पर्स खोला और फिर औरत के हथियार के लिहाज़ से एक कदरन बड़ी पिस्तौल निकाली और ख़ुद की कनपटी पर रख ली।

'तो क्या करूँ? ख़ुद को गोली मार लूँ ताकि तुम अपना काम शुरू कर सको, अपनी फ़ीस को न्यायोचित ठहरा सको।' उसने पूरी गम्भीरता से कहा। मेरे छक्के छूट गये।

'अरे क्या ग़ज़ब करती हैं मैडम आय मीन प्रिंसेस, मेरा मतलब वो नहीं था।'

'सो बैटर बी सीरियस।' उसने कहा। फिर थोड़ा रुक कर दुबारा बोली–'वो गाना नहीं सुना तुमने?'

'कौन सा? सॉरी, आपको बताना पड़ेगा क्योंकि मेरी ज्योतिष की पढ़ाई बीच में ही छूट गयी थी।'

उसने शायद स्मार्ट टॉक को इग्नोर करने में पीएच.डी. कर रखी थी। मेरी बात पर बिना ध्यान दिये उसने पूछा–

'इशारों को अगर समझो...।'

'समझाइए।' मैंने कहा।

'देखो मिस्टर पीडी, पहली नज़र में प्यार होता है। लेकिन पहली नज़र में फ़्लर्ट में जोखिम होता है। और फिर सामने वाले की उपेक्षा की अवहेलना करते हुए अपने आड़े-तिरछे, हल्के, टुच्चे वनलाइनर मार कर लाइन मारना मोलेस्टेशन होता है। छह महीने की सज़ा। तुम्हारे केस में तो यह सेक्सुअल हैरेसमेंट एट वर्क प्लेस भी है क्योंकि मेरी फ़ीस एक्सेप्ट करते ही तुम मेरी मुलाजमत में हो और ऐसी कोई भी जगह जहाँ हम केस पर बात करने वाले हों, टेक्नीकली तुम्हारा वर्क प्लेस है। सो ट्रैड योर वे वेरी वेरी केयरफुली।' उसने दो टूक कहा।

मैंने सामने पड़ा द' बेनरिएक का गिलास एक घूँट में ख़ाली किया। शानदार 12 साल पुरानी शराब की पहली बूँद के पेट में गिरने से पहले ही शरीर में अनार फूटने लगे।

'यस मैडम, नाओ लेट्स गेट टू बिज़नेस।' मैंने पेशेवराना तरीक़े से बात का सिरा समेटने की कोशिश की। दिल्ली शहर में फ़्लर्ट के इस एकमात्र एक्सपर्ट की ऐसी फ़ज़ीहत पहली बार हुई थी। लेकिन हर चीज़ को एक बार तो पहली बार होना ही होता है।

तीन

'क्यों ऐसा महसूस करती हैं कि आपको जान का ख़तरा है?' मैंने पूछा। मेरे अन्दर का दिलफेंक, दिल का राजा, दिलदार, दिलोजान, दिल फ़रेब आत्महत्या कर चुका था। किसी की भावनाओं को आहत करके उन्हें आत्महत्या के लिए उकसाने का कोई मुक़दमा या क़ानून की धारा होती तो तमन्ना निश्चित ही उसमें अधिकतम सज़ा पा जाती। अब मैं एक धीर गम्भीर कामकाजी था। सिलसिला ऐसे ही चला तो यह पहला मामला होगा जो मैं बिना दिलजोई के हल करूँगा।

'कई कारण हैं। पहला सबसे बड़ा कारण तो मेरी वापसी है। महाराज की मौत के बाद यह मेरा पहला इतना लम्बा स्टे है महल में। जब से होश सँभाला था। आय मीन ढंग से होश सँभाला था तो पढ़ने के लिए लन्दन भेज दिया गया था। वापस आयी तो कुछ दोस्त साथ थे। दो सप्ताह कैसे निकल गये पता ही न चला। फिर हफ़्ता-दस दिन तो हर रोज़ सुबह यह सोच कर ही उठती थी कि महाराज स्वयं मेरे कक्ष के पर्दे हटा कर गुड मॉर्निंग प्रिंसेस बोलेंगे।' वो रुकी। मुझे देखा, फिर हमारे गिलासों को देखा। वेटर को इशारा किया। वो हवा की तरह हाज़िर हुआ और हम दोनों के गिलास रिफिल कर गया। मैंने स्कॉच का बड़ा-सा घूँट भरा। दिल गुलमर्ग हो गया जहाँ आसमानी बिजली रह-रह कर गिर रही थी।

मैंने अब पहली बार ग़ौर से तमन्ना को एक क्लायंट की तरह परखा। लड़की के चेहरे पर डर के भाव जेनुइन थे। मैंने उसके अब तक के बयान पर सोचा। फिर मुझे हँसी आयी। रस्सी जल गयी बल नहीं गये। अभी भी पिता जी महाराज, वो ख़ुद प्रिंसेस थी। घर महल था। विदेश में पढ़-लिख कर आयी लड़की का यह व्याकरण व भाषा मुझे हास्यास्पद लगे। फिर ध्यान आया कि यह तो लन्दन से पढ़ कर आयी है। वो शहर, वो देश जो पूरे विश्व में अब भी राजशाही का सबसे बड़ा ध्वजवाहक था। राज के इन ज़िन्दा अवशेषों पर मुझे तरस आया। जेएनयू में पढ़ा-लिखा मेरा

वामी मन लहूलुहान था। मैं उसे राजशाही के ख़िलाफ़ और लोकतान्त्रिक व्यवस्था के समर्थन में बड़ा लम्बा-चौड़ा भाषण देना चाहता था। पर मैंने ख़ुद को रोका। कमाल की लड़की थी जब मेरे मन में यह मनन चल रहा था वो मौन थी। जैसे मुझे सोचने का मौक़ा दे रही हो। सो मैंने ही बातचीत का सिलसिला आगे बढ़ाया।

'जी, आप कह रही थीं।' उसने सिर हिलाया। लेकिन हर वेबसीरीज़ की तरह जिस अगले वाक्य 'प्लीज़ कॉल मी तमन्ना' की मुझे उम्मीद थी वो न आया। वो शुरू हुई। आख़िर आम आदमी और प्रिंसेस के सम्बोधन से जुड़ी अपेक्षाओं में फ़र्क़ था। जो दिख रहा था। अब मुझे यह डर सताने लगा कि अगली बार वो यह न कहे, 'प्लीज़ कॉल मी प्रिंसेस।'

'महाराज की मौत के बाद महल का निज़ाम अब छोटे महाराज रक्षदीप सिंह के हाथ में था। मैं जब तक लन्दन में रही सब बन्दोबस्त, वित्तीय व्यवस्था व रेवेन्यू रिकार्ड्स में वही हैं। जिन्हें सब छोटे महाराज कह कर बुलाते हैं।'

मैंने टोका, 'कितने छोटे हैं?'

'सेवंटी ईयर्स। महाराज से चार वर्ष छोटे हैं'। महाराज की मौत भी 70 वर्ष की उम्र में हुई। यह महज़ संयोग ही होगा कि बड़े महाराज यानी महाराज के पिता यक्षदीप सिंह की मृत्यु भी 70 वर्ष की उम्र में ही हुई थी इसलिए 70 वर्ष को परिवार के लिए अभिशप्त माना जाता है। इसलिए बहुत डरे हुए हैं आजकल।'

मैं हँसा। बड़े लोगों के डर भी अजीब होते हैं।

'बेमानी है।' मैंने कहा। आख़िर आपके दोनों भाई तो 50 भी पार न कर पाये। न आपकी माँ।' मैंने कहा।

'मिस्टर पीडी।'

'प्लीज़ कॉल मी अभिमन्यु' को मैंने वापस अपने मुँह में ठूँस लिया।

'यह अभिशाप व्यक्ति विशेष के साथ नहीं बल्कि सिंहासन के साथ जुड़ा है। इस बात को इस तरह समझो।' उसने कहा।

बात वाक़ई समझने वाली थी। सीधी थी फिर भी मेरी समझ में न उतरी।

'छोटे महाराज को दो डर एक साथ सता रहे हैं। इस जनवरी में वे 70 के हो जायेंगे। यानी क़रीब पाँच महीने से उन पर अभिशाप की तलवार लटक रही है। लेकिन अगर इसी महीने या अगले महीने या फ़रवरी से पहले कभी भी मेरी ताजपोशी हो जाती है तो वे सत्ता से महरूम हो जायेंगे।' वो फिर रुकी। जैसे हर बार मुझे अपनी कही बातों के फौरी मन्थन के लिए समय दे रही हो।

बात में दम था। जनवरी तक अभिशाप से बच भी गये तो फ़रवरी में सत्तासुख से जायेंगे। क्या कमाल की है सत्ता की हवस।

‘आपके चाचा यानी छोटे महाराज को तो ख़ुश होना चाहिए और जल्द अज जल्द आपकी ताजपोशी करनी चाहिए। इस तरह वो फ़ौरन अभिशाप से मुक्त हो जायेंगे। अभिशाप तो सिंहासन से जुड़ा है, उम्र तो एक कारण है सिंहासनच्युत होने का।’ मैंने कहा।

‘मिस्टर पीडी।’ उसने कहा। मैंने टोका, ‘एक मिनट।’

और फिर सामने पड़े एक टिशू पर मैंने ब्लाक लैटर्स में अपना नाम घसीटा और उसके आगे कर दिया।

‘शायद मेरे बताने से आप समझ नहीं पायीं। इसलिए लिख कर यह मेरा नाम है।’

उसने कुछ क्षण टिशू को देखा फिर उसे उठा कर अपने हाथ में लिया और उससे अपने नाख़ून साफ़ करने लगी। पहली बार मेरी नज़र उसकी उँगलियों पर पड़ी। सलेटी रंग की नेलपालिश में उसके नाख़ून इतने सलीके से कटे और रंगे हुए थे कि लग रहा था कि नाख़ून हैं ही नहीं बस उँगलियाँ ही तीराकार विस्तारित हो गयी हैं। मेरा दिल उछल कर हल्क में आ गया। हैरानी हुई कि निकल कर उसकी उँगलियों में क्यों न फँस गया।

‘लम्बा है।’ उसने कहा।

मैंने एक और टिशू निकाला और आधा फाड़ कर उसके हवाले कर दिया, ‘छोटा हो गया।’

‘नाम तुम्हारा।’

उसने कहा तो मेरे दिल की एक बल्ली उछल गयी। ‘तुम्हारा’ मतलब हालात हौसलाअफ़जाह हो रहे थे। किसी ने सच ही कहा है कि डार्ट बोर्ड पर लगातार तीर चलाओगे तो कोई एक तो निशाने पर लगेगा ही। अगर मेरी आँखें छह बाई छह निगाह की न होतीं तो उसके होंठों से निकली मुस्कान की महीन रेखा मैं तो क्या मेरा बाप भी न देख पाता। एक बार फिर मैंने अपने बाप को कोसा। बाप को कोसने के कई कारण थे। जिनमें से एक मेरा नाम था जो आज तक किसी ने पहली कोशिश में सीधा न बोला था। उसके ‘लम्बा है’ कहते ही मेरा मन उन लोगों की सूची बनाने को उद्यत हुआ जिनको यह लम्बा लगा था।

‘कोई सरनेम नहीं है।’ उसने कहा तो मैं समझ न पाया कि उसने पूछा या बताया।

‘मैडम आय मीन प्रिंसेस, सरनेम के चलते राहुल गांधी 137 दिन के लिए अयोग्य हो लिया। अब तो सरनेम से कतराने लगे हैं सब देशद्रोही।’ मैंने कहा।

'प्वाइंट है पर सरनेम ज़रूरी होने की जस्टीफ़िकेशन नहीं।' उसने कहा फिर आगे भी बोली, 'दरअसल हम लोग बहुत औपचारिक माहौल में पलते-बढ़ते हैं। इसलिए अनौपचारिक सम्बोधनों से एकदम अनजान हो जाते हैं।' उसने कहा।

'क्या है कि बचपन में ही ताजमहल न देख लिया होता तो मैं आपको ही आठवाँ अजूबा समझता। बहरहाल आप बता रही थीं।' पता नहीं मैंने यह वाक्य क्यों बोला।

'हाँ, छोटे महाराज के स्वभाव व व्यवहार में भी कुछ परिवर्तन दिख रहे हैं। उन्होंने नहीं बताया है पर शायद आने वाले दिनों में या आजकल ही दिल्ली आने वाले हैं।'

'तो आपने महल के अन्दर भी जासूस रखा है जो उनके बताये बिना आपको मालूम है कि वो दिल्ली आने वाले हैं।' मैंने कहा।

'दरअसल मिस्टर पीडी मसला यह है कि यह भी एक शाश्वत सत्य है कि जब किसी भी जगह दो पॉवर सेंटर बन जाते हैं तो साथ के लोगों को अपने भविष्य की व्यवस्था करने के लिए यही सबसे आसान तरीक़ा लगता है कि दूसरे पक्ष की बात बताते रहें। जैसे मैं उनको बता कर आयी हूँ कि मैं दिल्ली आ रही हूँ पर क्यों आ रही हूँ यह नहीं'।

'तो आपको लगता है कि आपके चाचा मेरा मतलब छोटे महाराज आपकी हत्या का प्रयास कर सकते हैं।' मैंने पूछा।

'यह मैंने कब कहा? तुमने मुझसे पूछा कि कौन लोग हैं जिनके पास ऐसा करने का कारण है। मैंने ख़ाली वही बयान किया।' उसने कहा। अचानक वो रक्षात्मक हो गयी थी।

'जी प्रिंसेस, मैं समझ रहा हूँ आपकी व्यथा। करोड़ों की दौलत। उससे भी ज़्यादा महल की सल्तनत पर क़ब्ज़ा एक बड़ा कारण है तो सही।' मैंने कहा।

मेरा दिमाग़ अभी भी कशमकश में था क्योंकि ऐसी कोई न तो अभी कोशिश थी और न ही कोई सबूत। अभी यह सब तमन्ना के दिमाग़ का डर भी तो हो सकता है। लेकिन अभी उस पर यह ज़ाहिर करना अक्लमन्दी न होता फिर भी मैंने तरीक़े से पूछा–

'कभी ऐसी कोई कोशिश या कोई ठोस संकेत आपको चाचा की तरफ़ से मिला जिससे लगे कि उन्होंने ऐसा कोई प्रयास किया हो। ख़ुद या किसी दूसरे के माध्यम से?'

उसने काफ़ी देर सोचा फिर इनकार में सिर हिलाया।

चार

हर रोज़ सुबह महल की गुम्बद से नीचे घाटी और घाटी से दूर राष्ट्रीय राजमार्ग पर बसे शहर सोलन की हल्की झलक पाना रक्षदीप सिंह का रोज़ाना का शग़ल था। पहाड़ की सुबह शाम को मात देने वाली होती है और प्रकृति ने जैसे इस सुबह का आनन्द लेने का विशेषाधिकार सिर्फ़ स्थानीय बाशिन्दों को दे रखा था। क्योंकि पर्यटक तो पूरी शाम सुरा और तमाम रात सुन्दरी के पहलू में गर्क होकर उसका पूरा लुत्फ़ निचोड़ लेते थे। आँख खुलने तक भोर लगभग दोपहर में बदल जाती थी। पहाड़ की धूप बदन को तांबई कर देती थी और इस ख़ूबी में देशवासियों की कोई रुचि नहीं थी जो तमाम ज़िन्दगी काले से गोरा होने में और गोरे से और गोरा होने में गुज़ार देते थे। पहाड़ी धूप के इस हुनर के क़द्रदान गोरे थे जो विदेश से जहाँ सिर्फ़ टैन होने के लिए ही आते थे। मानव प्रकृति भी कैसी है जो पास है उससे सन्तोष नहीं और जो नहीं है वही चाहिए। तीन साल पहले रक्षदीप की भतीजी तमन्ना जब लन्दन से अपनी पढ़ाई पूरी करके आयी तो उसके साथ उसके दोस्त भी आये थे जो महल की छत पर दिन भर नंगे बदन पड़े रहते थे। शरीर पर नाममात्र के वस्त्र। लड़कियाँ महीन ब्रा और लकीर जैसी पैंटी में और लड़के महज़ एक अंडरवियर में।

उनकी रोज़ की पार्टी के लिए रक्षदीप ने छत पर ही साउंड सिस्टम की व्यवस्था कर दी थी। भतीजी के लाख इसरार के बाद भी उसने सोलन से डीजे को बुलाने से इनकार कर दिया था। आख़िर राजमहल की साख का सवाल था। देश में राजशाही की लुटीपिटी इज़्ज़त के आख़री जर्रों को सँभालने या ठीक से कहें, छुपाने की मंशा थी। बहरहाल, रोज़ सुबह वो छत से नीचे देखता और जहाँ तक दुनिया दिखती वहाँ तक देख कर ख़ुद के सबसे ऊपर होने के भ्रम को सहेजता। उसने दूरबीन नीचे रखी और पास पड़े रम के पेग को देखा जो बिना किसी मिलावट के था। मुश्किल से 30 एमएल रहा होगा। यानी एक छोटा पेग। पहाड़ की ठण्ड में शराब की गर्मी का

जलवा ऐसा था कि शरीर की ज़रूरत बन के रह जाती थी। रक्षदीप बेड टी की जगह रूफ पेग लेता था। छत पर पहले रम में पानी मिला कर उसका एक बड़ा घूँट लेकर कुल्ला करता था फिर एक ही साँस में पेग गले में उतार लेता था।

कभी सोलन तक फैली राजगढ़ रियासत अब महज़ 750 एकड़ में सिमट कर रह गयी थी। राजमहल की अब बस मुख्य इमारत ही रह गयी थी। मुख्य इमारत से क़रीब 500 मीटर दूर एक आउट हाउस था जो कभी अतिथि गृह होता था और जिस तक पहुँचने के लिए एक मेहराबदार रास्ता हुआ करता था। लेकिन 1947 के बाद धीरे-धीरे सब कुछ हाथ से निकलता चला गया। उस 750 एकड़ की एस्टेट को बचाने के लिए कितना ही पैसा और संसाधन अफ़सरों और राजनीतिकों की मुट्ठी गर्म करने में निकल गया। राजघराने के पितृपुरुष अक्षदीप सिंह को एक बार कुछ राजनेताओं ने गुमराह करके ऐसा अहसास दिलवाया कि उनके लिए इलाक़े में चुनाव जीतना बिल्कुल ही आसान है। पंजाब में पटियाला के राजघराने के कैप्टन अमरिन्दर सिंह कितने बड़े राजनेता बन गये थे। प्रदेश के मुख्यमन्त्री ही बन गये। अक्षदीप सिंह तब के सत्तारूढ़ दल कांग्रेस के नेता बन गये। पार्टी ने उनको लोकसभा का टिकट दे दिया। बस यहीं सारा बंटाधार हो गया।

राजगढ़ रियासत दरअसल मुख्यधारा के शहरों से अलग हट कर थी। लोकसभा का चुनाव क्षेत्र शिमला था जो बहुत बृहद था। अक्षदीप ने सरकार से बचा कर अपनी मिल्कियत में रखे 1000 एकड़ में से 250 एकड़ बेच कर इलेक्शन लड़ा। पैसा पानी की तरह बहाया लेकिन राजनीति में किसी तजुर्बे के अभाव के चलते मुँह की खायी और फिर तौबा-तौबा करते घर लौटे। छह महीने घर में नौकरों को भी मुँह न दिखाया। तब एक दिन रक्षदीप उनको उनकी शीतनिद्रा से बाहर लाया।

'भाई साहब, ग़लती हो गयी। लेकिन कब तक मुँह छुपायेंगे। हम राजा लोग हैं। हमारा काम लड़ना नहीं लड़वाना है। अपने दंगल-वंगल शुरू करवाते हैं। तुसां बार आ जाओ ते रम दा पेग ला लओ।'

बाहर लाने से पहले रक्षदीप सिंह ने अपने बड़े भाई को रम की आधी बोतल चढ़ा दी। उसके बाद अक्षदीप सिंह ने रम में डूब कर ऐसे ग़म ग़लत किया कि एक साल चार महीने में मस्तिष्काघात के चलते भगवान को प्यारे हो गये। तमन्ना तब 21 वर्ष की थी और लन्दन में पढ़ाई कर रही थी। पिता की मौत के तीन साल बाद वो अपनी पढ़ाई पूरी करके इस साल की शुरुआत में ही हिन्दुस्तान वापस लौटी थी। महल में पहले तीन-चार महीने उस पर बहुत कठिन गुज़रे थे। फिर धीरे-धीरे उसे सब समझ आने लगा। और एक के बाद एक उलझन बढ़ती गयी। पिछले तीन साल

से महल और पूरी एस्टेट, जिसका ज़्यादातर हिस्सा जंगल में परिवर्तित हो चुका था, रक्षदीप के नियन्त्रण में थी।

चार वर्ष पहले जब अक्षदीप की मौत हुई उस समय उसकी वही उम्र थी जो इस समय उसके भाई रक्षदीप की थी। 70 वर्ष। दरअसल अक्षदीप जब 42 वर्ष का था उस समय उसकी पत्नी की शिकार के दौरान एक हादसे में मौत हो गयी थी। कहा जाता है कि अक्षदीप ने या उसके शिकारी दल के किसी सदस्य ने एक बारहसिंगे को मारने के लिए डबल बैरेल गन से गोली चलाई थी जो शिकार में अक्षदीप के साथ गयी उसकी पत्नी सुभद्रा को लग गयी थी। उसकी मौक़े पर ही मौत हो गयी थी। उसकी मौत के बाद अक्षदीप के अपनी ससुराल, जो राजस्थान का बड़ा राजघराना था, के साथ सम्बन्धों में तल्खी आ गयी। यह चर्चा आम थी कि रानी सुभद्रा के अक्षदीप के साथ सम्बन्ध ख़राब हो गये थे। अक्षदीप को सुभद्रा पर सन्देह हो गया था। सुभद्रा के प्रेमी का राज़ कभी न खुला पर हाँ उसकी मौत के बाद राजगढ़ से एक व्यक्ति जो लापता हुआ वो सुभद्रा का मौसेरा भाई कुँवर अनिरुद्ध सिंह था जो सुभद्रा की मौत से पाँच वर्ष पहले एक बार राजगढ़ आया था और फिर वहीं बस गया था। अक्षदीप सुभद्रा के अन्तिम संस्कार के बाद एकदम तरोताज़ा होकर अपने सामाजिक जीवन में सक्रिय हो गया था। सुभद्रा की मौत के पाँच साल बाद अक्षदीप के जीवन में उसकी हाउसकीपर सत्या सुहानी एक बहार की तरह छा गयी। दोनों की उम्र का फ़र्क़ देख कर सबको पता था कि यह रोमांस चलेगा नहीं लेकिन औरत तो किसी के भी जीवन की कायापलट कर सकती है। जल्द ही महल के कूड़ेदानों में वियाग्रा के ख़ाली पत्ते मिलने लगे। कई बार छोटी-छोटी गोलियाँ पलंग के सिरहाने में दबी मिल जातीं। महल के मुलाजिम यह देख कर दबी ज़ुबान में हँसते जिससे पार पाने के लिए अक्षदीप ने एक दिन एक सादे समारोह में सत्या सुहानी को अपनी अर्धांगिनी घोषित कर दिया। दो साल बाद ही सत्या सुहानी ने एक प्यारी सी बिटिया को जन्म दिया जो पूरे महल की लाड़ली बन गयी। महाराज अक्षदीप में जैसे किसी ने नयी जान फूँक दी। यह कन्या इस समय तमन्ना कटोच के नाम से पूरे महल की फ़ेवरिट है। लेकिन फिर भी जान जाने का ख़ौफ़ खाये है।

रमखोरों पर रम का नशा बड़े व्यवस्थित तरीक़े से चढ़ता है। मुँह से पेट तक के सफ़र में उसका बहाव 440 वोल्टेज़ के करंट जैसा होता है। पेट की पहले से सुलगती भट्ठी में रम केरोसीन की तरह गिरती है और एक ज्वाला की तरह फूटती है। लेकिन बस एक यही असर है जो तीव्र होता उसके बाद यह रक्त की धमनियों की ओर अग्रसर होती है और संभोग के मीठे दर्द की तरह पूरे बदन में रिसते हुए

नीचे से ऊपर का सफ़र तय करती है। दिमाग़ तक पहुँचने में रम की पहली बूँद के असर को आधा घण्टा लग जाता है। इसलिए रक्षदीप पानी मिली रम से कुल्ला करने के बाद 60 एमएल का एक सामान्य पेग बिना किसी मिलावट के पीता था। उसके बाद तय समय पर उसकी मेड एक ट्रे में खौलती हुई चाय की केतली लेकर आती थी। चाय इसलिए खौलती हुई आती थी क्योंकि केतली के नीचे एक बर्नर लगा रहता था जो अपनी आँच से चाय के उबलने की प्रक्रिया को सतत जारी रखता था। वरना पहाड़ में चाय केतली से कप में डालते ही ठण्डी होना शुरू हो जाती थी। चूँकि छत पर खुले में चाय के और भी जल्दी ठण्डी होने के आसार रहते थे इसलिए ट्रे में साथ पीतल के तपाये हुए गिलास होते थे। इन्हीं में रक्षदीप सुबह की चाय का आनन्द लेता था।

तमन्ना के विदेश से लौट आने के बाद हालात बदलने वाले थे। अभी यह बात सिर्फ़ रक्षदीप सिंह और राज परिवार के वकील को ही पता थी कि अगले छह महीने बाद परिवार की सत्ता का हस्तान्तरण तमन्ना कटोच को किया जाना था। अक्षदीप मरने से पहले यह व्यवस्था करके गया था कि उसकी मौत के समय अगर उसकी बेटी 25 साल की न हुई हो तो सत्ता उसके भाई रक्षदीप को जाये लेकिन तमन्ना के 25 वर्ष के हो जाने के बाद सत्ता उसे हस्तान्तरित हो। लेकिन रक्षदीप एस्टेट को चलाने के लिए उसके सलाहकार के रूप में अपनी एक्सपर्ट ओपिनियन देते रहेंगे। यह कोई आसान काम नहीं था। रक्षदीप इस सिलसिले में जल्द ही दिल्ली जाकर अपने परिवार के वकील से बात करने वाला था। दरअसल, वसीयत की दो ही कॉपी थीं। एक वकील के पास और एक सोलन के एक बैंक में तमन्ना के लिए महफ़ूज़ एक लॉकर में। विडम्बना यह है कि सत्ता का दायरा छोटा-बड़ा हो सकता है पर उसका नशा एक सा ही होता है। रक्षदीप वकील से मिल कर वसीयत के सभी कंटेंट जानना चाहता था और यह भी देखना चाहता था कि कुछ ऐसा हो कि सत्ता उसके ही पास रहे। सिंहासन पर चाहे तमन्ना बैठ जाये। सो सत्ता का दायरा जैसा भी हो उसका लोभ एक सा ही होता है। देश में भी प्रदेश में भी, शहर में भी मुहल्ले में भी और समाज की सबसे छोटी इकाई घर में भी।

पांच

महल में सन्नाटा पसरा था। यह अमावस की रात थी। महल का ज़्यादातर हिस्सा अन्धकार में डूबा था कि अचानक लाइट चली गयी। पहाड़ में लोगबाग जनरेटर या इन्वर्टर में विश्वास नहीं रखते क्योंकि एक तो लाइट जाती ही बहुत कम थी। दूसरे जाये भी तो दस-पन्द्रह मिनट में लौट आती थी। तीसरे बिजली जाने की सबसे ज़्यादा तकलीफ़ गर्मी में होती है जब आपको पंखे और तेज़ गर्मी के महीनों मई, जून, जुलाई और अगस्त में भी एयरकंडीशनर की कम ही ज़रूरत पड़ती थी। उससे भी ज़्यादा बड़ी ज़रूरत फ्रिज की होती ताकि चीज़ें ख़राब न हों। राजगढ़ इतनी ऊँचाई पर था कि जहाँ साल में बारह महीने ऊनी कपड़े पहनने पड़ते बस कभी कम कभी ज़्यादा।

महल के बाहर घने चीड़ और देवदार के पेड़ थे। इसके अलावा आम, सेब, नीबू, अमरूद और न जाने कितनी तरह के पेड़ थे। जहाँ बरसात भी क़रीब पूरा साल ही चलती थी। रात के घने अँधेरे में चीड़ के पत्ते आपस में ही टकरा कर एक साँय-साँय की जो एक ख़ास क़िस्म की आवाज़ निकालते हैं वो माहौल को रहस्यमय बना देती है। तमन्ना की देश वापसी के दो महीने हो चुके थे। वो अपने विशालकाय शयन-कक्ष में सोने की नाकाम कोशिश कर रही थी। उसके साथ ही पलंग पर लेटा उसका खिलौनानुमा पग कुनमुना रहा था। तमन्ना ने उसे थपक कर सुलाने की नाकाम कोशिश की लेकिन उसका पग असहज हो चुका था। अँधेरे में उसके पग की नीली आँखें ही चमक पैदा कर रही थीं। वरना उसके काले रंग के चलते वो अँधेरे में जैसे समा गया था। पग अपने नन्हे हाथों से उसका ध्यान आकृष्ट करने की कोशिश कर रहा था। लेकिन तमन्ना को पता था कि अब अगर वो उठी तो फिर तो नींद की गोली ही उसे दुबारा नींद दिला पायेगी। लेकिन उसके कुत्ते ने तो जैसे क़सम खा ली थी। जब तमन्ना ने उसके साथ ज़बर्दस्ती करने की कोशिश की

तो वो भौंकने लगा। अब तो तमन्ना को उठना ही पड़ा था क्योंकि उसकी आवाज़ सुन कर अगर बाक़ी कुत्ते भौंकने लगते तो फिर तो कोई भी न सो पाता। कुत्ते को चुप कराने के लिए शशश करते हुए वो बिस्तर से उठी, पास पड़ा एक ऊनी गाऊन शरीर पर लपेटा फिर सिर पर एक मंकी कैप लगायी और बाहर की ओर बढ़ चली। उसके शयन-कक्ष का दरवाज़ा खुलते ही पग प्रवेशद्वार की तरफ़ भागा और बाहर जाने के लिए हाथ मारने लगा।

तमन्ना ने मुख्यद्वार के पास के एक छोटे गेट को खोला तो कुत्ता बिजली की रफ़्तार से पोर्च से निकल कर मेहराबदार पैसेज की ओर बढ़ा। तभी आसमानी बिजली चमकी और घुप्प अँधेरे में भी तमन्ना को क़रीब आधा किलोमीटर दूर उजाड़ पड़े आउट हाउस में रोशनी की झलक दिखाई दी। जैसे पुराने ज़माने की मशाल होती थी बिल्कुल वैसी ही कुछ चीज़। कुत्ता बेलगाम आउट हाउस की ओर भाग रहा था उसे आवाज़ देकर रोक कर तमन्ना महल में पैनिक नहीं करना चाहती थी सो वो उसके पीछे हो ली। वैसे भी आउट हाउस में जलती मशाल देख कर उसकी उत्सुकता जागृत हो गयी थी। पग छोटा सा कुत्ता ही तो था। जो लोग कुत्तों के बारे में जानते हैं उनहें पता है कि अपने मौजूदा आकार-प्रकार के लिए पग नस्ल की शुरुआती पीढ़ियों को कितना कष्ट झेलना पड़ा। पग दरअसल जेनेटिकली मॉडीफाइड कुत्ता था जिसके ऊपरी जबड़े को कई हफ़्ते दबा कर रखा गया ताकि उनके मुँह पर झुर्रियाँ आ सके और वो नन्हे शेर का सा अहसास दे सकें। इस प्रयास में कुत्तों की इस नस्ल की नाक दब गयी जिस वजह से उन्हें साँस की समस्या से आज तक जूझना पड़ता है। अधिकांश पग अस्थमा का शिकार हो जाते हैं। मस्तिष्क के दब जाने से इनके विकास पर भी असर पड़ा। यह कहा जाता है कि कुदरती निज़ाम के विपरीत की गयी ऐसी कोशिशों के चलते कुत्तों की इस नस्ल की आँखों की कई नसें भी दब गयीं जिस वजह से इनमें अन्धा हो जाने का ख़तरा खड़ा रहता है।

हालाँकि जिस मक़सद से यह किया गया था वो कामयाब हो गया। इनका क़द बौना ही रहा और उम्र के आख़िरी पड़ाव तक ही ये बच्चों जैसे ही रहे और वैसा ही व्यवहार भी करते रहे। इस नस्ल को ख़ास तौर पर राजा-महाराजाओं के खिलौने और साथियों के तौर पर ही तैयार किया जाता है। पग भावुकता के स्तर पर बहुत कमज़ोर माने जाते हैं और घर में जिस एक या दो लोगों से यह अपनापन विकसित करते हैं उनकी ज़रा सी उपेक्षा या ग़ैरहाज़री से यह जल्द ही अवसाद में चले जाते हैं और इनकी सेहत पर भी विपरीत असर पड़ता है। इसलिए समझदार मालिक

उनसे आने वाली गन्ध को दरकिनार करते हुए इन्हें अपने बच्चों की तरह ही रखते हैं और अपने साथ ही खिलाते-पिलाते और सुलाते हैं। कुत्तों की यह नस्ल जल्द ही व्याकुलता निरोधक दवाओं के भरोसे हो जाती है।

उन्नीसवीं शताब्दी में जब रानी विक्टोरिया का पग के प्रति स्नेह पैदा हुआ तब से पग राजा-रानियों का प्रिय कुत्ता बन गया। इसी से प्रेरित होकर अक्षदीप की पत्नी सुभद्रा ने पहला पग मँगाया जो फिर राजपरिवार का हिस्सा बन गया। राजमहल में पाले गये पहले पग के बाद यह पाँचवीं पीढ़ी थी जो महल में थी। उनमें से दो पग कुत्तों को रहम मृत्यु देनी पड़ी थी क्योंकि वे पग कुत्तों में सामान्य तौर पर लक्षित होने वाले दिमाग़ी बुख़ार से पीड़ित हो गये थे।

अभी तमन्ना अपने पग के निर्देश पर आउट हाउस की ओर बढ़ती जा रही थी। उसे स्वयं भी ऐसा अहसास हुआ था जैसे उसने आउट हाउस में कोई साया देखा हो। इतनी रात को वहाँ कौन था यही देखने के लिए वो आउट हाउस की ओर अग्रसर थी। महल के मुख्यद्वार के पास ही उसका पग थमक कर खड़ा हो गया और वहीं खड़े-खड़े भौंकने लगा। 'श श श' तमन्ना ने उसे चुप कराया। वो नहीं चाहती थी कि महल में बाक़ी लोग भी जाग जाते। पग मूलत: एक डरपोक नस्ल है। उनकी बहादुरी घर की हद तक ही महदूद होती है। तमन्ना जब मुख्यद्वार लाँघ कर बाहर की ओर बढ़ी उस समय उसके पग ने अपने नन्हे हाथ मार कर उसे बाहर जाने से रोकने की कोशिश की लेकिन उसके न रुकने के बाद भी वो ख़ुद में इतना साहस न जुटा पाया कि घर के बाहर इस अँधेरे में जा पाता। इसलिए वहीं गेट के पास बैठ गया।

तमन्ना धैर्यपूर्वक आगे बढ़ी। अभी उसने क़रीब अढ़ाई सौ गज़ यानी आउट हाउस की तरफ़ आधी दूरी ही तय की थी कि उसे लगा कि आउट हाउस की खिड़की में से कोई उसकी तरफ़ ही एकटक देख रहा था। उसके बदन में झुरझुरी सी दौड़ गयी। क्या होगा अगर जो भी था वो हथियारबन्द हुआ तो? तभी आसमान में बिजली कड़की और बूँदाबाँदी शुरू हो गयी। इस बार तमन्ना ने साफ़-साफ़ देखा कि आउट हाउस में कोई था। घुप्प अँधेरे और बारिश ने उसे मजबूर कर दिया कि वो महल में वापस लौट जाये।

छह

'साया?' मैंने विनोदपूर्ण स्वर में कहा। उसने बख़ूबी समझा कि मैं उसका मखौल उड़ा रहा था पर वो निर्लिप्त भाव से मुझे देखती रही।

'हाथ में कोई दिया वग़ैरह? कोई गाना तो नहीं था बैकग्राउंड में?' मैंने उसके उदासीन भाव की उपेक्षा करते हुए कहा।

'हमने तो नहीं देखा पर हमने महल में अपने परिवार के इतिहास में पढ़ा है कि कभी तुम्हारे जैसी बातें करने वाले हमारे दरबार में भी हुआ करते थे।' तमन्ना ने कहा। मैंने टोका।

'मैडम, ऐसी बातें करने वाले तो हज़ार हैं पर मेरे जैसी बातें करने वाला मैं एक ही हूँ। जैसे आसमान में सूरज, स्वर्ग में कल्पवृक्ष, भगवानों में कृष्ण'। उसने टोका।

'इतनी मेहनत करने की ज़रूरत नहीं, हम उन्हें विदूषक कहते थे।' उसने कहा।

नाचीज़ को दिल्ली शहर में सवा सेर तो कई बार मिले पर यह तो कई किलो ज़्यादा थी।

'वो सब तो निपट गये मैडम। यह नाचीज़ तो न्यू एज हाई एंड वैराइटी है। आप मिल जाओ तो बस सोने पर सुहागा हो जाये।' मैंने कहा। उसने जम्हाई ली।

'बढ़िया है।'

'है न?'

'बिल्कुल है। बेइज़्ज़ती झेलने की तुम्हारी सहनशीलता बढ़िया है।'

'तो अगले दिन कुछ तहक़ीक़ात की?'

'अब यह तो बेसिक बात थी भई। अगले दिन पूरी टीम लेकर मैं वहाँ पहुँची। पर कुछ मिला नहीं।' उसने कहा।

'कोई ऐसे निशान जो वहाँ ह्यूमन हैबीटैट की चुग़ली करते हों?'

'न कुछ भी नहीं। मेरे चाचा का कहना था कि यह सब मेरे मन का वहम था। उन्होंने कभी कोई साया नहीं देखा। उनका यह भी कहना था कि मैं डरावनी फ़िल्में देख कर ऐसी हो गयी हूँ।'

'इसके अलावा भी कोई है? जिसकी पहचान हो?' मैंने पूछा।

'मिस्टर चलो छोड़ो।' उसे इतना लम्बा-चौड़ा 'चलो छोड़ो' कहने में मुश्किल न हुई जो मेरा नाम न लिया।

'बीस सितम्बर से महल में दस दिन का एक फ़ैमिली गेट टूगेदर है। मेरे ही इनीशिएटिव पर हो रहा है।' फिर उसने अपना मोबाइल निकाला। दस सेकेंड में ही मेरे मोबाइल पर व्हाट्सएप नोटिफ़िकेशन की बीप आयी।

'लोकेशन भेज दी है महल की। तुम 18-19 को ही पहुँच जाना। थोड़ा जायज़ा ले लोगे।' मैं हैरान था मेरे बिना पूछे ही वो कैसे कोई टाइम फ़िक्स कर सकती है। मैं बोलने को उद्यत हुआ पर उसने टोका।

'तुम्हारे आउटस्टेशन एक्सपेंसेज और फ़ीस की चिन्ता न करो। महल में पहुँचते ही सारा पैसा एडवांस में तुम्हारे हवाले होगा।' कह कर वो रुकी। फिर उसने पूछा। एक निहायत फ्रैंक सवाल–'कोई गर्लफ्रैंड है?'

मन में फ़ौरन माया का अक्स उभरा। मैं चुप रहा। माया को लेकर झूठ बोलने का हौसला न हुआ। मन में अजीब सा अपराध बोध आ गया। अब तक के फ़्लर्ट को लेकर मेरी चुप्पी का उसने ख़ुद मतलब निकाला।

'यानी कि है।' उसने कहा।

'अरे मैंने कब कहा?'

'कहने की ज़रूरत ही नहीं। इतना लम्बा गैप ख़ुद ही कह गया। साथ ले आना। दो फ़ायदे हैं। एक तो दिलजोई का सामान साथ होगा तो काम में मन लगेगा। दूसरे इस फ़ालतू फ़्लर्ट से बचोगे।' उसने कहा। 'महल में पूरी व्यवस्था है। उसका पूरा ध्यान रखा जायेगा।'

'क्या कार्यक्रम है आगे का?' मैंने पूछा।

'कुछ नहीं। बस कल सुबह निकल जाऊँगी।' उसने कहा। फिर क्लब के नैपकिन पर एक नम्बर लिख कर मेरे हवाले किया। इसे डायल करके छोड़ देना। फ़ोन बुक में जाते ही यह ट्रूकॉलर पर आ जायेगा सो ध्यान रहे।'

'नम्बर लिखने की क्या ज़रूरत थी, अभी तो आपने व्हाट्सएप किया है!' उसने मुस्करा कर मुझे देखा और फिर पर्स में हाथ डाल कर तीन हूबहू एक जैसे आईफ़ोन निकाल कर टेबल पर धर दिये। फिर उनमें एक को उठा कर कहा कि व्हाट्सएप

इससे किया था। इससे काल की ही नहीं जाती। यह दूसरा मेरे स्टाफ के पास है। यह तीसरा मेरे दोस्तों के पास। फिर उसने एक फ़ोन अपनी आँखों के आगे से लहराया और कहा–'यह नम्बर इस फ़ोन का था। सीधा मेरे पास ही बजेगा।'

मैं उसे देखता ही रह गया। तमन्ना कटोच अब मुझे रहस्यमय लगने लगी थी। मैं उसे लेकर सोच में डूबने ही वाला था कि मेरे दिमाग़ ने मुझे चौकस किया कि वो क्लायंट थी। मुझे उसी का रक्षाकवच बनना था। मन में हज़ारों सवाल थे पर मैंने फ़िलवक़्त के लिए एक ही चुना।

'यह जो फ़ैमिली गेट टूगेदर है इसमें वे सब लोग हैं जिन पर आपको सन्देह है कि वे आपके क़त्ल का कारण बन सकते हैं।'

'मिस्टर, महल का निज़ाम बड़ा संकुचित होता है। एक अलग ही दुनिया होती है। मुझे नहीं पता कि ऐसा कितने दिन चलेगा। छोटे महाराज आज भी अनुशासन का पूरा ध्यान रखते हैं। महल में माहौल ऐसा होता है कि न चाहते हुए भी सब उसी रंग में रंग जाते हैं। मैं विदेश में पढ़ कर आयी हूँ। क्या-क्या परिवर्तन करने की सोच लेकर आयी थी पर पिछले साढ़े छह महीने से बस 'प्रिंसेस प्रिंसेस' सुन कर उसी रंग में ढलती जा रही हूँ।' मैंने हैरानाकुन नज़रों से उसे देखा। यक़ीन न आया कि अभी भी ऐसा हो सकता है पर सच यही था कि ऐसा है, सिर्फ़ तमन्ना कटोच के साथ नहीं इसके जैसे सबके साथ।

'इकट्ठे में शामिल होने वालों पर बारीक़ नज़र ज़रूरी है। क्योंकि जैसा आप बता रही हैं ऐसे में भीड़ में आप पर हमला हो सकता है। यह ध्यान रखना कि कौन शख़्स है जिसे आपकी मौत से कोई फ़ायदा हो सकता हो। क्योंकि एक बात याद रहे क़त्ल चाहे होने वाला हो या हो चुका हो उसकी तह में कोई मक़सद ज़रूर होता है। महल का सिंहासन हो, कोई फाइनेंशियल कारण हो, कोई जलन हो, कोई ईर्ष्या हो, कोई पारिवारिक दुश्मनी हो या कुछ भी।'

'मैं फिर सोचूँगी।' उसने कहा।

'एक बात और। इतनी भीड़ भी न लगा लेना कि दुश्मन का काम आसान हो जाये। इतने लोगों के लिए 10 दिन के रहने-खाने के लिए कम से कम बाहरी मदद लेना।' मैंने कहा।

'उसकी ज़रूरत नहीं पड़ेगी। महल में इतना रेगुलर स्टाफ़ है कि सौ-पचास लोगों के खाने के लिए बाहर से किसी को बुलाना नहीं पड़ता। लेकिन इसके लिए सबकी छुट्टी करके बाहर से गिनेचुने लोग बुलाये जायेंगे जिनका महल में कोई

मक़सद नहीं। जो महल के बाशिन्दों को जानते नहीं कि किसी षड्यन्त्र में शामिल हो जायें।' उसने कहा फिर बिना किसी नोटिस के उठी। उसके दो बाउंसर जो अभी तक दूर खड़े थे लपक कर पास आये। एक ने उसका बैग उठा लिया। मेरे मन की एक और शंका का समाधान हो गया कि इतने सारे फ़ोन का बोझ कैसे उठाती होगी। उसके हाथ में अब एक ही फ़ोन रह गया था। वो उठी तो हॉल में जैसे कोई शमा जल उठी हो। सभी आँखें परवानों की तरह आकर उसके बदन से चिपक गयीं। वो पहली बार मुस्करायी। बिजलियाँ गिर गयीं। उसने अपने अंगरक्षकों को संकेत किया। वे गेट की ओर बढ़ गये।

'सो इट इज़ सेटल्ड मिस्टर पीडी। नाओ आय विल सी यू इन द पैलेस। एंड यस वन रिक्वेस्ट। प्लीज़ एग्जास्ट योर पुअर जोक्स, वन लाइनर्स, बर्वल क्लीशेज एंड मिसोजनिस्टिक जाइब्स इन डेल्ही। देयर आर नो बायर्स फ़ार देम इन द पैलेस। सो लांग।' कह कर वो हवा के झोंके की तरह हॉल से निकल गयी।

'मैं पीछे से आवाज़ देकर कहता रह गया मैडम बिल...।' हर बार की तरह मेरी जेब में तो बस पाँच सौ का एक नोट ही था। लेकिन उसके गेट से निकलने से पहले ही बटलर ने मेरी टेबल पर खाने की प्लेटें रखनी शुरू कर दीं। मैंने हैरत से उसे देखा।

'सर, प्रिंसेस हैज ऑर्डर्ड योर डिनर। पेड, टिप इन्क्लुडिड। प्लीज़ एंजॉय।'

मैंने छक कर खाना खाया। इस बात पर हो रही हैरत को कि दिल्ली में 'प्रिंसेस' का ऐसा जलवा था कि वेटर भी उसे इसी नाम से बुलाते थे। वाह री माया! प्रसन्नता में मेरे मुँह से यही दो शब्द निकलते थे। एक शाश्वत सच्चाई बयान हो जाती थी और माशूक़ का नाम भी जप लेता था। इतनी शानदार दारू और ऐसे लज़ीज़ खाने के बाद स्वीट डिश की ज़बर्दस्त तलब हुई पर मेरा मन तो मीठे का भोग माया के होठों से ही लगाने का था सो मैंने शाही टुकड़े को नज़रअन्दाज़ करना ही मुनासिब समझा। माया मेरे फ़ोन की अक्सर घण्टी भी न बजने देती थी सो पहली ही रिंग पर उसने फ़ोन उठाया।

'कहाँ हो जानेमन!'

'वहीं हूँ बस रोज़गार के ग़म भुला रही हूँ।' उसने कहा फिर पूछा, 'तुम कहाँ हो?'

'मैं कहीं भी हूँ पर आज के दिन की आख़िरी ख़्वाहिश बस तुम्हारे पहलू में गर्क हो जाने की है सो फ़ौरन से पेशतर घर पहुँचो।'

‘लाइक ए ब्रीज। दिस माया माहेश्वरी एट योर सर्विस।’ फ़ोन कटा। इतने बड़े क्लब से बिना टिप दिये निकलना अच्छा न लगता वे चाहे ऑर्डर ‘टिप इन्क्लुडिड’ था। मैंने दिल पर क्विंटल भर का पत्थर रख कर अपने इकलौते पाँच सौ के नोट को क़ुर्बानी के लिए निकाला पर बटलर ने बड़ी शालीनता से मना कर दिया।

‘सर, वी डोंट एक्सेप्ट टिप इन हॉल।’ उसने कहा।

‘यू मीन नो कैश। बट आय डोंट हैव एनी डिजीटल ट्रांजेक्शन मोड।’ मैंने कहा।

‘नो सर, नो टिप एट ऑल। इट इज़ आइदर इन्क्लुडिड इन बिल और नो टिप। एंड प्रिंसेस इज़ ऑलवेज़ जैनरस इन दिस मैटर।’

बटलर अंग्रेज़ों जैसी इंग्लिश बोल रहा था। इसके लिए तो पाँच सौ कम ही थे। मैंने अपने इकलौते नोट की लम्बी उम्र के लिए प्रार्थना की। फिर एग्ज़िट डोर की ओर बढ़ा।

सात

शिमला से थोड़ा पहले चण्डीगढ़-शिमला राष्ट्रीय राजमार्ग पर शोघी क़स्बा आता है जिसका मुख्य बाज़ार राजमार्ग के ऊपर है। जिस कारण यहाँ पर वाहनों की रफ़्तार धीमी हो जाती है। ज़्यादातर दुकानें खाने-पीने की छोटी-छोटी चीज़ों या फिर कोल्डड्रिंक, मिनरल वाटर और चिप्स वग़ैरह की बिक्री से ही चलती हैं। मधु मालिनी बाज़ार की ओर अग्रसर थी। उसकी छोटी सी कॉटेज भी बाज़ार की साइड में ही थी। कॉटेज के बाहर की तरफ़ दो दुकानें थीं जिनमें से एक रेडीमेड कपड़ों ख़ास कर बच्चों के कपड़ों की थी जबकि दूसरी वही खाने-पीने के सामान की थी। मधु का यह रोज़ का रास्ता था। जिस दुकान पर उसे जाना था वह सड़क के दूसरे कोने पर थी। दुकान बाक़ी दुकानों से कदरन बड़ी थी जिसमें आगे गैस के ऊपर एक बड़ी कड़ाही में दूध उबल रहा था। दूध पर मलाई की मोटी परत जमी हुई थी। शाम का वक़्त था। दुकान पर इक्का-दुक्का स्थानीय ग्राहक ही थे। काउंटर के पीछे एक सुन्दर युवक बैठा था। गोरा रंग, कन्धे तक आते घुँघराले बाल, सुतवाँ नाक, गुलाबी होंठ, बड़ी-बड़ी आँखें। वो एक काले रंग की टी-शर्ट पहने था जिस पर पीस लिखा था। युवक की निगाहें भी दुकान के दरवाज़े पर ही थीं। दुकान के जो ग्राहक थे वे बाहर ही दूध पी रहे थे। कड़ाही के पीछे एक छोटा लड़का खड़ा था जो दूध में लगातार एक बड़ी सी कड़छी घुमा रहा था।

मधु को देखते ही काउंटर पर बैठे युवक की आँखों में चमक आ गयी। उसने हाँक लगायी।

'आइए रानी साहिबा।'

मधु ने नज़र भर कर युवक को देखा। उसे पता था कि युवक उस पर दिल रखता था पर उसने कभी उसे गम्भीरता से नहीं लिया। आख़िर वो यहाँ अकेली रहती थी। उसने युवक के सम्बोधन को रोज़ की तरह इग्नोर किया और कहा, 'दो।'

युवक के चेहरे पर मायूसी छा गयी। उसने काउंटर के पीछे से विंडो खोल कर उसकी दुकान की ख़ास देसी बर्फ़ी के चार बड़े-बड़े पीस छाँट कर अलग किये और प्लास्टिक की एक डिब्बी में डाल कर मधु के हवाले कर दिये।

मधु ने डिब्बी ली और चुपचाप दुकान से बाहर निकल गयी। रास्ते में ही उसने डिब्बी को खोल कर बर्फ़ी का एक बड़ा टुकड़ा निकाल कर अपने मुँह में रखा और उसे चबा कर खाने की बजाय हल्के से दबाना शुरू किया। बर्फ़ी का रस दूध बन कर उसके गले में उतरने लगा। उसने शरीर में एक स्फूर्ति का अहसास किया। घर पहुँच कर उसने फ्रिज में से बीयर की एक कैन निकाली और उसके ढक्कन को दबा कर तोड़ा। कैन में से फिज्ज भाप बन कर निकली। मधु ने कैन को अपनी नाक के पास ले जाकर एक लम्बी साँस खींची और फिर तृप्तिपूर्ण ढंग से सिर हिलाया। सूरज अस्ताचल में जा चुका था। यही समय था मयकशी का। उसने अपने सोफ़े पर बैठे-बैठे अपना म्यूज़िक सिस्टम ऑन कर दिया। हॉल में पंकज उधास की आवाज़ गूँजी–'सबको मालूम है मैं शराबी नहीं...।'

हर रोज़ की तरह उसने बर्फ़ी के बाक़ी तीन टुकड़े टेबल पर रख दिये और बीयर का एक बड़ा घूँट लिया। उसका शरीर जैसे हल्का होकर हवा में उड़ चला। हर बुधवार, रविवार और शुक्रवार मधु का यही रुटीन था। सबसे मुश्किल उसे दारू ख़रीदने की होती थी। शोघी छोटा-सा क़स्बा था। एक ही ठेका था। जहाँ औरतें दारू ख़रीदने जा नहीं सकतीं और ख़ास तौर पर मधु जो यहाँ अकेली रहती थी, दारू के लिए उसे शिमला या सोलन जाना पड़ता था। शुरू-शुरू में यह मुश्किल हुई लेकिन अब तो पाँच साल से भी ज़्यादा होने को थे। यही रुटीन चलते हुए। उसे मालूम था कि आधे-पौने घण्टे में वो यहीं सोफ़े पर लुढ़क जाने वाली थी तभी घर की घण्टी बजी। मधु चिंहुक कर सीधी हुई।

कौन हो सकता है? ऐसा तो कभी हुआ ही नहीं। फिर उसने सोचा शायद उसके किसी किरायेदार को कुछ चाहिए होगा। चौकीदार हो सकता है। घण्टी फिर बजी। आख़िर वो उठी। बीयर की कैन को सोफ़े की ओट में कर दिया। जाकर दरवाज़ा खोला तो जाली के पीछे वही बर्फ़ी वाला युवक खड़ा था।

'क्या है?' मधु ने नाराज़गी से कहा।

'दरवाज़ा खोलें रानी साहिबा।'

'क्यों?' मधु ने पूछा पर साथ ही स्वयमेव ही दरवाज़े की साँकल हटा दी।

'इसलिए' कह कर युवक ने अपनी जेब से हाथ निकाला। उसके हाथ में छोटी-सी पिस्तौल थी। मधु का दिल धक्क से रह गया। वो दरवाज़ा बन्द करने को उद्यत हुई। युवक मुस्कराया, 'अरे नहीं यह तो लाइटर है।' कह उसने ट्रिगर दबाया तो एक लौ लपक कर बाहर आ गयी। युवक ने बड़ी दक्षता से सिगरेट निकाला और फिर लम्बा कश खींच कर धुआँ जाली की तरफ़ छोड़ा। मधु ने अप्रसन्नता से उसे देखा। बिना कुछ कहे उसने फिर दरवाज़ा बन्द करने की चेष्टा की। इस बार युवक ने दूसरी जेब से कुछ निकाला। मधु ने फ़ौरन पहचाना। उसका मोबाइल फ़ोन था। उसके चेहरे पर हैरत के भाव आये।

'हैरान मत होइए, आप दुकान पर भूल आयी थीं।'

मधु ने जाली की कुंडी भी खोल दी। युवक ने फ़ोन उसको थमा दिया।

'थैंक्यू।' मधु ने कहा फिर दरवाज़ा बन्द करने लगी लेकिन युवक ने बाहर की ओर खुलती जाली को थाम रखा था।

'अन्दर आने को नहीं कहेंगी?' उसने कहा।

'नहीं प्लीज़। थैंक्यू, आप जाइए।'

'ओके, पानी का गिलास मिलेगा। पैदल आया हूँ।'

मधु अब शिष्टाचार में फँसी थी। आख़िर वो उसका फ़ोन लौटाने आया था।

'मैं लाती हूँ' कह कर वो मुड़ी लेकिन युवक वहीं इन्तज़ार करने की बजाय अन्दर आ गया।

मधु ने एतराज़ न किया। उसने फ्रिज खोला।

'या फिर जो आप पी रही हैं वही मुझे पिला दें।' युवक ने कहा।

मधु ने पहली बार युवक को आदमक़द देखा था। अब तक वो उसे उसकी हलवाई की दुकान के काउंटर के पीछे ही देखती आयी थी। युवक आकर्षक था। पता नहीं क्यों शायद नालायक होगा जो हलवाई की दुकान में सड़ रहा था वो भी यहाँ शोघी में। मधु ने कुछ सोचा फिर फ्रिज में से बीयर की कैन निकाल कर युवक की ओर बढ़ा दी।

'यह लो, घर जा के पी लेना।'

'क्यों, यह भी तो घर ही है।' कह कर उसने कैन खोल दी और एक लम्बा घूँट भर लिया।

'देखो प्लीज़, ऐसे मत करो। छोटी जगह है, तुम जाओ। प्लीज़।'

युवक ने कुछ क्षण सोचा फिर गट-गट करके बीयर की कैन को ख़ाली किया और बाहर की ओर बढ़ा।

दरवाज़े पर पहुँच कर उसने मधु को छोटा सैल्यूट मारा और बोला, 'सोचना।'

'क्या!' मधु के मुँह से बरबस निकला।

'मेरे बारे में रानी साहिबा।' कह कर वो चला गया।

मधु उसके निकलते ही वाक़ई उसके बारे में सोचने लग गयी। बदले हालात में उसे बीयर नाकाफ़ी लगने लगी। वो उठी और उसने अपने बेडरूम की अलमारी में से जॉनीवॉकर ब्लैक लेबल की बोतल निकाली। बीयर को एक बड़े गिलास में डाला और बिना नापे उसमें कम से कम 100 एमएल व्हिस्की का तड़का लगा डाला। पहला घूँट पेट में गिरते ही उसकी तबीयत वाह-वाह हो गयी। शराब का यह शायद मनोवैज्ञानिक प्रभाव था कि एल्कोहल के धमनियों में जाने से पहले ही वो उसके प्रवाह का स्वागत मात्र करने से ही उल्लासित हो जाती थी। पाँच साल पहले जब उसे ऐसा लग रहा था कि उसके जीवन में ख़ुशियों की बहार आ गयी थी। ग़म की घटा सैलाब बन कर बरस गयी थी। और सब कुछ, सब उम्मीदें, सब सपने, सब ख़ुशियाँ उसमें बह गयी थीं। उसके हिस्से आयी थी गुमनाम ज़िन्दगी। मधु को पहले दिन से मालूम था कि हलवाई की दुकान पर बैठने वाला वो लड़का उस पर नज़र रखता था। पर वो उसकी भावनाओं को परख न पा रही थी। मधु तीस पार थी जबकि युवक शायद अभी 24-25 का भी नहीं था। क्या उसका यह महज़ वक़्ती आकर्षण था। या एक अकेली औरत का फ़ायदा उठाने की कोशिश या फिर जिस्म की भूख। उसके मन में एक पल भी यह न आया कि युवक के मन में उसके लिए कोई सच्चा प्यार टाइप भावना थी।

हालाँकि कुछ तो था जो उसको हर शाम उस दुकान पर ले जाता था। यह कोई पसन्दीदा बर्फ़ी का मामला नहीं था। और फिर अगर उसने युवक की उपेक्षा करनी होती तो इसी बाज़ार में हलवाई की कम से कम छह दुकानें और थीं। इससे बेहतर। पर उसकी बर्फ़ी उसकी रोज़मर्रा की ज़िन्दगी का हिस्सा बन गयी थी। उसके अवचेतन में एक बात और थी जो उसे उस दुकान पर जाने को विवश करती थी। वो था उस युवक का सम्बोधन–'रानी साहिबा'! उसे इस तरह पुकारने वाला सिर्फ़ वो था। उसे आज तक इसका कारण न पता था। सिवाय उसके पूरे क़स्बे में कोई उसे ऐसे न बुलाता था। फिर कभी उसे लगता था कि यह शायद उसका अकेलापन था जिसने उस युवक के साथ एक पूरी तरह अनचाहा नाता जोड़ लिया था। दस मिनट में गिलास आधा हो गया था। उसने अपनी बढ़ती हुई दिल की धड़कन और नशे में उफनते दिमाग़ से युवक को निकालने की कोशिश की। लेकिन जैसे ही नशे को सोहबत देने के लिए उसने बर्फ़ी का दूसरा पीस मुँह में डाला युवक फिर उसके

तसव्वुर में घर कर गया। इस बार उसने रोका नहीं। आज उसका दिमाग़ नशे की गिरफ़्त में था पर दिल पूरी तरह आज़ाद। एक नये रिश्ते की नींव रखी जा रही थी। उसने अधमुँदी आँखों से सामने पड़े दारू के गिलास को देखा और फिर एक ही घूँट में उसको अपनी हलक में उँडेल दिया। दारू के उसके पेट को स्पर्श करने से पहले ही वो वहीं काउच पर लुढ़क गयी थी। शराब ने उसकी अर्धनिद्रा में धीरे-धीरे उसके पेट और वहाँ से उसके दिमाग़ की ओर अपना रास्ता बनाया।

मधु मालिनी टिपिकल पहाड़ी ख़ूबसूरती की मिसाल थी। लेकिन उसके लिए कोई शहरी क़द्रदान न मिला था। गोरा रंग, सामान्य क़द, घुँघराले भूरे बाल, पहाड़ियों की तरह दबी हुई आँखें, गहरे गुलाबी रंग के होंठ जिनको किसी लिपस्टिक की दरकार न थी। कहना न होगा कि एक चीज़ थी जो उसे बाक़ी पहाड़ियों से अलग करती थी। पिछले पाँच साल से जब से वो यहाँ आयी थी हाउस कैट बन कर रह गयी थी और उसका वज़न बढ़ गया था। लेकिन इस वजह से उसकी सुन्दरता पर कोई असर न था और अब वो दुबली-पतली पहाड़न से गदरायी हुई पहाड़न थी जिसकी अधमुँदी आँखें और लाली लिए गाल उसके पहाड़न होने की चुग़ली कर देते थे। वो अपनी कॉटेज के बड़े वाशरूम में आदमक़द शीशे के सामने खड़ी थी। शाम के पाँच बज गये थे। रोज़ वो पाँच सवा पाँच घर से निकल कर एक लम्बा चक्कर काट कर बर्फ़ी ख़रीदने के लिए युवक की दुकान पर पौने छह, छह बजे तक पहुँचती थी। साढ़े छह के आसपास घर पहुँच कर वो अपनी मेड को मुक्त कर देती। साढ़े सात तक बाज़ार की रौनक ढलने लगती और वो अपना डिनर टेबल सजा लेती।

अगला दिन पिछले जैसा नहीं था। एक नयी शुरुआत जैसा था।

मधु ने ख़ुद को निहारा। आईने का यही पक्षपाती रवैया है जो हर देखने वाले को उसकी नज़र में ख़ूबसूरत कर देता है। मधु ने एक एक्सपर्ट की तरह अपनी दोनों बाँहें पीछे करके अपनी ब्रा की हुक लगायी। शरीर पर चर्बी चढ़ जाने के बाद उसकी ब्रा का नाप भी 28 से 32 हो गया था। बस एक यही शारीरिक परिवर्तन था जो उसके वज़न बढ़ जाने के ग़म को ग़लत कर देता था। टिपिकल पहाड़ी अन्दाज़ से उसने अपने लम्बे बाल सिर के पीछे की तरफ़ जूड़े की तरह इकट्ठे किये और फिर एक बड़ा क्लिप लगा कर माथे से घुमा कर सिर पर दुपट्टा बाँध लिया। उसने सिंगल पीस लांग फ्राक टाइप ड्रेस पहनी और ब्रा में हाथ डाल कर अपने वक्ष को उभार लिया। फिर वो अपने रोज़ाना के अन्दाज़ से बर्फ़ी ख़रीदने के लिए कोने वाले हलवाई की दुकान पर चल पड़ी। घर से निकलते ही उसने अपने सिर के पीछे पगड़ी

के लड़ की तरह लटकते दुपट्टे से अपने उभारों को ढक लिया। चहलक़दमी करती हुई वो स्वीट शॉप पर पहुँची। कनखियों से देखा युवक काउंटर के पीछे था। मायूस।

मधु आज जानबूझ कर आधा घण्टा लेट थी। अमूमन जो अँधेरा उसके घर लौटने तक होता था वो आज दुकान पर पहुँचने तक ही हो गया था। उसने दरवाज़ा खोला। उसके अभी तक न आने से मायूस युवक ने दरवाज़े की ओर देखा भी था। काउंटर तक पहुँचने से पहले मधु ने अपने वक्ष से अपना दुपट्टा फिसल जाने दिया था। उसकी छातियाँ दुकान की हल्की पीली रोशनी में एक अजब नज़ारा पेश कर रही थीं।

'सुनिए' उसने कहा तो युवक को जैसे करंट लग गया हो। वो चिंहुँक कर सीधा हुआ।

'अरे रानी साहिबा।' उसने कहा। 'देर कर दी आज बहुत।'

वो ख़ामोश रही। युवक ने झुक कर काउंटर के नीचे हाथ डाला और प्लास्टिक की छोटी डिब्बी जिसमें वो रोज़ चार पीस बर्फी लेकर जाती थी, निकाली। आज उसमें दो अतिरिक्त टुकड़े ठुँसे थे।

'ज़्यादा हैं।' उसने कहा। 'मुझे चार ही चाहिए।'

'ले जाइए। क्या पता कभी कोई मेहमान ही आ जाये।' युवक ने अर्थपूर्ण स्वर में कहा।

मधु क्या-क्या सोच कर आयी थी लेकिन यहाँ आकर सब ख़त्म हो गया था। उसने डिब्बी ली और बाहर जाने को मुड़ी। पैसे तो वो महीने के अन्त में ही देती थी। वो अभी गेट खोल भी न पायी थी कि पीछे से युवक की आवाज़ आई। एकदम सधी हुई।

'राजमहल में परिवार इकट्ठा हो रहा है। आप जा रही हैं?'

मधु मालिनी थमक कर खड़ी हो गयी। अब यह साफ़ था कि युवक उसे जानता था। कई महीनों से वह यह सोचती थी कि क्यों वो उसे 'रानी साहिबा' पुकारता था।

'मैं समझी नहीं।' उसने मुड़ कर कहा। यह पहली बार था कि दुकान के अन्दर उसने युवक से संवाद किया था।

'इतना मुश्किल तो नहीं। पहले तो यही जान लीजिए कि मैं आपको जानता हूँ। बस फिर आपको बाक़ी सब पता चल जायेगा। अगले सप्ताह राजगढ़ के राजमहल में राजपरिवार के सभी सदस्य जुड़ने वाले हैं। एक सप्ताह तक उत्सव रहेगा।' युवक ने कहा।

मधु पूछना चाहती थी कि वो उसके राजपरिवार से ताल्लुक को कैसे जानता था पर इस समय यह सवाल अहम नहीं था। उसकी साँस तेज़ी से चलने लगी थी। दिलोदिमाग़ में एक अजीब सी व्याकुलता हो गयी थी। साँस तेज चलने से उसके वक्षस्थल के उतार-चढ़ाव को देख युवक को अपनी साँस सूखती हुई लगी। लेकिन पानी की ज़रूरत मधु को थी। युवक ने देखा आसपास पानी नहीं था लेकिन उसके पास ही रखे फ्रिज में मार्केट में नया-नया आया फ्लेवर्ड सोडा पड़ा था। उसने लेमन फ्रेश की एक बोतल खींची और खोल कर मधु की ओर बढ़ा दी। मधु ने बिना कुछ कहे एक ही घूँट में एक चौथाई बोतल ख़ाली कर दी।

'क्यों?' उसने पूछा।

'लम्बी कहानी है। नौ बजे आता हूँ।' उसने कहा। मधु उसे मना करना चाहती थी लेकिन कर न सकी। बिना कुछ कहे बर्फ़ी लेकर बाहर निकल गयी। आज घर के लिए उसने लम्बा रूट न लिया बल्कि बाज़ार को एक सीध में लाँघती 12 मिनट में अपने घर के अन्दर पहुँच गयी। रानी साहिबा, रानी साहिबा, रानी साहिबा यह सम्बोधन धाड़ धाड़ उसके दिमाग़ में बज रहा था।

आठ

अल्फ़ा-1 क्लब में तमन्ना के जाने के बाद मैंने बन्दूक़ की गोली की तरह खाना खाया था और तोप के गोले की तरह निकल कर तानसेन मार्ग पहुँचा था। मुझे पता था कि मेरे पहुँचने के साथ ही माया भी कनॉट प्लेस से वहाँ पहुँच जायेगी। तमन्ना के साथ मेरा मिशन आशिक़ी बुरी तरह फेल हो गया था। तमन्ना जिसे देखते ही उसे पा जाने की तमन्ना हर किसी में उठ जाती, मेरी उस तमन्ना को रौंदती-कुचलती, मुझे तमन्ना मुक्त करके निकल गयी थी। देश में कांग्रेस मुक्त भारत का सपना तो अब लगभग टूट ही चुका था। कांग्रेस दो से चार राज्यों में सरकार बना चुकी थी। जिस भारतीय जनता पार्टी ने देश को कांग्रेस मुक्त बनाना था वो ख़ुद कांग्रेसयुक्त होती चली जा रही थी। बहरहाल, तमन्ना से मिले नामंजूरी के ग़म को मैं माया के पहलू में गर्क होकर ग़लत करना चाहता था। पर आज तो माया ने भी देर से आने का रिकॉर्ड तोड़ दिया। आख़िर सवा दस बजे वो आयी। मैं उस समय लगभग सो ही चुका था।

'सॉरी जान।' उसने मेरे कुछ कहने से पहले ही सफ़ाई दी। 'शोरूम से निकल रही थी कि सीए आ गया। अभी साढ़े पाँच लाख का चूना लगवा के आ रही हूँ।' उसने कहा। फिर अपना पर्स कोने में पड़ी एक टेबल पर धर कर एक दिलकश अँगड़ाई ली। उसके अँगड़ाई छोड़ते ही कमरे में रुकी बयार ने चलना शुरू किया। मेरी साँस में साँस आयी। वो एक टाइट स्कीवी और एक चर्मचिपकू लोअर पहने थी जो उसके घुटनों तक आते-आते दम तोड़ गया था। उसकी गोरी घुमावदार पिंडलियाँ कमरे की मद्धम रोशनी में दो अतिरिक्त ट्यूब लाइट की तरह चमक रही थीं। उसके लोअर का अगर स्किन कलर होता तो यह माई का लाल उसे वस्त्रविहीन ही समझता। लोअर और स्कीवी के बीच में क़रीब डेढ़ इंच जगह दो देशों के बीच की नो मैन्स लैंड की तरह थी जिसमें उसकी नाभि एक नग की तरह विभूषित थी।

उसको देख कर मेरी हालत एक बुत जैसी हो गयी थी। यही थी माया और यही थी उसकी माया। हर बार नयी हर बार सम्मोहक।

'क्या देख रहे हो?' कह कर वो बेड के कोने में मेरे पास आ खड़ी हुई। उसके असाधारण क़द की वजह से उसकी नाभि मेरे होंठों के साथ सट गयी। तानसेन मार्ग के इस नाचीज़ के इस छोटे से आशियाने में जैसे कोई तान छिड़ गयी हो और इन्द्र का दरबार सज गया हो। फिर जैसे जिस्म की आग में तपते कमरे में बर्फ़ गिर गयी हो। वो तड़प कर मुझसे अलग हुई, देखते ही देखते अपने बदन से कसे कपड़ों से आज़ाद होकर एक बरमुडा और टी-शर्ट पहन कर आ गयी। लेकिन यह तो मेरे ऊपर और भी जुल्म था। अधोवस्त्रों से आज़ाद उसके उरोज जैसे कमरे में अर्धनिद्रा में सुप्त कामदेव को ललकार रहे थे। वो इस उथलपुथल से बेख़बर किचन में गयी। थोड़ी ही देर में एक बड़ी ट्रे में अपने लिए वोदका का लार्ज और मेरे लिए मेरी पसन्दीदा सिंगल माल्ट व्हिस्की का एक पटियाला के भी पापा जैसा पेग तैयार करके ले आयी। ट्रे में मार्लबोरो का एक पैकेट भी पड़ा था। हमने चियर्स बोल कर अपना-अपना गिलास आधा किया और सिगरेट सुलगा लिए। कमरे में नशे ने मद्धम ताल पर नर्तन शुरू कर दिया।

'जानते हो अभि सरकार किस तरह हमारा ख़ून चूस रही है।'

अभी साढ़े पाँच लाख रुपये टैक्स जमा कराने का दुख उसके सिर चढ़ कर बोल रहा था। 'वी आर लिविंग इन ए मल्टीटियर टैक्स रिजीम। वी आर द' इंडियंस। फ़र्स्ट द मैन्युफ़ैक्चरर पेज देन द जीएसटी, देन द डीलर पेज द टैक्स, देन द होलसेलर पेज द टैक्स एंड देन द रिटेलर मीन्स मी; आय पे द टैक्स एंड वेन आय सेल द सेम मैटीरियल, द कस्टमर टू पेज द टैक्स। वेलकम टू न्यू इंडिया।'

'क्या बात कर रही हो। तुम पर विश्वास करूँ तो जीएसटी लाने का तो उद्देश्य ही विफल हो गया। एक देश एक विधान, एक निशान, एक टैक्स। सरकार तो देश में एकरूपता लाने को प्रतिबद्ध थी।' मैंने कहा।

'प्रतिबन्ध, माय फुट।' उसने जल कर कहा। नशे में प्रतिबद्ध और प्रतिबन्ध का फ़र्क़ ख़त्म हो गया था। शराब का दूसरा दौर शुरू हो चुका था।

'तुम बताओ, तुम्हारा दिन कैसा रहा?' उसने पूछा।

मैंने बताया।

'वाह!' वो मन्त्रमुग्ध सुन ही थी। मैं उसे बताते हुए तमन्ना के साथ अपने 'फेल्ड फ़्लर्ट' पर पर्दा डाल गया था।

'प्रिंसेस, राजमहल एकदम फ़िल्मी लग रहा। और हाँ मैं कितनी बार फ़िरोज़शाह रोड से गुज़री। ऐसा कोई क्लब तो वहाँ तसव्वुर भी नहीं कर सकती थी।' माया ने कहा।

'चलेंगे किसी दिन।' उसने कहा।

'हो सकता है दस दिन के लिए राजगढ़ जाना पड़े।' मैंने कहा।

'आर यू सीरियस? ऐसे कहीं होता है कि क़ातिल जो अभी महज़ कल्पना में ही है की तलाश की जाये।' उसने हैरत से कहा और सिर मेरे कन्धे पर रख दिया। उसके बालों से उड़ती जाफ़रान की महक ने मुझे मदहोश कर दिया। मुझे बातचीत की डोर टूटती हुई महसूस हुई।

'मैंने उसे बताया कि जब मैंने तमन्ना से कहा कि मेरा काम तो क़त्ल के बाद शुरू होता है तो कैसे उसने अपनी कनपटी से पिस्तौल सटा ली थी।'

माया की बड़ी-बड़ी आँखें फैल गयीं। उसकी आँखों के खुलते ही उनमें उमड़ते हुए लाल डोरे नुमायाँ हो गये। मेरा दिमाग़ फिर भटक गया।

'इंट्रेस्टिंग।' उसने कहा और वोदका का तीसरा जाम भर लिया। तीन पेग तक माया सुरूर में रहती थी। चौथे में नशे में हो जाती थी और पाँचवें में लुढ़क जाती थी। उसके साथ जिस्मानी हदों के पार जाने तक मुझे उसे सुरूर में ही रखना था सो मैंने बोतल उठा कर पलंग के साथ सटा कर रख दी।

'यह प्रिंसेस तमन्ना कटोच तो वाक़ई बहुत रहस्यमय है।' उसने कहा।

तभी मुझे याद आया कि मैं आते हुए उसकी पसन्दीदा लेमन टार्ट लेकर आया था। मैं उठा और जाकर फ्रिज से निकाल कर लाया। माया ने तृप्तिपूर्ण ढंग से एक टार्ट खायी और फिर सीधी हुई, 'तो क्या वाक़ई जाने वाले हो अभि? हाय मेरा क्या होगा रे बलम! मुझे भरी जवानी में छोड़ के चल दोगे? हाय हाय मैं मर जाऊँ।' उसने जब पूरे हावभाव, नाज नखरे से कहा तो मेरी हँसी छूट गयी। मैंने उसे बताया कि तमन्ना कटोच का न्योता उसके लिए भी है।

'न भई दस दिन तो बहुत ज़्यादा हैं। इतने दिन शोरूम अकेला नहीं छोड़ सकती। पिछले हफ़्ते नाजिया को थायराइड डायग्नोज़ हुआ है। शुरुआत में जब कोई बीमारी पता चलती है तो उसका डर ज़्यादा ही होता है। इसलिए उसकी रेगुलर हाज़री पर भी असर पड़ चुका है। शुरुआत है सो मैं भी थोड़ी लिनिएंट हूँ।' उसने कहा।

मैं थोड़ा मायूस हो गया। तमन्ना ने नाउम्मीद कर दिया था। माया इनकार कर रही थी। लगता था मेरे शुक्र का मेरी कुण्डली में वक़्ती अवसान हो गया था। वरना

अल्लाह के फ़ज़ल से इस नाचीज़ का बिस्तर गर्म ही रहता है फिर चाहे कभी उसी आग में मैं भी झुलस न जाऊँ।

'बीच में आ जाना वीकएंड पर।' मैंने कहा।

'वीकएंड पर ही तो कमाई होती है साहेब। छोड़ो, तुम इधर ध्यान दो।' कह कर उसने एक झटके में अपनी स्कीवी को अपने जिस्म से अलग कर दिया। मेरी साँस रुक गयी। अगले 20 मिनट बेड पर जैसे भूचाल आ गया। मेरे पेग की बची हुई व्हिस्की बेड पर गिर गयी। सिगरेट ने बुझने से पहले चादर पर एक बड़ा छिद्र बना दिया। माया उसी पोज़ीशन में मेरे ऊपर झुक गयी थी। आज पहली बार था कि मैं पैसिव पार्टनर था। फिर जैसे दिया बुझने से पहले एक बार भड़कता है हमारे जिस्म कुछ पल के लिए जैसे हवा में उड़ चले। जिन्हें ज़मीन पर पटका मेरे दफ़्तर की लैंडलाइन की घण्टी की कर्कश आवाज़ ने।

'ओ फक। फिर भूल गयी। अब क्या होगा अभी तो काम का क ही लिखा था।' उसने कहा फिर करवट लेकर मेरे ऊपर से हट गयी।

नौ

शाम के धुँधलके का ख़ौफ़ महाराज अक्षदीप के चेहरे पर अक्सर सूरज के पूरी तरह ढलने के साथ ही छा जाता था। एक अजीब सा अवसाद उनको घेर लेता था। महल के अन्दर रहें तो सब ठीक रहता था लेकिन बाहर खुले में निकलते ही उनको व्याकुलता होने लगती। चलने में असहज हो जाते। साँसें भी अव्यवस्थित हो जाती और दिमाग़ में जैसे कुछ धाँय-धाँय बजने लगता। ऐसा डिप्रेशन सेट हो जाने के बाद वे अपने शयनकक्ष में आते। आधा घण्टा बेड पर लेटते। कभी-कभार डॉक्टर की सुझाई एल्प्रेक्स या कांपोज की गोली निगल लेते। कभी शुरुआत में अक्षदीप ने कई महीने यह गोली नियमित खायी लेकिन उनके जीवन में सत्या सुहानी के आ जाने के बाद अब यह सिर्फ़ वक़्त ज़रूरत की बात थी। यह अलामत उनको पत्नी सुभद्रा की मौत के बाद लगी थी। अब भी कई बार ऐसा होता था कि डिप्रेशन लम्बा खिंच जाता था और दवा भी। डॉक्टर ने कई बार सलाह दी कि दवा को नियमित खायें लेकिन अक्षदीप की पीढ़ी के लोगों को दवा से परहेज़ ही रहता।

सत्या उनकी हाउसकीपर थी। एक बार जब वो बीमार पड़े तो सत्या ने उनकी भरपूर सेवा की। फिर शादी और फिर एक चाँद सी बेटी। आम राजा-महाराजाओं की इच्छाओं के विपरीत अक्षदीप सदा ही चाहते थे कि उनके पास बेटी हो। उनकी लिटल प्रिंसेस पर सुभद्रा ने उनको दो बेटे दिये। आज भी महाराज कुछ बेचैन थे लेकिन उनको इसकी कुछ वजह समझ न आयी थी। सत्या को शाम की सैर बहुत पसन्द थी लेकिन अवसाद के बाद अब अक्षदीप नहीं जाते थे तो वो भी नहीं जाती थी लेकिन आज सत्या को भी एंग्ज़ायटी का अटैक था। कारण हर बार की तरह नामालूम।

महल के मुख्यद्वार के बाहर से आउट हाउस तक देवदार और चीड़ के पेड़ों का एक जंगल था जिसके बीच में क़रीब सात फ़ीट चौड़ाई का एक पैदल पथ था

जिस पर शहर की गलियों की तरह पेवर ब्लाक्स लगे हुए थे। यह रास्ता मुख्यद्वार से आउट हाउस तक जाता था। इसे आउट हाउस बुलाया जाता था। हालाँकि यह अपने आप में एक छोटा घर था जिसमें नौ कमरे थे और जो दोमंज़िल बना हुआ था। दरअसल यह अतिथिगृह था जो परिवार के सदस्यों के अलावा अतिथि आते थे उनके लिए बनवाया गया था। पर इसे सभी आउट हाउस कहते थे क्योंकि यह महल की चारदीवारी के बाहर था। सत्या सुहानी अपने अवसाद से त्रस्त आउट हाउस की तरफ़ वाले इस रास्ते पर अकेले आगे बढ़ रही थी। अँधेरा घिरने लगा था। यह कटोच परिवार की एस्टेट का हिस्सा था सो उसमें किसी जंगली जानवर, साँप, मेढक, चूहे, खरगोश, सियार, आवारा कुत्ते या ऐसे ही दूसरे कदरन कम हिंसक जानवर यहाँ भटक जाते थे। वो भी एस्टेट के घने जंगल में ज़्यादा होते थे महल की तरह चूँकि मानवीय आबादी की गन्ध थी तो इधर का रुख़ कम करते थे।

सत्या अभी महल और आउट हाउस के अधबीच ही पहुँची थी कि कोई अचानक उस पर झपट पड़ा। उसके मुँह से दहशतज़दा एक चीख़ निकल गयी लेकिन इससे पहले कि चीख़ धारावाहिक रुख़ अख़्तयार करती एक मज़बूत हाथ ने उसके मुँह को जकड़ लिया।

'क्या हुआ बन्नो। ऐसी भी क्या नाराज़गी?' रक्षदीप सिंह ने उसके कानों में कहा।

'यह क्या कर रहे हैं छोटे महाराज? छोड़िए मुझे।' वो रक्षदीप की गिरफ़्त में छटपटायी।

'क्यों, क्यों छोड़ दूँ? पहली बार पकड़ा है क्या' कह कर रक्षदीप ने उसे 90 डिग्री एंगल पर घुमा कर अपने सीने से दबा दिया। उसकी सामान्य से छोटी छातियाँ रक्षदीप के आलिंगन के दबाव से उसकी छाती के साथ चिपक गयीं और उसकी छाती लगभग फ़्लैट हो गयी।

'छोड़िए, कोई देख लेगा?' उसने फिर रक्षदीप को धकेलने की कोशिश की।

जवाब में रक्षदीप ने उसे अपनी छाती के साथ इतना कस के भींचा कि उसे अपनी साँस रुकती हुई महसूस हुई। फिर उसने नाराज़गी से कहा।

'क्या हुआ? काँटे उग आये हैं क्या मेरे शरीर में? कितनी चुम्मियाँ ली हैं तुम्हारी इन्हीं पेड़ों की छाया में और भी...।' उसके आगे बोलने से पहले ही सत्या ने किसी तरह अपना हाथ छुड़वा कर रक्षदीप के मुँह पर रख दिया।

'और नहीं। बस। अब मैं आपकी भाभी हूँ। क्या सोचेंगे सब लोग। बेटी है मेरी एक।' उसने मिन्नत करते हुए आगे कहा, 'मुझे जाने दीजिए छोटे महाराज। वैसे भी

अगर महाराज को पता चल गया तो ज़रा सोच लीजिए। मेरा तो जो होगा आपका भी कुछ न बचेगा।' बात के अन्त तक आते-आते उसमें धमकी का पुट आ गया था।

रक्षदीप ने उसे ढीला छोड़ दिया। जैसे ही सत्या सहज हुई उसने सत्या की दोनों बाँहों के नीचे से अपनी बाँहें डाल कर उसे कस लिया और उसके होंठ सत्या के होंठों के साथ तालाबन्द हो गये। सत्या के मुँह से आवाज़ न निकली। फिर रक्षदीप ने अपनी गिरफ़्त को बनाये रखते ही उसके जम्पर को ऊपर उठा कर उसकी ब्रा की हुक खोल दी। उसके होंठों पर बदस्तूर ताला लगा था। फिर रक्षदीप ने उसे एक झटके से ख़ुद से अलग किया और उसके फिर चिल्लाने से पहले ही उसका जम्पर खोल कर झाड़ियों में उछाल दिया और उसे एक गुड़िया की तरह उठा कर झाड़ियों की ओट में ले गया। हल्की उमस भरे दिन के बाद की ठण्डी रात में वातावरण मानवीय पसीने और सहवास की गन्ध से फिर नम हो गया।

रक्षदीप की उम्र हो चुकी थी। सरकारी नौकरी में होता तो रिटायरमेंट के पास होता लेकिन उसका शरीर बलिष्ठ था। सत्या का सम्बन्ध उसके साथ तब से था जब उसकी अक्षदीप से शादी भी नहीं हुई थी। शादी के बाद दोनों के बीच ऐसा कोई हादसा न हुआ। यह पहली बार था लेकिन यह घातक था क्योंकि रक्षदीप ने शादी नहीं की थी। ऐसे ही वो अपनी वासना को शान्त करने के लिए अपने शाही रुतबे से महल में काम करने वाली महिलाओं का शोषण करता रहता। उसकी शिकार औरतों में ज़्यादातर अब 70 से 80 पार थीं। क्योंकि महल में ज़्यादातर महिला कर्मचारी कई-कई साल से काम कर रही थीं, जिनको रक्षदीप को ख़ुश रखने से कोई इनकार नहीं था। सत्या महल में जवानी की एक दुर्लभ मिसाल थी। वो महत्त्वाकांक्षी थी। इसलिए रक्षदीप की नज़र में आ गयी थी। फिर धीरे-धीरे वो ख़ुद ही रक्षदीप की ओर खिंचती गयी और दोनों में सहमति से सम्बन्ध बन गये। यही वजह थी कि वो देखते-देखते हाउसकीपर और हाउसकीपर से अक्षदीप की पत्नी तक का सफ़र कामयाबी से तय कर गयी।

शुरू-शुरू में यह रक्षदीप ही था जिसने उसे अक्षदीप की ओर बढ़ने को उत्साहित किया। पत्नी के ग़म में डूबे भाई को अगर बिस्तर पर सुकून मिल जाता तो वो निश्चित ही बीवी की मौत के ग़म से उबर जाता। रक्षदीप ने कभी भी किसी लड़की के साथ बँधने को कोशिश नहीं की। वो एक सामान्य मर्दजात की तरह इस मसल पर प्रगाढ़ विश्वास रखता था कि जब मुहल्ले की भैंस के दूध से काम चल जाता हो तो घर में क्यों बाँधनी? इतना ही नहीं हर मर्द की तरह वो औरत को हिकारत से देखता क्योंकि उसका मानना था कि जो एक के साथ लेट गयी वो दूसरे

के साथ भी लेट जायेगी। और फिर उससे छुटकारा पा लेंगे। लेकिन तब रक्षदीप पूरी तरह इस बात का ख़्वाब भी न ले सकता था कि अक्षदीप महल की एक नौकरानी से इतना प्यार करेगा कि उससे शादी ही कर लेगा। समस्या यह थी कि सत्या ने नौकरानी से हाउसकीपर तक का सफ़र रक्षदीप के बिस्तर से होकर ही पूरा किया था पर हाउसकीपर बनते ही वो अक्षदीप की नज़र में आ गयी।

दोनों के बीच में उम्र का और भी ज़्यादा फ़र्क़ था क्योंकि अक्षदीप रक्षदीप से भी बड़ा था। अक्षदीप सुभद्रा की मौत के बाद अकेला पड़ गया था और सत्या ने उसकी ज़िन्दगी में आकर सुभद्रा का दुख दफ़न कर दिया। दोनों ने महल के अन्दर एक सादे समारोह में शादी कर ली थी। शादी के बाद रक्षदीप के साथ उसके पुराने सम्बन्धों का सिलसिला ठप पड़ गया था। फिर तमन्ना का जन्म हुआ। रक्षदीप बीच-बीच में सत्या को अकेला देख कर उसे छेड़ता रहता था लेकिन कभी इस हद तक न गया था। इस घटना के बाद सत्या ने महल से निकलना बन्द कर दिया लेकिन अक्षदीप की मौत के बाद रक्षदीप ने फिर उस पर हावी होने की कोशिश की तो एक रात रक्षदीप की धमकियों के साये से निकल कर सत्या महल को छोड़ कर चली गयी। अक्षदीप ने उसके लिए ऐसी व्यवस्था कर दी थी कि वो अपनी आइन्दा ज़िन्दगी आसानी से निकाल देती। तमन्ना बाद में पढ़ाई के लिए लन्दन चली गयी।

सत्या ने सम्पर्क का सारा सिलसिला तोड़ दिया। मोबाइल फ़ोन वहीं महल की भट्ठी में डाल दिया। तब से वो दिल्ली के रोहिणी के सेक्टर 9 के साईं कृपा अपार्टमेंट में रह रही थी। अक्षदीप ने उसके नाम पर एक बड़ी रकम बैंक में डाल रखी थी जिसके ब्याज से वो अपना घर चला रही थी। ज़रूरतें सीमित कर ली थीं। दिल से मुहब्बत को दूर कर दिया था। बस एक ही अरमान था कभी रक्षदीप से अपना हिसाब करना जिसने अपनी हवस के चलते उसकी बेटी और उसके जायज़ हक़ से उसे वंचित कर दिया था। इसी के चलते वो अक्सर हिमाचल से जुड़ी वेबसाइटों और अख़बारों के ऑनलाइन एडिशन देखती रहती थी। आज उसकी नज़र एक ख़बर पर अटक गयी थी।

दस

जब से मधु मालिनी अपनी शाम का रुटीन पूरा करके घर लौटी थी, एक अजीब सी व्याकुलता उस पर तारी थी। युवक की बातों ने उसके ज़ेहन में उसके निजी इतिहास की पूरी किताब खोल दी थी। जिस राजमहल ने उसकी ज़िन्दगी में अकेलापन भर दिया। जिस राजमहल ने उसे उसका हक़ देने से इनकार कर दिया। जिसकी ईंट-ईंट से वो बदला लेना चाहती थी।

मधु मालिनी राजगढ़ के साथ ही सटे पुट्ठी माता के मन्दिर के थोड़ा आगे बसे एक छोटे-से क़स्बे सिंहगढ़ की रहने वाली थी। वह यहाँ अपनी माँ कौशल्या के साथ रहती थी। उसके पिता की मृत्यु उस समय हो गयी थी जब उसे मृत्यु या जीवन की नश्वरता का कुछ पता नहीं था। उसे बस इतना पता था कि उसके पिता एक रोज़ घर से निकले तो लौटे नहीं। उनका घर गाँव के बाहरी इलाक़े में था। शहरों में बह रही विकास की बयार अभी उस गाँव तक पूरी तरह न पहुँची थी। यहाँ अभी भी छोटी जाति के लोग गाँव के बाहरी हिस्से में ही रहते थे। मधु का घर इस बाहरी हिस्से का भी एक कोना था। उसके आगे घना जंगल था। अक्सर मधु अपनी भैंस को लेकर जंगल में जाती और फिर अँधेरा होने से पहले लौट आती।

यह दिसम्बर की एक शाम थी। राजगढ़ में बर्फ़ पड़ चुकी थी। शिमला में देश भर से पर्यटक इकट्ठा होकर आये थे कि क्रिसमस या नये साल पर बर्फ़बारी का लुत्फ़ ले सकें। साढ़े छह बज चुके थे लेकिन अन्धकार इतना था कि लग रहा था जैसे आधी रात हो। हालाँकि गाँव में अपराध का वैसा कोई ख़तरा न था। पर घने अँधेरे में जंगली जानवरों का भय तो सताता ही था। तभी अचानक उसके पीछे से घोड़े के टापों की आवाज़ सुनाई दी। मधु उस समय पगडण्डी के बीचोबीच चल रही थी इसलिए अचानक ही आयी इस आवाज़ से वो भयभीत हो गयी। लेकिन इससे पहले कि वो कुछ समझती घोड़ा उसके साथ सट कर निकला और उसकी आमद

के सदके मधु पगडण्डी के बीच में हटने को उद्यत हुई लेकिन घोड़े की रफ़्तार के आगे कोई सावधानी काम न आयी। वो तीन-चार फ़ीट उछल कर एक पेड़ की जड़ के साथ जा टकरायी। तुरन्त उठने की उसकी कोशिश नाकाम रही। घोड़ा अपनी रफ़्तार से आगे निकल गया। जब तक घुड़सवार ने उस पर क़ाबू पाकर उसे रोका घोड़ा आधा किलोमीटर दूर जा चुका। वो अभी भी पेड़ के नीचे अक्षम ही पड़ी थी। घुड़सवार नीचे उतरा।

यह सुदक्षदीप सिंह था। कड़क जवान। घुड़सवारों की तरह चमड़े की जैकेट। तंग पाजामी। घुटनों तक आते बूट। बस तलवार की जगह उसके पास एक दोनाली बन्दूक़ और एक रिवॉल्वर थी। सुदक्षदीप गठे हुए जिस्म वाला था। राजमहल में बस यही तो एक काम था कि दिन भर अपनी कसरत करो। शाम को जम कर खाओ पीओ और सो जाओ। फिर अगले दिन फिर यही सब करो। तीन साल पहले वो जब राजमहल में लौटा तो क्या-क्या सपने लेकर आया था कि अब यह बिज़नेस करेगा वो बिज़नेस करेगा लेकिन महाराज अक्षदीप ने उसकी सब उम्मीदों पर पानी फेर दिया। लिहाज़ा वो अब बस राजशाही का एक बचाखुचा नाकारा निशान था। मधु ने उसको देखते ही पहचान लिया था। साल में कई बार राजमहल की ओर से गाँव में लोगों के लिए खाना-पीना या छोटे-मोटे उपहार आते रहते थे। अक्सर सुदक्षदीप ही उन्हें लेकर आता था। गाँव की कुँवारियों में सुदक्ष की चर्चा आम होती रहती थी। सुदक्षदीप कोई बहुत हैंडसम नहीं था। उसके दाँत थोड़े ऊपर उठे हुए थे। बाल भी आगे से कम थे। अलबत्ता उसका रंग गोरा था और चेहरे पर राजघराने की चमक दमक थी।

सुदक्ष ने मधु को हाथ बढ़ा कर उठाने की कोशिश की तो वो अपने में ही सिमट गयी। वो कथित कमज़ोर जाति की थी। प्रिंस जैसा कि सुदक्ष को गाँव में पुकारा जाता था, को इस बात का ज्ञान नहीं था।

'ठीक हो आप?' सुदक्ष ने मधु से पूछा।

मधु के मुँह से जवाब न फूटा।

जब उसने उठने को हाथ न बढ़ाया तो सुदक्ष उसके बराबर बैठ गया। उसने उसके पैर को अपने हाथ में लिया तो मधु के बदन में सिहरन दौड़ गयी। उसकी एड़ी के आसपास लाली आ गयी थी। उसकी सलवार के पाहुँचे से ख़ून की एक पतली लकीर बाहर आ रही थी। जब सुदक्ष ने उसकी सलवार को उठा कर देखने की कोशिश की तो उसने अपने पैर को वापस खींचा और अपनी पूरी ताक़त लगा कर खड़ी हो गयी। लेकिन उसके ज़ेहन और जिस्म पर हादसे को लेकर इतना तनाव था

कि वो लहरा कर गिर गयी। उसके बाद उसे नहीं पता क्या हुआ। जब उसको दुबारा होश आया तो उसका सर सुदक्ष की गोद में था। और वो उसके मुँह पर झुका उसको पुकार रहा था। लेकिन इस बार जो आँख खुली तो उसके दिमाग़ से तनाव का बोझ उतर चुका था। उसकी सलवार घुटनों तक ऊपर उठी थी और उसके ज़ख़्म पर एक पट्टी बँधी थी। सुदक्षदीप ने घोड़े की काठी से लटक रहे चमड़े की सीट को किसी तरह काट कर उसकी पट्टी बना कर रक्तस्राव रोक दिया था।

उसके आँखें खोलते ही सुदक्षदीप ने अपनी रौबदार आवाज़ में कहा–

'घबराने की बात नहीं। मामूली खरोंच है। पैर में भी कोई मोच नहीं। सब ठीक है।'

'जी' कह कर वो उठी तो उसके हाथ अपने आप ही अपनी पीठ पर अपनी ब्रा के स्ट्रेप पर चले गये। उसके गाल लाल हो गये।

'तनाव में आपकी साँस अटक रही थी। उसे सामान्य करने के लिए मैंने हुक खोल दी थी।' सुदक्षदीप ने कहा। मधु ने कुछ नहीं कहा। फिर गाँव की ओर जाने के लिए पगडण्डी पर मुड़ी।

'नाम? नाम क्या है तुम्हारा?' सुदक्षदीप ने पूछा।

'मधु मालिनी।' उसने कहा। और फिर आगे बढ़ चली।

'साइड पर।' पीछे से सुदक्षदीप ने आवाज़ दी।

मधु ने मुड़ कर देखा।

'साइड पर चलो। बीच में चलोगी तो हादसा हो ही जायेगा।' सुदक्षदीप ने कहा। फिर वो घोड़े के साथ ही पैदल उसके पीछे चलने लगा।

बाद में जब दोनों के बीच एक रिश्ता बन गया था तो दोनों इस हादसे को याद करके हँसते थे कि किस तरह एक घायल को घोड़े पर छोड़ने क़ी बजाय उसने उसे पैदल चलाया और ख़ुद भी पैदल चला। वे गाँव में प्रचलित एक कहानी भी याद करते जिसमें एक धोबी अपने गधे पर बैठ कर कपड़ों की गठरी इसलिए अपने कन्धे पर रख लेता था ताकि उसके गधे पर ज़्यादा बोझ न पड़े।

हादसे के दस दिन बाद तक मधु अपने घर से न निकली। फिर एक दिन उसकी माँ के बीमार होने के कारण उसे अपनी भैंस को जंगल ले जाना पड़ा। सुदक्षदीप जो उस दिन के बाद से रोज़ाना इसी मार्ग पर घुड़सवारी कर रहा था उस रोज़ भी अपने तय समय पर जंगल में था। हादसे के रोज़ से ही वो हर रोज़ मधु को मिलने की उम्मीद में ही जंगल में आ जाता था। वो दिन आख़िर आज आ ही गया था।

फिर दोनों के बीच इश्क़ परवान चढ़ने लगा। शहर में पढ़े-लिखे सुदक्षदीप

को जाति धर्म से कोई गुरेज न थी। पर उसे यह इल्म ज़रूर था कि उसका विरोध ज़बर्दस्त होगा। इसलिए रिश्ता गुपचुप चलता रहा। लेकिन वो कहते हैं न कि इश्क़ और मुश्क छुपाये नहीं छुपता। इसकी ख़बर भी जैसा कि अपेक्षित ही था राजमहल में पहुँच गयी थी। लेकिन कोई किसी को कुछ कह नहीं रहा था। सुदक्षदीप शादी की उम्र कब की पार कर चुका था। राजघरानों में युवकों का 40-45 का हो जाना कोई नयी बात नहीं थी। बराबरी का रिश्ता मिलता नहीं था और अपने अवशेषमात्र रिवाजों के चलते कहीं और शादी करनी नहीं। सब लोगों को उसकी कोई जल्दी भी नहीं होती जैसे आम घरों में लड़के-लड़की के 20-21 या पढ़ाई की सूरत में 25 पार करते ही शादी की चर्चा शुरू हो जाती थी वैसा यहाँ कुछ नहीं था। राजमहल में मर्दों को अपनी जिस्मानी ज़रूरतों के लिए कोई समस्या नहीं होती। घर में काम करने वाली औरतों पर यह उनका अधिकार माना जाता है। जो महिलाएँ राजमहल में काम करने आती थीं वे इस बात से बाख़बर होती थीं कि वे कभी भी राजपरिवार के पुरुषों की हवस का शिकार हो सकती थीं।

फिर एक दिन सुदक्षदीप ने जंगल के अन्दर ही एक शिव मन्दिर में शिव को साक्षी मान कर मधु से शादी कर ली। लेकिन इस बात से दोनों सावधान रहे कि यह शादी कोई निशानी न छोड़े। मधु के साथ की लड़कियाँ जो राजमहल में काम करके आती थीं अपने तजुर्बे बयान करती रहती थीं। पर यह रिश्ता कुछ और था। ऐसा मधु रोज़ ख़ुद को समझाती थी। लेकिन कभी सुदक्षदीप से पूछ न पाती थी कि शादी उसने महज़ जिस्मानी रिश्ता क़ायम करने के लिए की या किसी सच्ची भावना से प्रेरित होकर। सुदक्षदीप शहर में पढ़ा-लिखा था। फ़र्राटेदार अंग्रेज़ी बोलता था। मधु के लिए अंग्रेज़ी विदेशी भाषा ही थी। कई बार वो प्रवाह में उसके साथ भी अंग्रेज़ी शब्दों का इस्तेमाल कर लेता था पर कभी उसका मज़ाक़ नहीं उड़ाता था। दोनों का जंगल में मेलजोल का सिलसिला निर्बाध चलता रहा। महज़ वक़्त की बात थी कि गाँव में भी इसकी सुगबुगाहट शुरू हो गयी। यह भी चर्चा चल निकली कि राजमहल में भी इस बारे में पता चल गया है और इसका विरोध भी हो रहा है। गाँव में मधु की दोस्त शालू ने एक बार उसे पूछ ही लिया।

'क्या चल रहा है?' फिर ख़ुद ही जवाब भी दिया। 'चल तो रहा ही है पर होगा क्या।'

मधु को भलीभाँति पता था कि वो क्या कह रही थी पर उसने फिर भी पूरी अनभिज्ञता ज़ाहिर की।

'मैं समझी नहीं।' उसने कहा।

'मधु, मैं तुम्हारी दोस्त हूँ। तभी तुमसे पूछ रही हूँ। तुम्हारे दुश्मनों की तरह छुप-छुपा कर बात नहीं कर रही। अगर फिर भी नहीं बताना तो तुम्हारी मर्ज़ी।' यह कह शालू ने बात को समाप्त कर दिया।

'ऐसा नहीं है। यह सच है कि तुम्हारे सिवा मेरा कोई दोस्त नहीं। क्या जानना चाहती हो?'

'वही जिसकी पूरे गाँव में चर्चा है। तुम्हारी और कुँवर साहब की आशनाई का। कितना सच है?' उसने पूछा।

मधु का चेहरा सुर्ख़ हो गया।

'सच है।'

'यानी चल रहा है। कब से और होगा क्या?' शालू ने पूछा।

'होगा क्या, मुझे मालूम नहीं। लेकिन जो भी होगा अच्छा होगा।' मधु ने शर्माते हुए कहा।

'अच्छा होगा तेरी माँ का सर। तुझे अपनी औक़ात जात पता है। राजमहल में जाकर राजपरिवार के पुरुषों का बिस्तर गर्म करना और बात है। उनकी हवस का शिकार हो जाना और बात है। वो हम सबकी क़िस्मत है बल्कि यूँ कहें कि बदक़िस्मत है। क्योंकि राजपरिवार से मिलने वाली मदद ने हमारे परिवारों के मुँह बन्द कर रखे हैं। असलियत यही है बाक़ी सब ख़्वाब ही है।' शालू ने कहा।

मधु ने ज़ोरदार तरीक़े से इनकार में सिर हिलाया।

'ग़लतफ़हमी है तुम्हें। प्रिंस इस सबसे अलग हैं।' वो बुदबुदायी। लेकिन शालू ने सुन लिया।

'अलग है? क्यों, वो क्या आसमान से उतरा है। ओ मेरी सखी, ऐसे हादसे लोककथाओं में ही होते हैं। सफ़ेद घोड़े पर सवार राजकुमार आकर ले जाये किसी नीच जात को और फिर उसे रानी बना दे।' शालू ने कहा।

मधु ने आहत भाव से उसे देखा।

'यह क्या बार-बार नीच जात, नीच जात कर रही हो। तुम्हें लगता है मैंने प्रिंस से झूठ बोला अपनी जात को लेकर।' मधु ने कहा।

'तो क्या उन्हें मालूम है तुम्हारे बारे में?' शालू ने पूछा।

'उन्होंने कभी पूछा ही नहीं। ऐसा कुछ कहा भी नहीं कि ऐसा लगे कि मेरी जात से उनको कोई फ़र्क़ पड़ेगा।' मधु ने कहा।

'ओ मेरी भोली गुड़िया। ये बातें पूछी नहीं जातीं, बतायी जाती हैं। इसका नुक़सान तुम्हें हो सकता है कुँवर को नहीं।' शालू ने कहा।

‘न। मुझे पक्का पता है कि प्रिंस को इससे कोई फ़र्क़ नहीं पड़ने वाला। और यह भी नहीं हो सकता कि उनको पता न हो। गाँव है ही कितना बड़ा। एक-एक परिवार को सब जानते हैं। प्रिंस को मालूम ही होगा।’ मधु ने कहा। फिर जोड़ा, ‘शालू। यह मुहब्बत है। कोई जाति धर्म का संयोग नहीं।’

‘ऐसा है क्या?’ शालू ने चुनौती भरे स्वर में पूछा।

‘बिल्कुल। सोलह आने।’ मधु ने कहा।

‘ठीक है फिर इस बार तू कुँवर से कहना तुमसे शादी कर ले।’ शालू ने मधु को ललकारते हुए कहा।

मधु कुछ क्षण शालू को देखती रही। वो दुविधा में थी कि शालू पर विश्वास करे या नहीं। फिर उसने धीरे से कहा।

‘हम शादीशुदा हैं शालू।’

‘क्या?’ शालू अवाक् रह गयी। फिर मधु ने उसे शिव मन्दिर में हुई अपनी और सुदक्षदीप की शादी के बारे में बता दिया। शालू के मुँह पर ऐसे भाव थे जैसे उसने भूत देख लिया हो।

इस बातचीत के तीन दिन बाद गाँव में प्रिंस की मौत की ख़बर पहुँची। सुदक्षदीप अपने अरबी नस्ल के घोड़े के साथ जंगल में गया फिर न लौटा। न उसका कुछ पता चला न घोड़े का। मधु की तो जैसे दुनिया उजड़ गयी।

राजभवन ने कैसे तय किया कि सुदक्षदीप की मौत हो गयी। यह कोई न समझ पाया। न तो उसकी लाश मिली और न ही घोड़े का कुछ पता चला। प्रिंस के महल से निकलने के 24 घण्टे बाद उसे मृत घोषित कर दिया गया। यही कहा गया कि सुदक्षदीप अपने घोड़े समेत गहरी खाई में गिर गया। राजमहल ने कोई तलाश ज़रूरी न समझी। न ही पुलिस में कोई रपट लिखाई।

प्रिंस की मौत के तीन माह बाद ही एक दिन मधु की माँ रात को जो सोयी तो सुबह उठ ही न सकी। मधु तब निपट अकेली थी। दिन भर वो घर में बन्द रहती और शाम को सुदक्षदीप के साथ के अपने मिलनस्थल पर चली जाती और विक्षिप्तों की तरह घण्टों वहाँ बैठी रहती।

ऐसे ही एक शाम सूरज अस्ताचल में उतर चुका था। निर्जन शिव मन्दिर एक भयावह दृश्य पेश कर रहा था। चीड़ के पेड़ अपनी नियमित साँय-साँय कर रहे थे। मधु एकदम सुन्न अवस्था में मन्दिर की सीढ़ियों पर बैठी थी कि अचानक किसी ने उसके कन्धे पर हाथ रखा। डर के मारे उसकी चीख़ निकल गयी। डर से काँपते उसने पीछे देखा। उसके मुँह से बरबस निकला।

'छोटे महाराज।' सामने रक्षदीप सिंह खड़ा था।

रक्षदीप कई क्षण उसे घूरता रहा। मधु के मुँह में ज़ुबान उसके तालू से चिपक गयी थी। वो आज एक लांग स्कर्ट और स्कीवी पहने थी। गाँव में सर्दी शुरू हो चुकी थी। अभी शुरुआत थी पर शाम को स्वेटर और शाल की ज़रूरत महसूस होती थी। मधु की शाल मन्दिर की सीढ़ियों पर पड़ी थी। उसके बाल अस्तव्यस्त थे। कभी जब सुदक्षदीप से मिलने आना होता था तो वो अपने बाल सँवार कर आती थी। लेकिन अब किसके लिए सँवारती। उसके होंठ भी सुर्ख़ थे। ज़िन्दगी में अचानक आये दोहरे दुख ने उसके गोरे रंग पर कोई असर न डाला। अँधेरी रात में भी उसका चेहरा 100 वाट के बल्ब की तरह जगमगा रहा था। रक्षदीप ने उसे एकटक देखने के बाद सवाल किया। सवाल क्या किया, मधु को लगा उसके सिर पर कोई बम फोड़ दिया गया है।

'बच्चा होने वाला है क्या तुम्हें?'

मधु को तो जैसे काटो तो ख़ून नहीं। हिम्मत करके वो बुदबुदायी।

'कैसी बात कर रहे हैं छोटे महाराज?'

'सवाल का जवाब दो।' रक्षदीप ने कर्कश स्वर में कहा।

'नहीं।' मधु सूखे पत्ते की तरह काँप गयी।

'माहवारी कब आयी थी?' रक्षदीप ने अगला सवाल किया।

मधु का मुँह लाल हो गया। वो गाँव में वापस जाने को मुड़ी। लेकिन रक्षदीप ने सख़्त आवाज़ में कहा।

'रुको। सवाल का जवाब दो।'

'जी, अभी एक हफ़्ता हुआ।' मधु ने रोते हुए जवाब दिया।

रक्षदीप ख़तरनाक तरीक़े से उसके क़रीब आ गया।

'यानी अभी साफ़-सुथरी हो।' उसने पूछा।

मधु का धैर्य छूट गया। वो वापस लौटने के लिए दौड़ने को तत्पर हुई लेकिन उसके क़दम उठाने से पहले ही रक्षदीप ने उसे कबूतरी की तरह दबोच लिया। मधु के मुँह से चीख़ निकल गयी। लेकिन रक्षदीप के फौलादी हाथ ने अधबीच ही उसकी चीख़ को रोक दिया। फिर उसके जिस्म से उसकी स्कर्ट को अलग करके झाड़ियों में फेंका और कब वो उसके अन्दर दाख़िल हुआ मधु को तय करना मुश्किल हो गया। चार मिनट में ही रक्षदीप का पौरुष मधु के अन्दर बह निकला। उसकी चीख़ सिसकियों में बदल चुकी थी। कैसा भाग्य था उसका। पहले प्रेमी ग़ायब, फिर माँ की मौत और अब बलात्कार। उसने जिस्म को निढाल छोड़ने से पहले सोच लिया कि कल का सूरज वो नहीं देखेगी।

रक्षदीप उससे अलग हुआ और फिर ऐसे बैठ गया जैसे कुछ हुआ ही न हो।

वो घुटनों के बल बैठ कर सिसकती रही। लेकिन दस मिनट में ही उसके आँसू भी सूख गये। आख़िर पिछले कई दिनों से वो यही तो कर रही थी। बस आँसू ही तो बहा रही थी।

'मेरी बात ध्यान से सुनो।' कह कर रक्षदीप ने उसे एक पर्ची थमा दी। 'इस पर शोघी का एक एड्रेस है। सुबह पाँच बजे गाँव की बाहरी सरहद के पास की मुख्य सड़क पर तुम्हें एक जीप खड़ी मिलेगी जो तुम्हें इस पते पर पहुँचा देगी।'

फिर उसने उसे एक बैग थमाया। 'इसमें पाँच लाख रुपया कैश है। शोघी वाले घर की चाब्री है। घर में रहने, खाने-पीने का सब बन्दोबस्त है। आइन्दा ज़िन्दगी वहीं रहो। हर महीने ख़र्च तुम्हारे खाते में पहुँच जायेगा।' रक्षदीप ने कहा तो मधु ने पहली बार उसे नज़र उठा कर देखा।

'वहाँ के कोऑपरेटिव बैंक में जाना। मैनेजर से मिलना, वह खाता खोल देगा। नम्बर अपने आप मेरे पास पहुँच जायेगा।'

'क्यों? क्यों कर रहे हैं यह सब?' मधु ने कहा। 'मुझ में जीने की कोई चाह नहीं। मर जाऊँगी मैं।'

रक्षदीप ने एक क्रूर नज़र उस पर डाली।

'कुँवर सुदक्षदीप से तुम्हारे रिश्ते की ख़बर थी मुझे पर इतनी दूर पहुँच जायेगा रिश्ता, यह पता न था। राजपरिवार तो अपने नौकरों-चाकरों की भी ऐसी दशा में पूरी मदद करता है, तुम्हारा तो एक अघोषित रिश्ता है परिवार से।' रक्षदीप ने कहा।

मधु को रक्षदीप से घिन आयी। अब उसके पास खोने को कुछ नहीं था सो उसमें हिम्मत आ गयी।

'यह जो आपने किया, क्या राजपरिवार के अघोषित हिस्से के साथ वाजिब था?'

'यह सवाल वाजिब-नावाजिब का नहीं, अधिकार का है। यह सवाल बेमानी है। सुदक्षदीप बेवकूफ़ था जो उसको बिना किसी फ़ालतू प्यार मुहब्बत के हासिल था उसके लिए यह प्रपंच रचने की क्या ज़रूरत थी।' रक्षदीप ने कहा।

मधु का मन हो रहा था कि उसका मुँह नोच ले। उसकी पैंट में फँसी पिस्तौल को निकाल कर उसके सीने में ख़ाली कर दे। पर वो यह सब सिर्फ़ सोच सकती थी। कर नहीं सकती थी। फिर उसके मन में एक योजना ने आकार लेना शुरू कर दिया। उसकी नज़र सामने पड़ी थैली पर पड़ी।

रक्षदीप ने फ़ौरन उसकी बदलती मनःस्थिति को ताड़ लिया। उसकी नज़र का पीछा करते उसकी नज़र भी सामने पड़ी थैली पर गयी।

रक्षदीप ने थैली की ओर संकेत किया और बोला–

'देख रही हो न! यही सच है। यही है माया जो इस जीवन की माया को चला रही है। कल सुबह समय पर मुख्य सड़क के पास।'

मधु तुरन्त उठी। लेकिन रक्षदीप ने एक बार फिर उसे अपने क़रीब खींच कर अपने साथ भींच लिया। उसने मधु के निचले होंठ को अपने दाँतों के बीच में दबा दिया। मधु के मुँह से घुटी हुई चीख़ निकल गयी। होंठ से निकला ख़ून उसके मुँह में भर गया। मधु को लगा कि वो उसके होंठ का एक हिस्सा ही खा गया हो जैसे। यह निशान उम्र भर उसके साथ रहने वाला था। यही रक्षदीप की मंशा भी थी।

'जानबख़्शी कर रहा हूँ। इस अहसान को समझना। वरना शोघी कोई दूर नहीं। कल सुबह निकल जाना और फिर कभी गाँव का रुख़ न करना।' कह कर वो अपने घोड़े पर बैठ कर वहाँ से निकल गया।

जंगल में अँधेरा घुप्प हो गया था। मधु ने लाख कोशिश की लेकिन उसकी स्कर्ट उसे न मिली। आख़िर वो बिना स्कर्ट के ही गाँव की ओर बढ़ी। रात के इस वक़्त शायद कोई बिरला ही घर के बाहर होता। उसे किसी के मिलने का डर न था। स्कर्ट के बिना उसे ठण्ड लग रही थी। वो बेधड़क गाँव की सीमा तक पहुँची। उसका घर जंगल और गाँव की सीमा पर ही था सो वो थोड़ी सावधानी से वहाँ पहुँच गयी। तब से लेकर आज तक वो इस घड़ी का इन्तज़ार कर रही थी।

ग्यारह

माया के पहलू से उठना ऐसे ही था जैसे जनवरी की तेज़ धूप से उठ कर बर्फ़ की सिल्ली पर गिर जाना। ज़िन्दगी में अभी ऐसी गिनती मुमकिन नहीं थी कि याद कर पाता कि कितनी औरतें इस फ़ख्र को हासिल कर चुकी थीं लेकिन मुझे अभी कोई याद नहीं आ रही थी जो कालिदास की इस कल्पना पर खरी उतरती हो कि आदर्श महिला का जिस्म सर्दियों में गर्म और गर्मियों में ठण्डा होता था। सिवाय माया के।

यह तुमको तय करना है कि
तुम एक तुम हो और मैं एक मैं हूँ।

माया के पहलू से अलग होने के बाद जो पहली बात मेरे सचेत मन में आयी थी वो यही थी कि बस एक ही बनना है अपने जैसा। माया को जैसे थी वैसे ही रहने की हिदायत देकर मैं उठा तो मन में यही दो पंक्तियाँ कौंध गयीं। सिर्फ़ एक मैं को सिर्फ़ एक तुम मिल चुकी थी। बाक़ी सब तो माया है। नश्वर।

घण्टी अगर लैंडलाइन पर न होती तो मैं वहीं मोबाइल उठा कर फ़ोन काट कर स्विच ऑफ़ कर देता पर मोबाइल बन्द करने में तो माया कभी कोई चूक नहीं करती। खुलूस में खलल न उसे पसन्द था न मुझे। बहरहाल, उठाना इसलिए ज़रूरी था क्योंकि यह नम्बर तीन-चार लोगों के पास ही था। सबसे बड़ी और एकमात्र सम्भावना यही थी कि यह नन्दा होगा। मेरा वकील दोस्त। कचहरी में उसके बारे में ठीक ही कहते हैं–नन्दा वकीलों में सबसे गन्दा। अक्सर यही मेरी दाल मक्खनी में, मैंने माया की ओर देख कर सोचा, कंकर की तरह गिरता है। मैंने फ़ोन उठाया।

'साला कोई तमीज़ होती है। यू वोंट ईवन एलाओ मी टू डू माय मोस्ट इम्पोर्टेंट वर्क पीसफुली। फक यू।' कह कर मैं फ़ोन रखने ही वाला था कि उधर से जो आवाज़ आयी वो सर्वथा अनपेक्षित थी।

'ओ हो हो। थांबा थांबा रोमियो। क्या हो गया आधी रात को?'

माया बिस्तर पर न होती तो जवाब यही होता–

'तुम्हारा सपना देख रहा था। तुम्हीं ने तोड़ दिया।' लेकिन हालात अलग थे।

'ओह हाय ऑल वेल। व्हाट हैपन्ड?' मैंने पूछा।

'सो पहलू में है कोई जूलियट।' उधर से सबीना सहर ने खिलखिला कर कहा। फिर बोली। बोली क्या मोतियों की झड़ी लगाती चली गयी।

'उठो हे पुरुष श्रेष्ठ। इस समय तुम्हारी आवश्यकता कहीं और है। उठो और युद्धरत होने के लिए तैयार हो जाओ।' यह सबीना सहर की ही ख़ूबी थी कि वो हिन्दी और उर्दू दोनों एक जैसी महारत से बोल लेती थी।

'क्या हुआ?'

'अरे आप तो नजूमी हैं। क्या हुआ आपकी प्रतिभा को आधी रात से पहले ही जंग लग गया। अभी तो तीन-चार पेग ही हुए होंगे।' उधर से सबीना का मज़ाक़ बदस्तूर जारी रहा।

फिर उसके जवाब से पहले ही वो गम्भीर हुई।

'एक पता तुम्हारे मोबाइल पर टेक्स्ट किया है। वहाँ पहुँचो। वसन्त विहार में। जल्द-अज-जल्द।' सबीना ने कहा।

मैंने अपनी आवाज़ को भरसक धीमी करते हुए कहा–

'सहर से पहले सहर की झलक पाने को हूँ मैं बेताब। पर यह तो बता दो हुआ क्या है?' मर्द की जात ही ऐसी। चोरी से जाये हेराफेरी से न जाये। सबीना सहर से रिश्ते निहायत पेशेवराना थे पर मेरे अन्दर का आशिक़ मिज़ाज़ सदैव सम्भावनाओं की तलाश में गतिमान रहता था।

'वही जो तुम्हारे आने से पहले या तुम्हारे आने के बाद होता है। क़त्ल। बस अब और नहीं। अन्दर वसन्त विहार थाने के एसएचओ से भी मत्था मारना है। जल्दी पहुँचो।' उसने मेरा जवाब सुने बिना ही फ़ोन काटने की कोशिश की लेकिन मैं पहले ही बोल पड़ा।

'पर मैं क्यों?'

वो कुछ पल चुप रही, फिर बोली–

'क्योंकि जहाँ घटनास्थल से तुम्हारा कार्ड बरामद हुआ है।' उसने कहा।

'व्हाट।' मैंने कहा। लेकिन इसका जवाब देने के लिए वो फ़ोन लाइन पर मौजूद नहीं थी। लेकिन इस जवाब के बाद जाना ज़रूरी हो गया था। मस्तिष्क कई दिशाओं में काम कर रहा था। आख़िर कौन था। माया को भी बताना था। अभी निकलना था। दिमाग़ पर ज़ोर डालने के बावजूद वसन्त विहार का अपना कोई क्लायंट याद न आया।

'सो, द' एंड।' माया ने कहा।

'जाना पड़ेगा जान। तुम भी चलो।' मैंने कहा।

'न भई, पिछली बार ही जाकर पछतायी। तुम ही जाओ। जाने से पहले (उसने सामने पड़ी वोदका की बोतल की तरफ़ इशारा करते हुए कहा) हैंड मी ओवर दैट रशियन ब्यूटी।' मैंने वोदका की बोतल उठा कर उसकी ओर बढ़ा दी। बोतल अभी क़रीब एक चौथाई भरी थी। यानी क्वार्टर। वोदका के मामले में माया की कैपेसिटी ठीक थी। ख़ासकर उसके अपने ब्रांड की।

'और...।'

'मूँगफली भी।' मैंने उसकी बात को काटते हुए कहा। और भुनी हुई मूँगफली, जिसमें इक्का-दुक्का काजू भी थे, का बाउल उठा कर उसके हवाले किया। अगले दस मिनट में मैं तैयार था।

'मैंने कली को मैसेज कर दिया है, वो सेकेंड हाफ में ही आयेगी। तुम आराम से यहीं से तैयार होकर शोरूम के लिए निकलना।' माया का मेरे पास आना अब इतना रेगुलर था कि उसने अपने कपड़ों के कुछ सेट यहीं रख लिए थे। न हो तो वो नाजिया को फ़ोन करके अपने शोरूम से ही कोई नया प्रिस्टिच्ड सूट मँगवा लेती थी।

मैं फ़्लैट से उतरा। नीचे मेरी सियाज़ बिल्डिंग के दरवाज़े के बिल्कुल पास खड़ी थी। दिल्ली में रात को गाड़ियाँ बम्पर टू बम्पर पार्क होती थीं सो मैंने बड़ी मशक्कत के साथ अपनी गाड़ी को बाहर निकाला और फिर यू-टर्न मार कर इंडिया गेट की ओर बढ़ चला। रात का समय था । उस समय संयोग से या दुर्भाग्य से किसी सड़क पर जाम मिल सकता था। क़रीब 40 मिनट बाद मैं वसन्त विहार की पॉकेट नम्बर छह के उसी मकान के आगे गाड़ी पार्क कर रहा था जहाँ हादसा हुआ था। मैंने जीपीएस लगा रखा था पर गली में दाख़िल होते ही पुलिस की गाड़ियों को देख कर घर का पता ही चल गया था। यह घर मेरे लिए नितान्त अजनबी था। न तो मुझे कोई जानता था यहाँ और न ही कभी मेरे किसी भी क्लायंट का वास्ता इस घर से रहा।

मैंने घर के बाहर नेमप्लेट नोटिस करने की कोशिश की। जो सामने ही थी। संगम शर्मा। मेरा कभी इस नाम से कोई वास्ता न रहा था। बहरहाल, जैसे ही मैंने घर के अन्दर दाख़िल होने की कोशिश की, मरने को आतुर एक मरियल सिपाही ने अपने फेफड़ों पर पूरा ज़ोर डाल कर मुझे रोकने की कोशिश की। अगर उसने अपनी पुरज़ोर कोशिश न लगायी होती अपनी तरफ़ से दहाड़ने के लिए तो मुझे उसकी बकरी जैसी मिमियाहट भी सुनायी न देती।

'अन्दर जाना मना है।' उसने कहा।

मैंने विनोदपूर्ण नज़रों से उसे देखा। वो साफ़-साफ़ नाराज़ दिखा। मैंने उसकी नाराज़गी की उपेक्षा करते हुए कहा–

'एसीपी सबीना सहर ने बुलाया है मुझे।'

तुरन्त उसका मुझे देखने का अन्दाज़ बदला। फिर उसने हास्यास्पद लहजे से पूछा–

'तुम वो जासूस हो?'

एक अदना सिपाही के मुँह से तू तड़ाक सुन कर मेरा मन तो हुआ कि मैं जूता उतार के इतनी ज़ोर से उसके सर पर मारूँ कि धरती माता इसका बोझ कम होने के चलते मेरे अहसान के नीचे दब जाये। फिर मैंने हर भारतीय की तरह सोचा। 'इसको इतनी ही अक्ल होती तो यह सिपाही थोड़े होता!'

'हम्म' कह कर उसने मेरी परिक्रमा ऐसे की जैसे मैं हाया सोफ़िया था।

'हो गयी।' मैंने पूछा।

'क्या?' उसने कहा।

'तसल्ली।'

'न।'

'तो एक दो चक्कर और ले लो।' मैंने कहा।

'कुछ ख़ास तो नहीं।' उसने निराशाजनक लहजे में कहा।

'है न। चक्कर लो। नौवें चक्कर के पहले चार क़दम पर रुक कर आसमान की तरफ़ देखकर कुत्ते की तरह भौंकना तो तुम्हें मेरे दो सींग नज़र आयेंगे।' कह कर मैंने उसे धकेल तो दिया पर फिर डर ही गया कि कहीं गिर गया तो मर ही न जाये। उसने फिर मिमियाते हुए मुझे रोकने की कोशिश की। लेकिन उसके तीन-चार क़दम बढ़ाते तक तो मैं पहले फ़्लोर पर पहुँच गया। घर के मुख्य दरवाज़े के पास जो नज़ारा देखा तो मेरा मुँह सूख गया। मौत इतनी सुन्दर कैसे हो सकती थी। कल तक दमकते सूरज को मात देते हुए तेजवान चेहरे की स्वामिनी टाटा घोष दरवाज़े के बीचोबीच निस्तेज पड़ी थी। जो आँखें कल तक मुँह की जगह बातें करती थीं आज मौत की परछाईं के कारण मूक हो गयी थीं। माहौल में मातम पसरा था। मुझे अचानक लगा कि मेरी रगों में रक्त रुक गया हो। इसको कार्ड थमाते हुए यह इल्म तो बिल्कुल नहीं था कि अगली मुलाक़ात में वो उठ भी न पायेगी। लेकिन मौत के साये के बाद भी उसका चेहरा अभी ओज से भरा था। लेकिन निर्जीव ओज से। मैं रेलिंग का सहारा लेकर ही खड़ा था। न तो टाटा को देखने की हिम्मत हो रही थी न ही अन्दर जाने की। तभी मेरे कानों में सबीना सहर की आवाज़ गूँजी।

'मैं समझ सकती हूँ तुम्हारी प्रतिक्रिया। जानते हो न इसे?' उसने पूछा।

मैंने कातर भाव से उसे देखा। फिर हौले से सिर हिलाया। लेकिन मेरे अन्दर का इन्सान शायद कुछ ही पल के लिए जागा था क्योंकि कुछ क्षणों में ही मेरे पेशेवराना किरदार ने इन्सान को पीछे धकेल दिया था। मैंने ख़ुद पर क़ाबू पाया फिर सबीना सहर से मुख़ातिब हुआ।

'हाय। जानता हूँ। कल ही मिला था।' मैंने कहा।

'कल ही? मतलब रोज़ का मिलना-जुलना था?' उसने पूछा।

'पहली बार। कल ही पहली बार मिला था।' मैंने स्पष्ट किया।

'फिर भी इतना सदमा। राखी बाँध दी थी क्या इसने?' सबीना ने पूछा।

मैंने आहत भाव से उसे देखा। अभी इसका हिसाब अपने खाते में सबीना के नाम चढ़ाया और ग़ौर से टाटा घोष को देखा।

'हत्यारा कोई जाना-पहचाना था।' मैं बुदबुदाया।

मैंने कहा तो सबीना ने खोजी निगाह से टाटा घोष को देखा। उसकी बिल्लौरी आँखें खुली थीं, किसी को उसकी पलकें बन्द करने का ध्यान नहीं आया था।

'यू सीम टू हैव ए प्वाइंट।' उसने कहा।

टाटा की आँखों में हैरत के भाव थे। गोली मारने वाला कोई दक्ष निशानेबाज़ था। गोली सीधी दिल में उतर गयी थी। मैंने उसकी छाती से निगाह फिरा ली। कैसी विडम्बना थी! कल जिस छाती से निगाह हटाने को मन नहीं कर रहा था आज उस पर निगाह टिक नहीं रही थी। चूँकि गोली के जिस्म में घुस कर दिल को ध्वस्त कर देने की रफ़्तार इतनी ज़्यादा थी कि चेहरे के भाव ज्यों के त्यों ही कायम रहे। आँखों में हैरत फ्रीज हो गयी थी।

सीने में एक ही सुराख़ था और चूँकि धड़कन के रुकने और गोली के शरीर को हिट करने की घड़ी एक ही थी सो ख़ून को भी बहने का मौक़ा न मिला क्योंकि शरीर की सारी फंक्शनिंग हाथोंहाथ ही बन्द हो गयी। जिस तरह से दरवाज़ा पूरा खुला था ऐसा लग रहा था कि हमलावर उसकी पहचान का था और उसे ऐसा अन्देशा कतई न था कि वो उसकी हत्या कर सकता था। मौत की घड़ी वो एक निक्करनुमा वस्त्र और एक मर्दाना शर्ट पहने थी जो उसके बदन पर झूल रही होगी। ज़ाहिर है कि हृष्ट-पुष्ट व्यक्ति की कमीज़ थी। उसके पति या ब्वॉयफ्रेंड की। तभी मेरी नज़र उसकी बाँह पर पड़ी जो दरवाज़े की दहलीज़ को लाँघ कर बाहर लॉबी में पड़ी थी। उसकी मुट्ठी बँधी थी।

‘इजाज़त है?’ मैंने सबीना से पूछा। मेरी और उसकी अंडरस्टैंडिंग ग़ज़ब थी। कई जगह क्राइम इन्वेस्टिगेशन हम दोनों मिल कर करते थे।

‘कुछ ख़ास?’ उसने पूछा।

मैंने कुछ कहने की बजाय टाटा की मुट्ठी के पास ही बैठ कर उसकी मुट्ठी खोलने की कोशिश की कि मुझे एक कर्कश आवाज़ सुनाई दी।

‘क्या हो रहा है यह?’ वसन्त विहार थाने का एसएचओ, जो कि एक सब-इंस्पेक्टर था और इतने महत्त्वपूर्ण अमीर थाने का एसएचओ इसलिए था क्योंकि वो एडिशनल पुलिस कमिश्नर राम प्रताप सिंह का मुँह लगा था, ज़ोर से चिल्लाया।

एक पल के लिए मैं इस आवाज़ से चौंका। टाटा की मुट्ठी खोल रहा मेरा हाथ बस एक ही पल रुका फिर मैंने बिना किसी मशक्कत मुट्ठी खोल दी। मौत को अभी एक-सवा घण्टा भी न हुआ था सो अभी रिगर मार्टिस सेट नहीं हुआ था। बदन में कोई अकड़न न थी।

मुट्ठी से जो बरामद हुआ उससे साफ़ था कि मरने से पहले टाटा को इल्म हो गया था कि उस पर हमला हो सकता है सो उसने हत्यारे को पकड़ने या रोकने की कोशिश की थी। मुट्ठी में एक कफ़ लिंक था।

‘क्या है यह?’ कह कर वसन्त विहार थाने के एसएचओ ने उसे मेरे हाथ से छीन लिया। सबीना सहर ख़ामोशी से यह देख रही थी।

‘कौन हो तुम?’ उसने निहायत रुखाई से मुझसे पूछा, ‘और यह क़त्ल का घटनास्थल है। सब कुछ एविडेंस है, किस अधिकार से छेड़छाड़ कर रहे हो?’

‘तुम कौन हो?’ मैंने उलटा सवाल पूछा।

‘दिख नहीं रहा?’ उसने पूरी ढिठाई से कहा।

‘दिख तो रहा है पर पता नहीं चल रहा।’

‘यह यूनिफ़ार्म?’ उसने अपनी वर्दी की ओर इशारा करके कहा।

‘इससे क्या पता चलता है। रामलीला आने वाली है। हमारा पड़ोसी शर्मा रावण की ड्रेस पहन के घूमता है तो रावण थोड़े हो जाता है।’ मैंने कहा तो सबीना खिलखिला कर हँस पड़ी।

सब-इंस्पेक्टर ने इसे अपने अहंकार पर चोट समझा।

‘ठहर जा साले!’ कह कर वो मेरी ओर बढ़ा ही था कि सबीना की कोड़े जैसी आवाज़ ने उसे अधबीच ही रोक दिया।

‘सब-इंस्पेक्टर शर्मा। मैंने तुम्हें बाहर वेट करने को बोला था।

'पर मैडम यह आदमी बदतमीज़ी कर रहा है।' सब-इंस्पेक्टर बरिन्दर शर्मा ने कहा।

'इधर दो।' कह कर सबीना ने कफ़ लिंक उससे ले लिया।

'जाओ बाहर जाकर वेट करो। जब ज़रूरत होगी तो बुला लूँगी।'

सब-इंस्पेक्टर अगर किसी नज़रों से मार सकता होता तो मैं वहीं गिर कर मर गया होता। पर ऐसा तो 'गेम ऑफ़ थ्रोन्स' में ही हो सकता था। उसके आँखों से ओझल होते ही सबीना ने कहा–

'क्या रोमियो, अब यह दिन आ गये। पुरुषों को भी स्मार्ट टॉक से इंप्रेस करने की कोशिश कर रहे हो?'

'उसे कौन कर रहा था। जिसे कर रहा था (मैंने नज़र भर के उसे देखा) वो तो हुई।' मैंने कहा।

'बस बस। लाइन पे आ जाओ। क्या है?' उसने पूछा।

'सो मरने से पहले लड़की ने प्रतिरोध किया।' उसने ग़ौर से कफ़ लिंक को देखते हुए कहा। फिर मुझे थमाया, 'कुछ ख़ास दिख रहा है?' उसने पूछा तो मतलब कुछ ख़ास था।

मैंने भी ग़ौर से कफ़ लिंक को चारों तरफ़ से देखा फिर तारीफ़ी निगाहों से उसे भी।

'योअर आब्ज़र्वेशन सीम्स करेक्ट। इट्स कस्टमाइज़।' मैंने कहा।

'उड़ते हुए बाज़ का इम्प्रेशन है। पीछे पहाड़ है और लिंक के पीछे के हिस्से में एक महीन 'के' गुदा है।' उसने कहा।

'आजकल कौन लगाता है कफ़ लिंक। पुराने ज़माने की चीज़ है। एकाध कम्पनी है जो बनाती है बाक़ी तो बन्द हो गयी। बस पुराने क़द्रदान हैं कहीं-कहीं। मेरे एक अंकल के लिए कभी मेरी माँ तोहफ़ा देना चाहती थी तो दिल्ली शहर में कोई च्वायस न मिल रही थी। इक्कीसवीं शताब्दी की शुरुआत की बात है तब ऑनलाइन भी ज़्यादा पॉपुलर नहीं था। फिर कनॉट प्लेस में ग्रासिम के एक शोरूम से मिले थे। दुकानदार ने ख़रीदने के लिए मेरी माँ की बस आरती ही नहीं उतारी थी क्योंकि उसने सभी छह के छह पीस ख़रीद लिए थे।' मैंने बताया।

ऐसी ही थी मेरी माँ। किसी को कुछ देने पे आये तो छप्पर फाड़ के दे दे और नाराज़ हो जाये तो प्रसाद का लड्डू भी न दे। सबीना ने कफ़ लिंक को पॉलिथिन के पैकेट में डाला।

'पलकें बन्द कर दूँ इसकी?' मैंने पूछा।

'न, फॉरेंसिक टीम और कैमरा मैन दूसरे स्पॉट पर हैं। आते ही होंगे। फिर करते हैं।' उसने कहा और हम दोनों लाश के ऊपर से लाँघ कर घर के अन्दर दाख़िल हुए।

अन्दर डिफ़्यूजर अभी तक सुलग कर मोतिया की गन्ध बिखेर रहा था। अन्दर के बेडरूम में स्काई रेडियो पर मेहंदी हसन की ग़ज़ल बज रही थी। 'उसकी आँखों ने खुदा जाने किया क्या जादू'। मेरा ध्यान फिर भटका। मन किया वापस लौट कर टाटा की खुली आँखें बन्द कर दूँ।

'टेप बन्द नहीं की?' मैंने पूछा। हालाँकि मेहंदी हसन की आवाज़ कानों में सिंगल माल्ट जैसा रस घोल रही थी।

किसी चीज़ को हाथ नहीं लगाया। सब फॉरेंसिक के आने के बाद होगा। घर की हर चीज़ में से रईसी की गन्ध आ रही थी। ड्राइंगरूम के बीचोबीच हाथीदाँत जड़ा सोफ़ा और एक एंटीक सेंटर टेबल पड़ा था जिस पर तीन मोमबत्तियाँ पिघल कर जैसे मरने वाली के लिए आँसू बहा रही थीं। मोमबत्तियों के किनारों से पिघलता मोम आँसुओं की तरह ही दिखता है। कितना बड़ा प्रतीक था। दुख की आँच ऐसे ही आदमी को बूँद-बूँद पिघला देती है।

हम लोग अन्दर बढ़े। मास्टर बेडरूम किसी फाइव स्टार के महाराजा सूइट से कम न था। दीवार पर एक बारहसिंगे का सिर सजा था। बेड के पीछे की दीवार पर मरने वाली की आदमक़द तस्वीर लगी थी। बेडरूम की एक तरफ़ अटैच्ड वाशरूम था और दूसरी तरफ़ एक काम्पेक्ट सा सोफ़ा और टेबल पड़ी थी। टेबल पर दो गिलास पड़े थे जिनमें एक में थोड़ी सी व्हिस्की और दूसरे में बीयर पड़ी थी। ग्लेनफिडिक की बोतल में से अभी शायद एक ही पेग निकला था। बीयर का गिलास आधा ख़ाली था। थंडर बोल्ट का टिन टेबल पर लुढ़का पड़ा था जैसे कोई अचानक उठा हो और टिन गिर गया हो।

'दूसरा कौन था?' मैंने दोनों गिलासों की ओर देख कर पूछा।

'क्या हुआ? तुम्हें चिंग फुंगली ने नौकरी से निकाल दिया? करो आबरा का डाबरा...।' उसने मज़ाक़ में कहा।

'यानी भाग गया। और जाते-जाते बीयर की यह कैन भी गिरा गया। मतलब यह कि जब टाटा दरवाज़ा खोलने गयी तो यह यहीं था जो गोली की आवाज़ सुन कर भाग गया।'

'इलाक़े के सीसीटीवी?'

‘भई चूँकि फॉरेंसिक टीम नहीं आयी थी तो जो बाहर खड़ा है शर्मा उसको भेजा था पता करने। अमीर लोग हैं। इनको अपनी पोल खुलने का डर भी होता है। अभी टाइम दे रही हूँ फिर करूँगी कुछ।’ उसने कहा।

‘घर के बाहर भी एक सीसीटीवी लगा है।’ मैंने कहा।

‘अच्छा। देख लिया दिव्य दृष्टि से। भई फॉरेंसिक के साथ ही आईटी वाला भी आ रहा है।’

‘अब असली बात बताओ।’ सबीना ने मेरा कार्ड मुझे दिखाते हुए कहा। फिर मैंने संक्षेप बुलेटिन जारी किया।

‘हाल ही में मिला था।’ मैंने कहा। उसकी आँखें फैल गयीं।

‘मतलब मरने वाली को अन्देशा था कि उसकी हत्या हो सकती है। यह उम्र तो नहीं उसकी शौक़िया गन ख़रीदने की। वो भी असली। वो भी ब्लैक में।’ सबीना ने कहा।

एक झटके में निहाल सिंह भी ख़तरे में आ गया था। क्योंकि गन तो अवैध तौर पर ही बेची गयी थी। पर मुझे मालूम था कि मेरे कहने से सबीना उससे पूछताछ चाहे कर लेगी पर मारेगी नहीं। आख़िर गन से ख़ून थोड़े हुआ? मेरे दिमाग़ में बिजली कौंधी।

‘गन है कहाँ?’ मैंने पूछा।

तभी घर की घण्टी बजी और फॉरेंसिक वाले शर्मा के साथ अन्दर दाख़िल हुए।

बारह

मधु मालिनी के घर में पहली बार किसी के क़दम पड़े थे। यानी किसी मेहमान के क़दम पड़े थे। पिछली बार जब साईं स्वीट्स वाला युवक उसके घर उसका मोबाइल लौटाने आया था तब वो ज़बर्दस्ती का मेहमान था। मधु की ग़लती से उसे घर में आने का मौक़ा मिल गया था। यह गनीमत थी कि मधु दिन भर औपचारिक वस्त्रों में ही रहती थी। वो सिर्फ़ रात को ही अपने कमफर्टेबल परिधान जैसे कोई नाइट सूट या पुराना सूट पहनती थी। लेकिन आज मेहमान पूर्व सूचना और उसकी मर्ज़ी से आ रहा था। पिछली मुलाक़ात के बाद मधु को उससे आकर्षण भी हो गया था।

वो बर्फ़ी को सेंटर टेबल पर रख कर सीधे अपने बेडरूम में गयी और अपने कपड़े उतार कर सीधे अपने अटैच्ड वाशरूम में घुस गयी। बीस मिनट तक शावर लेकर और अच्छी तरह मल-मल कर नहाने के बाद वो महज़ तौलिया लपेट कर बाहर निकली और फिर अपने वार्डरोब तक पहुँचते-पहुँचते उसने तौलिया भी उतार फेंका। उम्र ने उस पर अभी कोई ऐसा निशान नहीं छोड़ा था कि वो अपने शरीर से हतोत्साहित होती। उसने अपने जिस्म पर एक भरपूर नज़र डाली और अलमारी में से अपनी पसन्दीदा शिफ़ॉन की पर्पल और सफ़ेद रंग की साड़ी निकाली। अपने लम्बे बालों को एक जूड़े की शक्ल में बाँध कर उसने एक इन्द्रधनुषी बैंड उसके आसपास लपेट लिया। ठेठ पहाड़ी अन्दाज़ में उसने माथे पर एक बड़ी सी बिन्दी जड़ी। हालाँकि ज़माने की नज़र में वो विधवा थी पर उसके मन में कहीं न कहीं यह भी रहता था कि सुदक्षदीप की मौत एक रहस्य की तरह थी। आख़िर उसकी लाश तो मिली नहीं। न ही उसके घोड़े का कुछ पता चला। उसने सुदक्षदीप के ख़याल को अपने दिमाग़ से झटक डाला। फिर उसने जामुनी और सफ़ेद रंग की चूड़ियाँ पहनीं।

उसकी छातियाँ वैसे ही भारी भरकम थीं। उस पर भी उसने पैडिड ब्रा पहनी तो वो अतिरिक्त रूप से उभार ले गयी थीं। कानों में बालियाँ और गले में सोने की एक

महीन सी चेन उसने पहनी। नाक में सोने का ही कोका पहना जो उसकी सुतवाँ नाक पर सुनहरे बिन्दु की तरह चमक रहा था। फिर उसने चेक किया फ्रिज में बीयर पड़ी थी। उसने बीयर के चार कैन उठा कर फ्रीजर में रख दिये। अलमारी में चेक किया। घर में व्हिस्की और जिन की बोतल पड़ी थी। सब चौकस करने के बाद वो घर के ड्राइंगरूम में सज कर इन्तज़ार करने लगी। घड़ी की सेकेंड वाली सूई नौ तक का सफ़र करने से अभी तीन सेकेंड दूर थी कि घर का दरवाज़ा खुला और युवक ने घर के अन्दर क़दम रखा। अब वो कहीं से भी हलवाई नहीं लग रहा था। उसने एक स्किन फिट नीली जीन्स और सफ़ेद कमीज़ पहन रखी थी। बाल सलीके से कटे हुए थे। चेहरा कुछ अतिरिक्त ही चमक रहा था। ऐसा लग रहा था कि वो अभी शेव करवा के आया था। युवक ने अन्दर घुसते ही घर का दरवाज़ा भी अन्दर से बन्द कर दिया। मधु विरोध करना चाहती थी पर फिर चुप ही कर गयी।

वो किंकर्तव्यविमूढ़ सी अपनी जगह बैठी रही। युवक उसके सामने पहुँचा और सीधा खड़ा हो गया।

'मेहमान को बैठने के लिए कहने का रिवाज नहीं आपके यहाँ?' उसने पूछा।

'बैठो।' युवक उससे छोटा था सो वो उसे वैसे ही ट्रीट कर रही थी।

'थैंक्यू रानी साहिबा।' युवक ने कहा तो मधु ने सवालिया नज़रों से उसे देखा। युवक ने हाथ में थामा थैला टेबल के ऊपर रखा। फिर उसमें हाथ डाल कर छह बीयर का एक केस और एक एब्सोल्यूट वोदका की बोतल टेबल पर रख दी। फिर उसने एक और डिब्बा निकाला और उसमें से क्रिस्टल के दो बड़े-बड़े गिलास टेबल पर रखे। उसने वोदका की बोतल खोली और दोनों गिलासों को आधा-आधा भर दिया और बाक़ी आधे में बीयर उँड़ल दी। दोनों गिलास उफन रहे थे। मधु उसकी बेबाकी पर हैरान थी लेकिन किसी फ़ालतू विरोध के मूड में नहीं थी।

'लीजिए रानी साहिबा।' कह कर युवक ने एक गिलास मधु को थमा दिया और फिर अपना गिलास उठा कर मधु के गिलास से टकराया।

'आपकी ख़ुशियों के नाम जो बस मिलने ही वाली हैं।' कह कर उसने एक लम्बा घूँट भरा। फिर उसने मधु से कहा–'घूँट भर लीजिए, शगुन होता है।'

मधु ने चुपचाप घूँट भरा। जैसे-जैसे दारू उसकी नसों में उतरी उसे मानो दवा मिल गयी। उसकी नस-नस खुल गयी। उसने बेसब्री से एक और घूँट भरा और फिर उठ कर किचन में गयी। उसने घर में ड्राई फ्रूट पड़े थे उनकी ट्रे और कुछ न अन्य नमकीन प्लेटों में डाली और ट्रे लेकर सेंटर टेबल पर पहुँची। युवक उसके ट्रे को नीचे रखने से पहले ही एक मुट्ठी भर काजू निकाल कर एक-एक करने खाने लगा।

'क्या कहना चाहते थे?' मधु ने पूछा।

'सनम।' उसने कहा।

मधु ने सवालिया नज़रों से देखा।

'नाम है मेरा।' युवक ने कहा।

'क्या बेहूदा नाम है' मधु कहना चाहती थी पर उसने इस अपमान भरे वाक्य को ज़बरन मुँह में ठूँस लिया।

'जब मैं पैदा हुआ तो सनम तेरी क़सम फ़िल्म आयी थी। मेरी माँ को थिएटर में ही लेबर पेन शुरू हो गयी थीं। जन्म शिमला में समरहिल में हुआ। बस पिता जी ने नाम वही रख दिया।' उसने कहा। मधु फिर भी चुप रही।

'लेकिन रानी साहिबा, आप मुझे कुछ भी बुला सकती हैं।' उसने कहा। आख़िर मधु की ज़ुबान खुली।

'क्यों बुलाते हो ऐसे?'

'क्योंकि मैं जानता हूँ कि आप ही राजगढ़ की असली महारानी हो। छोटे महाराज ने बेशक महल पर अपना क़ब्ज़ा कर रखा है और आपको कमज़ोर होने के नाते राजमहल से दूर कर दिया पर इससे आपके रुतबे और अधिकार पर तो कोई असर नहीं आता।' युवक ने कहा।

मधु के मनोमस्तिष्क पर यादों के बादल छाने लगे। पर उसने मुद्दे पर रहने को प्राथमिकता दी।

'कैसे जानते हो?' मधु ने कमज़ोर आवाज़ में पूछा।

'क्योंकि हमारा राजमहल में आना-जाना रहा है। यह बर्फ़ी जो आपको पसन्द है, लगातार राजमहल में पहुँचाई जाती है। मैं अपने पिता जी के साथ शुरू में तो ख़ाली राजमहल को देखने की उत्सुकता में जाता था पर फिर जब पिता जी बीमार पड़े और मैं बड़ा हो गया तो मैं ही जाने लगा।' उसने बताया।

'पर मुझे नहीं पता!' उसने कहा।

'क्योंकि आपका तो राजमहल में आना जाना हुआ ही नहीं। लेकिन सारे स्टाफ़ को पता था। मुझे भी।' सनम ने बताया।

'आपको छुप कर देखने जाते थे सब।' युवक ने कहा तो मधु का चेहरा सुर्ख़ हो गया। ख़ुद को सँभालने के लिए उसने सामने पड़ा वोदका और बीयर का मिक्सचर आधे से ज़्यादा गले में उड़ेल लिया।

'आपको मालूम है न कि महल में लोग यह मानते हैं कि आपके साथ ज़्यादती हुई। अक्सर आपको लेकर राजपरिवार में झगड़ा होता रहता था। एक आदमी था

जो आपको बहुत पसन्द करता था और एक था जो आपको नापसन्द या कहें कि आपसे नफ़रत करता था।' सनम ने कहा तो मधु के मुँह से बरबस निकला। 'कौन?'

'छोटे महाराज रक्षदीप सिंह। कई बार बोले कि आपको बीच गाँव में गोली मार कर आयेंगे।'

'तुम्हें कैसे मालूम इतनी बातें? बर्फ़ी सप्लाई करने में टाइम ही कितना लगता है!' मधु ने कहा।

'न रानी साहिबा, महल के अन्दर ठसक तो अभी भी शाही है। काम करने वालों का खाना-पीना फ्री है। मेरे जैसे लोग जो दूर से कुछ सामान लेकर जाते हैं उनके लिए विश्राम की भी वहीं छोटे-छोटे कमरों में व्यवस्था है। कभी बारिश, कभी धूप, कभी थकान और कभी तूफ़ान के चलते वहाँ रुकना भी पड़ जाता था। बस एक ही शर्त थी कि बर्फ़ी उसी दिन की बनी हुई होनी चाहिए। ताज़ा।' सनम ने कहा।

अब पहली बार मधु ने सनम को एक अलग नज़र से देखा। वो एक ख़ूबसूरत नौजवान था। जो पढ़ा-लिखा भी लगता था। फिर यहाँ हलवाई की दुकान पर कैसे। वो पूछना चाहती थी पर यह अपमानजनक होता सो उसने बात को घुमा कर पूछने का सोचा फिर टाल दिया। आख़िर वो ख़ुद कौन-सा आक्सफोर्ड से पढ़ कर आयी थी।

युवक ने गिलास उठा कर मधु की ओर बढ़ा दिया। मधु ने बिना कहे गिलास को ख़ाली कर दिया।

युवक ने दुबारा वोदका की बोतल उठायी और दोनों गिलास आधे भर दिये। फिर उसने बीयर की कैन उठायी।

'मुझे बीयर मत डालना।' मधु को यक़ीन न आया कि यह वाक्य उसके मुँह से निकला था। लेकिन वोदका के तगड़े शाट ने उसे हिम्मत दे दी थी। सनम ने बाक़ी का कैन अपने गिलास में ख़ाली किया और बेतकल्लुफ़ी से उठ कर फ्रिज तक गया और सोडा निकाल लाया। तब मधु को फ्रीजर में पड़ी बीयर की याद आयी। बर्फ़ बन कर तो वो फ़्लैट हो जायेगी। वो उठी। साड़ी में वो ग़ज़ब लग रही थी। सनम का मुँह सूख गया। उसने ख़ाली सोडा से ही अपने गले को तर किया। मधु उसकी हालत की उपेक्षा कर फ्रिज की ओर बढ़ी और बीयर के कैन निकाल कर नीचे रख दिये। युवक उसके बिल्कुल क़रीब सट कर खड़ा हो गया। पर मधु ने उसे छाती पर हल्का सा धक्का दिया। दोनों दुबारा सोफ़े पर पहुँच गये।

'क्या कह रहे थे?'

'यही कि राजमहल में अगले सप्ताह सारे राजपरिवार का एक गेट टूगेदर होने वाला है।'

'क्यों?'

'क्योंकि प्रिंसेस तमन्ना कटोच को लगता है कि कोई उसे जान से मारना चाहता है।' युवक ने कहा तो मधु की आँखें फैल गयीं।

'कौन कर सकता है ऐसे। तमन्ना लन्दन से लौट आयी क्या?'

'कहाँ रहती हैं रानी साहिबा। प्रिंसेस को लौटे तो कई महीने हो गये।'

'ऐसा कुछ हुआ क्या?'

'पता नहीं पर प्रिंसेस को लगता है कि महल में कोई है जो रातों को साया बन कर उन्हें डराता है।'

'कौन हो सकता है?' मधु ने कहा तो सनम ने फट जवाब दिया।

'वहाँ एक है जो या तो सबको ख़त्म कर देना चाहता है या सबको दूर। और आप तो बख़ूबी जानती हैं उसे।' सनम ने कहा।

इशारा साफ़ था।

'दरअसल एक और बात है जो ख़ैर (उसने मधु की तरफ़ देखा) मुझे भी फ़िक्रमन्द करती है। रक्षदीप अब 70 के हो चुके। अगले छह महीने में राजमहल का निज़ाम प्रिंसेस तमन्ना के अधीन आने वाला है। जैसी महाराज अक्षदीप सिंह व्यवस्था करके गये हैं।' सनम ने कहा तो मधु ने भी सोचा।

महाराज अक्षदीप सिंह की मृत्यु हो गयी है। उनकी पत्नी सत्या सुहानी यानी तमन्ना की माँ ग़ायब हो गयी। उनका वारिस सुदक्षदीप मृत घोषित है। उनकी पत्नी यानी मधु को भी महल से दूर कर दिया गया। महाराज के दूसरे वारिस दक्षदीप की तो मौत हो ही चुकी थी। इन सब संयोगों के चलते अक्षदीप की मौत के बाद महल की हुकूमत रक्षदीप के पास ही थी जिसे अब तमन्ना के आ जाने के बाद ख़तरा खड़ा हो गया था। तमन्ना को जो साया दिख रहा है वो ठीक ही है। बाक़ी सब में और तमन्ना में फ़र्क़ सिर्फ़ इतना ही है कि तमन्ना को भगवान चेतावनी जारी कर रहा था बाक़ी अचानक जाल में फँसते चले गये। इस सब को लेकर वो सोच में डूबी हुई थी सनम ने उसका ध्यान भंग किया उसके कन्धे पर हाथ मार कर। तभी उसे यह भी पता चला कि सनम उसके सामने से उठ कर उसके सोफ़े पर उसके साथ बैठ गया था।

उसने मधु का गिलास उसकी तरफ़ बढ़ाया। मधु ने कुछ कहे बिना ही गिलास ख़ाली कर दिया। नशा उसके दिमाग़ में उथल-पुथल मचाये था। कई सालों के बाद घर में एक पुरुष की मौजूदगी का अहसास भी उसके जिस्म में खलबली मचाये था।

सनम ने अपना हाथ मधु के कन्धे के ऊपर से घुमा कर उसके साथ अपनी दूरी और कम की। मधु के दिमाग़ में प्रतिरोध करने वाली नसें शायद सुन्न पड़ गयी थीं।

'वैसे रानी साहिबा' सनम ने कहा तो मधु ने अधखुली आँखों से उसे देखा। जो सवाल था वो नशे में थरथराती पलकों ने ही किया।

'ख़तरा तो आपकी जान को भी है।' सनम ने कहा तो मधु का दिमाग़ जैसे भक्क से उड़ गया। प्रिंसेस भी अगर वैसी ही सफ़ाई से अदृश्य हो गयी जैसे रक्षदीप तो फिर तो एक आप ही हो जो कभी दावा कर सकती है। और आपकी जानकारी भी है छोटे महाराज को।'

मधु के पत्ते काँप गये। ऐसा तो उसने कभी सोचा भी न था। सनम उससे कम से कम दस साल छोटा होगा पर 'मेरे से तो इसका दिमाग़ ही ठीक चलता है' मधु ने सोचा। सच तो यही था। उसका तो घर ही रक्षदीप के रहमोकरम पर था। यह घर, यह ख़र्च और बाक़ी ज़रूरतें रक्षदीप की ओर से ही दी जा रही माली मदद से ही सम्भव हो रही थीं। सनम की बात को सोच कर वो एक बार फिर सिहर गयी। महलों के निज़ाम के चलते विरासत की कड़ियाँ जुड़ते ही मधु ख़ुद को सबसे कमज़ोर कड़ी महसूस करने लगी।

सनम ने उसे धीरे से खींच कर अपनी तरफ़ कर लिया। जानी और माली नुक़सान के अन्देशों के चलते मधु इस समय अति नाज़ुक भावनात्मक स्थिति में थी। उसने विरोध न किया। उसका सर सनम के कन्धे पर गिर गया। शायद नशे के अतिरेक के कारण। आँचल ढुलक कर उसकी कमर पर जा गिरा। ब्लाउज़ में से उसके उन्नत वक्ष कमरे में पहले से मौजूद वासना की बयार को हर साँस के साथ हिलोर दे रहे थे। सनम ने मधु का मुँह उठा कर ऊपर किया और फिर दोनों एक लम्बे चुम्बन में व्यस्त हो गये।

मधु के अन्दर जिस्मानी ज़रूरत का उफान अपने चरम पर था। सनम उद्वेलित था। यह उसका पहला और मनचाहा साथी था। अगले कुछ क्षणों में दोनों में से किसी में इतना सब्र भी नहीं था कि उठ कर बेडरूम तक जाते। सोफ़ा ही उनका काम-क्रीड़ा-स्थल बन गया।

तेरह

सत्या सुहानी रोहिणी के अपने फ़्लैट में अपने बाथरूम के आदमक़द आईने के सामने खड़ी थी। अपने लहराते घुँघराले बालों को उसने रश्क भरी नज़रों से देखा। वो एक झीनी सी नाइटी पहने थी जिसमें उसका जिस्म पूरी तरह नुमायाँ था। घर में अकेले रहने से कपड़ों का अनुशासन पूरी तरह भंग हो जाता है। और इसकी कितनी बड़ी क़ीमत अदा करनी पड़ती है, यह उसे आज पता चल रहा था। एक सिर्फ़ उसके बाल थे जो आज भी वैसे ही थे जैसे कभी जवानी में हुआ करते थे। कमर तक लहलहाते। उसने एक तरफ़ से घूम कर आईने में ख़ुद को निहारा और फिर अपनी ही लटों में उलझ कर रह गयी। बालों ने नाइटी के नीचे से उसके बदन को पूरी तरह से पर्दे में कर दिया था।

सत्या सुहानी 50 पार कर चुकी थी। राजमहल छोड़ने के बाद से उसने सबसे पहला काम यही किया था कि अपना जन्म और पुराना सब कुछ भुला दिया था। आख़िर याद रखने का लाभ भी क्या होना था। हर चीज़ को मन मार कर भुला दिया। राजमहल की शानोशौक़त और महारानी के रुतबे को भी। दूसरी चीज़ जो वो भुला चुकी थी वो थी अपनी जन्म तिथि। नतीजा यह हुआ कि आज भी वो ख़ुद को जवान व तरोताज़ा महसूस करती थी। सारा दिन घर पर पड़े रहने को उसने कभी अपनी कमज़ोरी न बनने दिया। उलटे अपने फ़्लैट की चारदीवारी में ही ऐसा रुटीन सेट किया कि घर में ही जिम, अपना निजी छोटा पार्लर, एक हाइली इक्विप्ड मॉड्यूलर किचन तैयार किया जिसमें तन्दूर से लेकर बारबीक्यू तक की व्यवस्था थी। यह सोच कर कि उसने घर पर ही रहना है उसने अपने बनने-सँवरने में कभी कसर न छोड़ी थी। मजाल थी कि उसकी भवों का एक बाल भी इधर-उधर हो जाये या होंठ या ठुड्डी पर कोई अनचाहा बाल इतना बड़ा हो जाये कि दिखने लगे।

तीन-चार गहने सदा उसके जिस्म पर रहते। सोते, जागते यहाँ तक कि नहाते भी। गले में एक मोटी चेन। नाक में चने के दाने जितने बड़े हीरे का कोका, एक

बाँह में सोने की आठ चूड़ियाँ। घर कोई आये न आये, उसे कहीं जाना हो या न जाना हो। नहा-धोकर वो कानों में कभी बुन्दे, कभी काँटे, कभी बालियाँ, कभी टॉपस और कभी झुमके पहनती। दूसरी बाँह में कभी घड़ी, कभी कड़े और कभी ब्रेसलेट। पाँव की पायल घर में रुनझुन बजती रहती। जब पायल न हो तो पाँवों की दो उँगलियों पर घुँघरूनुमा बिछुए पहनती। उसकी हर हरकत के साथ होने वाली उस रुनक झुनक से उसे घर में किसी और की मौजूदगी का भी आभास होता। इस तरह उसने अपनी व्याकुलता का स्वयं ही इलाज ढूँढ़ लिया था। फिर भी बात न बने तो पेट्रिल तो है ही।

सत्या सीधी हुई। अब वो आईने के माध्यम से अपने बदन से रूबरू थी। चेहरे से निगाह नीचे जाते ही वो मायूस हो गयी। ढलती या ढल चुकी जवानी की गवाही दे रही थीं उसकी ढुलकती हुई छातियाँ। घर में ही रहने और किसी से कोई आशनाई न होने के कारण उसने नियमित तौर से ब्रा पहनना कब का छोड़ दिया था। सोसाइटी के किसी फ़ंक्शन या मार्केट में जाते हुए वो पैडिड ब्रा पहन लेती थी और अपनी सिकुड़ती जा रही छातियों को सँभाल लेती थी लेकिन आज जो वो अपना विश्लेषण कर रही थी तो उसे अहसास हुआ कि उम्र के निशान कहीं तो छूटे ही। चाहे जायज़ वजह से या उसकी उपेक्षा से। उसकी छातियाँ पहले से आधी ही रह गयी थीं लेकिन फिर भी सामान्य से कहीं बड़ी। उसने निगाह नीचे की तो उसकी तसल्ली हुई। 25 साल पहले वो गर्भवती हुई थी। एक बेटी को जन्म दिया लेकिन मजाल है कि इसकी कोई गवाही उसका पेट दे रहा हो। उसकी कमर ज़रा सी कस के नापी जाती तो 29 इंच ही होती और सामान्य ढंग से 31 इंच। उसके चेहरे पर सन्तोष की झलक आयी। लेकिन जैसे ही नज़र इससे नीचे सरकी निराशा फिर हावी हो गयी।

उसने अपने सिर को झटका तो उसके लहराते बाल हवा के झोंके की तरह बहे और दीवार पर उनकी परछाईं ऐसी लगी जैसे बादल आ गये हों। उसने हसरत भरी निगाहों से अपने बालों को देखा। सुबह अख़बार में छपी ख़बर और इश्तहार देखकर उसके मन में एक योजना घर कर गयी थी। उसके पास 10 दिन का समय था और यह दस दिन उसकी आइन्दा ज़िन्दगी के लिए बहुत महत्त्वपूर्ण थे। अपने जिस्म के बाक़ी हिस्सों को देखने की ताब न ला सकी और वो शीशे के सामने से हटी और बेसिन के सामने लगे छोटे शीशे के आगे पहुँची और फिर उसने अच्छे से अपने बालों को ब्लोड्राय किया और घर के छोटे कमरे में पहुँची जोकि फुल फ्लेज़्ड पार्लर था। उसने कैंची उठायी और अपने लम्बे बालों को काटना शुरू कर दिया। यह करते हुए उसकी आँखों से आँसू निकल गये लेकिन यह सबसे अहम था। क़रीब एक घण्टे की मशक्कत के बाद वो गर्दन तक स्टेप कट का रफ़ ख़ाका

खींच सकी। फिर उसने आगे के बालों के बड़े गुच्छे को लेकर उसे बेरहमी से काट दिया और अपने माथे पर ले आयी। थोड़ी देर में उसका माथा भवों तक बालों से ढका था। पुराने ज़माने में इसे साधना कट कहा जाता था जो फ़िल्म अभिनेत्री साधना का स्टाइल था। एक घण्टे बाद उसने कैंची धर दी और फिर अपने चेहरे पर काम शुरू किया। क़रीब आधे घण्टे बाद सत्या ने वहीं पार्लर की कुर्सी पर सिर टिका लिया। इतनी कंसेंट्रेशन से काम करने के कारण उसकी गर्दन दुख गयी थी। अब उसे अपनी पार्लर वाली लड़की विभा का इन्तज़ार था जो आकर बालों को अच्छे से सेट कर देती।

पार्लर से बाहर आकर उसने अपनी अलमारी से पैडिड ब्रा निकाली और पीछे हाथ घुमा कर आख़िरी हुक लगायी ताकि बेहतर पकड़ बन सकती हालाँकि इस चक्कर में उसकी अपनी साँस अटकती महसूस हुई। अभ्यास भी छूट चुका था ब्रा का। फिर उसने टेरी रूबिया का एक महीन सूट पहना और छत पर पहुँच गयी। उसका टॉप फ़्लोर रूफ़ राइट्स के साथ था। बाक़ी फ़्लैट्स की छतों से अपनी प्राइवेसी बनाने के लिए उसने चारों तरफ़ अढ़ाई फ़ीट के पैरापट के चार फ़ीट ऊपर तक जाफ़री लगवा रखी थी। सितम्बर की कड़क धूप उसके महीन सूट को चीर कर ऐसे लगी जैसे वो नग्न ही हो। उसने हाथ में पकड़ी पानी की बोतल गट-गट करके आधी ख़ाली कर दी और छत पर एक मैट बिछा कर लेट गयी। कुछ पलों में ही उसका जिस्म जलने लगा। उसका मन किया कि वो अपना चेहरा ढक ले लेकिन यह गोरा चिट्टा चेहरा ही तो था जिसे उसे टैन करना था। उसने भगवान से दुआ की कि अगले नौ दिन सूर्य भगवान धरती से ऐसे ही कुपित रहें। दसवें दिन तो उसे राजगढ़ के लिए निकलना था।

सत्या को उसके अलावा अभी और बहुत काम करने थे जिनमें सबसे ज़रूरी एक फर्ज़ी पहचान के लिए फर्ज़ी आधार कार्ड बनवाना था। फिर वो धूप की तपन को भूल कर अपना फर्ज़ी नाम सोचने लगी। बहुत हिसाब बाक़ी था। बस वक़्त का इन्तज़ार था। आख़िर वक़्त आ गया था। इतने साल वो सब्र से बैठी थी कि वक़्त उसके जिस्म पर भी अपने निशान छोड़ देगा और पहचान बदलना आसान होगा। लेकिन वक़्त ने (उसने अपने वक्ष को निहारते हुए सोचा) निशान तो छोड़े पर वहाँ जहाँ नहीं छोड़ने चाहिए थे। उसका चेहरा अभी भी अपनी पुरानी पहचान का सबसे मज़बूत निशान था उसे अब यही बदलना था। आख़िर उसने वक़्त से आगे बढ़ने की सोची। अपने नक़्श बदलने का उसका कोई इरादा न था लेकिन रंग बदलने का बिल्कुल था। तभी उसके मोबाइल पर मैसेज टोन बजी। उसने देखा कि उसका

ऑर्डर लेकर डिलीवरी ब्वॉय अपनी मंज़िल पर था। वो उठी। बोतल में बचा पानी अपने हलक में उड़ेला और फिर ख़ाली बोतल लेकर अपने फ़्लैट पर पहुँची। डिलीवरी ब्वॉय ने अभी उसकी घण्टी पर उँगली रखी ही थी।

सारा ऑर्डर प्रिपेड था। उसने एक पचास का नोट सामान देने आये लड़के के हवाले किया। लड़के ने उसका शुक्रिया अदा किया और फिर हैरत से उसके ऊबड़ -खाबड़ तरीक़े से कटे बालों को देखा। सत्या सुहानी झेंप गयी। औरत कितनी भी बूढ़ी हो जाये, ख़ुद को कितना ही बेफ़िक्र ज़ाहिर करे अपनी शारीरिक सुन्दरता से, रहती वो औरत ही है। अपने रंगरूप से फ़िक्रमन्द।

'लिसन।' उसने लड़के को आवाज़ दी।

'क्या नाम है तुम्हारा?'

'गंगा।' लड़के ने कहा।

उसका मन उसी समय मन्थन में जुट गया कि आख़िर क्यों इस इक्कीसवीं सदी में उसका नाम गंगा राम रखा गया होगा। जिसे सुनते ही मन में तोते का अक्स उभर आता था। लड़के को शायद ख़ुद भी अपने इस नाम की निम्नता पर मलाल था सो वो बोला–'गंगा सिंह।'

'यह और ग़ज़ब।' सत्या ने सोचा। तोते और शेर का एक साथ क्या काम! फिर उसने सिर झटका।

'इस इलाक़े में सप्लाई के लिए तुम्हीं आते हो क्या?'

'मैडम, ऐसा कुछ पक्का नहीं। जो भी डिलीवरी ब्वॉय इस इलाक़े में होता है वही आ जाता है। पर आम तौर पर मैं ही आता हूँ। क्यों क्या बात है?' उसने पूछा।

'कुछ नहीं। अपना नम्बर दो।' उसने कहा।

लड़के ने अपना नम्बर दिया और बोला, 'मैडम, मैं रोहिणी में ही रहता हूँ। कभी ज़रूरत हो किसी स्पेसल ऑर्डर की तो आप मुझे सीधे कॉल कर सकती हैं।'

'अभी दे सकती हैं क्या स्पेसल ऑर्डर?' सत्या ने गंगा की नक़ल की।

गंगा बख़ूबी समझ रहा था कि यह स्पेसल ऑर्डर क्या था पर सत्या दुविधा में थी कि कहे या न।

'मैडम, बुरा न मानें तो मैं एक बात पूछूँ?' गंगा ने कहा तो किसी आशंका से सत्या की भवें उठीं। 'पूछो।'

'आपको सिगरेट चाहिए या...' उसने अपना वाक्य अधूरा छोड़ दिया।

'थैंक गॉड।' सत्या ने भगवान का शुक्र अदा किया। लड़के ने उसका काम आसान कर दिया था। पहले प्रयोग करने के लिए सत्या ने उसे देने के लिए पाँच-पाँच सौ के दो नोट निकाले।

'ऐसा करो मुझे...' लड़के ने बीच में ही टोका।

'मैडम, कैश की ज़रूरत नहीं। मैं दुकान पर और ठेके पर पहुँच कर आपको फ़ोन करूँगा। आप सीधे गूगल पे कर देना उनको।'

सत्या ने राहत की साँस ली। उसे यही डर था कि कहीं लड़का कैश लेकर भाग गया तो! लेकिन अब वो बेफ़िक्र ऑर्डर कर सकती थी।

'ठीक है फिर।' कह कर सत्या अन्दर गयी। अपने वैनिटी ड्रायर से एक पुराना फ़ोन निकाला और ऑन किया। बैटरी का एक ही डण्डा दिख रहा था। अधबुझा सा। उसने लड़के को उसके नम्बर पर घण्टी मार दी और वापस फ़्लैट में जाने को मुड़ी। लड़के ने फिर टोका।

'मैडम, ऑर्डर तो बता दें। आसानी रहेगी। वहाँ जाके फ़ोन थोड़े करूँगा। और यह आपका कोई अलग नम्बर है क्या?' गंगा ने पूछा।

'ओ बहन की...।' सत्या ने मुँह में गाली दी। उसकी सावधानी बेकार थी। डिलीवरी ब्वॉय के पास तो पहले से ही उसका नम्बर था। सत्या ने उसके सवाल की उपेक्षा की। बस इतना कहा कि फ़ोन इसी पर करना। गंगा फिर भी वहीं डटा रहा।

'अब क्या?' सत्या ने पूछा।

'आर्डर मैडम।'

'ओह! चार पेटी बीयर। चार जॉनीवॉकर ब्लैक लेवल की बोतल। दो दर्जन क्लासिक रेगुलर सिगरेट।'

उसने कहा तो गंगा ने अपने मन से मुँह तक आते सवाल को ज़बरन रोका, 'क्या मैडम ठेका खोलना है?' सत्या समझ रही थी कि उसके मन में क्या उठा है। यह उत्कण्ठा शान्त करना ज़रूरी था।

'घर में पार्टी है।' उसने कहा।

लड़के में उठ रहा सवालों का ज्वार भाटा हो गया। उसके जाने के बाद सत्या ने एमेज़ान की पेटी को खोला। कई तरह के वेफर्स, केचप, मेयोनिस, पीनट बटर, प्रोटिनेक्स, फ्रायमस, ब्रायलर, जूसिज, सोडा, कोल्ड ड्रिंक, काजू बर्फ़ी वग़ैरह वग़ैरह। उसने तृप्तिपूर्ण ढंग से सिर हिलाया। दस दिन में दस किलो बढ़ाने की तैयारी अब पूरी थी।

शहरों में रहने वाली अकेली औरतों और युवा लड़कियों के लिए जो चीज़ एक समान थी वो थी उनकी सोच और कपड़े जो उन्नीसवीं से इक्कीसवीं शती तक आते एक जैसे हो गये। 'संकुचित।' ये सब कुछ करेंगी पर 'अच्छी औरत'

या 'अच्छी लड़की' बने रहना चाहेंगी। सिगरेट ख़रीदने या ठेके पर जाने में उनको शर्मिन्दगी रहती पर पीने में नहीं। हालाँकि वक़्त के साथ इसमें भी फ़र्क़ आ रहा था। इक्कीसवीं शताब्दी में पैदा होने वाली लड़कियाँ अब शर्म के इस पर्दे को उठा रही थीं पर फिर भी बहुतायत पहले वर्ग की ही थी जो शादी के बाद भी प्रेमी रखेंगी पर पति से छुप कर। दारू पियेंगी पर सबसे छुप कर, सुनहरे पानी के गिलास से उनको तौबा तौबा थी पर वही सुनहरा पानी अगर कोका कोला की बोतल में भेस बदल कर आ जाये तो चलेगा। ऐसी औरतों, लड़कियों के लिए ये डिलीवरी ब्वॉय और सोसाइटी के गार्ड वरदान की तरह थे जो सौ-पचास के बदले उनकी इन ज़रूरतों को पूरा कर देते थे।

पति की ग़ैरहाज़िरी में अगर यार घर हो तो पति को बहाने से सोसाइटी के गेट पर ही रोक कर मैडम को घण्टी मार देते थे। मैडम के गेट से निकलने के वक़्त सीसीटीवी ऑफ़ कर देते थे। जहाँ यह व्यवस्था उनके हाथ में न हो वहाँ मैडम को बाहर निकलने वाले गेट की बजाय एंट्री गेट से अन्दर आने देते थे। और भी जाने क्या-क्या।

सत्या ने पेटी को बाद में सेट करने की सोच कर जूस की बड़ी दो बोतल उठायीं। फिर उसने डिब्बे में देखा तो उसे वो भी नज़र आया जो वो देखना चाहती थी। केमिस्ट से पेंटोसिड डीएसआर के दो पत्ते भी आ गये थे। इतने सारे 'गैस्ट्रोनामिक फेयर' के बाद यह दवा तो सुबह-शाम खानी पड़ती थी। देख कर वो बाहर निकल गयी। पाँच मिनट बाद वो आधी बोतल लीची जूस पीकर फिर सूरज की ओर मुँह करके लेट गयी। सितम्बर की तीखी धूप ने उसके जिस्म ख़ास तौर पर उसके वस्त्रविहीन अंगों, मुँह, हाथों और पैरों को बींधना शुरू कर दिया। कायापलट का आगाज़ हो चुका था।

चौदह

घर का हर कोना खुदरा छान मारा गया पर गन का कहीं कुछ पता नहीं था। मौक़ा-ए-वारदात से कोई ठोस क्लू न मिलने से बौखलाई सबीना सहर ने एसएचओ वरिन्दर शर्मा को बुलाया।

'क्या हुआ?' उसने पूछा।

शर्मा इस सन्दर्भहीन सवाल पर पलकें झपकाता रहा।

'मैं पूछ रही हूँ क्या बना?' उसने गुस्से में पूछा।

'किसका मैडम?'

'भूटान का! वहाँ के राजा की जगह वेकेंसी निकली थी और तुमने एप्लाई किया था। क्या बना, हो गया तुम्हारा काम?' सबीना ने पूछा तो मेरी हँसी छूट गयी।

एसएचओ ने खा जाने वाली नज़रों से मुझे देखा। फिर धीरे से अपमान के घूँट पीकर बोला।

'मैडम, कोई अपने यहाँ के सीसीटीवी की फुटेज बिना किसी आधिकारिक नोटिस के देने को तैयार न था। ज़्यादातर ने कह दिया कि उनके कैमरे ख़राब थे।' सबीना ने बीच में टोका।

'देती हूँ तुझे अभी आधिकारिक नोटिस। तब तक बिल्डिंग का सीसीटीवी तो देख।' उसने कहा।

'वो हो जायेगा। जो लड़का ऑपरेट करता है उसे बुलाया है। मैडम, उसे उत्तम नगर से आना है सो टाइम लग रहा है पर आ जायेगा जल्दी। जैसे ही पहुँचता है, मैं लाता हूँ।' कह कर वो फ़ौरन वहाँ से निकल गया।

सबीना ने अपने ऑफ़िस में फ़ोन करके एसएचओ को इलाक़े की सभी सीसीटीवी फुटेज देखने को अधिकृत करने के आदेश की कॉपी व्हाट्सएप करने को कहा।

देखती हूँ मैं किस माई के लाल ने ढाई किलो सोंठ खायी है कि मुझे रोक ले सबकी हार्ड ड्राइव ज़ब्त करने से। उसने सोचा। फिर मौक़ा मुआयने में जुट गयी। शराब के दोनों गिलास ज़ब्त किये गये। बोतल भी ताकि उँगलियों के निशान सहेजे जा सकें। टाटा की लाश को हटाने की व्यवस्था की गयी। मैंने एक आख़िरी नज़र लाश पर डाली। कल तक जो वक्षस्थल हिमालय की चोटियों की तरह अहंकार से तने थे आज एकदम पस्त थे। गोली बायें वक्ष को लगी थी। लाश सीधी करते ही ऐसे लगा जैसे उसका एक ही वक्ष था। मुझे उबकाई आने को हुई। मरने वाली के साथ कल फ़्लर्ट करते हुए क्या-क्या नहीं सोच डाला था।

आगाह अपनी मौत से कोई बशर नहीं
सामान सौ बरस का पल की ख़बर नहीं।

यह घिसापिटा शेर अक्सर ऐसे मौक़ों पर मेरे ज़ेहन में खलबली मचा देता था और मैं उन तमाम कामों को घर और दफ़्तर पहुँचते ही ख़त्म करने की सोचता जो पेंडिंग थे। ख़ास तौर पर जिनको नष्ट करना था ताकि मरने के बाद न मुझ पर और न उन सब पर कोई आँच आये जिनके राज़ मेरे पास दफ़्न थे। लेकिन यह संकल्प क्षणिक ही होता था और मैं अगले दिन अपनी ज़िन्दगी में आयी तमाम औरतों और लड़कियों की तस्वीरें देख कर सब कुछ नष्ट कर देने को 'अगली बार' तक के लिए मुल्तवी कर देता था।

मेरे पेशे में मौत से मुलाक़ात जैसे रोज़मर्रा के काम का हिस्सा थी। इसलिए यह ऐसा संकल्प था जिसकी सिद्धि जल्द होने की उम्मीद न के बराबर थी। पर एक ऐसा संकल्प ज़रूर था जिस पर मैं सदा ही कामयाब हो जाता था और वो था क़ातिल को उसके अंजाम तक पहुँचाना। मैंने क़सम खायी टाटा के क़ातिल को सूली तक पहुँचा कर ही रहूँगा। एक विद्वान ने कभी कहा था कि मैं ईसा मसीह की तरह यह तो नहीं कहूँगा कि प्रभु इनको माफ़ कर दे क्योंकि ये नहीं जानते कि ये क्या कर रहे हैं। बल्कि मैं कहूँगा, 'प्रभु इनको कभी माफ़ न करना क्योंकि ये जानते हैं कि ये क्या कर रहे हैं।' हर क़त्ल अचानक नहीं होता। एक सोची-समझी साज़िश होता है सो इस मामले में तो मैं भगवान का पक्का अनुयायी था कि बुरे का अन्त ज़रूरी है। जासूसी के अपने इस दुर्लभ पेशे में मैंने आज तक अपने हाथ ख़ून से नहीं रंगे थे। मरने वाली मेरी न तो कोई सगे वाली थी और न ही कोई दोस्त। बल्कि कोई अच्छी जानकार भी नहीं थी। पर उसकी पहली मुलाक़ात में जो कशिश थी जो उससे मुलाक़ात के बाद से ही मेरे जिस्म को एक हल्की तपिश दे गयी थी जो उसी रात माया के पहलू में गर्क हो कर ही शान्त हुई थी। मैंने संकल्प लिया कि जिस किसी

ने भी टाटा को इस अंजाम तक पहुँचा कर मुझे ज़िन्दा ताजमहल के साथ से वंचित किया था उसको फाँसी के फन्दे तक पहुँचाऊँगा।

उसके लिए मैंने तय किया कि आज ही वापसी पर निहाल सिंह से अपनी गन को चौकस करवा के ले आऊँगा। तभी टाटा की लाश पर टिकी मेरी टकटकी को अपने हाथ को लहरा कर भंग करते हुए सबीना ने कहा–

'कहाँ खो गये रोमियो?'

'कुछ नहीं।' मैंने हताश भाव से कहा।

'यह तो अब मिट्टी है।' उसने कहा।

वेख फरीदा मिट्टी खुल्ली, मिट्टी उत्ते मिट्टी डुल्ली
मिट्टी हस्से, मिट्टी रोवे, अन्त मिट्टी दा मिट्टी होवे।

मुझे बाबा फरीद की अमर पंक्तियों की याद आ गयी। क़ब्र जब खुलती है तो मिट्टी से बने इन्सान को उसी मिट्टी में दफ़न करके मिट्टी कर दिया जाता है।

सबीना ने मेरे कन्धे पर हाथ रखा। यह उसका मेरे साथ पहला स्पर्श था। मैं इस समय भावनात्मक रूप से बहुत ही संवेदनशील स्थिति में था।

'जब मिट्टी को मिट्टी ही होना है तो आज क्या और कल क्या? मिट्टी का दुख वो क्यों करे जिसने कभी ख़ुद मिट्टी हो जाना है।' सबीना ने कहा।

तभी शर्मा ने घर की चौखट लाँघ कर अन्दर क़दम रखा। उसके चेहरे को देख कर ही पता चल रहा था कि वो कुछ कामयाबी लेकर आया है। वो सीधा सबीना के पास पहुँचा और फिर उसने अपना मोबाइल हॉरिजेंटल पोज़ीशन में करके उसे दिखाया। तीन सेकेंड की एक फुटेज में एक ख़ूबसूरत युवक टाटा घोष वाली इमारत में से बाहर निकलता हुआ दिखाई दे रहा था। उसके क़रीब चार मिनट बाद एक जैगुआर घर के मेन गेट से आँधी-तूफ़ान की रफ़्तार से निकली।

फुटेज बन्द करके शर्मा ने तारीफ़ के लिए सबीना की ओर देखा। उसने उसे निराश न किया।

'गुड।' उसने कहा तो शर्मा की बाँछे खिल गयीं। फिर शर्मा ने एक काग़ज़ सबीना की ओर बढ़ाया। इस पर राजस्थान का एक नम्बर लिखा था।

'सोसाइटी के गेट पर हर आने वाली गाड़ी का नम्बर रिकॉर्ड होता है।' उसने कहा।

सबीना ने मुझे देखा और काग़ज़ मेरी ओर बढ़ाया। मैंने सहमति में सिर हिलाया।

'नम्बर मैंने कली को व्हाट्सएप पर भेजा। सबीना को पता था कि सरकारी तन्त्र से यह सूचना कल तक पता लगनी थी। पर मेरे पास तो अपने किसी माध्यम से देश भर की गाड़ियों की मिल्कियत की सीधी पहुँच थी। कली का फ़ौरन जवाब आया।

'यस बॉस।'

तीन मिनट बाद व्हाट्सएप पर दुबारा बीप हुई तो सारी सूचना सामने थी। गाड़ी राजस्थान के अलवर में रजिस्टर्ड थी और मालिक का नाम कुँवर प्रतिकार सिंह था। कुँवर प्रतिकार सिंह अजीब नाम था। दिमाग़ में कहीं घण्टी बज रही थी पर कुछ समझ न आ रहा था। मैंने सन्देश फ़ोन की स्क्रीन पर ही सबीना को पढ़ा दिया।

'क्या लगता है?' उसने पूछा।

'ज़्यादा पॉसिबिलिटी इस बात की है कि यह बाऊ डर के भाग गया।' तभी मेरे दिमाग़ में बिजली कौंधी।

'एक बार फिर वीडियो देख सकते हैं?' मैंने पूछा।

शर्मा को मेरी यह रिक्वेस्ट बिल्कुल रास न आयी।

'क्यों क्या लड़का तुम्हें बोल कर बता देगा कि वो कौन है?' उसने मज़ाक़ उड़ाने के अन्दाज़ में कहा।

'उस बात को क्या पूछना मेरे लाल जो पहले ही पता है। प्रतिकार सिंह है नाम उसका।' मैंने कहा तो शर्मा की आँखें फैल गयीं।

'तुम्हें कैसे पता?' उसने पूछा।

'उसे छोड़ो, वीडियो दिखाओ।' मैंने कहा तो शर्मा ने इस बार सबीना से पूछे बिना वीडियो चला कर फ़ोन मेरे सुपुर्द कर दिया।

मैं सबीना के बिल्कुल क़रीब पहुँच गया। इतना कि उसके शरीर की गर्मी मुझ तक पहुँच रही थी। उसकी वर्दी में रची बसी किसी तीख़े परफ़्यूम की गन्ध ने उसके अपने पसीने की ख़ुश्बू का मज़ा किरकिरा कर दिया था।

मैंने वीडियो चलाया। मैं उसके इंस्पेक्टर के सामने उसे एंबैरेस नहीं करना चाहता था सो मैंने उसके कान में इतने धीरे से कफ़ लिंक बोला कि मुझे लगा नहीं कि उसने सुना भी होगा।

हमने ग़ौर से वीडियो देखा। शर्मा का कैमरा कोई लेटेस्ट वर्जन था। सो हमने वीडियो पॉज़ करके प्रतिकार सिंह की फ़ोटो को जूम करके देखा।

'सो यह नहीं है।' सबीना ने कहा।

'सवाल ही नहीं। यह बाऊ तो डर के भाग गया पर बकरे की माँ कब तक ख़ैर मनायेगी।' मैंने कहा।

कुँवर प्रतिकार सिंह एक सामान्य टी-शर्ट पहने था जो हाफ स्लीव्स थी। वीडियो ने इस बात की पुष्टि की कि कोई तीसरा भी था।

सबीना एक चुस्त पुलिस अफ़सर की तरह फ़ौरन हरकत में आयी। उसने एसएचओ को पता करने का हुक्म दनदनाया कि टाटा के फ़्लैट के आसपास के घरों की फुटेज तलाशो। देखो और कौन या कौन सी गाड़ी टाटा के घर तक आयी। कोई एक और व्यक्ति तो इमारत में आया ही था।

सबीना ने पुलिस मुख्यालय में फ़ोन करके प्रतिकार सिंह की गाड़ी का नम्बर दिया और सभी सीमावर्ती चौकियों को आगाह करने की हिदायत दी ताकि गाड़ी अगर दिल्ली से निकलने की कोशिश करे तो उसे रोका जा सके। शर्मा सीसीटीवी का बाक़ी हिस्सा देख कर ऊपर आया तो पता चला कि टाटा की हत्या से पहले कोई एक हाउस कीपिंग कम्पनी का व्यक्ति जिसने एक कैप लगा रखी थी जो उसके नाक तक आयी हुई थी दाख़िल हुआ था। वो इमारत के अन्दर क़रीब 15 मिनट रहा। यह व्यक्ति काफ़ी लम्बा-चौड़ा था लेकिन चेहरे पर मास्क और कैप के कारण उसके बारे में कुछ भी कहना सम्भव न था। कैमरा जूम करके उसकी यूनिफ़ार्म की पीठ पर लिखे कम्पनी के नाम को पढ़ा गया। 'अर्बन स्टाइल' सबीना ने फ़ौरन गूगल पर नम्बर तलाश के ख़ुद फ़ोन लगाया। पता चला कि कम्पनी ने इस पते पर किसी कर्मचारी को नहीं भेजा था। इसी जवाब का अन्देशा था। हर संकेत अन्धी गली में जाकर अटक रहा था।

'क्या इरादा है?' सबीना ने मुझसे पूछा।

मेरा मन बाग़-बाग़ हो गया। यह तय था कि शाम सबीना की सोहबत में गुज़रने वाली थी। पैसे मुझे ही ख़र्चने पड़ने थे तो मैंने फ़ौरन कहा–'अनारकली'।

उसने मुँह बिसूर कर मेरी तरफ़ देखा। 'क्या अदा थी!' पुलिस की वर्दीधारी, रौबीली सबीना की यह नारी सुलभ प्रतिक्रिया दिल के आरपार छेद करने को काफ़ी थी। उससे पहली मुलाक़ात और फिर दोस्ती तक मेरा दिल उस पर आया हुआ था। हर मुलाक़ात के बाद मेरी रात ख़ुद को यह तसल्ली देती थी कि अगली बार वो उसी पर मेरे पहलू में होगी। अपनी ख़ाकी वर्दी के बन्धन से सर्वथा मुक्त। और हर रात अपनी उस रोज़ की नाकामी का दुख भुलाने के लिए मुझे 'काले कुत्ते' (ब्लैक डॉग) के दो पेग मारने पड़ते थे।

'कभी पैसे भी ख़र्च कर लिया करो। तुम्हारे फ्री फंड के मेज़बान के लिए इतनी दूर जाऊँ। चलो आज मैं खिलाती हूँ।' उसने कहा।

मैंने इधर-उधर निगाह दौड़ायी। कहीं पानी न था। चुल्लू भर भी नहीं जो नाचीज़ की क़िस्मत थी जो डूबने से बच गया।

'अरे भई कम्फर्ट की बात होती है। लीला में चलते हैं।' मैंने कहा।

उसने कुछ बोलने को मुँह खोला फिर जैसे मुझ पर रहम करके चुप कर गयी।

'तुम्हारी गाड़ी में चलें।' मैंने आसपास देखा कोई नहीं था। मैंने गर्दन झुका कर कोर्निश बजायी।

'जैसे नसीब। काश मैं गाड़ी बन जाऊँ।'

'न ही बनना। अपना वजूद देखा है। मैं ऊपर बैठ गयी तो अन्तिम संस्कार का ख़र्च भी बच जायेगा। सीधे हड्डी अगर एकाध बच गयी तभी हरिद्वार जायेगी।' उसने कहा।

मेरी जिस्मानी कमतरी को उसने जैसे सरे बाज़ार नंगा कर दिया हो। क्योंकि ऐसी कोई बात थी नहीं। वो लम्बी-चौड़ी और मज़बूत तो थी लेकिन इतनी भी नहीं कि मुझे मसल के रख दे।

बहरहाल समय कुछ ख़राब ही चल रहा था सो मैं चुप रहा। लीला से पहले सड़क के एक छोर पर हल्दीराम की दुकान आयी। उसने मुझे रुकने को कहा। फिर वो अपना बैग लेकर दुकान के अन्दर चली गयी। मुझे लगा वाशरूम गयी होगी। हालाँकि लीला से हम मुश्किल से दस मिनट दूर थे। पर कभी अर्जेंसी हो जाती है।

दुकान के अन्दर जाकर सबीना सीधे मुख्य काउंटर पर पहुँची।

'सीसीटीवी कंट्रोल कहाँ है?' उसने अपने पुलिसिया रौब से पूछा। काउंटर पर बैठे लड़के ने एक साथ के कमरे की तरफ़ इशारा किया जिस पर मैनेजर लिखा था। वो कमरे के अन्दर गयी। मैनेजर उठ कर खड़ा हो गया।

'कहाँ है?' सबीना ने पूछा। मैनेजर ने मूर्खों की तरह पलकें झपकायीं।

'सीपीयू। सीसीटीवी का।' मैनेजर ने अपने डेस्क की साइड में इशारा किया। वो घूम कर टेबल के पीछे पहुँची और सीपीयू की पावर ऑफ़ कर दी।

'पाँच मिनट बाद मैं यहाँ से निकल जाऊँगी फिर ऑन कर लेना।' उसने कहा। मैनेजर ने सहमति में सिर हिलाया। वो कमरे से निकल कर वाशरूम की ओर बढ़ी।

मैं गाड़ी की स्टियरिंग पर बैठा अपने उस भगवान को याद कर रहा था जिसे मैं आम हालात में कोई भाव नहीं देता। प्रार्थना यही थी कि बस आज मान जाये। आज तो आठ-दस हज़ार का फटका भी लगने वाला था।

तभी किसी ने मेरी गाड़ी की पैसेंजर सीट पर दस्तक दी। कोई लड़की थी जो सीधी खड़ी थी सो मुझे चेहरा नज़र न आया। कोई अल्ट्रा मॉडर्न चिक टाइप लग रही थी। यह क्या हो रहा था मेरे साथ। ऐसा मौक़ा भी आज ही आना था। मैंने शीशा डाउन किया।

'लिफ्ट मिलेगी!' किसी ने कहा फिर गाड़ी में जैसे दिन की रोशनी हो गयी हो। वो मेरे सामने जलवा फ़रोश थी। सफ़ेद रंग की एक स्पैगेटी टॉप में जिसके नीचे से उसकी काले रंग की ब्रा में मुश्किल से समाये उसके उरोज उसके जवानी से मालामाल होने की सगर्व घोषणा कर रहे थे। नीचे उसने मस्टर्ड कलर की स्ट्रेचेबल स्लैक्स पहन रखी थी जो ऐसा लग रहा था जैसे किसी अनाड़ी दर्ज़ी ने उल्टी-सीधी सिलाई से सिल दिया हो।

सबीना सहर बड़ी-बड़ी हीरोइनों को मात दे रही थी। पाँच फ़ीट आठ इंच का गठीला बदन जो एक झोलझाल टॉप में आते ही छुप सा गया था। अब तो उसकी लम्बी सुडौल टाँगों के ऊपर उसके धड़ में बस उसके दो उरोज ही नुमायाँ थे जो निगाह कहीं और भटकने ही न दे रहे थे। खुले बाल उसके कन्धों पर धुआँ धुआँ थे। सुराहीदार गर्दन ऐसी कि ज़रा सा झुला दे तो बल ही पड़ जाये। मेरी निगाह जैसे फ्रीज होकर रह गयी।

'अब चलोगो भी या दूँ एक।' उसने कहा तो मैं वापस इस नश्वर दुनिया में लौटा।

'फक मी।' मैंने कहा।

'यस दैट्स द बेस्ट ऑप्शन फ़ॉर यू। अब चलो।' उसने कहा।

मैंने अपने सूख चुके होंठों पर ज़ुबान फिराते हुए गाड़ी सड़क पर आगे बढ़ायी। लेकिन मेरी निगाह बार-बार उसी की ओर बहक जा रही थी। तीस मीटर के फ़ासले में मैंने तीन बार गियर बदलने के बहाने उसके जिस्म को छूने की कोशिश की। चौथी ऐसी कोशिश में मेरा हाथ गियर रॉड से हटा कर ख़ुद उस पर क़ब्ज़ा किया।

'तुम गाड़ी चलाओ। एक्सीलरेटर और क्लच पर ध्यान दो। गियर मैं बदल दूँगी। और ऐसे क्या बार-बार इधर देख रहे हो। घर में माँ-बहन नहीं है क्या?' उसने हाथ लहरा कर जो कहा तो मैंने क्लच पूरा छोड़ दिया। गाड़ी झटका खा कर रुक गयी। मैं दहाड़ मार कर ऐसे हँसा कि रामलीला में रावण भी शर्मिन्दा हो जाता।

लीला के डाइनिंग हॉल में जलन में जलते युवकों को पार कर हम एक कोने की टेबल पर क़ाबिज़ हुए। बैठते ही उसने हुक्म सुनाया।

'कोई फ़्लर्ट नहीं। फ़ालतू बात नहीं। मालेस्टेशन में अन्दर दे दूँगी। मेरे लिए मशरूम गिलोटी, मटन कबाब और जिन विद टॉनिक वाटर।'

मैंने हमसे पहले ही टेबल पर पहुँच चुके वेटर को उसका ऑर्डर रिपीट किया। अपने लिए सबसे सस्ती टीचर्स ऑर्डर की।

'विद सोडा?' वेटर ने पूछा।

'नो रेगुलर वाटर।' मैंने कहा।

'कुछ खाओगे नहीं?' सबीना ने पूछा।

'खाऊँगा न मशरूम और मटन तुम्हारी प्लेट से।' मैंने कहा। लेकिन इससे पहले वो मेरी कंजूसी पर पूरे हॉल के साथ मिल कर समूह गान गाती मैंने अपने और उसके लिए सीजर सैलेड और चिकन विंग्स ऑर्डर किये।

जब तक वेटर ऑर्डर नोट कर रहा था दूसरा वेटर आकर टेबल पर ब्रेड्स, मक्खन, मिंट सास व भुनी हुई मूँगफली रख गया। मैंने वेटर को देखा। जब वो इतना दूर चला गया कि हमारी आवाज़ उसके कान में न पहुँचती तो सबीना ने एक मुट्ठी मूँगफली की उठा कर एक-एक दाना खाना शुरू किया। मैंने जब ऐसी कोई कोशिश न की तो उसने कहा–

'खा लो, यह तो फ्री है।' क्या दिन था आज तो फ्री में ही फ़ज़ीहत हो रही थी उसके हाथों।

'एक बात तो है।' सबीना ने कहा। मैंने प्रश्नसूचक निगाहों से उसे देखा।

'जब से होटलों ने दस फ़ीसद सेवा कर लगाना शुरू किया है तब से सर्विस कमाल की हो गयी है।' सबीना ने कहा।

'लेकिन वो तो कम्पलसरी नहीं।' मैंने कहा।

'बिल्कुल नहीं। लेकिन फाइवस्टार में दस हज़ार में एक वक़्त का खाना खाने वाला किस मुँह से कहे कि सेवा कर काट लाओ। सो बेहतर है तुम खाओ।' उसने कहा।

मेरे ज्ञानचक्षु खुल गये और मैंने ब्रेड पर मक्खन लगाना शुरू किया।

'क्या लगता है?' उसने पूछा।

'यह निश्चित है कि मौक़े पर किसी तीसरे व्यक्ति का दख़ल है। सीसीटीवी में प्रतिकार सिंह के डीलडौल और सम्भावित कम उम्र से ज़ाहिर है कि वो मरने वाली का यार, आशिक़, दोस्त कुछ भी हो सकता है, भाई के सिवा।' वो हँसी।

'भाई के सिवा समझ आता है क्योंकि वो भाग गया। भाई को भागने की ज़रूरत न होती। वैसे भी मरने वाली बंगालन थी और लड़का हमें अब पता है कि राजस्थान का। पर सम्भावित कम उम्र? छोटा ही लग रहा है।' उसने कहा।

मैंने एक भरपूर नज़र उस पर डाली, फिर कहा।

'लुक्स कैन बी डिसेप्टिव, मादाम। कई बार आदमी बड़ी उम्र का होता है पर दिखने में नहीं लगता। इसी तरह कुछ लोग कम उम्र में ही ढल जाते हैं। जैसे...।' मैं रुक गया।

'जैसे?' उसने उकसाया।

'जैसे मलिका-ए-जहाँ मुझे न मालूम होता कि तुम एक पुलिस अफ़सर हो तो इस समय मैं तुम्हें वीनस का साक्षात अवतार समझ लेता और घुटनों के बल तुम्हारे सामने बैठा पूछ रहा होता...।' मैंने कहा तो उसने निर्लिप्त भाव से मुझे देखा और बोली–

'और...?'

'और यह कि हम बाँहों में बाँहें डाले किसी बग़ीचे में या इसी होटल के डांस फ्लो...'

'हलो हलो रोमियो लौट आओ। इस फ़ानी दुनिया में लौट आओ। अपनी नश्वरता का अहसास करो और आगे बढ़ो। आगे बढ़ो जवान देश का भविष्य दाँव पर है।'

मैं रुका। और एक हसरत भरी निगाह उस पर डाली। सबीना सहर को लेकर मैं कभी भी सौ फ़ीसद श्योर नहीं था कि उसकी परिणति कभी न कभी मेरे बिस्तर पर होगी पर मेरा फंडा बड़ा क्लियर था। वीनस या मोनालिसा अगर आपकी न हो सकीं तो क्या आपको उनको देखने, परखने, महसूस करने का भी हक़ नहीं? और जहाँ तक किसी ज़िन्दा चलती-फिरती वीनस की मूर्ति का सवाल है तो जो लड़की फ़्लर्ट झेल लेती है उसके मामले में देर है अन्धेर नहीं। अब तक का तजुर्बा यही कहता है।

'एक बात हम पहले ही डिस्कस कर चुके कि हत्यारा जान-पहचान का था जो टाटा ने बेधड़क दरवाज़ा खोला। बहरहाल मसला यह है कि टाटा की पिस्तौल ग़ायब है।' मैंने प्रत्यक्षत: कहा।

'इसके दो स्नेरियो हो सकते हैं। नम्बर वन उसी पिस्तौल का टाटा को मारने के लिए इस्तेमाल किया गया लेकिन यह हो नहीं सकता क्योंकि टाटा तो दरवाज़े पर ही ढेर कर दी गयी।' सबीना ने कहा। 'नम्बर दो टाटा का ब्वॉयफ्रेंड पिस्तौल लेकर चला गया।' मैंने कहा।

'फिर तो एक तीसरा स्नेरियो भी है कि अगर गोली की आवाज़ सुन कर प्रतिकार सिंह गेट पर आया और बदहवास भाग गया तो इसका मतलब हत्यारा हत्या के बाद घर के अन्दर गया और पिस्तौल लेकर चला गया। लेकिन क्यों?' सबीना ने कहा।

तभी वेटर हमारे आगे ऑर्डर धर गया। हम दोनों ने ड्रिंक उठाये और रेगिस्तान के प्यासे की तरह गट-गट आधा-आधा गिलास ख़ाली कर गये। फिर हमने स्नैक्स पर धावा बोला। आख़िर पिछले चार-पाँच घण्टे से हम भूखे थे।

‘अब आगे की रणनीति यह रहेगी कि मकतूला की कुण्डली तैयार की जाये। प्रतिकार सिंह का पता लगाया जाये। बल्कि उसे क़ाबू किया जाये। और कल दिन में एक बार फिर टाटा के घर की महीन तलाशी ली जाये। मेरा तजुर्बा था कि अक्सर बाद की तलाशी के परिणाम कहीं बेहतर निकलते हैं।’ क़रीब डेढ़ घण्टे में हमने चार-चार ड्रिंक ली लेकिन उसके बावजूद सबीना सहर अपने घर के बाहर उतर कर मुझे एक चित्ताकर्षक गुड नाइट बोल कर रुख़सत हो गयी।

पन्द्रह

सनम और मधु के बीच वासना का ज्वार शान्त हो चुका था। कई सालों बाद सहवास का सुख भोगने के बाद मधु के बदन में एक अजीब सा हर्षातिरेक था। जिस्म में सालों से रचा बसा अवसाद जैसे उसके बदन में उठी वासना की ज्वाला के साथ ही शान्त हो गया हो। दिमाग़ में हज़ारों बातें थीं जो वो सनम से पूछना चाहती थी पर इस समय उसकी हस्ती पर एक अजीब सा सुकून तारी था। वो इस पल को, इस ख़ुशी को आत्मसात कर लेना चाहती थी। इससे पहले जिस्मानी सुख उसे दुख की तरह मिला था। उसका आख़िरी सम्पर्क रक्षदीप की ओर से किया गया बलात्कार था। पिछले कई साल उसके अकेलेपन में रक्षदीप सिंह उसकी रातों को उसके सपने में आकर उसके साथ वही सुलूक करते हुए उसकी नींद हराम कर रहा था। लेकिन आज उसकी आँखें अर्द्धनिद्रा के नशे में मुँदती जा रही थीं। सनम ने किसी तरह अपना हाथ टेबल पर पड़े वोदका के गिलास तक पहुँचाया। गिलास आधा ही भरा था। उसने एक छोटा घूँट भरा फिर मधु के सिर को दूसरे हाथ से सीधा उठा कर बाक़ी गिलास उसके गले में ख़ाली कर दिया।

अल्कोहल जैसे ही लहू के साथ धमनियों में प्रवाहित हुआ उनके शरीर फिर से अपनी ताक़त को हासिल कर गये। तब पहली बार मधु को अहसास हुआ कि उसके जिस्म पर कपड़े की एक धज्जी तक न थी। उसका मुँह लाल हो गया। फ़ौरन उठ कर उसने पास ही पड़ी अपनी साड़ी से ख़ुद को ढका फिर बिजली की तरह उठ कर बेडरूम में गयी। वार्डरोब खोल कर एक सूट निकाला और उसे पहन कर दुबारा ड्राइंगरूम में पहुँची। वो फ्रिज तक पहुँची। बीयर की एक फ्रेश कैन निकाली। सनम के लिए वोदका में बीयर और अपने लिए सोडा डाला। कुछ भी बोलने से पहले दोनों ने अपनी-अपनी ड्रिंक का एक-एक तगड़ा घूँट लिया। फिर सनम ही बोला—

'अगर आप चाहती हैं तो आपका समय अब है।'

'क्या चाहती हूँ?' मधु ने पूछा।

'बदला।' सनम ने कहा।

मधु ने फ़ौरन जवाब न दिया। अपने दु:स्वप्नों के चलते जब वो रातों को जाग जाती थी तो यही सोचती थी कि कैसे वो भी इसी तरह रक्षदीप के सपनों में जाकर उसके जिस्म में पूरी पिस्तौल ख़ाली कर दे या फिर क़साई के ख़ंजर से उसे पुर्जा पुर्जा काट दे। सारा-सारा दिन घर रह कर जब सारी हिन्दी फ़िल्में ख़त्म हो गयीं तो उसने ओटीटी प्लेटफार्म पर अंग्रेज़ी फ़िल्मों को हिन्दी कैप्शन के साथ या डब फ़िल्मों को देखना शुरू किया था। कुछ महीने पहले उसने लियोनार्डो डिकैपरियो की फ़िल्म 'इंसेप्शन' देखी थी जिसमें सपनों में जाकर भी किसी की भी दुनिया उजाड़ी जा सकती थी। लेकिन वो सनम को कैसे बताती कि कुछ मिनट पहले तक वो इसी पल के लिए जी रही थी पर अभी सोफ़े पर जो तूफ़ान आया था उससे हालात बदल गये थे।

'क्या रानी साहिबा अब आपका मक़सद ही मेरा मक़सद है।' उसने कहा।

'मैं समझी नहीं।'

'रक्षदीप को उसके किये की सज़ा भुगतनी ही होगी। जिस दिन पहली बार आप मेरी दुकान में आयी थीं मुझे उसी दिन आपसे मुहब्बत हो गयी थी। मैं ख़ुद हैरान था। जो सब कुछ आपके बारे में पता था उसके चलते आपके साथ सहानुभूति स्वाभाविक थी पर मुझे तो इश्क़ हो गया था आपसे। दिल से तो तभी आपको अपना मान लिया थ। आज जिस्म से भी अपना लिया। सन्देह मत करिए। बस अपनी इच्छा बताइए।' सनम ने कहा।

'क्या कर सकती हूँ मैं?' मधु ने विवशता से कहा।

'सब कुछ। आपके लिए मैं सब कुछ कर सकता हूँ।' सनम ने कहा। मधु ने अविश्वास भरी नज़रों से उसे देखा।

'आज से दस दिन बाद महल में वो सभी लोग जुट रहे हैं जिनका राजमहल से नाता है। चूँकि बुलाने वाली मेज़बान प्रिंसेस तमन्ना है सो आपका नाम नहीं है कहीं। क्योंकि उसे आपका मालूम ही नहीं। प्रिंसेस ने उन्हीं लोगों को बुलाया है जिनको वो जानती है।' सनम ने कहा। मधु ने सिर हिलाया।

'इस मौक़े पर व्यवस्था करने के लिए महल में अतिरिक्त स्टाफ़ की ज़रूरत होगी सो मुझे भी बुलाया गया है। ओवरऑल काम देखने व केटरिंग के लिए दिल्ली की एक कम्पनी का स्टाफ़ आ रहा है। आप मेरे साथ चलना।' सनम ने कहा।

'ताकि रक्षदीप मुझे देख कर मेरे सीने में गोली उतार दे या फिर कहीं भी एकान्त में...।' मधु के शरीर ने झुरझुरी ली। उसकी आँखों में दहशत तारी हो गयी।

'दस दिन बहुत ज़्यादा होते हैं रानी साहिबा। दस दिन में दुनिया बदल जाती है। हम आपका हुलिया ऐसा बदल देंगे कि कोई आपको पहचान भी न पायेगा। आप सामने आना भी मत। मेरी सहयोगी की तरह जाना। जो क्वार्टर मुझे मिलेगा उसी में रहना।' सनम ने कहा।

'यह बहुत रिस्की है।' मधु ने कहा।

'रिस्की तो यहाँ रहना भी है रानी साहिबा। इस रिस्क को जड़ से ख़त्म करना होगा। आपको रिस्क सिर्फ़ रक्षदीप से है क्योंकि और किसी को आपकी हस्ती का अहसास ही नहीं जबकि तमन्ना को तो लगता है कि उसे रिस्क है। अगर है भी तो वो भी रक्षदीप से ही है।' सनम ने कहा।

'पहले तो तुम यह रानी साहिबा रानी साहिबा भजना बन्द करो। नाम नहीं मालूम तुम्हें।' मधु ने कहा और फिर प्यार भरी नज़रों से सनम को देखा।

यह मुश्किल काम था। एक मुद्दत से सनम उसे ऐसे ही पुकारता रहा था। अब बदलना कठिन था। पहले तो ऐसे बुलाने के पीछे मक़सद यही था कि उसे पता चले कि वो उसके बारे में जानता है। अब तो जान गया था।

'फ़ैसला जल्दी। हमें कल से आपका हुलिया बदलने की दिशा में काम करना है।' सनम ने कहा।

मधु ने सनम को ग़ौर से देखा। वो अभी निहायत जवान था। मुश्किल से 27-28 वर्ष का होगा। उसका शरीर ज़्यादातर पहाड़ियों की तरह छरहरा था। पहाड़ की पैदल मशक्कत अक्सर लोगों के बदन पर चर्बी चढ़ने ही नहीं देती थी। आज ख़ास तौर या शायद वैसे ही सनम के चेहरे पर दाढ़ी न के बराबर थी। वो जवां मर्दों के उस वर्ग में से था जिसे 'चिकना' कहा जाता है। उसके कन्धे तक आते घुँघराले बाल कदाचित उसके लड़की होने का भ्रम पैदा करते थे।

मधु पहली ही मुलाक़ात में सनम पर कितना विश्वास करे उसे समझ नहीं आ रहा था। लेकिन हालात उसे मजबूर कर रहे थे कि वो करे। उसकी सुरक्षा का जो दृश्य या कहें उसकी जान को ख़तरे की जो सम्भावना सनम ने व्यक्त की थी वो बिल्कुल ही हवा नहीं थी। उसमें दम था। और वो उसे फ़िक्रमन्द करने को काफ़ी था। अकेलेपन ने पहले ही उसको मानसिक बीमारी दे दी थी। अवसाद उसे घेरे रहता था। पिछले कुछ सालों में वो जो इसकी थोड़ी बहुत आदी हुई थी सनम ने उसे पूरी तरह भंग कर दिया था। अब अवसाद के साथ आतंक ने भी जोड़ी बना ली थी।

यह अवसाद और व्याकुलता ही थी जिसके चलते उसने दारू का सहारा लिया था। पहले सिर्फ़ सिगरेट ही पीती थी। सिगरेट की याद आते ही उसे बुरी तरह से सिगरेट की तलब लगी। सनम से अब क्या पर्दा रह गया था। वो उठी और डाइनिंग टेबल के ऊपर के क्लोजेट से नेवी कट का पैकेट निकाल लायी। छोटी जगह थी सो सिगरेट की बहुत वैरायटी उपलब्ध नहीं थी। नेवी कट सस्ती भी थी और आसानी से उपलब्ध भी थी।

उसने सिगरेट सुलगायी और एक लम्बा कश खींच कर धुएँ को कुछ देर अपने फेफड़ों में समाने दिया और फिर अचानक उसे सनम से पूछने का ध्यान आया। उसने पैकेट सनम की ओर किया। सनम ने ख़ामोशी से सिगरेट ली और फिर मधु की सिगरेट से ही अपनी सिगरेट सुलगायी। कमरे में धुएँ की लहरों ने अपना नृत्य शुरू कर दिया।

'क्या सोचा?' सनम ने पूछा।

'सोचने की ताक़त कहाँ? क्या कर सकती हूँ मैं? अगर ऐसे ही मौत आनी है तो उसका इन्तज़ार ही है।' मधु ने निराशाजनक तरीक़े से कहा।

सनम ने उसे खींच कर अपने क़रीब कर लिया।

'ऐसा नहीं है रानी साहिबा। पहले तो आप यह करो कि इस घर को छोड़ो क्योंकि यह आपका निश्चित पता है। यहाँ रहना अब तब तक एडवाइजेबल नहीं जब तक कि राजमहल में दस दिन बाद जो होना है वो हो न जाये।' सनम ने कहा।

मधु ज़ोर से हँसी। 'कहाँ जाऊँ? मेरे कोई सौ-पचास घर थोड़े ही हैं जो मैं किसी में भी चली जाऊँ। इसलिए मुझे यहीं रहना होगा।'

'ऐसा नहीं है। मेरे मन में एक योजना है अगर आप सहमत हों तो...।' उसने वाक्य अधूरा छोड़ दिया। मधु ने कुछ न कहा। सिगरेट के कश खींचती रही। अब तक वो दूसरा सिगरेट निकाल चुकी थी। मधु कई बार सिगरेट हफ़्ते-हफ़्ते भर बाद पीती थी पर जब पीती तो एक डेढ़ डिब्बी ख़ाली कर देती थी। सिगरेट के साथ यही ख़ास बात थी यह नशा कम आदत ज़्यादा होती है। दो डिब्बी पी कर भी आप दारू के तीन पेग के बाद की तरह नशे में नींद की आगोश में नहीं जाते हो। उलटा सिगरेट पीकर आपकी आँखें खुल जाती हैं। काम की क्षमता बढ़ जाती ही।

मधु के मुहल्ले में क्या पुरुष क्या महिला सब गाँव में उगी जंगली भाँग की पत्तियों को हथेली पर घिस-घिस कर उसकी गोली बना कर गटक लेते थे। कभी चाय में डाल कर कभी यूँ ही जीभ के नीचे रख कर या पानी के साथ निगल कर पिनक में आम दिनों में डबल काम करते।

'बोलो रानी साहिबा।' सनम ने उसे मन्थन के सागर से बाहर खींचते हुए कहा।

'क्या बोलूँ?' छुपना कोई इतना आसान भी नहीं। रक्षदीप जोकि मुझे पैसे भेज रहा है, जिसके भरोसे मेरा घर चल रहा है उसके अलावा एक तुम ही मर्द की जात हो जिसे मैं जानती हूँ। मैं नयी जगह जाऊँगी तो भी मेरा आधार कार्ड, मेरा फ़ोन, मेरा बैंक खाता रक्षदीप को मेरा पता बता देगा। छुपने की कोई जगह नहीं सनम।' मधु ने कहा।

'सब कुछ हो जायेगा। आप बस हाँ बोलो। अगले दस दिन तो आप वहाँ छुपोगी जहाँ कोई सोच भी न पायेगा। सारे देश में आपकी तलाश होगी पर वहाँ नहीं जहाँ मैं आपको ले जाऊँगा।' सनम ने कहा।

मधु ने प्रश्नसूचक निगाहों से सनम को देखा। वो तीसरी सिगरेट सुलगा चुकी थी।

'कहाँ?' फिर उसने ज़ुबान से भी पूछा।

'राजमहल।' सनम ने कहा।

'क्या? राजमहल?'

'जी, राजमहल। कौन सोचेगा कि आप वहाँ हो सकती हैं। मुझे दस दिन राजमहल में रहना है। आप मेरे साथ चलो।' उसने कहा।

'अच्छा। मेरे वहाँ जाते ही सब जादू के ज़ोर से अन्धे हो जायेंगे। कोई मुझे पहचानेगा ही नहीं। फिर क्या समस्या है। ऐसा हो जाये तो हम सदा ही वहाँ क्यों न रहें?' मधु ने विनोदपूर्ण स्वर में कहा।

सनम ने आहत भाव से उसे देखा।

'रानी साहिबा। मैं वहाँ आपको ऐसे बना कर ले जाऊँगा कि आईना भी आपको पहचान न पायेगा। आप बस हाँ कहो।' सनम ने कहा।

मन में डर घर कर जाये तो शरीर का सुरक्षा चक्र ख़ुद ही सक्रिय हो जाता है। मधु के साथ भी यही हो चुका था।

'रानी साहिबा, मेरे पास आपके लिए बाद की भी योजना है।' सनम ने कहा।

और फिर सनम ने ड्रिंक तैयार किये। मधु एंग्जायटी में छठे सिगरेट पर पहुँच चुकी थी। जब तक सनम ने बोलना बन्द किया वो दूसरा पैकेट खोल चुकी थी।

सोलह

दिल्ली से राजगढ़ तक के साढ़े सात घण्टे से भी ज़्यादा के सफ़र में थकावट से तमन्ना कटोच को उसकी रेंज रोवर भी बचा न पायी। रास्ते में उसने हवेली पर रुक कर गाड़ी में बैठे-बैठे ही एक कुल्हड़ चाय पी और दिल्ली में थियोब्रोमा से लिए कुछ स्नैक्स में से एक केक का पीस खाया। उसके दस दिन की उलटी गिनती का आज पहला दिन था। रात उसने शैंग्रिला इरोज के शानदार सुइट में गुज़ारी थी। सुबह नाश्ता करके वहाँ से निकल ली थी। राजगढ़ की हद में दाख़िल होने तक उसने एक काम कर लिया था। इन दस दिनों में जिन लोगों को महल में आमन्त्रित करना था उनकी सूची तैयार कर ली। उसने अपने आईफ़ोन-14 पर सूची पर फिर एक नज़र डाली।

1. रक्षदीप सिंह (पहले से ही महल में)
2. इच्छया (गाँव में ही रह रही उसकी मौसी)
3. स्वीटी (इच्छया की बेटी)
4. कुँवर अनिरुद्धसिंह (राजस्थान राजघराने का प्रिंस जो शायद अब महाराज बन चुका हो)
5. अनिल सिंह (महल का एस्टेट मैनेजर)
6. राज सूद (सीए)
7. प्रतिकार सिंह (दोस्त)
8. टाटा घोष (दोस्त)
9. सत्या सुहानी (उसकी माँ जो उसके जन्म के बाद रहस्यमय तरीक़े से ग़ायब हो गयी थी)
10. अभिमन्यु (जिसे आमन्त्रण दिया ही जा चुका)
11. इन्द्राणी (नर्स)

सूची में नौवीं एंट्री पर नज़र पड़ते ही वो भावुक हो गयी। उसका बचपन माँ के प्यार से वंचित रहा। लेकिन इस याद से उस पर तारी हुई भावुकता से वो जैसे ही उबरी उसे अपनी नर्स इन्द्राणी की याद आयी। माँ का जो भी प्यार सम्भव था उसे इन्द्राणी से ही मिला। इन्द्राणी को महाराज ने सोलन से उसकी देखभाल के लिए बुलाया था। अपनी शुरुआती स्कूलिंग जो सोलन में हुई थी, इन्द्राणी रोज़ ही उसके साथ सोलन जाती और वापस आती। राजगढ़ से सोलन का सफ़र कम से कम डेढ़ घण्टा तो लेता ही था। इन्द्राणी से तमन्ना का लगाव इतना था कि वो उसे छोटी मम्मा कह कर बुलाती थी। खालिस पहाड़ी ख़ूबसूरती की मालिक इन्द्राणी महज़ 21 साल की थी जब उसे हायर किया गया था। लिहाज़ा अभी वो मिड फोर्टीज़ में ही होगी। तमन्ना ने उसका नाम सूची में दाख़िल किया।

दिमाग़ में इस मुद्दे का फ़ैसला होते ही फिर माँ की याद ने उसे घेर लिया। नाम तो उसने दाख़िल कर लिया पर बुलायेगी कैसे। माँ का अता-पता तो किसी को मालूम नहीं। छोटे महाराज पूछने पर बिदक जाते।

'जो माँ अपनी मासूम बच्ची को छोड़ कर चली गयी। वो अच्छा ही हुआ। छुटकारा कहते हैं इसे प्रिंसेस। क्या चाहिए तुम्हें माँ से जो मैं तुम्हें दे नहीं सकता। अब तुम्हारे गोद में दुबकने सुबकने के दिन नहीं। यू आर यंग एंड मेच्योर।' छोटे महाराज ने यह फटकार तब लगायी थी जब वो लन्दन से लौट कर आयी थी और एक रोज़ माँ के बारे में सवाल कर बैठी थी।

'नो बट महाराज...।' उसने कुछ कहना चाहा था।

छोटे महाराज ने अपने चिरपरिचित अन्दाज़ में अपने होंठों पर अँगूठा रख कर उसे चुप कराया।

'नो इफ, नो बट। इट इज़ कॉल्ड गुड रिड्डेंस। नाओ लैट्स एंजाय द फाइन मॉर्निंग।' तमन्ना को अपने चाचा का इस तरह से होंठों पर अँगूठा दिखा कर चुप करवाना सदा ही भय पैदा करता था। वो बचपन से ही उसे ऐसे चुप करा के डोमिनेट करते थे। वो डर अभी भी क़ायम था। वो चुप कर गयी। लेकिन आज जब वो माँ के बारे में सोच रही थी तो अकेली थी। गाड़ी में और कोई नहीं था। उसने अपना मोबाइल उठाया।

'मैं तमन्ना बोल रही हूँ।'

'जहे नसीब पूरी हो जाओ फिर। तमन्ना की परिणति तो पूरा होने में ही है। आधी अधूरी तमन्ना का क्या है? जोखिम अलग। मेरी अब तक की ज़िन्दगी में मुझे

अभी तक कोई तमन्ना करने की नौबत ही न आयी थी। अब जो तमन्ना ज़िन्दगी में आयी तो देखो न क्या ग़ज़ब है तमन्ना को ही हासिल करने की तमन्ना है। एक बार हासिल हो जाओ फिर नाम बदल देंगे। वैसे भी जो नाम अपने आप में पूरा न हो उसे रखना भी क्या क्योंकि तमन्ना जब तक पूरी न हो अधूरी ही तो है...।' मेरे अन्दर का ख़ानदानी आशिक़ लोहे की तरह गर्म था लेकिन उधर से कोई जवाब न था। जहाँ तक कि साँस भी चलने की आवाज़ न थी। मैंने फ़ोन कान से हटा कर स्क्रीन पर देखा। फ़ोन तो ऑन था। शायद वन वे स्पीक हो गया था।

'हलो हलो... लाइन पर हो।' मैंने पूछा।

उधर से बड़े ठहराव वाली आवाज़ आयी। साढ़े 24 साल की लड़की में ऐसी परिपक्वता दुर्लभ ही थी।

'मेरी बात सुनना बड़े ध्यान से। मेरे पैदा होने के बाद मेरी माँ सत्या सुहानी महल छोड़ कर चली गयी थी। यहाँ पर इसकी वजह के तौर पर दर्जनों कहानियाँ हैं। यह भी कहा जाता है कि शायद उसकी मौत हो गयी। या उसने सुसाइड कर लिया या वो छुप कर कहीं गुमनाम जीवन जी रही है।' कह कर वो रुकी।

'सुन रहा हूँ मैं।' मुझे मामले की गम्भीरता का अहसास हो गया था। वैसे भी यह उसकी माँ का मामला था। कोई अनर्गल या हल्की टिप्पणी उसे चोट पहुँचा सकती थी।

'दरअसल मैं तुम्हारे काम का दायरा बढ़ाना चाहती हूँ। अगर हो सके तो मेरी माँ का भी पता लगवाओ। वो ज़िन्दा है तो भी और अगर...।' उसने वाक्य अधूरा छोड़ दिया। उसकी सिसकारी मुझे साफ़ सुनाई दी।

'आख़िरी बार मेरी माँ को मेरी एक दोस्त ने दिल्ली में देखा था। पंजाबी बाग के आसपास। जो भी और सूचना मेरे पास है माँ के बारे में मैं तुमसे शेयर करती हूँ।' उसने कहा।

'सब कुछ। हर इन्फर्मेशन। उसकी जो भी सबसे लेटेस्ट फ़ोटो आपके पास हो उसे भी साथ भिजवाइए। क्या कोई गुमशुदगी की रपट दर्ज करवायी थी अगर हाँ तो डीडीआर की कॉपी। पैन कार्ड, आधार कार्ड, कोई मोबाइल नम्बर या ईमेल आईडी जो भी सूचना आपके पास है, भेजिए। यह मत सोचना कि यह सूचना बेकार है। यह फ़ैसला मुझे ही करना होगा कि कौन सी सूचना काम की है और कौन सी नहीं।' मैंने कहा।

'और कुछ।' उसने पूछा।

'कोई बैंक अकाउंट नम्बर, कोई क्रेडिट कार्ड–चाहे पुराना भी हो। कोई व्हीकल नम्बर। कोई पुराना जो भी मोबाइल नम्बर। स्थायी पता। ऐसी ही हर सूचना।' मैंने कहा।

'श्योर' कह कर उसने बिना इधर से कुछ सुने फ़ोन काट दिया।

वो मुझे अपने पुट्ठे पर हाथ न धरने दे रही थी पर मैं निराश न था। बचपन में जब मैं संगीत सीखने के लिए हारमोनियम सीखता था और जब बजाना नहीं आता था तो माँ सदा समझाती थी।

'पुत्तर बाजे की यही ख़ास बात है बजाते रहोगे तो आ ही जायेगा। इसका अभ्यास ही इसका सिलेबस है।' मैंने माँ की बात गाँठ बाँध ली थी। कम से कम फ़्लर्ट और आशिक़ी करने के लिए तो शत-प्रतिशत और अक्सर मेरे अभ्यास का मुझे फल मिलता था और यही वजह है कि मेरा बिस्तर सदा गुलोगुलज़ार रहता है।

उधर, तमन्ना ने गाड़ी से ही सोलन में अपने एस्टेट मैनेजर अनिल सिंह को फ़ोन लगाया। जिसने बताया कि दिल्ली की एक केटरिंग कम्पनी के साथ करार फ़ाइनल हो गया है। सब लोग 20 सितम्बर तक महल में पहुँच जायेंगे। सबको कह दिया था कि एक दिन पहले अपना सीबीसी करवा लें।

महल में यह व्यवस्था सालों से चली आ रही थी। आज़ादी से पहले एक बार इलाक़े में महामारी फैल गयी थी जिसके बाद से तत्कालीन महाराज व तमन्ना के पुरखों में से एक महाराज यक्षदीप ने यह व्यवस्था कर दी थी कि महल में जो भी आयेगा अपनी स्वास्थ्य जाँच के बाद ही रियासत में प्रवेश पा सकता था। उन्नीसवीं शताब्दी की शुरुआत में फैली महामारी के बाद इसे फिर सख़्ती से लागू किया गया। लेकिन जब इन्दिरा गांधी ने प्रिवीपर्स भी ख़त्म कर दिया तो यह प्रैक्टिस सिर्फ़ महल तक महदूद हो गयी। लेकिन इस प्रथा को अब भी फॉलो किया जाता है। यही कारण था कि कोरोना ने पूरे देश में तबाही मचायी पर राजगढ़ सुरक्षित रहा। पूरे डेढ़ साल गाँव के लोगों ने राजमहल के निर्देश पर ख़ुद को गाँव की सीमा में ही बाँध लिया। उनकी हर ज़रूरत राजमहल की ओर से पूरी की गयी।

हिमाचल का स्थायी आहार भात है यानी दाल-चावल। महल के पास इतना स्टॉक था कि सबने डेढ़ साल में ज़्यादातर समय दाल-भात ही खाया। सब्जियाँ और गेहूँ जो गाँव में पैदा हुआ बस वही था। बाहर से कुछ भी न मँगवाया गया था। तमन्ना का इस व्यवस्था में कोई विश्वास न था। उसका मानना था कि यह संयोग था कि गाँव में कोरोना नहीं हुआ या फिर हुआ और चूँकि किसी ने चेक नहीं करवाया

सो नहीं हुआ। अपने स्तर पर उसने पता करवाया तो पता चला कि गाँव में इस डेढ़ साल में सामान्य बीमारियाँ सभी हुईं। इस डेढ़ साल में गाँव में रिकॉर्ड आठ लोगों की मौत हुई जबकि गाँव में औसत मौत का आँकड़ा साल में एक या दो ही रहता था। ये आठ इसलिए भी हो गयी होंगी क्योंकि कोई शहर में डॉक्टरी इमदाद के लिए गया ही नहीं होगा। बहरहाल, छोटे महाराज इस पर कोई समझौता करने को तैयार न थे। तमन्ना ने सोचा अभी यह स्ट्रेंज व्यवस्था उसे बाक़ी मेहमानों को भी बतानी है। 'अभी दस दिन हैं' उसने सोचा और फिर महल के गेट टू गेदर की व्यवस्था पर विचार में मसरूफ़ हो गयी।

सबसे बड़ी अड़चन तो छोटे महाराज थे जिनको महल में किसी का दख़ल बर्दाश्त ही न था। लेकिन अगर तमन्ना ज़िद पकड़ लेगी तो छोटे महाराज ज़्यादा से ज़्यादा नाराज़ हो सकते थे, इवेंट को टाल नहीं सकते थे। यह सोच कर तमन्ना ने फ़ोन उठा कर सबको मिलाना शुरू किया। इच्छया, स्वीटी, सीए, एस्टेट मैनेजर, इन्द्राणी। सबसे ज़्यादा हैरान इन्द्राणी हुई। उसे समझ ही नहीं आ रहा था कि कैसे रिएक्ट करे। लेकिन उसने फ़ौरन आने की हामी भर दी। दरअसल तमन्ना ने जिस सोच के साथ इन सब लोगों को एक छत के नीचे इकट्ठा किया था उसमें इन्द्राणी पूरी तरह मिसफिट थी क्योंकि इन सबमें एक वही थी जिससे तमन्ना को कोई ख़तरा हो ही नहीं सकता था। कुँवर अनिरुद्ध सिंह ने दर्जनों सवाल किये। सबसे लम्बा टाइम उन्होंने ही लिया। फिर एक फ़ाइनल सवाल किया।

'क्या रक्षदीप को मालूम है कि मैं इनवाइटेड हूँ इस मौक़े पर।' उसने सशंकित भाव से पूछा।

'दैट यू लीव ऑन मी अंकल, बस आप आ जाओ।' तमन्ना ने कहा।

'दरअसल, उम्र के इस पड़ाव पर मैं कोई अप्रिय स्थिति नहीं चाहता प्रिंसेस।' अनिरुद्ध सिंह ने कहा। राजशाही की यही ख़ास बात है जहाँ नाम ग़ायब हो जाते हैं। बस रुतबा ही बोलता है।

'आप आइए, अब वो भी कोई जवान नहीं रहे। आर्थेराइटिस की मार झेल रहे हैं। प्रॉस्टेट में भी कोई समस्या है। दो बार स्टेंटिंग हो चुकी है।' तमन्ना ने बताया।

तमन्ना ने जो भी कहा वो दुरुस्त था पर इस सबसे रक्षदीप की सेहत और अकड़ पर कोई असर नहीं था। वो वैसा ही कड़क था जैसा कभी जवानी में था।

'ओके देन। 22 सितम्बर। डन। सी यू। महल का पुराना तजुर्बा अपनी जगह पर तुमसे मिलने को तो आतुर हूँ प्रिंसेस।' अनिरुद्ध सिंह ने कहा।

मौसी का फ़ोन उसकी लड़की स्वीटी ने उठाया जो 22 सितम्बर को महल में पहुँचने के लिए फ़ौरन सहमत हो गयी।

आख़िरी फ़ोन करते हुए तमन्ना के गाल सुर्ख़ हो गये। रक्त का बहाव अचानक उसके मुख पर केन्द्रित हो गया। 'हाट फ़्लेशेज'।

उसने अपने मोबाइल को प्यार भरी नज़रों से देखा। 'कॉलिंग प्रतिकार' उस पर नम्बर के साथ ब्लिंक हो रहा था। एक लम्बी घण्टी के बाद आख़िर फ़ोन उठा।

'हलो।' तमन्ना ने व्यग्रता से कहा।

'प्रिंसेस।' उधर प्रतिकार का दुख में डूबा हुआ स्वर सुनाई दिया।

'क्या हुआ?' तमन्ना ने पूछा। प्रतिकार के रिस्पांस से साफ़ था कि कुछ हो गया है। किसी अनिष्ट की आशंका से तमन्ना का जी काँप गया।

'वो... वो... टाटा' प्रतिकार ने कहा।

'क्या हुआ टाटा को?' तमन्ना ने पूछा।

'वो...वो...शी इज़ डेड।' प्रतिकार ने कहा।

'डेड!' तमन्ना ने हाहाकारी अन्दाज़ से कहा, 'व्हाट टू यू मीन बाय डेड! पिछले हफ़्ते ही तो हम सब एक साथ थे। कुछ एक्सीडेंट?' तमन्ना ने पूछा।

'वो वो। शी इज़ मर्डर्ड।' प्रतिकार ने कहा तो फ़ोन पर सन्नाटा छा गया।

टाटा घोष मर गयी। उसकी सबसे ख़ास सबसे प्यारी दोस्त मर गयी। क़त्ल कर दिया गया। पर क्यों? टाटा तमन्ना की कॉलेज से दोस्त थी। हाल ही में जब तमन्ना दिल्ली गयी तो वहाँ टाटा से मुलाक़ात के दौरान उसकी मुलाक़ात टाटा के दोस्त प्रतिकार सिंह से हुई। वो देखने में इतना सुन्दर और आकर्षक था कि यूनानी देवता भी उसके सामने पनाह माँगते। तमन्ना पहली नज़र में ही उसे दिल दे बैठी थी। लेकिन वो टाटा का दोस्त था। कभी टाटा की बातों से उसे यही अनुमान लगता था कि वो टाटा का ब्वॉयफ्रेंड था लेकिन हाल ही में उसने नोटिस किया था कि प्रतिकार का ध्यान टाटा के बजाय उसी पर ज़्यादा रहता। टाटा की आँखों में इसका विरोध साफ़ दिखता था। पर वो कुछ कहती नहीं थी। उलटे तमन्ना को ऐसा लगता था कि कभी-कभी तो टाटा उन दोनों को बात करने को उकसाती भी थी। खाने के टेबल से कभी सिगरेट पीने, कभी वाशरूम, कभी फ़ोन सुनने के बहाने वो कई-कई मिनट दोनों को अकेला छोड़ देती।

प्रतिकार भी धीरे-धीरे तमन्ना की ओर आकर्षित हो गया था और एक ऐसे ही दिन जब टाटा फ़ोन सुनने गयी तो उसने तमन्ना का हाथ थाम लिया और 'आय लव यू' का बाण चला दिया। तमन्ना ने जवाब तो फौरी न दिया पर इनकार भी न किया।

फिर दोनों ने यह बैरियर पार कर लिया। तब से अभी तक सब कुछ छुप-छुप के चल रहा था। प्रतिकार ने तमन्ना को यह यक़ीन दिला दिया था कि उसके और टाटा के बीच सिर्फ़ दोस्ती थी। लेकिन तब से टाटा कभी-कभार कुछ ऐसी बात करती थी कि दुविधा होती थी कि जब उसे प्रतिकार और उसके रिश्तों का पता चलेगा तो उसकी क्या प्रतिक्रिया होगी। टाटा की मौत की ख़बर ने उसे हिला दिया था। पिछली मुलाक़ात में जोकि दिल्ली में ही हुई थी, तमन्ना इसी बात से परेशान थी कि वो टाटा को कैसे बतायेगी कि उसके और प्रतिकार के बीच सम्बन्ध किस दिशा में चले गये हैं। हालाँकि प्रतिकार ने इस बात को ख़ारिज कर दिया था कि यह कुछ मुश्किल काम है। लेकिन तमन्ना ने उसके चेहरे पर ऐसे किसी मौक़े पर हो सकने वाले तनाव की झलक साफ़ देखी। फिर तमन्ना ने अचानक राहत की साँस ली थी जब प्रतिकार ने कहा था, 'डोंट वरी, आय विल डू दिस।'

तमन्ना चाहे जितनी पढ़ी-लिखी आधुनिक लड़की थी, ऐसे माहौल में बड़ी हुई थी जहाँ प्यार, मुहब्बत, ब्रेकअप, टू सम, थ्री सम, वन नाइट स्टैंड, क्विकी सब सामान्य सामाजिक व शारीरिक क्रियाओं की तरह किया जाता है। लेकिन इस सबके बीच भी ज़्यादातर हिन्दुस्तानी अपने अन्दर के संस्कार को सहेज पाते हैं। किसी से भी रिश्ता भावुकता की हद तक पहुँच जाने के बाद ही परिपक्व होता है। ख़ास तौर पर जबकि वो मुहब्बत हो। यह भावना पश्चिम में भी थी लेकिन बस अपनी सीमाओं में महदूद थी। उसे याद था जब उसके एक प्रोफेसर ने क्लास में यौन सम्बन्धों पर पढ़ाते हुए कहा था–

'डियर स्टूडेंट्स, यू नो इट्स अवर लव, अफ़ेक्शन एंड फ़ीलिंग फ़ॉर ईच अदर दैट मेक्स सेक्सुअल रिलेशंस एजायवल एंड ब्यूटीफुल अदरवाइज़ वट वी डू ऑन बेड इज़ नथिंग बट ए कॉमिक एंड मैकेनिकल एक्सरसाइज़।'

बात में दम था। बिस्तर पर इन्सान जैसी उछलकूद मचाता था वो हमारे दिमाग़ में यौन उत्तेजना भर देने में इसलिए सक्षम थी क्योंकि हमारे दिमाग़ में यह ऐसे ही सेट हो चुका है वरना इस सबको देख कर आप या तो हँस सकते हैं और या फिर उसे एक शारीरिक क्रिया की तरह देख सकते हैं। तमन्ना ने अपने दिमाग़ को झटका दिया। कब, कहाँ क्या सोचना है यह भी इन्सान के बस में नहीं। कितना अजीब था अपनी सबसे प्यारी एकमात्र दोस्त के हौलनाक अंजाम में भी दिमाग़ अपना दार्शनिक अध्ययन कर रहा था और उसका नफ़ा नुक़सान सोच रहा था।

अब उसके और प्रतिकार के प्यार के बीच में कोई अड़चन न थी। अगर प्रतिकार अपने और टाटा के सम्बन्धों के बारे में झूठ भी बोल रहा था तो भी अब

कोई नैतिक बोझ नहीं था क्योंकि जिसको धोखा देने का मलाल होता अब वही नहीं थी। वो यह सोच ही रही थी कि उसके दिमाग़ में एक और विचार आया जिसे सोच कर ही वो दहशतज़दा हो उठी। जब प्रतिकार ने उसे यह ख़बर दी उस समय ख़बर का सदमा इतना ज़्यादा था कि उसने फ़ौरन फ़ोन काट दिया था लेकिन अब जो विचार उसके मन में आया था उसके बाद प्रतिकार को फ़ोन करना ज़रूरी हो गया था। उसने फ़ौरन प्रतिकार को फ़ोन लगाया।

'क्या हुआ?' उधर से प्रतिकार की आवाज़ आयी। उसकी आवाज़ में अभी भी बदहवासी थी।

'हाउ डू यू नो दैट शी इज़ डेड।' तमन्ना ने पूछा। 'डेड' तक आते-आते उसकी आँखें भर आयीं।

'आय वाज देयर।' प्रतिकार ने कहा।

'व्हाट, कम अगेन। यू वर देयर?' तमन्ना ने पूछा।

'हम दोनों वसन्त कुंज में ही थे। टाटा के फ़्लैट पर। परसों मैं दिल्ली गया था। टाटा से भी मुलाक़ात हुई। शाम को हम लोग कुछ आराम और खाने-पीने के लिए उसके घर पर चले गये। तमन्ना आय होप यू अंडरस्टैंड वी वर स्टिल फ्रेंड्स।' प्रतिकार ने कहा।

औरत की जात की यही ख़ास बात रहती है। कैसी भी स्थिति में उसके अन्दर की औरत मरती नहीं है। प्रतिकार और टाटा का इस तरह अकेले होना तमन्ना को रास नहीं था लेकिन यह वक़्त नहीं था। 'ख़ैर अब यह वक़्त आयेगा भी नहीं।' तमन्ना ने सोचा।

'हलो।' उधर से प्रतिकार की आवाज़ आयी।

'यस आयम हेयर। प्रतिकार। हुआ कैसे यह कहीं...।' तमन्ना ने वाक्य का बाक़ी हिस्सा 'तुमने ही तो...' अपने मुँह में ही रोक लिया।

'तन्नू, हाउ कैन यू इवन थिंक सो। आयम सो सॉरी टू हीयर दिस।' प्रतिकार ने निराशा से कहा।

'मैंने कुछ नहीं कहा। तुम ही अन्दाज़े लगा रहे हो। अब अगर तुमने यह कह ही दिया है तो बता भी दो कि कहीं तुमने ही तो नहीं...।' तमन्ना ने खुल कर पूछ ही लिया।

'तमन्ना आय स्वियर। आयम शॉक्ड दैट यू कैन इवन थिंक सो...' प्रतिकार ने कहा पर तमन्ना ने उसका वाक्य पूरा करने से पहले ही अपना सवाल किया।

‘तो क्या तुमने पुलिस को इन्फॉर्म किया?’

‘वो वो वो’, प्रतिकार की ज़ुबान लड़खड़ा गयी, ‘यह तो मेरे दिमाग़ में भी न आया। मैं तो बस भाग आया वहाँ से।’ प्रतिकार ने कहा।

‘प्रतिकार डार्लिंग, यू आर गोइंग टू बी द प्राइम सस्पैक्ट इन दिस मर्डर बिकाज यू वर द लास्ट पर्सन सीन विद हर एंड यू फ्लेड फ्रॉम द स्पॉट। डोंट फार्गेट, फ़्लाइट इज़ एन एविडेंस ऑफ़ गिल्ट।’ तमन्ना ने कहा तो प्रतिकार के होश उड़ गये।

‘व्हाट? तो मैं क्या करूँ?’ उसने पूछा।

‘वकील। सबसे पहले वकील क्योंकि पुलिस तुम्हारे पास पहुँचती ही होगी।’ तमन्ना ने कहा।

‘पर मुझे तो दिल्ली में कोई वकील जानता ही नहीं।’ प्रतिकार ने कहा तो तमन्ना ने कुछ सोचा फिर बोली–

‘ओके यू वेट। हमारा दिल्ली में एक फ़ैमिली लॉयर है। मुझे भी उससे मिलना है। मैं छोटे महाराज से उसके बारे में पूछ कर तुम से बात करती हूँ। तब तक तुम बच के रहो।’ तमन्ना ने कहा।

इस संवाद के दौरान उसको यह समझ भी आ गया था कि जब तक टाटा का क़ातिल पकड़ा न जायेगा तब तक प्रतिकार भी निर्दोष न सिद्ध हो पायेगा। उसने फ़ोन उठाया। इधर मेरे फ़ोन की घण्टी बजी।

‘प्रिंसेस कॉलिंग’ ब्लिंक कर रहा था।

सत्रह

एक सप्ताह में कम से कम दस बार सत्या को उल्टी हुई जो ओवरईटिंग की वजह से थी पर उसने परवाह न की। पेंटोसिड डीएसआर को नियमित लेती रही और खाने-पीने की जो पेटी उसने मँगवायी थी वो ख़त्म हो गयी थी। आज उसे अगले दो दिन के लिए नानवेज़ और बीयर की सप्लाई मँगवानी थी। उसने घड़ी देखी। अभी तो सुबह के साढ़े सात ही बजे थे। अभी गंगा को मैसेज करने का कोई फ़ायदा नहीं था। उसने ऑर्डर करने को 10 बजे तक टाला फिर वो उठी। उसे पेंटोसिड खाये हुए 40 मिनट से भी ज़्यादा हो गये थे। वो किचन में पहुँची, फ्रिज से फुल क्रीम मिल्क का आधा लीटर का पैकेट निकाला और फिर उसे गैस पर रखे सासपैन में उलट दिया। दूध के हल्का गर्म हो जाने के बाद उसने गैस की आँच कम की और तीन चम्मच चाय पत्ती भी डाल दी। अब आँच इतनी थी कि दूध उबले भी तो बाहर न आये।

अपने लिविंग रूम में आयी और पूर्व की ओर की अपनी लगभग दीवार जितनी खिड़की के पर्दे हटा दिये। कमरे में भोर की लाली फैल गयी। उसके बाद उसने अपने जिस्म के कपड़े अलग किये। यह पिछले सात दिन से उसका रोज़ का रुटीन था। वो सोसाइटी के टॉप फ़्लोर पर रहती थी। आसपास का कोई भी टावर उससे ऊपर नहीं था और इस तरफ़ तो बिल्कुल ही कोई टावर नहीं था। लिहाज़ा खिड़की खुली होने के बावजूद किसी के देख लिए जाने का ख़तरा नहीं था सिवाय इसके कि कोई ड्रोन कैमरे से देख ले। या आसपास में उड़ता जहाज़ खिड़की के बराबर ऊँचाई पर उड़ान भरे। पिछले तीन साल से उसकी माहवारी गड़बड़ा चुकी थी। मेनूपाज का कठिन अवसाद भरा समय भी आधे से ज़्यादा गुज़र चुका था। उसने अपनी बड़ी-बड़ी आँखें अपने जिस्म को देखने के लिए नीचे कीं तो उसके मुँह से सिसकारी निकल गयी। ईश्वर ने उसे स्त्रीसुलभ सम्पत्ति से दिल खोल कर नवाज़ा था। गाँव में वो अपने विशाल वक्षस्थल के लिए विख्यात थी। गाँव के हर छोटे-बड़े की आँखें उसके चेहरे से पहले उसके वक्ष पर ही अटकती थीं। पिछले एक सप्ताह

के खानपान से उसके इस इलाक़े में भारी विस्तार हो गया था जिस कारण उसने पेट पर जो अतिरिक्त चर्बी हासिल भी की थी वो भी नगण्य लग रही थी। इस तरह तो उसका मक़सद ही पराजित हो जायेगा। उसको अपना बदन ऐसा करना था कि कोई उस पर ध्यान न देता लेकिन यह तो उलटा हो रहा था। उसने दोनों हाथों से अपनी कमर पर आयी चर्बी को दबाया तो उसकी तसल्ली हुई कि उसकी कमर के सारे कस बल निकल गये थे। अब अगर वो साड़ी पहनेगी तो उसकी चर्बी पेटीकोट से ऊपर से उभर कर बाहर छलकेगी। कस के बाँध लेगी फिर तो लोगबाग उससे नज़रें फेरने को मजबूर हो जायेंगे ही।

तभी उसका हाथ नीचे की तरफ़ गया तो उसका मन किया कि बुक्का फाड़ के रो दे। पूरी तरह बेडौल हो गयी थी वहाँ से। शायद ऐसी टाँगों के लिए ही थंडर थाईज मुहावरा ईजाद हुआ था। उसके नितम्ब भी असाधारण रूप से भारी हो गये थे। अब अगर वो ब्रेस्ट बेल्ट लगा लेगी तो वो कोई भी दूसरी अधेड़ उम्र की कामकाजी महिला लगेगी। सत्या अपने कपड़े वहीं छोड़ वाशरूम की तरफ़ बढ़ी। यह सोच कर उसकी टाँगें और भारी हो रही थीं कि अब यह चर्बी उतरेगी कैसे? असली फटका तो उसे शीशे के सामने जाकर लगा। हालाँकि उसकी निगाह ही पहले अपनी असाधारण रूप से बड़ी हो गयी छातियों पर पड़ी। उसने तुरन्त अपनी नज़र वहाँ से हटायी लेकिन चेहरे पर नज़र पड़ते ही उसे दिल का दौरा पड़ते बचा। उसके गाल अजीब तरीक़े से मोटे हो गये थे। होंठ ऐसे लग रहे थे जैसे सूज गये हों। आँखों के नीचे मांस की दो थैलियाँ बन गयी थीं। जिस बात से उसका दिल धक्क से रह गया था वो था उसका चेहरा। उसके गोरे रंग को जैसे ग्रहण लग गया हो। तेज़ धूप के चलते त्वचा के जल जाने के कारण उसके चेहरे पर झाइयाँ पड़ गयी थीं। यही हाल उसके हाथों, बाहों और गले का भी था। बाक़ी शरीर एकदम गोरा-चिट्टा होने के कारण ऐसा लग रहा था ये अंग अलग से फिट कर दिये गये हों। यह चिन्ता का विषय था। महल में उसे अत्यन्त सावधानी बरतनी थी क्योंकि यह अन्तर उसकी पोल भी खोल सकता था और किसी को भी उसे फिर से ध्यानपूर्वक देखने को मजबूर कर सकता था। इसी से उसको बचना था। फिर इस सबको दिमाग़ से निकाल वो शावर के नीचे खड़ी हुई। एक बार फिर उसके आँसू शावर की बौछार से मिल कर बह निकले। यह बदला भी कितनी कुत्ती चीज़ है किसी से जो न करवा दे। लेकिन यह ज़रूरी था। जिस्म की तो उसे वैसे भी अब कोई ज़रूरत नहीं रहने वाली थी। सेक्स उसके जीवन में एक अरसे से नहीं था और मेनूपाज के बाद तो उसकी चाहत वैसे ही ख़त्म हो जाती है। जो अभी था उसके लिए माहवारी ख़त्म हो जाना वरदान

ही था। क़रीब 20 मिनट वो शावर के नीचे खड़ी रही। आख़िर अभी पूरा दिन उसे धूप में सड़ना था।

वाशरूम से बाहर आकर उसने अपने लिए ब्रेकफास्ट तैयार किया। जल्दी बनाने और अभी और कुछ ग्राम बढ़ाने के लिए उसने दो पैकेट मैगी तैयार की। साथ में मिल्क बादाम की दो बोतल खोल लीं। उसने तसल्ली से नाश्ता किया और फिर आइस बकेट में फ्रिज में रखी दो ट्रे की बर्फ़ बकेट में डाली। ट्रेज फिर से भरी और फ्रिज में धर दी। फिर उसने बीयर के दो कैन बकेट में डाले। अब लंच के लिए वो पास्ता छत पर ही खाने वाली थी। जब भी धूप उसकी बर्दाश्त से बाहर हो जाये तो वो महज़ 10 मिनट ब्रेक लेती थी।

छत के लिए निकलने से पहले सत्या ने अपनी टू डू लिस्ट में ब्रेस्ट बेल्ट मँगवाने का नोट बनाया और यह भी दर्ज किया कि इस विजिट में साड़ी पहनना उपयुक्त न होगा। जो साड़ियाँ उसने निकाल के रखी थीं उनको अलग करना होगा। उसके जिस्म के रंग और उसके चेहरे और बाँहों के रंग में इतना फ़र्क़ आ गया था कि साड़ी से झलकता उसका कटिस्थल अनजाने ही लोगों को सशंकित कर देता। सीढ़ियाँ चढ़ते हुए उसने सोचा बस अब तो महज़ दो ही दिन की बात है। 22 सितम्बर को तो उसने निकल ही जाना है। इस बीच उसने दिल्ली शहर में अपने एकमात्र दोस्त पत्रकार जॉय गुप्ता की मदद से उस इवेंट कम्पनी में किचन की ओवरऑल सुपरविज़न की ज़िम्मेदारी ले ली थी। जिस केटरिंग कम्पनी ने सत्या को हायर किया था उसका नाम ही 'द किचन' था। कम्पनी क़रीब डेढ़ दर्जन लोगों को भेज रही थी जिनके लिए जिस बस को चलना था उसने 21 सितम्बर को मुकरबा चौक से सत्या को भी साथ लेना था। हालाँकि सत्या को रक्षदीप का चेहरा देखने के नाम पर ही घिन आ रही थी पर मन में फँसी इस गाँठ को खोलने की भी ज़रूरत थी। और फिर उसकी बेटी। तमन्ना को देखने के ख़याल मात्र से ही एक अजीब थ्रिल महसूस हो रहा था। अब तक क़िस्से, कहानियों, टेलीविजन और अब वेब धारावाहिकों में ही ऐसे संयोग देखे थे पर यहाँ तो उसके साथ यह होने वाला था हक़ीक़त में। सबसे बड़ा टास्क सत्या के लिए फर्ज़ी आधार कार्ड तैयार करवाने का था जिसमें उसकी एंट्री विभा गुप्ता के नाम से होगी। यह काम भी जॉय ने कर दिखाया था और अब वो पार्टी के लिए इंसिस्ट कर रहा था जो उसे अब एक अक्तूबर के बाद ही हासिल होने वाली थी। जबकि वो महल से लौट कर आती। अगर आती तो। एक चिट्ठी उसने जॉय गुप्ता के नाम पर फ़्लैट में छोड़ दी थी। जॉय गुप्ता पचपन पार था पर शहर में उसके रुतबे और दबदबे में कोई कमी न थी। वो टाइम्स ऑफ़ इंडिया का सिटी

चीफ़ था और शहर में अपने अविजित रुतबे के चलते न तो उसके दफ़्तर ने उसे सिटी बीट से निकाला और न ही उसने ख़ुद कभी यह इच्छा ज़ाहिर की। दिल्ली में वो सत्या का इतना ख़ास दोस्त था कि उसके पास उसके फ़्लैट की चाबी थी। सत्या की दारू बोटी का इन्तज़ाम भी आम हालात में उसी का था पर इस मामले में वो उसे दूर ही रखना चाहती थी क्योंकि दोस्ती शुरू में कितनी भी सतही या औपचारिक न हो लम्बे समय तक जारी रहने पर वो अन्तरंगता के स्तर पर पहुँच कर अक्सर प्यार मुहब्बत में तब्दील हो जाती है। वैसे भी स्टेडी रिलेशनशिप का आधार चाहे आपसी ज़रूरत व जिस्मानी ही क्यों न हो उसे एक जामा तो पहनाना ही पड़ता था। हालाँकि पिछले एक अरसे से जॉय का दावा था कि वो फोर्मली उसकी मुहब्बत में था। वो शादीशुदा था, बच्चे थे पर प्यार करने को वो आज़ाद था। शादी का नशा व बीवी से मुहब्बत तब तक रहती है जब तक ज़िन्दगी में कोई और न आ जाये वरना शादी के दस-पन्द्रह साल में बच्चों के बाद बीवी माशूक़ के रुतबे से वंचित होकर सिर्फ़ बीवी रह जाती है फिर शादी चाहे प्रेम विवाह ही क्यों न हो। जोकि जॉय का था भी।

जॉय का अभी तक सत्या के साथ सम्बन्ध प्लैटोनिक ही था। लेकिन वो इसी आस पर था कि एक न एक दिन यह जिस्मानी मुहब्बत में भी बदल ही जायेगा। वरना जो चल रहा था वो भी कम नहीं था। एक उम्र के बाद बुज़ुर्गियत की ओर रवाना पुरुषों को औरत के सह-वास से ही आनन्द रहता था। कभी अचानक छू लेना, क़रीब से गुज़र जाना, खुला वार्तालाप कर लेना, अश्लील चुटकुले सुन-सुना लेना भी यौन सम्बन्धों का सा ही आनन्द देने वाला होता था।

'क्या वाक़ई अब हम दो सप्ताह बाद मिलेंगे?' उसने पूछा था।

'बिल्कुल। दो सप्ताह बाद। बीच में कोई सम्पर्क करने की कोशिश भी नहीं।' उसने कहा।

'कहाँ जा रही हो?' जॉय ने पूछा।

'कोई झूठी डेस्टीनेशन' बताने के लिए सत्या ने अभी मुँह खोला ही था कि उसे याद आ गया कि ट्रिप में शामिल होने के लिए सब बन्दोबस्त तो जॉय ने ही किया था।

'तुम्हें मालूम है कहाँ जा रही हूँ। बस गयी और आयी टाइप ही है।' उसने कहा।

'आख़िर ऐसा भी क्या? राजमहल से कोई पुराना नाता है? कोई सपना वपना आ गया कि तुम वहाँ की महारानी हो।' जॉय ने मज़ाक़ किया।

'इनाम चाहिए?' सत्या ने पूछा।

'किस बा...और हाँ क्यों नहीं चाहिए। दोगी?' जॉय ने कहा तो उसके द्विअर्थी संवाद में शंका की कोई गुंजायश न थी।

'सेंट परसेंट। पर एक शर्त है।' सत्या ने कहा।

'मंजूर।' जॉय ने कहा।

'सुन तो लो।'

'बताओ।'

'ट्रिप के बारे में कोई बात नहीं। न पहले न बाद में। यक़ीन कर सकते हो तो मान लो कि एक मुद्दत से दिल्ली में पड़े-पड़े पक गयी थी। इसलिए थोड़ा चेंज चाहती हूँ। मेरी मनोचिकित्सक की भी यही राय थी कि मैं कुछ दिन पहाड़ में घूम आऊँ।' सत्या ने कहा।

'ऑल द वेरी बेस्ट।' जॉय ने बात का पटाक्षेप करते हुए कहा। लेकिन उसका पत्रकार मन सहज ही यह मान लेने को तैयार न था कि यह महज़ हवा पानी बदलने की माँग है। अगर यह ज़रूरत थी तो शिमला, कुफरी, मनाली, नैनीताल, उटी क्यों नहीं। आख़िर राजगढ़ वो भी किसी राजमहल में एक हाईफाई वेट्रेस बनकर जाने का क्या मक़सद था। 'कुछ तो है' उसके दिमाग़ ने कहा तो दिल ने फ़ौरन इस विचार को झटक दिया। जॉय ने ट्रिप के बाद के स्नेरियो के बारे में सोचा तो उसे विश्वास न बना कि एक लम्बे अन्तराल के बाद वो सेक्सुअल परफार्मेंस कर भी सकेगा या नहीं। उसने तय किया कि वो अपने स्तर पर इसका राज़ जानने की कोशिश ज़रूर करेगा।

फ़िलहाल जॉय के हामी भर देने के बाद सत्या ने राहत की साँस ली कि वो अब इस दिशा में कोई कोशिश नहीं करेगा। पिछले एक सप्ताह में सत्या ने इंटरनेट पर किचन मैनेजमेंट व हाउसकीपिंग को लेकर जितनी सामग्री थी सारी पढ़ मारी। अब वो काफ़ी हद तक तैयार थी राजमहल में केटरिंग कम्पनी का काम सँभालने के लिए। उसका दिन-रात इसी प्रार्थना में गुज़र रहा था कि किचन राजमहल के अन्दर न होकर बाहर आउट हाउस में सेट हो। वो जितना राजमहल के अन्दर रहेगी उसके पकड़े जाने के चांसेज उतने ही ब्राइट होंगे। चाहे वो जितना हुलिया बदल ले कोई तो पहचान ही सकता है ख़ासकर अगर किसी से लम्बा वार्तालाप हो गया। आपका चेहरा-मोहरा, बातचीत का अन्दाज़, चालढाल कुछ भी उसकी असलियत की चुग़ली कर सकता है।

शाम को जब सूर्यास्त हो रहा था उसकी बीयर ख़त्म हो गयी थी, स्नैक्स की प्लेट ख़ाली पड़ी थी। तभी उसके फ़ोन की घण्टी बजी। उसकी ब्यूटीशियन विभा

आ गयी थी। वो सीढ़ियों से नीचे उतर रही थी तो विभा ने एक भरपूर नज़र उस पर डाली फिर घर की घण्टी बजाने लगी।

'वेरी गुड।' सत्या ने सोचा यानी उसने उसे फ़ौरन पहचाना नहीं था। जब वो उसके पीछे जाकर खड़ी हो गयी तो उसने मुड़ कर देखा। उसे सत्या को पहचानने में पाँच सेकेंड लगे और उसका मुँह अवाक् रह गया।

सत्या मुस्करायी।

'मैडम, मुझे तो लगा मैं ग़लत घर में आ गयी। क्या हो गया आपको और इतनी धूप में छत से क्यों आ रही हैं। ये प्लेटें? खाना नहीं खाया क्या?' विभा ने पूछा।

'सत्यानाश। इसने क्या सीआईडी ज्वाइन कर ली।' सत्या ने सोचा।

'आओ, मुझे तुम्हारी ज़रूरत है।' प्रत्यक्षत: उसने कहा।

वो ठट्ठा मार के हँसी। कुछ ज़्यादा ही मुँह लगी थी वो।

'मैडम, अब आपको मेरी बिल्कुल ज़रूरत नहीं। अब तो कोई आपकी मदद नहीं कर सकता। मेरा काम 19 को 21 करना है। शून्य को 100 करना नहीं। मैं चलती हूँ।' उसने कहा।

'शट अप। अन्दर आओ, पूरे मुहल्ले को जगाओगी क्या?' सत्या ने कहा।

वो सँभली, फिर बोली, 'आपकी तबीयत ठीक है?'

'क्यों क्या हुआ मेरी तबीयत को।' उसने कहा।

'नहीं, मतलब कोई शुगर, कोई थायराइड या फिर...।' विभा ने वाक्य बीच में ही छोड़ दिया।

'चुप करो। जाओ चाय बनाओ दो कप और हाँ मुझे कुछ भूख लगी है इसलिए दूध में पत्ती डालना। मैं बस शावर लेकर अभी आयी।'

उसके हाथ में थमी तीन-चार प्लेटों को हैरानी से देखते हुए विभा किचन की ओर बढ़ी। एक लम्बे अरसे से सत्या का काम करने के कारण दोनों ख़ास सहेलियाँ बन गयी थीं। विभा ने चाय रखी। गैस की आँच को ज़ीरो पर करके उसने अपना दुपट्टा सोफ़े पर पटका और फिर वाशरूम की तरफ़ बढ़ी। उसने दरवाज़े में से देखा तो उसके मुँह से सिसकारी निकल गयी। कल तक की स्लिम ट्रिम सत्या जिसकी सेहत से पूरी सोसाइटी रश्क करती थी एक मुटल्ली अधेड़ उम्र की मुहल्ला टाइप औरत लग रही थी। सबसे ख़तरनाक बात यह थी कि सत्या के मुँह का रंग और, जिस्म का और, हाथों का और, पैरों का और था। फिर उसने दरवाज़ा खोल दिया। सत्या उसे देख कर मुस्करायी। दोनों के बीच कोई पर्दा न था। फिर अपने जिस्म से

कपड़े अलग करके विभा वाशरूम में दाख़िल हो गयी। पल भर में ही दोनों एक-दूसरे की बाँहों में थीं।

क़रीब 20 मिनट बाद नख से शिख तक पानी में भीगी दोनों हॉल में दाख़िल हुईं। एसी की ठण्डी हवा ने उनके जिस्मों में अजीब सी ठण्डक भर दी। सत्या ने पहले से निकाल के रखा एक झोलझाल कफ्तान अपने बदन पर गिराया। विभा ने सिर्फ़ शर्ट पहनी और किचन में पहुँची। दूध आधे से भी कम रह गया था।

'मैडम दूध पकड़ाओ। यह तो उड़ गया।' उसने कहा।

'छोड़ो उसे, इधर आओ।' कह कर सत्या ने बार कैबिनेट से जॉनीवॉकर की बोतल निकाली। दो बड़े क्रिस्टल के लम्बोतरे गिलास व्हिस्की से आधे भर लिए। फिर थोड़ा-थोड़ा सोडा डाला। कुल मिला कर लगभग नीट जैसी ही थी व्हिस्की।

'मैडम, मर जाऊँगी मैं।' विभा ने कहा।

'कोई न, अकेली न मरोगी।' फिर उसने अपना फ़ोन विभा के हवाले किया। 'लो डिनर ऑर्डर कर दो।'

'अरे न, मैंने घर जाना।' उसने कहा।

'मतलब ही नहीं। आंटी को फ़ोन करके बता दो तुम जहाँ हो रात भर। मुझे ज़रूरी काम है तुमसे। सुबह निकल जाना।'

विभा ने दोनों काम किये फिर उठ कर सत्या वाले ही सोफ़े पर बैठ गयी।

'क्या है यह सब?' उसने पूछा।

'प्लीज़ कुछ मत पूछना। बाहर जा रही हूँ दस दिन के लिए। अगले हफ़्ते लौट कर सब कुछ बता दूँगी।' विभा ने फिर मुँह खोला। सत्या ने उसके मुँह पर अपनी दोनों उँगलियाँ रख दीं, 'प्लीज़।'

'ओके। बताओ, क्या चाहती हो मैडम।' विभा सत्या से इस हद तक अनौपचारिक हो चुकी थी। दोनों में पिछले आठ साल से जिस्मानी ताल्लुकात भी थे पर शुरुआत में जो मैडम उसके मुँह पर चढ़ा था जो जस का तस था।

'समस्या यह है कि मेरे मुँह का रंग मेरे गले और छाती के ऊपरी हिस्से से अलग हो गया है। ऐसे ही जैसे गहरा रंग धीरे-धीरे फेड हो गया हो। मसला यह है कि मेरे पास अपने कपड़े आल्टर कराने का समय नहीं। पुराने मुझे आयेंगे नहीं। नये मेरी बुटीक वाली ने पुराने स्टाइल के मुताबिक़ स्लीवलैस, हाफ स्लीव और डीप कट सिल दिये हैं। कुछ रास्ता बताओ कि यह कवर अप हो जाये।' सत्या ने पूछा।

'बुर्का। बुर्का पहन लो, सब कवर हो जायेगा।'

'ओह माई गॉड। ओ माय डार्लिंग। माय गॉड एंड सेवियर।'

क्या कहूँ ज़रा सी ग़लती हो गयी अगर हिन्दू नाम न होता तो यह बेस्ट था। यह तो ऐसी ड्रेस है कि आनन फानन सिलीसिलाई मिल जानी थी।

'तो फिर प्लास्टिक सर्जरी।' विभा ने कहा तो सत्या को अहसास हुआ कि वो उसके मज़े ले रही थी।

'ठहर जा कमीनी। मैं तेरे से मदद माँग रही हूँ और तू मज़े ले रही है।' कह कर वो विभा की ओर झपटी। विभा पीछे हटने की बजाय आगे सरक गयी और सत्या का चेहरा अपने हाथों में ले लिया।

'मैडम, आपका चेहरा एकदम छोटे ख़रबूजे जैसा हो गया है।' विभा ने कहा तो सत्या ने उसके पेट में मुक्का जड़ा। फिर उसके होंठों पर हल्का चुम्बन देकर कहा–

'प्लीज़ विभा बी सीरियस।'

'शेड तो मैं तैयार कर दूँगी लेकिन सावधानियाँ बहुत होंगी।' विभा ने कहा तो सत्या ने पूछा, 'क्या?'

'धूप में नहीं जाना। पानी से दूर रहना। उमस में भी नहीं रहना। एक्सट्रीम वेदर से बचना। ख़ास तौर पर गर्मी। नहाने के बाद शरीर के एकदम सूख जाने तक रुकना तभी शेड अप्लाई करना। किसी को ज़ोर से ग्रिप न करने देना। जैसे कोई बाँह को ज़ोर से दबा दे तो वहीं निशान बन जायेंगे और कलर व्यक्ति के हाथ में लग जायेगा।' विभा ने कहा।

'कोई न हो जायेगा।' सत्या ने कहा।

'फिर तो डन। सीधे बैठो।' फिर उसने सारी लाइटें जला दीं। कमरा दिन की तरह रौशन हो गया। विभा ने कई एंगल से उसके चेहरे, हाथों, पैरों और बाक़ी हिस्सों की तस्वीरें लीं। जब वो हट गयी तो सत्या ने उसका गिलास थमाया– 'ख़ाली करो।' सेलिब्रेट करने का समय था। आख़िर पिछले तीन-चार दिन से जिस्म के बदरंग की जिस साँसत में वो फँसी थी उसका हल हो गया था।

विभा ने बाक़ी व्हिस्की गले में उड़ेल ली। उसकी आँखों के आगे तारे चमक गये। सत्या ने दूसरा पेग बनाया। अभी आधा ही ख़त्म हुआ था कि घर की घण्टी बजी। शायद पिज्जा आ गया था।

अठारह

कुँवर अनिरुद्ध सिंह ने हैरतअंगेज़ तरीक़े से अपने बेटे प्रतिकार सिंह को देखा।

'क्या हुआ? कम अगेन?'

'क़त्ल हो गया।' प्रतिकार ने संयम से कहा। उसके और उसके पिता के बीच कभी भी सब ठीक नहीं था। तीन बार वो पूछ चुके थे कि क्या हुआ। उनकी इस डॉमिनेटिंग नेचर से प्रतिकार सदा ही तकलीफ़ में रहता था लेकिन क्या करता। बाप तो बदल नहीं सकता था।

'ऐसे बता रहे हो जैसे दिन हो गया, सूरज ढल गया। समोसा ठण्डा हो गया। दूध उबल गया। चौकीदार आ गया...।'

'डैड वुड यू एवर स्टॉप बुलिंग मी। सम टाइम्स आय डाउट इफ आयम योर रियल सन।' प्रतिकार ने पहली बार इस तरह की ज़बान में बात की।

अनिरुद्ध सिंह की पत्नी प्रलाक्षा ने शादी के आठ महीने बाद ही प्रतिकार को जन्म दे दिया था। डॉक्टरों ने प्रतिकार को प्रिमेच्योर बेबी करार दिया था। लेकिन डिलीवरी प्रलाक्षा के मायके जम्मू में हुई थी इसलिए अनिरुद्ध सिंह को सदा ही सन्देह रहा कि प्रलाक्षा का शादी से पहले कोई अफेयर था। अनिरुद्ध सिंह अति रूढ़िवादी विचारों का था लेकिन प्रलाक्षा को महल के रीति-रिवाजों से कोई लेना-देना नहीं था। जब शादी हुई तब अनिरुद्ध सिंह को राजगढ़ से एक तरह से निष्कासित किया गया था। राजगढ़ के महाराज को सन्देह था कि उसके अपनी रिश्ते में बहन सुभद्रा के साथ सम्बन्ध थे। सच यही था कि यह सन्देह बेबुनियाद नहीं था लेकिन दोनों का रिश्ता प्रत्यक्षतः भाई-बहन का था सो किसी ने कभी शक न किया। इस बीच सुभद्रा की मौत हो गयी। इस मौत ने उसके पति को तो न हिलाया पर अनिरुद्ध सिंह को हिला दिया था।

मौत के बाद अभी जबकि सुभद्रा की लाश महल में ही पड़ी थी उसे छोटे महाराज रक्षदीप सिंह का बुलावा आया। मौत के ग़म से बदहवास अनिरुद्ध सिंह जो

उस समय अपनी भरी जवानी में था, रक्षदीप के सामने पेश हुआ। रक्षदीप अपनी सिंहासननुमा कुर्सी पर बैठा था। सामने सलीके से कुर्सियाँ लगी थीं पर छोटे महाराज ने उसे बैठने को न कहा। कमरे के माहौल से अनिरुद्ध सिंह को ऐसा तो न लगा कि उसे अफ़सोस करने के लिए बुलाया था।

'जी छोटे महाराज।' अनिरुद्ध सिंह ने पूछा।

'आदमी के गिरने की कोई हद तो नहीं पर तुमसे यह उम्मीद न थी। यह कोई राजघराने वाली बात तो नहीं थी।' छोटे महाराज ने कहा तो अनिरुद्ध के कानों में ख़तरे की घण्टियाँ बजने लगीं। उसका मन किया कि पलट कर भाग जाये। इससे आगे के संवाद की कल्पना से ही उसका रोम-रोम खड़ा हो गया जबकि सुभद्रा की लाश भी अभी अपनी गति को प्राप्त न हुई थी और उठ कर वो उसकी रक्षा करने भी न आ सकती थी।

'मैं समझा नहीं महाराज।' अनिरुद्ध ने कहा।

'न समझने वाली कोई बात ही नहीं है।' रक्षदीप ने दो टूक कहा। 'तुम क्या समझते हो कि महल में ठीक हमारी नाक के नीचे जो हो रहा था वो हमें पता नहीं था।'

'मुझे नहीं पता आप क्या कह रहे हैं और न मुझे इस पर कोई बात करनी है। आप पहेलियों के लिए किसी बच्चे को बुला लें।' कह कर अनिरुद्ध बाहर जाने को मुड़ा पर रक्षदीप की कर्कश आवाज़ सुन कर वहीं ठहर गया।

'रुको। मेरे मुँह से ही सुनना चाहते हो तो सुनो बड़ी बहन थी तुम्हारी। राजघरानों में ऐसे सम्बन्धों की सज़ा मौत होती है। समझे।' रक्षदीप ने कहा फिर अनिरुद्ध की प्रतिक्रिया देखने को रुका।

'क्या कह रहे हैं आप? कम से कम कुछ तो ख़याल रखें।' उसका रंग फक था। आँखें डबडबा गयी थीं।

'यही बात है। मेरी भी बड़ी भाभी थी। महारानी थी वो। इसीलिए पता होने के बाद भी कि आस्तीन में साँप है उसे पलने दिया।' रक्षदीप ने कहा।

'बकवास है सब। राजमहलों के निज़ाम सुनी-सुनायी, उड़ी-उड़ायी अफ़वाहों से नहीं चलते। सँभलिए शायद, कभी आपको महाराज बनने का मौक़ा मिले तो...।' अनिरुद्ध शुरुआती झटके से उबर चुका था। उसने तय किया कि वो आसानी से सरेंडर नहीं करेगा।

रक्षदीप की आँखों में ख़ून उतर आया। वो हिंसक तरीक़े से अनिरुद्ध की ओर बढ़ा जो अपनी जगह से तनिक भी न हिला। रक्षदीप बिल्कुल अनिरुद्ध के सामने आकर रुका। दोनों की साँस टकरा रही थी। अनिरुद्ध खड़ा तो था पर उसकी टाँगों और हाथों में अपराधबोध का कम्पन था। फिर अचानक रक्षदीप एक क़दम पीछे हटा और उसने एक ज़ोरदार थप्पड़ अनिरुद्ध के चेहरे पर रसीद किया।

'चौबीस घण्टे का समय है। अगर नहीं चाहते कि तुम्हारी माशूक़ कहूँ या बहन की इज़्ज़त मिट्टी नहीं करवाना चाहते तो दुबारा शक्ल मत दिखाना। याद रखना आस्तीन के साँप के दो ही इलाज होते हैं–जंगल में छोड़ दिया जाये या मुण्डी मसल दी जाये। तुम हो तो दूसरी सज़ा के हक़दार पर तुम्हारे परिवार में वैसे ही आफ़त है इसलिए जान बख़्शी कर रहा हूँ। अब दूर हो जाओ मेरी नज़रों से।' रक्षदीप ने कहा और अनिरुद्ध को वहीं सुन्न खड़ा छोड़ कर विदा हो गया।

उस दिन को याद करके आज भी अनिरुद्ध सिंह के जिस्म में करंट दौड़ जाता था। अनिरुद्ध सिंह वापस आ गया था। जब तक वो राजगढ़ में था सुभद्रा से उसे वो सब हासिल था जो बीवी से होता था। वो अपने परिवार का अकेला लड़का था जब माँ-बाप के दबाव के बावजूद वो शादी नहीं कर रहा था। लेकिन राजगढ़ से अपनी बेआबरू वापसी के बाद वो ख़ुद में सिमट गया था। बीमारी का बहाना करके वो सुभद्रा की अन्त्येष्टि में शामिल होने भी नहीं गया। फिर उसने ख़ुद को परिवार की इच्छा के हवाले कर दिया। उसकी शादी ऊधमपुर राजघराने की राजकुमारी प्रलाक्षा के साथ हुई और शादी के बाद पहली ही रात प्रलाक्षा के अन्दर प्रवेश करते ही उसे पता चल गया था कि वो कोई कन्या कुँवारी नहीं थी। पहली रात के उसके व्यवहार व जिस्मानी लक्षणों ने साफ़ कर दिया था कि अनिरुद्ध सिंह उसकी ज़िन्दगी में पहला मर्द नहीं था। शादी के आठ महीने बाद ही प्रतिकार का जन्म हुआ। अपने राजकुमार का नाम उसने जानबूझ कर प्रतिकार रखा क्योंकि उसे लगा कि यह प्रकृति का उसके प्रति प्रतिकार ही था।

प्रतिकार का जवाब सुन कर अनिरुद्ध थोड़ा नरम हुआ।

'किसका क़त्ल हुआ?

'मेरी दोस्त का।'

'दोस्त?'

'गर्लफ्रेंड।'

'कब?'

'कल।'

'कहाँ?'

इस सवाल के जवाब में प्रतिकार अटक गया क्योंकि यह जवाब फिर उसके पिता को हत्थे से उखाड़ सकता था।

'कहाँ भई?'

'दिल्ली में।'

'दिल्ली में।' अनिरुद्ध का माथा ठनका। फिर उसे समझ आया। 'दिल्ली, तुम्हारा मतलब वसन्त विहार में? ओ माय गॉड।'

प्रतिकार ने हैरानी से अपने बाप को देखा। इन्हें कैसे पता चल गया!

'तो इसलिए मुझे एक प्राइवेट डिटेक्टिव फ़ोन कर रहा है दिल्ली से। क्या सोच कर मैंने तुम्हारा नाम प्रतिकार रखा था।' अनिरुद्ध ने कहा तो हॉल में एक और आवाज़ गूँजी।

'यही सोच-सोच कर तो मैं हलकान हूँ महाराज।' अपने हाथ में वाइन के गिलास को थामने के पूरे अनुशासन के साथ प्रलाक्षा ने हॉल में क़दम रखा था। 'क्यों रखा था इसका नाम प्रतिकार जैसे कोई बदला ले रहे थे।' उसने कहा। उसके हॉल में आते ही जैसे रोशनी हो गयी। सरु के बूटे की तरह लम्बी जनाना दौलत से जगमगाती। कमर तक लहराते सुनहरे बाल। कानों में स्टाइलिश झुमके। गले में नौलखा। वाइन कलर का ही स्लीवलैस वन पीस गाउन। गहरी काली बड़ी-बड़ी आँखें। कोई भी बेहिचक शर्त लगा ले कि इन आँखों को देख कर ही भाषाविदों ने मृगनयनी का विशेषण रचा होगा। बोटोक्स की बदौलत कसे हुए गाल, तनी हुई छातियाँ और बेदाग गर्दन। जैसे कोई अप्सरा इन्द्र के दरबार से भटक कर धरती पर आ गयी हो।

'क्यों रखा था नाम प्रतिकार?' उसने फिर पूछा। उसकी आवाज़ नशे में लड़खड़ा रही थी।

'आज फिर सुबह ही शुरू हो गयी हो। क्या समस्या है?' अनिरुद्ध ने निरीह भाव से पूछा। प्रलाक्षा पर सन्देह और प्रतिकार के अपना बीज न होने के बावजूद अनिरुद्ध उससे दबता था क्योंकि उसके परिवार की वित्तीय मदद से राजघराने के ख़र्चे चल रहे थे वरना अलवर घराना तो कब का दिवालिया हो चुका था।

'सुबह? सुबह में क्या समस्या है। वो सुना नहीं आपने—ये इन्तज़ार ग़लत है के शाम हो जाये/जो हो सके तो अभी दौरे जाम हो जाये।' उसने तरन्नुम में पढ़ा।

उसकी आवाज़ में कशिश थी। सेक्स था, अल्हड़पन था, मासूमियत थी और एकदम उसके जैसी ख़ूबसूरती थी।

'मुझ जैसे रिंद को भी तूने हश्र में, या रब/बुला लिया है तो, कुछ इन्तज़ाम हो जाये' शेर को पूरा करते हुए मैं हॉल में दाख़िल हुआ।

'वाह' कह कर वो ऐसे पलटी जैसे आसमानी बिजली ने बल खाया हो। हॉल में मौजूद दोनों पुरुषों ने नागवार निगाहों से मुझे देखा। फिर मेरे पीछे खड़ी सबीना सहर को देखा। फिर दोनों को अपने-अपने हिसाब से समझ आ गया। प्रतिकार हॉल से निकलने के लिए मुड़ा। मैं उसके रास्ते में आ गया।

'कहाँ जा रहे हो प्यारे लाल?' मैंने कहा।

'आपसे मतलब? हटिए मेरे रास्ते से।' कह कर वो आगे बढ़ा तो आगे दूसरा बैरियर लगा था। सबीना सहर की आँखों में पुलिसिया रौब था।

'वापस वहीं। एक्जैक्टली वहीं।' प्रतिकार रुक गया।

'आपकी तारीफ़?' प्रलाक्षा मेरी तरफ़ मुड़ी हुई थी।

'अभी उसका वक़्त नहीं। अभी तो सब तारीफ़ उसी की जिसने एक बुत में जान फूँक दी।' मैंने कहा।

'वो तो मुझे नहीं पता पर मैंने फूँक मारी तो हवा के ज़ोर से तानसेन की गोदी में जा गिरोगे।' सबीना सहर ने कहा। डबल अटैक था। उसे मालूम था मेरा घर तानसेन मार्ग पर है।

प्रतिकार में तब तक हौसला आ गया।

'ऐसे कैसे आप रोक लोगे, मुझे काम है।' कह कर वो आगे बढ़ा तो सबीना ने उसकी बाँह से पकड़ पीछे धकेला तो तीन अटपटे क़दम लेकर गिरते-गिरते बचा। एकदम पत्ते की माफ़िक।

'गिरफ़्तारी का वारंट है मेरे पास। आराम से टिके रहो वरना पूरी टीम आयेगी अभी ख़ाकी वर्दी में और घसीट कर ले जायेगी।' सबीना ने कहा तो प्रतिकार के ब्लैडर पर एकदम ज़ोर पड़ा।

'व्हाट?' उसकी माँ के मुँह से निकला। वाइन का गिलास उसके हाथ से छूट कर महल के क़ीमती कालीन पर जा गिरा। अप्सरा सा चेहरा मातमी मौसी के जैसा हो गया।

'गिरफ़्तारी किसलिए? क्या किया है इसने?' प्रलाक्षा ने पूछा।

'वो भी बताते हैं। अभी सब लोग टिक कर बैठ जाओ अगर तमाशा नहीं चाहते हो तो।' सबीना सहर ने कहा।

सिर्फ़ प्रलाक्षा कुर्सी पर बैठी। बाप-बेटे दोनों खड़े रहे। उनकी परवाह किये बिना सबीना सहर सोफ़े पर बैठ गयी। मैं भी फ़ौरन दूसरे सोफ़े पर क़ाबिज़ हुआ।

'अब बोल क्या हुआ था?' सबीना ने पूछा।

'क्या हुआ था?' प्रतिकार ने पूछा।

सबीना सहर की आँखों में कहर उतर आया।

'ओ तोते के नाती। मेरे को मजबूर न कर कि मैं तुझे तेरी असली औक़ात दिखाऊँ अभी।'

'क्यों रुक रही हो। दिखाओ अपनी पुलिसिया ताक़त एक बच्चे पर। उठो, गिराओ इसे ज़मीन पर। लगाओ थर्ड डिग्री। यह न भूलना दिल्ली से आयी हो। यह तुम्हारी ज्यूरिसडिक्शन भी नहीं है। मुझे भी मजबूर न करो कि मैं लोकल पुलिस को बुलाऊँ और आपको बताऊँ कि आप अवैध रूप से महल में दाख़िल हुई हैं। ट्रेसपासिंग है यह लोकल पुलिस के बिना जहाँ आना।' अनिरुद्ध सिंह अब सँभल चुका था।

'पुलिसिया ताक़त दिखानी होती तो अभी जब मेरे आने पर यह फ़रार होने की कोशिश कर रहा था तभी इसे पटक कर हथकड़ी लगा कर ले जाती। यह जो पंचायत कचहरी चल रही है न वहीं ख़त्म हो जाती। मैंने सोचा आप राजघराना हैं क्यों आपको सार्वजनिक तौर पर शर्मिन्दा करूँ।' सबीना ने कहा। 'रही बात लोकल पुलिस की तो आप क्यों कष्ट कर रहे हैं। मैं ही बुला लेती हूँ।' कह कर उसने फ़ोन लगाया उधर से आवाज़ आते ही बोली, 'सुमेल सिंह अन्दर आ जाओ।' उधर से कुछ पूछा गया जिसके जवाब में उसने कहा 'सब आ जाओ।'

कमरे में सन्नाटा छा गया। अगले तीन मिनट में सात-आठ पुलिस वाले गरजते बरजते हॉल में दाख़िल हो गये। इतना लावलश्कर देखते ही प्रतिकार बाहर को भागा। सबीना को जैसे इसी पल का इन्तज़ार था। वो बिजली की तरह उठी और प्रतिकार के कमरे के गेट तक पहुँचने से पहले ही उसे गर्दन से पकड़ कर कबूतर की तरह दबोच लिया। उसने छटपटा कर भागने की फिर कोशिश की तो सबीना ने उसे एकदम छोड़ कर एक झन्नाटेदार थप्पड़ रसीद किया। प्रतिकार के सारे कस बल ढीले हो गये। प्रलाक्षा आगे बढ़ी।

'प्लीज़। ही वोंट रन आई गारंटी।' उसने लगभग रोते हुए कहा। अनिरुद्ध सिंह की भी हवा निकल गयी। तब स्थानीय एसएचओ सुमेल सिंह ने अनिरुद्ध सिंह से कहा।

'महाराज कोऑपरेट कीजिए। मैडम का इरादा गिरफ़्तारी का होता तो अभी तक हमने कुँवर जी को ट्रांज़िट रिमांड के लिए पेश कर दिया होता।' सुमेल सिंह के सम्बोधन ज़ाहिर कर रहे थे कि स्थानीय स्तर पर परिवार का कितना दबदबा था।

'अब बैठ जाओ।' सबीना पूर्ववत कर्कश स्वर में बोली। फिर उसने अनिरुद्ध सिंह से कहा।

'आप भी बैठो।' वो यन्त्रवत बैठ गया।

'अब बताओ क्या हुआ था?' सबीना ने कहा।

'हम लोग वहाँ पहुँचे ही थे। अभी ड्रिंक्स का शायद एक दौर भी नहीं हुआ था कि दरवाज़े की घण्टी बजी। टाटा के दरवाज़ा खोलने और गोली चलने की आवाज़ एक साथ आयी। मैं घबरा कर दरवाज़े की तरफ़ भागा। वो फ़र्श पर गिरी पड़ी थी। आँखें पथरायी हुई और खुली थीं।' कह कर प्रतिकार चुप हो गया।

'और फिर?' सबीना ने पूछा।

'फिर कुछ नहीं। मुझे पैनिक हो गया। कुछ समझ न आया क्या हुआ था?' प्रतिकार ने कहा।

'भागे क्यों?'

'डर गया था। महल तक का जो सफ़र मैं चार घण्टे में तय करता था उस दिन साढ़े सात घण्टे लगे।' उसने कहा।

'पुलिस को फ़ोन क्यों नहीं किया?' सबीना ने पूछा।

'बस ध्यान ही न आया। एंग्जायटी इतनी ज़्यादा थी कि बस भाग जाऊँ।'

'क्या लगती थी?' सबीना ने पूछा।

'कौन?'

'तुम्हें नहीं पता कौन?'

'ओह दोस्त थी।'

'बस दोस्त या...।'

'गर्लफ्रेंड थी पर काई कमिटमेंट नहीं थी।'

'कोई झगड़ा हुआ? कोई तीसरा या तीसरे की वजह से। सच बोलना।' सबीना ने पूछा।

'ऐसा कुछ नहीं था। हम दोनों अच्छे दोस्त थे। दोस्ती इंटीमेट रिलेशनशिप में तब्दील हो गयी थी।' प्रतिकार ने कहा।

'मरने वाली प्रेग्नेंट तो नहीं थी?' सबीना ने पूछा।

'यह क्या सवाल है?' प्रलाक्षा जो सब्र से सब सुन रही थी, अचानक बोली।

'बहुत ज़रूरी सवाल है। अपने फरजन्द को जवाब देने दें।' सबीना ने कहा।

'मुझे नहीं पता।' प्रतिकार ने कहा।

'तुमसे तो ऐसी ग़लती नहीं हुई न?' सबीना ने पूछा।

उसका मुँह लाल हो गया। सिर इनकार में हिला।

'ये बात पोस्टमार्टम रिपोर्ट में पता चल गयी होगी। क्यों किसी लड़की की ग्रेस ख़राब कर रहीं।'

प्रलाक्षा की इस दलील से सबीना कुछ शर्मिन्दा सी हुई। उसे महसूस हुआ कि ग़ुस्से में वाक़ई वह अपनी ग्रेस भूल गयी।

'पिस्तौल कहाँ है?' मैंने पूछा।

उसने हैरानी से मेरी तरफ़ देखा। फिर बोला–

'मुझे क्या पता। मैं तो घबराहट में मौक़े से भाग आया बस।' प्रतिकार ने कहा।

'मैं उस पिस्तौल की बात नहीं कर रहा। उस पिस्तौल की बात कर रहा हूँ जो टाटा के पास थी। अब जवाब दो, कहाँ है?' उसने कहा।

'मुझे क्या मालूम कहाँ थी?'

'यह तो मालूम था कि उसके पास पिस्तौल थी।' मैंने कहा तो उसके मुँह से बरबस निकला।

'वो तो अभी...' उसने अपनी ज़ुबान काटी।

'दो दिन पहले ही ख़रीदी थी। यही कहना चाहते थे न?' मैंने पूछा।

'कौन हैं आप?' उसे अचानक ध्यान आया कि मेरी कोई फॉर्मल इंट्रोडक्शन तो हुई नहीं।

'मैं वही हूँ जिसने टाटा घोष के क़ातिल को पकड़ने की क़सम खायी है। वैसे मैं मरने वाली के क़त्ल की जाँच के लिए अधिकृत भी हूँ। मेरी क्लायंट ने मुझे टाटा घोष के क़ातिल को सलाखों के पीछे पहुँचाने की ज़िम्मेदारी दी है जो मैं हर हाल में पूरी करूँगा। माय नेम इज़ अभिमन्यु। प्राइवेट डिटेक्टिव। मेरी आपके पिता जी से फ़ोन पर बात हो चुकी है।' मैंने कहा।

वो मेरी वहाँ मौजूदगी को चैलेंज करना चाहता था पर उसे समझ नहीं आ रहा था कि यह कैसे होगा।

'मुझे नहीं मालूम पिस्तौल कहाँ है।' उसने कहा।

'किसी से दुश्मनी?' सबीना ने पूछा।

'न सबसे दोस्ती। ऐसी थी टाटा घोष।' वो बोला।

'तुम्हारी किसी से दुश्मनी?' सबीना ने पूछा।

'हत्या टाटा घोष की हुई है।' उसने कहा।

'लेकिन तुम्हारी हो सकती थी।' मैंने कहा तो सबीना सहर ने उसे स्पष्ट किया।

'हो सकता है क़ातिल का निशाना तुम हो।'

प्रतिकार सिंह, उसकी माँ प्रलाक्षा सिंह और पिता का रंग फक्क हो गया। यह बात तो प्रतिकार ने सोची भी नहीं थी।

'बोलो भई, तुम्हारी किसी से दुश्मनी तो नहीं?' सबीना ने पूछा।

'न बिल्कुल नहीं।' वो सकपकाया था अभी तक।

फिर सबीना ने अनिरुद्ध सिंह का रुख किया।

'आपकी महाराज, जिसका बदला कोई आपके बेटे से चुकाना चाहता हो? राजा-महाराजा लोगों की आपस में ऐसी दोस्ती-दुश्मनी के क़िस्से आम होते हैं।' सबीना ने पूछा।

अनिरुद्ध सिंह का सिर इनकार में हिला।

'और आपकी मिसेज़ सिंह?' मैंने एक भरपूर नज़र प्रलाक्षा पर डालते हुए पूछा।

'न। जहाँ राजमहल में यह महकमा (उसने अपनी उँगली अनिरुद्ध सिंह की तरफ़ भोंकी) इन्हीं का है।'

'ऐसा कुछ नहीं है। यह अभी ठीक नहीं है।' अनिरुद्ध सिंह ने कहा।

'क्या ठीक नहीं है महाराज?' प्रलाक्षा ने महाराज पर ज़ोर देते हुए पूछा।

साफ़ था दोनों पति-पत्नी में सम्बन्ध अच्छे नहीं थे।

'तुम नशे में हो। अपने कमरे में जाओ।' अनिरुद्ध सिंह ने कहा।

'ऐसा कुछ नहीं है। कोई ऐसी दुश्मनी नहीं किसी से कि कोई क़त्ल करके बदला उतारे।' अनिरुद्ध सिंह ने कहा।

आगे पूछताछ बेकार थी सो सबीना ने प्रतिकार से पूछा।

'कहाँ रहते हो?'

'जी यहीं। यहीं रहता हूँ या दिल्ली।'

'यहाँ कहाँ भई, अपने कमरे में लेकर चलो। सूरत से तो पढ़े-लिखे लगते हो। इतना ही नहीं समझते मैं क्या पूछ रही हूँ।' सबीना ने कहा और खड़ी हो गयी।

प्रतिकार के कमरे की महीन तलाशी ली गयी। कुछ न मिला। तभी मुझे कुछ ध्यान आया। मैं उसके वार्डरोब की तरफ़ बढ़ा। कई कमीज़ ऐसी थीं जिनमें कफ़ लिंक थे। यह शौक़ शायद राजमहल के इन अवशेषों में ही रह गया था। मैंने एक-एक चेक किया। सभी सलामत थे। वैसा कोई न था जैसा टाटा घोष के हाथ में मिला था। अब कमरे में हम तीनों थे।

तभी मैंने काफ़ी देर से रोका हुआ अपना सवाल दागा।

'टाटा घोष ने रिवॉल्वर क्यों खरीदी थी?'

सवाल सुन कर प्रतिकार के चेहरे का रंग बदल गया। यह परिवर्तन सबीना सहर ने भी नोट किया।

'बोलो।' इससे पहले कि वो सवाल के ख़ौफ़ से उबर पाता, सबीना ने सख़्ती से पूछा।

'मुझे नहीं मालूम।' उसने कहा।

'पर यह मालूम कि ख़रीदी।' सबीना ने पूछा।

'तुम्हारी गर्लफ्रेंड थी?'

उसने सिर हिलाया।

सबीना ने उसकी मुण्डी को हाथ में लेकर ज़ोर से घुमाया।

'कैसे ब्वायफ्रेंड हो? गर्लफ्रेंड पिस्तौल ख़रीद रही तुम्हें पता नहीं क्या? अगर कभी लड़ कर तुम्हें ही ठोक देती तो...।'

'मुझे नहीं पता।' उसने कहा। फिर लगभग रोने लग गया।

दस मिनट बाद हम लोग राजमहल के पिछवाड़े में खड़े थे।

'क्या लग रहा है?' सबीना ने सिगरेट का भरपूर कश लेते हुए पूछा।

'कुछ तो छुपा रहा है। पता है उसे गन ख़रीदने का मक़सद।'

'ले चलते हैं हवालात में। यूँ (उसने चुटकी बजायी) टूट जायेगा।' सबीना ने कहा।

'न।' मैंने इनकार में सिर हिलाया। वारंट वाला ब्लफ चल गया क्योंकि लोकल एसएचओ साथ था। परिवार असरदार है। ज़रा सा भी एक्टिव हुए तो भागना पड़ेगा। इसका फ़ोन लो मैं इसका डेटा एक्सेस करता हूँ।' मैंने कहा।

'वो कैसे?'

'वो ऐसे कि कली ने एक एप डाउनलोड कर दिया है मेरे फ़ोन पर जो किसी का भी डेटा एक्सेस कर सकता है बशर्ते फ़ोन से एक बार कनेक्ट हो जाये। इसका आधार कार्ड लो ताकि कोई नया सिम ले तो हमें पता चल जाये। चौकसी बैठ जाये फिर तो क्या ही कहना।' सबीना ने सिर हिलाया।

उन्नीस

'क्या कहते हो?' मेरा फ़ोन उठाते ही तमन्ना ने पूछा।

'गट फिलिंग तो निगेटिव ही है।' मैंने कहा।

तमन्ना ने राहत की कम से कम तीन किलोमीटर लम्बी साँस ली।

'लेकिन' मैंने उसके साँस छोड़ने के बाद कहा।

'लेकिन...?' उसने उधर से पूछा।

'थोड़ा कंप्लीकेटिड है, कैसे कहूँ?' मैंने कहा।

'वैसे ही कहो जैसे सब कहते हो मुँह से।' उसने उधर से कहा।

'दरअसल समझने की कोशिश कर रहा हूँ कि यह है क्या? प्रतिकार के प्रति आपकी चिन्ता से मैंने आपके और प्रतिकार के आपसी सम्बन्धों के बारे में एक राय बनायी थी। लेकिन टाटा घोष के साथ उसके रिश्ते...। क्या कहूँ। यह प्यार है ही ऐसी कुत्ती चीज़। दोस्त के यार से भी हो जाता है।' मैंने कहा।

वो काफ़ी देर चुप रही। 'हलो हलो' मैंने पुकारा।

'ठीक कह रहे हो। और कुछ ख़ास तो नहीं।' उसने बात को ख़त्म करने के अन्दाज़ से कहा।

'बात है तो सही मैडम, सॉरी प्रिंसेस, लेकिन इससे पहले एक सवाल, सीधा, साफ़, दो टूक। जैसा सवाल वैसा जवाब दरकार है। दो टूक।' मैंने कहा।

'पूछो।' उसने कहा।

'क्या आपका इस क़त्ल में कोई हाथ है?' मैंने पूछा।

उसकी जैसे साँस थम गयी।

'बुलशिट।' उसने कहा।

'बुल का तो मुझे पता नहीं प्रिंसेस बट दिस शिट वुड सून हिट द फैन इन योर रूम बिकाज यू हैव ए क्लियर मोटिव टू द' मर्डर।' मैंने कहा।

'लेकिन क्यों? आई मीन यू थिंक दैट ए युजूअल लव ट्रायंगल कैन लीड टू मर्डर दैट टू ऑफ़ ए फ्रेंड।' तमन्ना ने कहा।

'हैव यू जस्ट एराइव्ड फ्रॉम मार्स टू द' अर्थ। मैडम नाइन्टी नाइन परसेंट क्राइम ऑफ़ पैशन इज़ ड्यू टू दिस व्हाट यू कॉल ट्रायंगल।' मैंने कहा।

'दैट्स स्केरी। वाट शुड आय डू?' उसने पूछा।

'सच बोलना। जो पुलिस अफ़सर इस क़त्ल की तफ़्तीश कर रही है वो निहायत क़ाबिल और ईमानदार पुलिस अफ़सर है। इसका क्राइम डिटेक्शन रेट सेंट परसेंट है। सिर्फ़ सच आपको बचा सकता है। इसलिए एक बार फिर पूछ रहा हूँ कि क्या क़त्ल में आपका हाथ है।' मैंने कहा तो वो उधर से लगभग चीख़ पड़ी।

'नो नो नो। हाउ कैन यू थिंक सो।' उसने कहा।

'थैंक्यू दैट्स ए रिलीफ़।' मैंने कहा। फ़ोन डिस्कनेक्ट हो गया।

हम लोग अभी अलवर में ही थे। सबीना की कजन नूरी यहीं रहती थी। वो उसको मिलने चली गयी और मैं यहाँ के एकमात्र हाई एंड रिसॉर्ट रॉयल हट में रह रहा था। यहाँ सभी कमरे इंडिपेंडेंट, झोपड़ीनुमा और परम्परागत ही थे। अभी सूरज ढलान की ओर चला ही था कि मुझे अचानक तेज़ भूख लगी। तभी मुझे ध्यान आया कि सुबह से कुछ खाया तो है ही नहीं। मैंने फ़ौरन रूम सर्विस को एक बीयर और फिश एंड चिप्स का ऑर्डर दिया। ऑर्डर देते ही मुझे माया की याद आयी। काश जादू वाक़ई होता और आप हाथ घुमा कर जब चाहे अपनी माशूक़ को हवा में ही क्रिएट कर सको। जो करना हो करो फिर उसके पहलू में ही गर्क हो जाओ। पर ऐसा होता कहाँ है। ऐसे मौक़े के लिए ही ग़ालिब ने कहा, 'हज़ारों ख़्वाहिशें ऐसी कि हर ख़्वाहिश...' शेर की पहली पंक्ति भी अभी अधूरी थी कि कमरे की घण्टी बजी।

मैंने हैरतअंगेज़ तरीक़े से दरवाज़े की तरफ़ देखा। तीन मिनट में ही ऑर्डर। फिर मुझे लगा होटल वाले समझदार हैं। बीयर पहले भेज दी होगी क्योंकि तीन मिनट में फिश एंड चिप्स तो जादू के ज़ोर से भी तैयार न हो सकती थी फिर किचन से कमरे तक आना-जाना ही तीन मिनट से ज़्यादा होगा।

'सानूं की।' मैंने सोचा और दरवाज़ा खोला।

वाक़ई जादू हो गया था। वो मेरे सामने थी। साक्षात। अनिंद्य। मैंने उसे नख से शिख तक निहारा। उसकी तारीफ़ के लिए नहीं बल्कि उसकी रचना में किसी खामी के लिए। जब मैं नाकाम हो गया तो संगमरमर की मूरत सजीव हो उठी।

'कैसे पंजाबी हो? मेहमान को अन्दर बुलाने का शऊर भी नहीं।' ऐसा लगा जैसे गिरजाघर में क्रिसमस की घण्टियाँ बज रही हों। मैं तड़प कर अपनी जगह से हटा।

‘वो आये हमारे घर...।’

‘बस बस बस। घिटी-पिटी शायरी से कुछ हासिल नहीं होने वाला।’ फिर प्रलाक्षा ने अपनी बड़ी-बड़ी गहरी काली आँखों से मुझे बींधते हुए कहा, ‘मेरी किताब में निगेटिव मार्किंग होती है। सो नो रिस्क।’ वो अन्दर दाख़िल हुई और फिर कमरे के कोने में आमने-सामने लगी दो सोफ़ा सीट्स में से एक पर क़ाबिज़ हो गयी। कमरे का एक-एक कोना जगमगा उठा। उसके लम्बे बाल एक बड़े जूड़े की सूरत में बँधे थे। वो एक वन पीस काला गाउन पहने थी। गाउन शायद उसकी स्टाइल स्टेटमेंट था।

सोफ़े पर जाने से पहले जब वो मेरे पास से गुज़री तो उसके जिस्म पर लगा इत्र भी उसके मुँह से उठती मदिरा की महक को छुपा न पाया। तभी वेटर बीयर की कैन के साथ दाख़िल हुआ। उसने वेटर के हाथ में थमी ट्रे को देखा। फिर बोली–

‘दूध के दाँत टूटे नहीं तुम्हारे अभी?’

‘मैं समझा नहीं।’ मैं स्वर्ग से धरती पर लौट रहा था।

‘क्या पी रहे हो यह?’ फिर उसने वेटर को धमकाया, ‘वापस लेकर जाओ इसे और, उसने चुटकी बजायी, ग्लेनफिडिक ले के आओ। दो जगह वन प्लस वन लार्ज।’ उसका रुतबा ऐसा था कि वेटर मेरा ऑर्डर मुझसे पूछे बग़ैर वापस ले गया।

‘कितने शायर गुमराह हो जाते होंगे कि असली चाँद कहाँ है! यहाँ या आसमान में।’ मैंने कहा।

वो खिलखिलायी।

‘तुम्हें क्या लगता है?’ उसने पूछा।

‘यहीं है। सामने मेरे। उसका तो कोई भरोसा नहीं, है भी या नहीं और फिर आप तो उससे कई क़दम आगे हो।’ मैंने कहा।

‘अच्छा।’ उसकी कटोरियों सी आँखें फैल गयीं। ‘वो कैसे?’

‘उसमें तो दाग़ है और तुम तो बेदाग़ हो। कैसे आना हुआ?’ मैंने फ़्लर्ट को रोक कर काम की बात करने के लिए कहा।

‘क्या क़िस्सा है?’ उसने पूछा।

‘कौन सा?’ मैंने अनजान बनते हुए कहा।

‘अरे भई, यहाँ मैं तुमसे अकबर बीरबल तो करने आयी नहीं। प्रतिकार का और किसका?’ उसने कहा।

‘सस्पैक्ट है मर्डर केस में। आ के बताया नहीं उसने कुछ?’ मैंने कहा।

'तुम कैसी नक़ली पुलिस हो। अरे भई, क़त्ल करके कोई आ के घोषणा करता है कि मैंने क़त्ल कर दिया। मैंने क़त्ल कर दिया।' उसने कहा। यह विशेषण बिल्कुल नया था मेरे लिए। लोग मेरा पेशा सुन कर हैरान परेशान हो जाते थे लेकिन उसे नक़ली पुलिस से नवाज़ने वाली वो पहली थी।

'मैडम क़त्ल का मामला है। यह कोई दो जमा दो चार नहीं। कुछ थम्ब रूल्स हैं जो उस पर पूरे उतर रहे हैं। वो मरने वाली के साथ देखा जाने वाला आख़री शख़्स था। मौक़े से फ़रार हो गया जबकि क़ायदे से उसे पुलिस को बताना चाहिए था। मौक़े से एक हथियार ग़ायब है जो मर्डर वैपन भी हो सकता है। मरने वाली उसकी गर्लफ्रेंड थी जिस वजह से आपसी लड़ाई-झगड़े की सम्भावना प्रबल थी। अब आप ही बताओ कि जिस पर इतने ज़्यादा शक्को-शुबहा की गुंजायश हो उसकी क्या पुलिस आरती करे?' मैंने पूछा।

उसके कुछ बोलने से पहले वेटर इस बार एक फूड ट्रे में ऑर्डर लाया जो सलीके से सजी थी। सबसे पहले उसने छोटे-छोटे गिलासों में पड़ी दो गुलाब की डण्डियाँ हम दोनों के आगे रखीं फिर एक छोटे गिलास में रखी मोमबत्ती हमारे बीच में रखी। उसके साथ आये सहायक ने कमरे की सभी बड़ी बत्तियाँ बुझा दीं। अब कमरा अर्धप्रकाशित था जिसमें उसका चेहरा ही हज़ार वाट के बल्ब की तरह जमगमा रहा था।

उसने व्हिस्की का पेग उठाया और गट-गट करके उसे पूरा ख़ाली कर दिया। चीयर्स बोलने की कोई औपचारिकता भी न की। मैंने भी शिष्टाचारवश अपना गिलास उठाया और एक लम्बा घूँट भरा।

'मुझे तो तुम्हारा नाम ही नहीं मालूम तो आधा क्या अधूरा क्या और पूरा क्या!' फिर वो रुकी। कुछ सोचा–'ओह अभि।'

'देखा क्या कमाल की चीज़ है' कह कर मैंने अपना गिलास भी ख़ाली किया।

'अन्दर जाते ही दिलोदिमाग़ के दरवाज़े खुल जाते हैं। आपके दिमाग़ के तो खुल गये हैं।' मैंने भी अर्थपूर्ण तरीक़े से ही कहा।

'पूरा नाम अभिमन्यु तो नहीं!' उसने कहा तो मुझे उसकी समझ की दाद देनी पड़ी।

'ओके देन ऑन ए सीरियस नोट। क्या चाहती हैं?' मैंने पूछा।

'यह भी कोई पूछने की बात है। भई, मेरा बेटा है वो। क्या चाहूँगी। उसकी बेगुनाही का सबूत। चींटी नहीं मार सकता। अभी भी अपने बाप से झिड़कियाँ खाता है। ख़ौफ़ खाता है। विदेश में पढ़ के आया है।' उसने कहा।

'मौक़े पर आपसे ज़्यादा परेशान आपके अंकल थे। मैंने तो उसे उनका बेटा ही समझा।' मैंने भी क़सम खायी थी अपनी तारीफ़ को पंजीकृत करने की।

'वो मेरे पति हैं और इससे पहले कि तुम इस बात को खींच कर देहरादून पहुँच जाओ मैं तुम्हें बता दूँ तुम यह महलों व राजपरिवारों के उसूलों के चक्कर में न पड़ो। मैं अभी पूरी तरह बालिग भी नहीं हुई थी कि मेरी शादी हो गयी। कर दी गयी। मेरे और प्रतिकार की उम्र में महज़ 17 साल का फ़र्क़ है। अब ख़ुदा के वास्ते यह क़िस्सा छोड़ो। अब यह बताओ कौन है यह टाटा घोष?' उसने कहा।

सवाल हथौड़े की तरह मेरे सिर पर लगा। यह बात जानने की तो मैंने कोई कोशिश ही न की। सबीना ने टाटा घोष के बारे में पता करने को शर्मा को बोला था। पता नहीं क्या हुआ? क्या पता चला?

'मैडम, अभी तो इतना ही पता है कि वो आपके बेटे की गर्लफ्रेंड थी।' मैंने कहा।

'भई तुम तो प्राइवेट डिटेक्टिव हो। यहाँ तो कोई सिफ़ारिशी भर्ती नहीं हो सकती। तीन-चार दिन हो गये भटकते-भटकते। अँधेरे में तीर मारते यहाँ पहुँच गये। जो काम वहाँ बैठे-बैठे हो सकता था वो यहाँ आकर भी पता नहीं। मुझे दो उसका आधार कार्ड मैं निकलवा लेती हूँ सारा डेटा।' उसने कहा तो मैंने इधर-उधर देखा। चुल्लू भर पानी के लिए।

'ग़लती है।' मैंने निहायत कमज़ोर आवाज़ में कहा।

'बहुत बड़ी। वैसे एक बात और। तुम तो फ़ीस लेकर काम करते हो। मरने वाली मर गयी। उसका कोई अता-पता नहीं तो ज़ाहिर है कि तुम्हें किसी ने हायर नहीं किया। तो क्यों बेगानी शादी में अब्दुल्ला हो रहे हो।' कह कर उसने अपनी बची खुची ड्रिंक से गिलास ख़ाली किया और उठ खड़ी हुई।

'कितना वक़्त बरबाद कर लिया मैंने अपना'। उसने कहा।

नमोशी और बेइज़्ज़ती के तालाब में डूबते मैंने धीरे-से कहा, 'ऐसा नहीं है।'

'तो क्या वो पुलिस मैडम जो अपनी वर्दी का रौब झाड़ रही थी अपनी नाक़ाबिलियत के चलते तुम्हारी मदद पर मुनहस्सर है।' उसने तिरस्कार से कहा।

आज तो फ़ज़ीहत के मामले में हद ही हो गयी थी।

'सबीना सहर बहुत क़ाबिल अफ़सर है। आप ग़लत कह रही हैं। अगर ऐसा न होता तो आपके बेटे को घसीट कर दिल्ली ले जाती फिर आप करवाते रहते जमानत।' मैंने हावी होने की आख़िरी कोशिश की।

'वर्दी घर छोड़नी पड़ती सदा के लिए। इतना भी अन्धेर नहीं मचा वो जो महल में हुआ वो अचानक था।'

प्रलाक्षा की काली आँखें सुर्ख़ हो गयी थीं। मैं तय न कर सका कि नशे से या गुस्से से।

'मुझे हायर किया है किसी ने।'

वो थमक कर रुक गयी। जो मैं सोच रहा था वही वो भी सोच रही थी। मुझे पहली बार एहसास हुआ कि ज़रूरी नहीं कि शराब आपको सब सोच-विचार से महरूम कर दे। किसी ने हायर किया था, का मतलब साफ़ था कि टाटा के परिवार और प्रतिकार के अलावा भी किसी की दिलचस्पी थी क़ातिल के बारे में जानने की।

'किसने।' यह सवाल तुरन्त उसके दिमाग़ में कौंधा था लेकिन उसे बताने की मेरी कोई इच्छा नहीं थी। अपनी क्लायंट के बारे में बताना मेरे पेशे के उसूलों के ख़िलाफ़ था जबकि उसकी कोई वजह न हो सवाल हालाँकि मुझे भी परेशान कर गया था।

मैं भी उठ कर खड़ा हो गया। लेकिन वो बाहर की तरफ़ जाने की बजाय ख़तरनाक तरीक़े से मेरे क़रीब आ गयी। हाई हील की सैंडिल ने उसे लगभग मेरे बराबर कर दिया था। इस समय वो पाँच फ़ीट नौ से दस इंच के बीच में थी। इतनी लम्बी औरत छह फुटे आदमी के बराबर ही लगती है।

सिंगल माल्ट से महकती उसकी साँसें मुझे परेशान कर रही थीं। मैंने पीछे हटने की कोशिश की लेकिन उसने मुझे दोनों हाथों से थाम लिया।

'किसने?'

'मैं नहीं बता सकता। यह मेरी पेशेवराना गोपनीयता है।' मैंने कहा।

'अरे!' वो अपना मुँह मेरे एकदम क़रीब ले आयी। 'भाड़ में गयी तुम्हारी गोपनीयता। बताओगे तभी पता चलेगा कि इस तीसरी पार्टी की क्या दिलचस्पी है। कोई हमारे परिवार का दुश्मन भी हो सकता है, बोलो।' उसने मेरी बाँह न छोड़ी।

'बताओ। दिस कुड बी ए ब्रेक थ्रू।' उसने कहा।

मैंने भी अपने मन को कन्विंस किया। कुछ हासिल हो ही सकता है।

'तमन्ना।' मेरे मुँह से निकला।

'द फक इज़ शी।' उसने मुझे छोड़ा। 'ओ माय गुड गॉड। दीज़ रायल रायवेलरीज़।'

मेरी छठी इन्द्री भी सक्रिय हो उठी। यह कैसा अजब संयोग था। तमन्ना की दोस्त थी टाटा और दोनों का दोस्त था प्रतिकार। यह प्रेम त्रिकोण का मामला भी हो

सकता था और अब यह पारिवारिक ख़ानदानी दुश्मनी भी। हे भगवान एक ही क़त्ल के कितने कोण निकल आये थे। अभी वो हाउसकीपिंग के भेस में पहुँचा हत्यारा भी था। टाटा ने पिस्तौल ख़रीदी तो ख़तरा उसे अपनी दोस्त या प्रतिकार से तो होगा नहीं। मेरा सर फटने को था। वो मुड़ कर बाहर जाने को निकली। मैंने आगे बढ़ कर उसका रास्ता रोक लिया।

'डोंट, प्लीज़ सिट। वन मोर ड्रिंक।' मैंने कहा।

'यू गॉट सिगरेट।' मैंने फ़ौरन क्लासिक रेगुलर का पैकेट उसके हवाले किया। रूम सर्विस को दो डबल पटियाला पेग बनाने का ऑर्डर दनदनाया।

'बताओ, यह नया एंगल क्या है।' मैंने पूछा।

'भई दोनों परिवारों में आपसी ताल्लुकात हैं। मेरे पति अनिरुद्ध सिंह तमन्ना की सौतेली माँ सुभद्रा के मौसेरे भाई हैं। सुभद्रा की शादी हमारे ही परिवार ने करवायी थी। वो अपने माँ-बाप की इकलौती सन्तान थी।' उसने बताया।

'यह तो कोई दुश्मनी नहीं। यू सैड रॉयल रायवेलरीज़।' मैंने कहा। वो हिचकिचायी। फिर बोली।

'मेरे पति एक अरसा राजगढ़ में ही रहे। यह अफ़वाह रही कि उनका अपनी मौसेरी बहन सुभद्रा से इश्क़ था। इसीलिए वो अलवर छोड़ कर वहीं बस गये थे। पर सुभद्रा की मौत के बाद राजगढ़ के छोटे महाराज रक्षदीप ने उन्हें फ़ौरन महल से निष्कासित कर दिया था।'

'दैट इज़ इंटेरेस्टिंग।' मैंने कहा। 'और...'

तभी वेटर ड्रिंक्स ले आया। मैंने उसे दूसरा सिगरेट ऑफ़र किया। उसने सहर्ष सुलगाया। कमरे में सिगरेट का धुआँ अजब समा बाँध रहा था।

'और यह कि पता लगाओ इस हत्या में राजगढ़ के राजघराने का हाथ निकलेगा। तमन्ना का तो निश्चित ही कुछ न कुछ रोल होगा।' बाक़ी समय उसको कुरेदने में निकला। उसने कई अहम जानकारियाँ दीं। ड्रिंक ख़त्म होने तक वो पाँच सिगरेट पी चुकी थी। उसने तृप्तिपूर्ण ढंग से अपने होंठ चटकाए। फिर उठ खड़ी हुई।

प्रलाक्षा का ड्रेसिंग सेंस, उसकी बॉडी लैंग्वेज़ मुझे आकर्षित कर रही थी। उसमें एक महज़ अमीर महिला से आगे की कुछ बात थी। बाप और बेटे के उलट प्रलाक्षा का व्यक्तित्व उसके लिए उतना ही रहस्यमयी था जितना यह केस।

तभी मेरी नज़र प्रलाक्षा के अधखुले बैग पर पड़ी जिससे मुराकामी की किताब 'मेन विदाउट विमेन' झाँकती हुई दिखी।

'तो रानी साहिबा हारुकी मुराकामी की फैन हैं।'

प्रलाक्षा ने जब मेरी इस बात पर कोई प्रतिक्रिया नहीं दी तो मैं और भी उत्सुक हुआ। यानी प्रलाक्षा की पर्स में वह किताब दिखावे के लिए नहीं थी।

'मर्द भी उतने ही कमज़ोर हैं जितनी महिलाएँ। किसी भी तरह से उनकी स्थिति महिलाओं से बेहतर नहीं है।'

मैंने मुराकामी के कहानी संकलन का सार रखा तब भी प्रलाक्षा उस ओर जाने को तैयार नहीं दिखी। जेएनयू के 'जेंडर जिहाद' वाली दोस्तों का असर था कि मैं किसी महिला के समग्र परिप्रेक्ष्य में जाकर सोचता था। उसने कैसे कपड़े पहने हैं, कैसा मेकअप है से ही जजमेंटल नहीं हो जाता था। शायद यही कारण था कि ज़हीन महिलाओं का मुझ पर भरोसा भी बनता था। इसी वक़्त मेरे ज़ेहन में ज़ायरा ख़ान की मीठी सी याद भी उभरी।

प्रलाक्षा के होंठों का सब्र अभिमन्यु को और बेसब्र कर रहा था। उसने बोलना जारी रखा।

'खण्डित व्यक्तित्व, ख़ुद के विरुद्ध युद्धरत, अकेलापन...मुराकामी ने आज के समय का कितनी अच्छी तरह दस्तावेज़ीकरण किया है।'

तभी प्रलाक्षा बोली–

'अगर इसे पॉलिटिकल पर्सपैक्टिव में देखो तो कितना भयावह है यह दर्जशुदा समय। हमारा अतीत, वर्तमान, स्मृतियाँ, राजनीतिक जीवन यह सब कुछ किस तरह सोशल मीडिया के उन्माद का हिस्सा बन चुका है। मुराकामी सात मर्दों की कहानी कहते हैं कि किस तरह अकेले हैं। इस भयावह दौर ने अभी तक के सबसे बड़े ख़ौफ़ मर्दानगी को भी अकेला कर दिया है।'

अब प्रलाक्षा के होंठ रुकने का नाम नहीं ले रहे थे–

'मुराकामी ने कितनी चतुराई से मर्द सत्ता को आईना दिखाया है। हालाँकि अभी तो इसके लिए एक इमेजनरी वर्ल्ड है जहाँ पुरुष अकेला है। मुराकामी की इस दुनिया में जब पुरुष महिला के बिना हैं तो वह किसी पर राज नहीं कर सकते हैं। प्रेमिका से लेकर खलनायिका तक, सारी महिला पात्र महज़ श्रोता के रूप में हैं। सोचिए जासूस जी, क्या कल्पना है न? जब महिलाएँ ही नहीं रहेंगी तो पुरुष राज किस पर करेंगे?'

प्रलाक्षा के वाक्य ख़त्म होते ही मैंने उसके वाक्य को दोहराया–

'यस, जब महिलाएँ ही नहीं रहेंगी तो पुरुष राज किस पर करेंगे। क्या बात कही रानी साहिबा। ज़ाहिर सी बात है कि मैं आपको बीसवीं सदी का मिसोजिनीस्टि कमेंट ब्यूटी विद ब्रेन नहीं दूँगा।'

'वाट अ रिलीफ़। तुम में कुछ तो इक्कीसवीं सदी जैसा है मिस्टर जासूस।'

प्रलाक्षा के इतना कहते ही हम दोनों ज़ोर से हंसने लगे।

प्रलाक्षा के लिए ड्रिंक बनाते हुए मेरी नज़र कमरे की दीवार पर लगे म्यूट टेलीविज़न पर पड़ी। एंकर ने ऐसे कपड़े पहन रखे थे और मेकअप कर रखा था मानो अभी मण्डप पर सात फेरे के लिए जाने वाली हो। साथ में पट्टी चल रही थी। आज सुहागनों का सबसे बड़ा व्रत। एक पण्डित जी की भी पट्टी चल रही थी कि आज के दिन खाना खा लेने वाली सुहागन अगले जन्म में पशु योनी में पैदा होगी।

टीवी स्क्रीन की तरफ़ नज़र करते हुए मैंने पूछा, 'आज रानी साहिबा का तो व्रत होगा। राजघराने की किसी महिला से तो यही उम्मीद की जा सकती है। और अगर आपने सुहागन होते हुए यह व्रत नहीं रखा है तो आप या तो नर्क जायेंगी या अगले जन्म में पशु योनी में पैदा होंगी।'

'एक चुटकुला सुनाऊँ।'

मेरे व्यंग्य की उपेक्षा करते हुए प्रलाक्षा ने कहा।

'जी ज़रूर।'

प्रलाक्षा काउच पर किसी धर्मगुरु की तरह तन कर बैठ गयी और शुरू हो गयी, 'किसी समय धरती पर एक लड़की रहा करती थी। उसके घर में शुरू से इस बात का पाठ पढ़ाया जाता था कि अच्छी लड़कियाँ कैसे रहती हैं। वह आदर्श लड़की बनने के सारे गुणों को अपना चुकी थी। शादी के पहले तो किसी लड़के की तरफ़ आँख उठा कर नहीं ही देखा शादी के बाद भी पति के साथ उतनी ही बार हमबिस्तर हुई जितनी बार बच्चे पैदा किये। साल के 340 दिन भूखे-प्यासे रह कर व्रत करती थी। वहीं उसकी पड़ोस की लड़की अपने मनचाहे कपड़े पहनती, फ़ैशन करती, उसके ख़ूब सारे ब्वॉयफ्रेंड थे और अभी तक उसने शादी का कुछ भी नहीं सोचा था। तो 340 दिन भूखी रहने वाली लड़की सोचती थी कि वह तो स्वर्ग जायेगी और उसकी दोस्त को नर्क मिलेगा।'

'यह चुटकुला है...'

मेरे बीच में टोकने पर प्रलाक्षा ने गम्भीर नज़र से मेरी तरफ़ देखा। उसने अपना चुटकुला बनाम कहानी आगे जारी रखी।

'तो ऐसा हुआ कि दोनों लड़कियों की एक ही दिन मौत हो गयी। आँख खुलते ही उसने देखा कि वह स्वर्ग में है और भावविभोर हो गयी कि उसके जीवन का त्याग व्यर्थ नहीं गया। अचानक से उसने देखा कि उसकी अय्याश दोस्त भी स्वर्ग में है। उसने आश्चर्य से देवदूत से पूछा कि उसने तो खुल कर अपनी ज़िन्दगी जी फिर

उसे स्वर्ग कैसे मिला? देवदूत ने कहा कि नर्क-वर्क कुछ नहीं होता, मरने के बाद एक ही चीज़ होती है–स्वर्ग। सभी यहीं पर आते हैं'। इतना सुनते ही वह ज़ोर-ज़ोर से रोने लगी। देवदूत ने पूछा कि तुम रो क्यों रही हो। उसने रोते हुए कहा कि इस स्वर्ग के चक्कर में धरती पर मैंने ज़िन्दगी में कुछ मज़ा नहीं किया। आधी ज़िन्दगी भूखी रही और इस लड़की को खाते-पीते स्वर्ग मिल गया।'

आख़िरी पंक्ति को बोलते हुए प्रलाक्षा कुछ नाटकीय हुई।

'हाय मैं लुट गयी, बर्बाद हो गयी। ये स्वर्ग तो खाने-पीने ज़िन्दगी जीने में था। हाय, हाय।'

प्रलाक्षा ने चुटकुले के रूप में जो अपना स्त्रीवादी रूप दिखाया था, उसे देख कर मैं हो-हो करके हँस तो नहीं सका लेकिन अब प्रलाक्षा के चेहरे की तरफ़ देखते वक़्त मेरे चेहरे पर स्निग्ध मुस्कान थी।

'मुराकामी तो छोड़िए जासूस साहब अभी तक हमारा देश प्रेमचन्द के समय के कन्सर्न बेमेल विवाह से आगे नहीं बढ़ पाया है। एक बाप ने शादी करते वक़्त सिर्फ़ यह देखा कि लड़का गुज़रे ज़माने का राजा है, यह नहीं देखा कि बेटी ने आज के ज़माने के हिसाब से जीसस एंड मेरी से पढ़ाई की है। पति को मेरे चरित्र पर सन्देह है। मेरे बेटे में किसी और का अक्स देखते हैं। बेमेल शादी के डिप्रेशन से गुज़रती माँ और एक सामन्ती शक्की बाप, सोचिए उस बच्चे की पर्सनैलिटी कैसी बनेगी जिसके ऐसे कांप्लीकेटेड पेरेंट हों।'

मैं थोड़ा सावधान हो गया। प्रलाक्षा अपने बेटे को डिफेंड करना शुरू कर चुकी थी।

'मिस्टर अभिमन्यु, लिसेन।'

अपने नाम के इतने बेहतरीन उच्चारण के सामने मेरे कान सरेंडर कर चुके थे।

'मैं कोई टिपिकल वाइफ और मॉम नहीं हूँ कि अपने पति और बेटे के सब ग़लत को जस्टीफाय करूँ। लेकिन मैं अपने बेटे को अच्छी तरह से जानती हूँ। वह आज की जेनरेशन के आम लड़कों की तरह पिज्जा, नशा, जिम, सेक्स और स्वघोषित राष्ट्रवादी सरकार की अन्धभक्ति में डूबा हुआ है। लेकिन, वह किसी की हत्या नहीं कर सकता है। वह ऐसा नहीं है कि हत्या करके इतना नॉर्मल रह जाये। इस केस के तार उससे जुड़े हैं, लेकिन मैं अपनी तरफ़ से गारंटी देती हूँ कि वह हत्यारा नहीं है। और, अगर इस केस में मेरे परिवार तक तार पहुँच रहे हैं तो पहला शक मेरे पति पर करना। हर एंगल से उस पर नज़र रखो। यह कोई बेचारी माँ या क्रूएल बीवी नहीं एक रेशनल औरत कह रही है। प्लीज़। बिलीव मी।'

इतना कह कर प्रलाक्षा अपना पर्स उठा कर जाने लगी। मेरी तरफ़ थी हील में सीधी तनी उसकी पीठ, एकदम सीधी रीढ़। प्रलाक्षा की तनी हुई पीठ भी आत्मविश्वास से सराबोर दिख रही थी। आज मुझे महिलाओं की ड्रेसिंग में हील की अहमियत पता चली। भले इसे ज़्यादा देर तक पहनने से पंजे दुखते हों, लेकिन इसे पहन कर सावधानी से, आगे की ओर देखते हुए सन्तुलित क़दम बढ़ाने में पीठ जितनी तनी हुई होती है वह चेहरे पर एक अलग कॉन्फ़िडेंस देती है। प्रलाक्षा की पीठ पर उसके आत्मविश्वासी चेहरे की झलक सी आ रही थी।

कमरे में अकेला होते ही मेरे कानों में गूँजने लगा–

'जब महिलाएँ ही नहीं रहेंगी तो मर्द किस पर शासन करेंगे।'

मेरे मन में एक आवाज़ गूँजी–'और इसका उल्टा भी तो हो सकता है, जब मर्द ही नहीं रहेगा तो महिलाओं पर कौन शासन करेगा।'

'यह सब महज़ संयोग है या मुराकामी के बहाने कोई संकेत दे गयी है प्रलाक्षा।'

यह सोचते हुए मैं कमरे से निकला और सबीना सहर से टकराते-टकराते बचा।

सबीना ने अन्दर आकर देखा और कहा, 'तो महफ़िल काफ़ी देर से जमी थी। बहरहाल, क्या पी रहे हो?'

'सिंगल माल्ट।'

'बढ़िया। मँगाओ। कुछ खाने को भी। मैं फ्रेश होकर आती हूँ।' कह कर वो अपने पिट्ठू बैग के साथ ही वाशरूम में दाख़िल हो गयी। क़रीब पन्द्रह मिनट बाद वो भीगे बालों के साथ एक घुटने तक आती वन पीस ड्रेस के साथ कमरे में नमूदार हुई। वर्दी की कसावट में फँसे सभी अंग बन्धनों से आज़ाद थे। जो जिस्म वर्दी में फँसा हुआ दिखता था अब जैसे साँचे में ढला था। चेहरा मोहरा भाव-भंगिमा सब पेशेवर तनाव से मुक्त थे। वेटर कमरे में दाख़िल हुआ और फिर सबीना को देख कर वहीं खड़ा हो गया।

'क्या हुआ?' मैंने कर्कश स्वर में पूछा।

'रुक क्यों गये?' सबीना मुस्करायी।

वेटर आगे बढ़ा। ड्रिंक्स सर्व हुए। सबीना ने डिनर ऑर्डर किया। मटन रोगन जोश, बिरयानी, पाइनएप्पल रायता और एक चपाती।

'चपाती ज़्यादा नहीं हो गयी!' मैंने पूछा।

'नहीं। आधी मेरी आधी तुम्हारी। तुम फूट लो यहाँ से। क्या टुकुर-टुकुर देख रहे हो।' उसने वेटर को कहा तो वो हवा हो गया।

मैंने प्रलाक्षा से हुई मुलाक़ात के बारे में उसे बताया। पूरी बात सुन कर वो बोली।

'यह तो इम्पोर्टेंट है। यह एंगल तो अभी तक नज़र में नहीं था। बुला लेते हैं तमन्ना कटोच को।'

'न उसकी ज़रूरत नहीं पड़ेगी।' फिर मैंने तमन्ना से अपनी मुलाक़ात, उसके डर और उससे मिली असाइनमेंट के बारे में बताया।

'बुलाने की ज़रूरत नहीं। मौक़े पर जाकर ही पूछताछ करना। राजगढ़ पहुँचने को अभी बस दो ही दिन का समय बाक़ी है। इकट्ठे निकलेंगे।' मैंने कहा। मैं मनमुदित था कि पहाड़ का रोमांटिक सफ़र एक ख़ूबसूरत साथी के साथ हसीन हो जायेगा। उसने कुछ सोचा फिर हामी भरी।

हम दोनों ने छक कर खाना खाया। मैं चूँकि आम तौर पर मटन खाता नहीं था सो कई दिन बाद रोगन जोश को खाकर मन जोश से भर गया। अब बस सबीना मान जाये।

खाना खाकर हमने रूम क्लियर करवाया। वो उठी और रिसेप्शन पर डायल किया। अपना तवारूफ़ कराया। फ़ोन रख कर मुझसे बोली–

'चलो रोमियो, सामान पैक कर लो हम ऊपरी मंज़िल पर जा रहे हैं।'

'क्यों यहाँ क्या कमी है?' मुझे समझ आ गया था वो अपनी कजन के यहाँ नहीं जा रही। मेरे मन में दिवाली की रौनक हो गयी।

वो चुप रही। मुझे इशारा किया।

'बताओ तो सही, यहाँ क्या कमी है?'

'ट्विन बेड्स।' उसने कहा और खिलखिला कर हँस दी। मेरे बदन पर बर्फ़ गिर गयी।

बीस

हर रोज़ की तरह रक्षदीप सिंह सुबह के धुँधलके में ही महल की छत के कोने पर खड़ा था। रोज़ की तरह एक बड़े गिलास में रम का पेग पड़ा था साथ में गर्म पानी से भरा थर्मस। रक्षदीप ने गिलास को गर्म पानी से लबालब भर लिया। फिर उसने कुल्ला किया और गिलास को मुँह से लगाया। पानी बहुत अधिक मात्रा में होने के कारण गिलास एकदम सुनहरी हो गया था। सूरज की पहली किरण रम में रस कर एक अजीब सा दिलकश नज़ारा पेश कर रही थी। रक्षदीप घूँट-घूँट करके उस पल को आत्मसात कर गया। फिर उसने अपनी रोज़ की दिनचर्या की तरह दूरबीन आँखों को लगायी और सोलन से महल की ओर जुड़ती सर्पीली सड़क का मुआयना किया। उसे दूर सड़क पर दो गाड़ियाँ आती दिखाई दीं। एक टाटा सुमो थी, दूसरी छोटा हाथी था जिसे आजकल थोड़ा सामान ढोने के लिए रखा जाता था। गाँव का एक आवारा कुत्ता गाड़ी के पीछे भागता हुआ अपने बाक़ी साथियों को बुला रहा था।

रक्षदीप ने अपनी नज़र घुमायी और घाटी में देखा। पहाड़ के हर कोने पर चीड़ और देवदार के घने पेड़ों के बीच उगे जंगली पौधे मानसून की बारिश से नहाये हुए थे। जगह-जगह पानी के छोटे-छोटे गड्ढे बने थे जिन पर पेड़-पौधों से छिटके फूल और पत्ते ऐसा भास दे रहे थे जैसे मन्दिर में आरती की थालियाँ सजी हों। रक्षदीप नीरस मिज़ाज का व्यक्ति था। उसने औरत के जिस्म में, जिस पर शायरों ने अपनी क़लम तोड़ दी ख़ूबसूरती बयान करने को, सिर्फ़ हवस और जिन्सी ज़रूरत का सामान भर देखा। तभी उसने चिहुँक कर पीछे महल के मुख्यद्वार की तरफ़ देखा जिसके खुलने की आवाज़ ने उसे चौंकाया था। टाटा सुमो और छोटा हाथी महल में दाख़िल हो रहे थे। रक्षदीप को व्याकुलता हो गयी। अक्सर अब उसके साथ ऐसा होने लगा था। कोई भी अप्रत्याशित घटना उसे व्याकुल कर देती थी और उसके शरीर का सन्तुलन बिगड़ने लगता था। उसने रेलिंग का सहारा लिया। छोटा हाथी पर

बड़े-बड़े अक्षरों में 'द किचन' लिखा था। गाड़ी की गेट पर एंट्री हो रही थी। एक अधेड़ उम्र की भारी-भरकम भद्दी सी महिला निर्देश दे रही थी। जब से महल का निज़ाम रक्षदीप के पास आया था, यह पहली बार था कि महल में किसी की एंट्री उसकी जानकारी के बिना हो रही थी। यह शुभ संकेत नहीं थे। फिर उसने अपने मन में पहले से चल रहे षड्यन्त्रकारी संकल्प को और पक्का किया। तभी छत पर तमन्ना का मधुर स्वर गूँजा।

'गुड मॉर्निंग छोटे महाराज।' रक्षदीप और सुलग गया। जब तक उसका बड़ा भाई अक्षदीप ज़िन्दा था तब तक छोटे महाराज का मतलब था लेकिन अब तो इस सम्बोधन का कोई औचित्य न था। महल में बाक़ी सब तो महाराज पुकारने लगे थे पर घर के लोग जिनमें फ़िलहाल वहाँ उसकी भतीजी तमन्ना ही थी अभी भी उसे छोटे महाराज ही पुकारती थी। रक्षदीप सोचता कि उसे ख़ुद ही अहसास होगा कि अब छोटे का कोई मतलब नहीं पर ऐसा न हुआ। उस सूरत में भी न हुआ जबकि उसके सामने बाक़ी सब उसे महाराज ही कहते थे। 'कुछ ही समय की बात है' कह कर उसने दिल को तसल्ली दी।

'मॉर्निंग प्रिंसेस।' प्रत्यक्षत: उसने जवाब दिया।

गाड़ियों के बारे में उसने यह सोच कर कुछ न पूछा कि तमन्ना ख़ुद ही बता देगी।

तमन्ना पढ़ी-लिखी थी। पर्यावरण की बेहतरी में इस इलाक़े और प्रकृति के महत्त्व को समझती थी। वो छत पर आकर कुदरत के अप्रतिम सौन्दर्य में खो सी गयी थी।

'यू आर ब्लैस्ड अंकल। दिस इज़ वाट इज़ कॉल्ड हैवन। आय सिम्पली लव दिस।' उसने कहा।

तमन्ना के पीछे ही महल का एक सेवक भी छत पर आया था। उसके हाथ में थमी ट्रे में एक थर्मस व दो चाय के मग और कुकीज पड़े थे।

'थैंक्यू हरिराम जी' कह कर तमन्ना ने ट्रे ले ली और फिर दोनों मगों में चाय भर दी। चाय से भाप उड़ रही थी। पहाड़ में ज़्यादा ठण्ड के दिनों में तो चाय बर्तन से कप तक के सफ़र में ही ठण्डी हो जाती थी पर अभी वैसी सर्दी नहीं थी। उधर से इस बार का सितम्बर पिछले पचास साल में सबसे गर्म था।

उसने एक कप अपने चाचा रक्षदीप को दिया जिसने चुपचाप मग थाम लिया। तमन्ना ने चाय की एक चुस्की ली। मीठा ज़्यादा था पर शुद्ध हिन्दुस्तानी चाय थी।

चाय क्या थी दूध में पत्ती थी। चाय का यह विकृत रूप देखकर अंग्रेज़ भी यह मानने से कतराते थे कि चाय का आविष्कार उन्होंने किया है।

'छोटे महाराज, महल में कुछ मेहमान आ रहे हैं दो दिन में। क़रीब हफ़्ता दस दिन यहीं प्रवास करेंगे। यह केटरिंग कम्पनी है जिसे उनके लिए हायर किया गया है।' तमन्ना ने कहा।

'बता रही हो?' रक्षदीप की नाराजगी साफ़ थी।

'जी, छोटी गैदरिंग है। दस-बारह लोग होंगे। महल में उनकी वजह से कोई डिस्टर्बेंस न होगी। यह कम्पनी महल और आउट हाउस के ओपन स्पेस में हट्स बना देगी। वहीं बुफे लगा करेगा और वहीं मेकशिफ्ट किचन व वाशरूम्स बनाये जायेंगे।' तमन्ना ने कहा।

रक्षदीप कुछ नहीं बोला। पहाड़ की एक और ख़ास बात थी कि चाय का सामान्य कप जो आम वातावरण में पाँच से सात मिनट में पिया जाता है, पहाड़ में तीन मिनट में ख़त्म हो जाता है। उसके बाद पिया तो ठण्डा शर्बत पिया। रक्षदीप जानना चाहता था कि कौन लोग आ रहे हैं लेकिन वो चुप रह कर अपना प्रतिरोध ज़ाहिर करना चाहता था। आख़िर तमन्ना के 25 साल पूरा करने तक तो महल का निज़ाम उसके हाथों में ही था। रक्षदीप आदतन औरतों को दोयम दर्जे का समझता था। उसके हिसाब में औरत बस दिलजोई का सामान थी। एक नाकाम शादी के बाद उसने कुँवारा ही रहने का फ़ैसला किया। पहली शादी भी शादी कम दुर्घटना ज़्यादा थी। जवानी की दहलीज़ पर पाँव रखते ही रक्षदीप ने महल की हर नौकरानी पर अपना हाथ आज़माना शुरू कर दिया था। जब सबका मान मर्दन कर चुका तो अपना दायरा गाँव की तरफ़ बढ़ा दिया तभी गाँव वालों ने भी अपनी लड़कियों को रक्षदीप की नज़र से बचाना शुरू कर दिया।

एक बार ऊधमपुर राजघराने के महाराज समरप्रताप सिंह अपनी बेटी मीना सिंह के साथ राजगढ़ आये। मक़सद अपनी लड़की का हवा पानी बदलना था जो किन्हीं कारणों से अवसाद से घिर गयी थी। उनके यहाँ आने के तीसरे ही दिन एक रोज़ मीना जब महल के अन्दर बने पूल में नहा रही थी तो रक्षदीप भी अन्दर कूद गया। पूल महल के पिछवाड़े में था और उस तरफ़ महल की कोई खिड़की नहीं खुलती थी। बाउंड्री वाल भी इस तरफ़ सात फ़ीट ऊँची थी। मीना की मर्ज़ी के ख़िलाफ़ और अपने व्यवहार के अनुरूप रक्षदीप ने मीना को वहीं पूल के किनारे पटक कर उसका बलात्कार किया।

अगले दिन महल में तूफ़ान आ गया। समरप्रताप ने राजगढ़ के राजघराने को नेस्तनाबूद करने की घोषणा कर दी। समरप्रताप के पास राजगढ़ रियासत से दस गुणा ज़्यादा ज़मीन थी और आज़ादी के समय ऊधमपुर देश की कुछ ही कैशरिच स्टेट्स में थी। इतने बड़े स्कैंडल के बाद भी मामला अक्षदीप की सूझबूझ और समरप्रताप की बदनामी के डर से निपटा। आननफानन रक्षदीप की शादी मीना से कर दी गयी जो शादी के तीन साल बाद उसी पूल में गिर कर मर गयी जिसमें कभी उसका बलात्कार हुआ था।

अहंकार रक्षदीप में कूट-कूट कर भरा हुआ था। यही वजह थी कि वो जानना चाहता था कि पार्टी में कौन-कौन आ रहा था। बन्दोबस्त क्या थे? बजट क्या था? कितने पैसे ख़र्च हो चुके। सबके लिए परिवहन व्यवस्था करनी होगी। लेकिन तमन्ना से कुछ पूछना उसे हिमाकत ही लगी। क्योंकि राजमहल की मौजूदा वित्तीय व्यवस्था में तमन्ना के ख़र्च की कोई सीमा नहीं थी। रक्षदीप ने पुरानी व्यवस्था में कुछ सुधार के लिए प्रस्ताव तैयार कर रखा था पर तमन्ना के साथ अभी उसको कुछ बात करने का मौक़ा ही नहीं मिला था। उसका बाप अक्षदीप दूरअन्देशी था सो महल की व्यवस्था को अविवादित रूप से चलाने के लिए उसने एक वकील, एक सीए और एस्टेट मैनेजर को रखा हुआ था। तीनों में से कोई यहाँ नहीं था। सीए और एस्टेट मैनेजर सोलन में रहते थे और वकील दिल्ली में। पिछले सप्ताह रक्षदीप दिल्ली में वकील से मिल आया था। पहले ही सब तैयारी के साथ उसे तमन्ना के 25 वर्ष का हो जाने के बाद की व्यवस्था की बस घोषणा ही करनी थी।

बहरहाल, मीना की मौत के बाद रक्षदीप ने शादी नहीं की। वो पुराने रजवाड़ों की तर्ज़ पर ही जीवन जी रहा था। बस फ़र्क़ इतना था कि पहले की तरह हरम बना कर वहाँ अपनी रखैलों को रखने से बचता था और न ही कोई स्थायी सम्बन्ध किसी औरत से उसने बनाया था। औरतों को लेकर रक्षदीप की सोच काफ़ी घटिया थी जिसे वो कई बार दारू पीकर बोल भी देता था। तभी तमन्ना का फ़ोन बजा।

'हलो।' तमन्ना ने उधर से आ रही आवाज़ सुनी और फिर अपने अंकल से बोली, 'छोटे महाराज, मुझे कुछ काम देखना होगा। दो दिन बाद मेहमान यहाँ पहुँच जायेंगे।'

रक्षदीप के मन में दर्जनों सवाल थे पर उसने चुप रहना ही मुनासिब समझा। तमन्ना अपने हाथ में पकड़ा चाय का मग वहीं रख कर नीचे चली गयी। नीचे उतरते हुए उसे अपनी ग़लती का अहसास हो रहा था। उसे महल के गेट को पहले ही

बताना चाहिए था कि कोई सामान अन्दर नहीं आयेगा क्योंकि सारी व्यवस्था बाहर महल के बाहरी प्रांगण में ही होनी थी। वो नीचे पहुँची तो एक भारी-भरकम महिला की उसकी तरफ़ पीठ थी।

'एक्सक्यूज़ मी।' उसने आवाज़ दी।

उसकी आवाज़ सुन कर ही सत्या का दिल धाड़-धाड़ बजने लगा। उसे अपना सन्तुलन बनाना मुश्किल लगा। उसकी क़िस्मत अच्छी थी कि उसके पहले ही 'द किचन' के एक और कर्मचारी ने तमन्ना का जवाब दिया।

'यस मैडम।'

'प्लीज़ टेक एवरीथिंग आउट। द एंटायर एरेंजमेंट हैज टू बी आउटसाइड।' उसने कहा। तब तक सत्या सुहानी ने ख़ुद पर क़ाबू पा लिया था। वो मुड़ी। पूरे आत्मविश्वास के साथ। बेटी को सामने देखते ही उसका आत्मविश्वास ज़रा-सा लड़खड़ाया फिर उसने अपना संकल्प दोहराया।

'सॉरी प्रिंसेस, मैं अभी सब बाहर करवाती हूँ।' कह कर उसने एक कार्ड तमन्ना की ओर बढ़ाया। 'इस पर मेरा नम्बर है। आपको किसी भी तरह की कोई इंस्ट्रक्शन या ज़रूरत कन्वेय करनी हो तो मुझे बतायें।' तमन्ना ने देखा कि कार्ड पर महज़ एक नम्बर लिखा था।

'कोई नाम नहीं है तुम्हारा?' तमन्ना ने पूछा।

'विभा मैडम, विभा गुप्ता।' सत्या ने अपनी पार्टनर विभा और प्रेमी जॉय के नाम को मिला कर अपना फर्ज़ी आधार तैयार करवाया था।

'ओके विभा। पहली बात दिस इज़ पैलेस एंड इट हैज इट्स ओन रूल्स। अनिल विल कम एंड ब्रीफ़ यू प्रॉपर। कांस्टीक्यूंटली यू टीच योर स्टाफ़। आय वुड लाइक टू हैव द टेस्ट ऑफ़ ऑल ईटेबल्स विच वुड बी सर्वड टू द गेस्ट्स। यू गैट इट।' उसने कहा।

सत्या ने स्नेहभरी नज़रों से अपनी बेटी को देखा। क्या कमाल की बनी थी वो। क्या कमाल की इंग्लिश।

'यस प्रिंसेस। यू वोंट हैव एनी कंप्लेंट्स एंड इट इज़ माय प्रीवलेज टू सर्व यू। थैंक्यू आय गेट गोइंग नाओ।' सत्या ने कहा तो तमन्ना ने भी उसे तारीफ़ी निगाहों से देखा।

'क्या नाम बताया तुमने?' उसने पूछा।

'विभा गुप्ता।'

'कैन आय कॉल यू विभा?'

'यू हैव एवरी राइट प्रिंसेस, प्लीज़ कॉल मी एज इट प्लीजेज़ यू टू एड्रेस।' सत्या ने कहा।

'थैंक्यू' कह कर तमन्ना वहाँ से रुख़सत हो गयी।

जब गाड़ियाँ महल से बाहर निकल रही थीं उस समय एक बड़ा ट्रक बाहर पण्डाल लगाने का सामान लेकर आ रहा था। शाम तक काम करने वालों के लिए मेकशिफ्ट क्वार्टर्स बन गये थे। सनम भी अपनी नयी नवेली घूँघट में छुपी दुलहन को लेकर वहाँ पहुँच गया था। रहने की व्यवस्था महल के बाहर ही देख कर मधुमालिनी ने चैन की साँस ली। वैसे भी उसे महल में सिर्फ़ रक्षदीप से ही ख़तरा था। बाहर उसके साथ ही रहने वाली सत्या से तो बिल्कुल कोई ख़तरा न था क्योंकि जब तक वो महल में मशहूर हुई थी रक्षदीप सत्या को तड़ीपार कर चुका था। महल के अन्दर उसे सिर्फ़ रक्षदीप से भी ख़तरा उसके अन्दर के डर की वजह से था वरना सनम ने उसका हुलिया एकदम बदल दिया था।

मधु ने अपने मुँह के अन्दर ऊपरी जबड़े की तरफ़ रुई के फाहे डाल कर अपने गालों के ऊपरी हिस्से को उभारा हुआ था। हालाँकि यह वो जब चाहे निकाल सकती थी ख़ास कर कुछ खाते हुए वरना वे न सिर्फ़ असहज हो जाती वरना जबड़े की हरकत से वो निकल भी सकते थे। उसने नाक में एक छोटी नथ डाल रखी थी जिसकी मोटी चेन जिस पर छोटे-छोटे मोती लगे थे, उसके गाल को लाँघते हुए उसके कान के गिर्द लिपटे हुए थे। कानों में बड़े-बड़े नग वाले टॉप्स पहने थे। माथे पर उसने दुलहनों वाला टीका गिराया हुआ था। वो बन्द गले का चमकदार जरी वाला सूट पहने थी जो उसके बदन से चिपका हुआ था जिसकी वजह से उसके सीने और पृष्ठभाग के उभार अलग से ही नज़र आ रहे थे। जब उसमें देखने को इतना कुछ था तो कौन उसके बचे खुचे चेहरे पर नज़र डाल कर उसे पहचानने की कोशिश करता ख़ास तौर पर जब उसने पुरानी सिने अदाकारा साधना की तरह अपने माथे पर भवों तक अपने बाल गिराये थे। गाँव में खुले बाल रखने की परम्परा नहीं है। राजमहल में तो बाल बाँध कर ही जाना होता था। सो उसे अपनी पहचान का वैसा ख़तरा नहीं था। सनम नये दूल्हे जैसी तड़क भड़क वाले कपड़े पहने था। यह ड्रेस मधु के दुलहन के रूप को जस्टीफाई करने के लिए थी वरना उसे तो किसी पहचान का कोई ख़तरा नहीं था। दोनों योजनाबद्ध तरीक़े से वहाँ पहुँचे थे।

शाम तक बाक़ी दो स्थानीय मेहमान एस्टेट मैनेजर अनिल सिंह और सीए राज सूद भी पहुँच गये। असल काम अनिल सिंह का था। सूद तो उसकी सोबहत के लिए आया था वरना सरप्लस पैसा जो पार्टी के लिए दरकार था वो ऑनलाइन भी ट्रांसफर कर सकता था। दोनों तमन्ना के सामने खड़े थे। उसने किसी को बैठने को न कहा।

'अनिल, आपको अब यहीं रहना है। कल यहाँ पूरा पण्डाल तैयार होना है तो कहाँ क्या कैसे या कंस्ट्रक्शन के लिए इनकी जो भी ज़रूरत है वो पूरी करनी होगी।' तमन्ना ने कहा।

'प्रिंसेस, इफ यू डोंट माइंड देन आय विल कम टुमारो मॉर्निंग।' सिंह ने कहा।

तमन्ना ने उसके जवाब की उपेक्षा की। अपनी बात जारी रखी।

'आप चाहें तो आज जा सकते हैं। लेकिन परसों सही समय पर अगले एक सप्ताह के लिए यहाँ।' उसने राज सूद से कहा।

'प्रिंसेस, मैंने फंड्स ट्रांसफ़र कर दिये हैं। हिसाब इस फ़ाइल में दर्ज है। मेरे पास कुछ काम है मैं बीच में चक्कर लगा लूँगा।' सूद ने कहा।

'आने वाले एक सप्ताह में मुझे राजमहल के सारे हिसाब-किताब, चल-अचल सम्पत्ति, कैश इन हैंड, लोन्स वग़ैरह का हिसाब समझना है। रात हो गयी है आप भी आज यहीं रुको कल जाकर अपना सामान पैक कर लाइयेगा। और अनिल तुम फ़ोन करके अपना सामान मँगवा लो।' कह कर तमन्ना उठी और उनका जवाब सुने बिना ही कमरे से निकल गयी। तमन्ना की योजना के लिए सब तैयारी बस अब महज़ वक़्त की बात थी।

इक्कीस

रामप्रताप सिंह ने एक खोजपूर्ण निगाह सबीना सहर पर डाली, फिर बोला–

'क्या कहा आपने, फिर से कहो।' सबीना को पता था कि सिंह को सारी बात समझ आ चुकी थी वो ख़ाली उसको ज़्यादा देर तक कमरे में रोके रहने के लिए दुहरवा रहा था।

'सर, मैं कह रही थी' सबीना ने शुरू किया पर सिंह ने बीच में ही टोक दिया।

'न न बैठ जाओ बैठ जाओ।' सिंह ने ज़ोर देकर कहा।

'साला ठरकी।' सबीना ने मन ही मन कहा पर प्रत्यक्षत: बोली–'कोई बात नहीं सर।'

'अरे नहीं नहीं, बैठो।' सबीना के पास कोई चारा नहीं था। वह बैठ गयी। रामप्रताप की निगाहें उसके वक्षस्थल पर ही अटकी थीं। मन ही मन सोच रहा था कि क्या किसी तरह उसके बटन टूट नहीं सकते।

सिंह उत्तर प्रदेश का रहने वाला था। ख़ुद को किसी राजघराने का बताता था। राजाओं के अन्दाज़ से ही नुकीली मूँछें रखी थीं। बात करने में भी वैसी ही फूं फां थी। उसने अगर बिठा लिया तो तय था कि वो अपने पुरखों का कोई न कोई झूठा-सच्चा क़िस्सा ज़रूर सुनायेगा। दरअसल उसके राजनीतिक सम्बन्ध बड़े मज़बूत थे जिस कारण वो कब से दिल्ली में ही डटा था और दो साल में कमिश्नर बनने वाला था चाहे चार महीने के लिए ही। सबीना शायद उसकी बेटी से कम उम्र की थी पर सिंह रसिक था सब जानते थे।

'तो सर मैं कह रही थी...' सबीना ने कहा तो सिंह ने बीच में ही टोका।

'ठहरिए आप, ज़रा सब्र कीजिए। समय देख रही हैं। ठीक चार बज गये हैं। पहले कॉफ़ी पीते हैं फिर यह बात भी कर लेंगे। कोई जल्दी थोड़े है।' उसने कहा और घण्टी बजायी। उसकी घण्टी के जवाब में उसका चपरासी रघु क़रीब तीन

मिनट तक आया नहीं तब तक दोनों के बीच में मौन छाया रहा। सिंह जो अभी-अभी सबीना को सब्र का पाठ पढ़ा कर हटा था बेसब्र होकर दुबारा घण्टी बजाने ही वाला था कि रघु एक और जवान के साथ कमरे में दाख़िल हुआ। उसके हाथ में एक ट्रे थी और जवान के हाथ में दूसरी। रघु के हाथ में थमी ट्रे में कॉफ़ी के दो उफनते हुए मग पड़े थे।

'देखिए एसीपी मैडम। कमाल है न। ऐसे ही हैं अपने रघु क़ायदे-क़ानून से बँधे हुए। जबकि अपने यहाँ कुछ बहुत सीनियर लोग भी क़ायदे-क़ानून को कुछ नहीं समझते। उलटा वर्दी को क़ायदा-क़ानून भंग करने का लाइसेंस मान लेते हैं।' सिंह ने तंज़ कसते हुए कहा।

सबीना ने उसके तंज़ की उपेक्षा की। वो समझ रही थी कि वो सिया गुप्ता वाले मामले में ख़ुद को आईने से दूर रख कर यह तंज़ कस रहा था पर इस समय उसके साथ इस बहस का कोई मतलब नहीं था।

'लीजिए।' सिंह ने राजा-महाराजाओं के अन्दाज़ में कॉफ़ी की ओर अपना हाथ लहराते हुए कहा।

'जी सर मैं कह रही थी।' उसने कहा लेकिन सिंह ने फिर टोका।

अपनी कुर्सी का लीवर दबा कर उसे थोड़ा ऊँचा किया और अपनी एकटक नज़र से उसके गले में ऐसे देखा मानो कॉलर के नीचे बनी वी शेप में से होकर उसके सीने में घुस जाना चाहता था।

'आपसे बात करना इतना आसान थोड़े है। ख़ुदा ने आपको क्या लम्बाई दी है। वाह!' सिंह ने कहा।

'ख़ुदा ने तो मुझे और भी बहुत कुछ दिया है लेकिन मैं आप पर आज़मा नहीं सकती।' सबीना ने मन ही मन कहा। प्रत्यक्षत: वो मुस्करायी। एक दिलकश मुस्कान जो मुर्दे में भी जान फूँक दे।

'अब बताइए आप अपनी दास्तान।' सिंह ने कहा।

'सर, ज़्यादातर तो आपको मालूम ही है। टाटा घोष का वसन्त विहार में मर्डर हुआ है। उसी की इन्वेस्टीगेशन के सिलसिले में मैं अलवर गयी थी। मामले में अलवर के अवशेषमात्र राजघराने के तथाकथित युवराज प्रतिकार सिंह का इन्वाल्वमेंट साफ़ दिख रहा है। हत्या के समय वो टाटा घोष के साथ ही था पर मौक़े से फ़रार हो गया था।' सबीना रुकी।

'राजघरानों को लेकर आपके मन में काफ़ी नफ़रत भरी है। यह बिहार के नक्सली इलाक़े में आपकी पैदाइश, पढ़ाई या बाद में जेएनयू में घुमक्कड़ी का असर है। वरना आपको इस देश के गौरवशाली इतिहास पर गर्व होता। कुछ इल्म है आपको कि राजघरानों में बहादुरी, रास-विलास, प्यार-मुहब्बत की कितनी गौरवशाली दास्तानें जुड़ी हैं।' सिंह ने कहा। ख़ुद ऐसे ही किसी झूठे-सच्चे घराने से जुड़े होने के कारण उसने इसे निजी टिप्पणी की तरह मान लिया था।

'मेरा वो मतलब नहीं था। वाक्य का बाक़ी हिस्सा, 'बहन के यार', उसने मन में बोला। 'दरअसल सर, सब आप जैसे प्रभावशाली, ठसकदार और शाही परिवार से थोड़े हैं। वहाँ तो सुबह-सवेरे ही महारानी जी टुन्न थी। महाराज भी नाश्ते में ही लगाये हुए थे।' सबीना ने कहा तो सिंह की नज़र बरबस अपने दफ़्तर के निचले दराज पर चली गयी जहाँ क़ीमती स्कॉच की बोतलें ठुँसी पड़ी थीं। सबीना न होती तो वो कॉफ़ी में जिन का तड़का लगा कर ही पीता।

अपने अहम की मालिश होते ही सिंह के चेहरे पर शाही गुरूर आ गया और वो सबीना की तरफ़ देखने लगा। सबीना ने इसे आगे बढ़ने का संकेत माना। लेकिन उसके बोलने से पहले ही सिंह ने रोका।

'भई उसे पकड़ लाना था। आपके पास तो अख़्तियार था। और धर लेने का कारण भी था। आख़िर वो मौक़े से फ़रार हुआ था।'

'आपकी बात तो ठीक है सर पर इसमें एक पेच था कि सिवाय फ़रारी के उसके ख़िलाफ़ कोई सबूत नहीं था। मौक़े पर एक तीसरा ज़्यादा बड़ा सस्पेक्ट भी था।' फिर सबीना ने उसे क़त्ल के वक़्त मौक़े पर मौजूद अर्बन स्टाइल हाउसकीपिंग कम्पनी के कर्मचारी के बारे में बताया। यह भी बताया कि कम्पनी ने उस पते पर कोई कर्मचारी भेजा ही नहीं था।

'वेरी गुड वर्क।' सिंह ने सबीना की तारीफ़ की।

'पर मैं समझा नहीं अब मेरे लायक इसमें क्या है। लोकल सपोर्ट नहीं मिल रहा क्या। क़त्ल के बीच के अरसे के हिसाब से तुम्हारी प्रोग्रेस अच्छी है। मेरी तरफ़ से गो अहेड है। जो मुनासिब है करो।' सिंह ने कहा।

'सर आपसे तवक्को यह है कि मेरी फरदर इंवेस्टीगेशन में ज्यूरिसडिक्शन का चक्कर पड़ रहा है।' सबीना ने कहा।

'क्यों भई बन्दा म्याँमार भाग गया है क्या?' सिंह ने कहा फिर हँसने लगा।

सबीना का मन किया कि उठ कर मुँह नोच ले उसका। ख़ुद ही बात करके ख़ुद ही हँसने लग जाता है। लेकिन तुरन्त सबीना ने ख़ुद पर क़ाबू किया। अपने सीनियर के बारे में ऐसा सोचने से अपने दिमाग़ को ज़बरन रोका।

दरअसल सिया गुप्ता मामले में सिंह की भूमिका के कारण उसके मन में सिंह के प्रति रिस्पेक्ट कम हो गयी थी। प्रत्यक्षत: उसने कहा, 'नहीं सर ऐसी कोई बात नहीं। प्रतिकार सिंह कहीं नहीं भागा लेकिन बिना ठोस सबूत के उसको पकड़ने से उसे तुरन्त जमानत मिल जानी थी और कोर्ट का भी जाँच से विश्वास उठ जाना था। ऐसे में कई बार असली क़ातिल फ़ायदा उठा जाते हैं।

'तो फिर जाँच पूरी करें कौन रोक रहा है। ज्यूरिसडिक्शन की क्या प्राब्लम है। तुम्हारी ज्यूरिसडिक्शन तो पूरा एनसीआर है।' सिंह ने कहा।

'नहीं सर, यह केस एनसीआर तक महदूद नहीं। इसके तार कहीं गहरे जुड़े हैं। कल ही तो मैं अलवर जाकर आयी हूँ।' कह कर सबीना रुक गयी क्योंकि अब जिस तरह रामप्रताप सिंह उसे देख रहा था वो किसी कामुक अधेड़ की वासना भरी नज़र नहीं थी वरना एक सुलझे हुए पुलिस अफ़सर की नज़र थी।

'यह कब से शुरू कर दिया तुमने?' सिंह ने कहा।

सबीना समझ गयी थी कि सिंह कोई तीर फेंकने वाला था। उसका दिमाग़ कह रहा था कि वो न पूछे, 'क्या' लेकिन जब तक वो न पूछती संवाद आगे बढ़ना नहीं था। कौन जाने सिंह की नज़र कब पलटी मार जाये सो यही सबसे उचित टाइम था कि वो संवाद को सही दिशा में ले जाती।

'क्या सर?' उसने अपनी आवाज़ को भरसक भोला बनाते हुए पूछा।

'जलेबी बनाना। ठीक है सरकार का ज़ोर है कि पकौड़े तलना भी रोज़गार है पर तुम्हारे पास तो एक बढ़िया नौकरी है।' कह कर सिंह ज़ोर से हँसा।

कैसा आदमी था ख़ुद ही बात करके ख़ुद ही हँसता था। पर इस बार सबीना ने उसका साथ दिया। उसकी मोतियों की लड़ी जैसी दन्तपंक्ति देख कर सिंह निहाल हो गया।

'यह ख़ूब रही सर। दरअसल बात यह है कि इस हत्या की जड़ में दो राजपरिवारों का दख़ल दिखाई दे रहा है।'

सिंह सँभल कर बैठ गया। 'प्रतिकार सिंह के परिवार का हिमाचल के राजगढ़ के कटोच राजपरिवार के साथ दोस्ती, दुश्मनी, रिश्तेदारी का पुराना इतिहास है। राजगढ़ की राजकुमारी तमन्ना कटोच को लग रहा है कि उसके औपचारिक रूप

से महल का निज़ाम सँभालने से पहले कोई उसकी हत्या करना चाहता है। इसलिए उसने जिस किसी के पास भी उसकी हत्या का उद्‌देश्य हो सकता है सबको एक सप्ताह के लिए राजगढ़ बुलाया है। आमन्त्रित लोगों में प्रतिकार सिंह और उसके पिता अनिरुद्ध सिंह भी हैं।' फिर उसने जितना पता था सब सिंह को बता दिया। जब वो चुप हुई तो सिंह हँसने लगा। काफ़ी ज़ोर से।

'अब क्या हो गया?' सबीना ने सोचा। मेरा मज़ाक़ उड़ा रहा है या कोई और थर्ड रेट वनलाइनर जोक मारने वाला है।

'व्हेरी स्मार्ट व्हेरी स्मार्ट। यू मीन यू वांट टू गो। यू वांट टू गो ऑन पेड लीव। हो हो हो।' वो फिर हँसा।

'साला बहन...' सबीना ने मन ही मन बहन की राष्ट्रीय गाली से सिंह को नवाज़ा। सामने से उसने कहा–

'नो सर आय वांट टू डिस्चार्ज माय ड्यूटी एंड आय शैल बी ऑन ड्यूटी ड्यूरिंग दिस पीरियड। आय आल्सो एश्योर यू दैट आय् वुड कैच द कल्परिट ऐसैप।'

'हम्म। यह तो कहना न होगा कि इस कैम्पेन में तुम्हारा वो दोस्त, क्या नाम है उसका वो जो जासूस है।' कह कर सिंह रुका और सबीना को देखने लगा।

'अभिमन्यु सर।'

'ओह अभिमन्यु सर?' सिंह ने सर पे ज़ोर दिया।

'नो सर अभिमन्यु, सर आपके लिए था।'

'तभी मैं सोच ही रहा था कि दोस्त सर कैसे हो सकता है। भई जवाब नहीं दिया।' सिंह ने कहा।

'जी सर। तमन्ना कटोच ने उसे हायर किया है। इस एक सप्ताह के दौरान उसकी जान बचाने और क़ातिल को पकड़ने को।' सबीना ने सच-सच कह दिया। तभी सिंह का फ़ोन बजा। स्क्रीन को देखते ही सिंह का चेहरा दमक उठा।

'हलो।' उसने कहा। उधर से जो भी कहा गया पर सिंह के गाल तपने लगे। फिर उसने पूछा।

'आज शाम को। व्हाई नाट।' सिंह ने कहा फिर फ़ोन पर बोला, 'प्लीज़ होल्ड ऑन।' उसने सबीना को देखा जो उठ कर खड़ी हो गयी थी। अचानक सिंह को क्या सूझा उसने फ़ोन यह कह कर काटा कि वो पाँच मिनट में फिर करेगा।

'ओके यू गो अहेड।' उसने सबीना से कहा। सबीना ने मौक़े का फ़ायदा उठाया। फ़ौरन अपनी अर्ज़ी उसके आगे रख दी। सिंह ने यस लिखा और उठ कर

खड़ा हो गया। फिर उसने सबीना की ओर हाथ बढ़ा दिया। सबीना ने ज़ोरदार सैल्यूट किया पर सिंह ने हाथ पीछे न किया। आख़िर सबीना ने भी हैंड शेक के लिए सिंह का हाथ थाम लिया। बस एक बार हाथ पकड़ने की देर थी कि सिंह ने 30 सेकेंड तक उसका हाथ न छोड़ा। अभी शायद वो और देर तक उसे हिलाता रहता पर उसका फ़ोन फिर बजने लगा। इस बार सबीना ने उस पर उभरा नाम साफ़-साफ़ पढ़ा।

'सोनिका कॉलिंग।' सिंह ने भी देख लिया कि सबीना ने नाम पढ़ लिया है। उसने फ़ौरन उसे फ्री किया। सबीना ने फिर सैल्यूट ठोंका। इस बार वो हँस रही थी। आँखों ही आँखों में। तभी उसकी नज़र सिंह की आँखों पर पड़ी जिनमें लाल डोरे तैर रहे थे। वो फ़ौरन बाहर निकली।

पुलिस महकमे में यह चर्चा आम थी कि सिंह का इस समय दिल्ली के हाई सोसाइटी डालमिया परिवार की बहू सोनिका डालमिया के साथ ज़बर्दस्त रोमांस चल रहा था। सोनिका डालमिया अपने पति से अलग रह रही थी। दोनों के सम्बन्ध अच्छे नहीं थे। सिंह के पास वो कभी मदद माँगने आयी थी फिर कब दोनों में रोमांस हुआ किसी को पता नहीं। अभी सिंह के मातहत जो पहले सिर्फ़ उसकी बीवी की शॉपिंग और नाज-नखरे ही झेलते थे अब दोनों की ज़रूरतें पूरी करते थे। हालाँकि डालमिया के यहाँ ज़्यादातर खपत स्कॉच व्हिस्की और महँगे तोहफ़ों की ही थी।

'एक दिन दोनों की रील ज़रूर बनाऊँगी मिल जाये कहीं' सोचते हुए सबीना ने मुझे फ़ोन लगाया।

बाईस

हर बार की तरह मैं माया के साथ पहलू में ही गर्क हो जाने की ख़्वाहिश के साथ नशे में झूमता हुआ उतरा था और हर बार की तरह इस फ़ानी दुनिया में जिसे चरमोत्कर्ष कहते हैं वहाँ से वापस लौट आया था।

'इस बार भी चचा ग़ालिब ही जीत गये।' मैंने कहा और बिस्तर पर ही निढाल होकर गिर गया।

हर बार की तरह ही वो टहनी पर लहराते कमल के फूल जैसा मुँह लेकर उठी। अपने गिलास में बची वोदका को तृप्तिपूर्ण ढंग से अपनी हलक में उँडेला और फिर बोली–'हज़ारों ख़्वाहिशें ऐसी...'

'हज़ारों की तो गारंटी नहीं पर यह एक है जो तुमसे मिलने के पहले दिन से ही दिलोदिमाग़ पर तारी है। यहीं तुम्हारे पहलू में ठौर मर जाने की जो पूरी नहीं होती।' मैंने कहा।

'होगी भी नहीं।' उसने कहा और मेरे गिलास में सिंगलटन का भरपूर तरल उड़ेला। मैंने भी एक बड़ा पटियाला घूँट अन्दर लिया। बदन में क्रान्ति के शुरुआती बीज बोते हुए दारू की बूँदें जीवनामृत की तरह मेरे पेट में टप-टप गिरीं तो नर्क का तो पता नहीं इन्द्र के दरबार का नज़ारा ज़रूर हो गया। माया किसी अप्सरा से कम थोड़े थी।

'क्यों? क्यों नहीं होगी?' मैंने पूछा।

'नहीं होगी मेरे भोले बलम क्योंकि जिस तरह चीनी का अतिरेक उसे कड़वा ज़हर, उसने अपना गिलास ठकठकाया, बना देता है उसी तरह ज़हर का अतिरेक, उसने फिर गिलास उठाया, उसे मीठा नशा बना देता है। और मैं...' उसने वाक्य अधूरा छोड़ा।

'और तुम...?' मैंने पूछा।

वो मेरे क़रीब सरक आयी। उसका उन्नत वक्ष मेरी छाती पे दस्तक देने लगा।

'और मैं... मैं ज़हर हूँ। मुहब्बत का ज़हर। मुझे पी कर गर्क होने की ख़्वाहिश

से किनारा कर लो बालक यह तो तुम्हें दोज़ख़ से उठाने के लिए है।' वो झूम कर उठी और बिस्तर पर सीधी खड़ी हो गयी। मेरी साँस अटक गयी। लेकिन वो तो जैसे तमाम शायरों, साहित्यकारों, चित्रकारों से शर्त लगा के खड़ी हुई थी कि कोई उसमें एक भी ख़ामी निकाल के दिखाये। मैंने बेसब्र होकर उसे खींचा तभी फ़ोन की घण्टी बजी मेरे मोबाइल की।

'फक यू अभि।' वो बैठी, लेटी और फिर चादर ओढ़ ली। जन्नत जैसे जादू के ज़ोर से ग़ायब हो गयी और नाचीज़ दुबारा इस नश्वर संसार में पटक दिया गया।

सबीना सहर का नाम चमक रहा था स्क्रीन पर।

'कहाँ हो रोमियो?' उसकी आवाज़ नशे में थरथरा रही थी।

'अभी तो जन्नत में था।' मैंने कहा।

'यानी माया मेमसाब के साथ हो।' उसने उधर से कहा।

उसकी आवाज़ में मुझे हल्की सी जलन का भाव सुनाई दिया। पर उसके जवाब से मुझे लगा कि किसी की आवाज़ या जवाब से किसी की लोकेशन का पता चलता हो तो वो जीपीएस सबीना के पास निश्चित ही था।

'कैसे याद किया इस समय?' मैंने पूछा।

'बस यूँ ही। बहरहाल, अभी के लिए इतना ही कि बाबा जी मान गये हैं। मैं चल रही हूँ राजगढ़।' उसने कहा और बिना मेरा जवाब सुने फ़ोन काट दिया।

अपनी दोस्त और साथ लेटी माशूक की यही बात मुझे पसन्द थी। मौक़े की नज़ाकत समझती थीं। कभी हावी होने की कोशिश नहीं करती थीं।

'क्या हुआ? कोई मरा नहीं आज?' उसने पूछा तो मेरी हँसी छूट गयी। मैं फ़ौरन उसकी चादर में घुसा।

'नहीं आज तो मुझे ही मौत आयी है।'

बिस्तर पर आधे घण्टे के आँधी तूफ़ान के बाद हम दोनों साथ लेटे थे।

'चलो मेरे साथ।' मैंने उसके माथे की लट को उसके कान के पीछे सेट करते हुए पूछा।

'इम्पॉसिबल। बहुत बड़ी कंसाइनमेंट आने वाली है। तुम्हारा वो वीकेंड वाला प्रपोजल कंसीडर कर सकती हूँ। जाकर मुझे लोकेशन भेज देना।' उसने कहा और सिगरेट का एक भरपूर कश खींचा फिर सिगरेट मेरी ओर बढ़ा दी। सिगरेट के धुएँ के फेफड़ों में पहुँचते ही दिमाग़ की नसों को एक सुकून सा मिला। सिगरेट सदा ही मेरा फ़ेवरिट नशा रहा है। आख़िर उसको पीकर कोई आउट नहीं होता। तीन से पाँच मिनट में एक सिगरेट से फ़ारिग हो जाते हैं। वैसे ही कॉलेज टाइम से ही सिगरेट के साथ एक रोमांस सा जुड़ा था। कितनी प्रैक्टिस की थी मुँह से छल्ले उड़ाने की और जब उड़े तो ऐसे लगा नोबेल प्राइज़ लायक काम कर दिया हो। अब तो ऐसी कोई

कोशिश भी न की थी।

तभी फ़ोन की घण्टी फिर बजी। यह दुर्लभ था। ऐसा कम होता था कि एक मुलाक़ात में दो बार घण्टी बज जाये। अक्सर तो पहली घण्टी पर ही मौक़ा ए वारदात पर भागना पड़ता था। उधर तमन्ना थी।

'हलो।' मैंने कहा।

'हलो मिस्टर अभि...मन्यू।' उसने खींच कर मेरा नाम लिया।

'क्यों इतनी मेहनत कर रही हो। टुकड़े-टुकड़े कर दो न नाम के जैसे मेरे दिल के किये हैं।' मैं कहना चाहता था पर साथ में लिपटी माया की हाज़री ने मजबूर कर दिया कि मैं औपचारिक ही रहूँ।

'यस प्रिंसेस।' मेरे मुँह से यह सुनते ही माया सजग होकर मुझसे अलग हो गयी। और फिर वो जितने भी बचे खुचे कपड़ों में थी उन्हीं में ही किचन की ओर बढ़ गयी। मैंने राहत की साँस ली, अब आराम से बात हो सकती थी।

'नथिंग, रिमाइंडर कॉल ओनली।' उसने कहा। 'आयम एक्सपेक्टिंग यू टुमारो। लोकल गैस्ट्स हैव आइदर एराईवड आर विल कम टुमारो। सो बैटर रीच आन टाइम और यू इन्वेस्टीगेट अनादर मर्डर।' उसने कहा।

'दैट वोंट हैपन। बी रेस्ट एश्योर्ड।' मैंने कहा।

'एनी प्रोग्रेस इन टाटाज केस?' उसने पूछा।

'नॉट मच बट ऑफ़कोर्स देयर इज़ सम हैड वे। आय विल ब्रीफ़ यू देयर।' मैंने कहा।

'सीधे क्यों नहीं कहते अभी कुछ नहीं है। और वो मेरी माँ के मामले में कोई प्रोग्रेस है?' उसने पूछा।

'ओ साला बहन...।' मैंने मुँह में गाली दी। मैं तो भूल ही गया था।

'वो भी वहीं। क़ातिल ढूँढ़ने से ज़्यादा मुश्किल काम है वो। आख़िर क़ातिल को पकड़ने के लिए कुछ तो क्लू होता है पर यहाँ तो कुछ भी नहीं।' मैंने कहा।

'फाइन देन। लेट्स मीट टुमारो।' उसने कहा और फ़ोन डिस्कनेक्ट कर दिया।

'यस्सर। दिस माया माहेश्वरी इन योर सर्विस।' कह कर माया कॉफ़ी के दो उफनते हुए मग लेकर बेडरूम में नमूदार हुई।

मुझे कॉफ़ी की सख़्त ज़रूरत थी। कॉफ़ी पीते-पीते ही मैंने सत्या सुहानी से जुड़े जो भी दस्तावेज़ तमन्ना ने भेजे थे वो कली को फॉरवर्ड कर दिए। साथ ही उसे निर्देश दिया कि वो जल्द अज जल्द अपने जो लेग मैन या रिटेनर हैं, उनको काम पर लगाये। अभी माया को विदा करके मुझे कल के लिए पैकिंग करनी थी। आख़िर एक सप्ताह का मामला था।

तेईस

राजमहल में अनिल सिंह और राज सूद के बाद जो पहला आमन्त्रित सदस्य महल में दाख़िल हुआ वो तमन्ना की मौसी इच्छया और उनकी बेटी स्वीटी थी। दोनों गाँव में ही रहती थीं पर इच्छया की बहन और तमन्ना की माँ महारानी सत्या ने कभी भी उनको महल में बुलाने की ज़रूरत न समझी। छोटी बहन इच्छया को बड़ी बहन के पहले रक्षदीप के साथ हमबिस्तर होने के चर्चे फिर अक्षदीप से शादी कतई पसन्द न थी। पर सत्या को क्या फ़र्क़ पड़ता था। रक्षदीप के साथ लेटना उसकी मजबूरी थी। राजमहल की कोई नौकरानी ऐसी न थी जो उसको जवाब दे देती। जवाब दे भी देती तो बलात्कार का शिकार होती। सो सत्या की सोच थी कि जब दोनों सूरत में यह होना ही है तो उसको स्वीकार करने में ही अक्लमन्दी थी। लेकिन रक्षदीप के साथ उसका रोमांस जब लम्बा खिंच गया तो राजमहल के बाक़ी नौकर आपसी बातचीत में उसे रक्षदीप की शाही सवारी कह कर पुकारते थे।

इच्छया को यह बिल्कुल पसन्द नहीं था। सत्या भी उनकी तरह शुरू में यह नापसन्द करती थी। पर वो महत्त्वाकांक्षी थी। आगे बढ़ने की ललक ही उसे राजमहल के अन्दर फिर रक्षदीप के बिस्तर तक खींच लायी। उसकी बेटी स्वीटी ने राजमहल को बाहर से ही देखा था। वो बिल्कुल किसी बच्चे की तरह उत्साहित थी। इच्छया को उसको दिये गये बुलावे का बिल्कुल कोई मतलब नहीं पता था। जब सत्या राजमहल की सवारी के तौर पर मशहूर हुई थी तो उसका यह मन ज़रूर करता था कि वो मौक़ा देख कर अपनी बहन का गला घोंट दे। अब जब बहन का कोई अतापता नहीं था तो उसका मन था कि उसके पास ऐसी नज़र हो जो महल को नष्ट कर दे और चूँकि अक्षदीप तो भगवान को प्यारा हो ही गया था पर इस नज़र की चपेट में रक्षदीप ज़रूर आये जो उसकी बहन को इस अंजाम तक पहुँचाने के लिए जिम्मेदार था। इस उम्र में भी रक्षदीप की नज़र में ही दोष था। छोटे गाँव में कुछ भी गोपनीय नहीं रहता। यह चर्चा भी थी कि रक्षदीप ने अपनी ही बहू समान

मधु मालिनी का भी बलात्कार किया। लोग तो कुँवर सुदक्षदीप की गुमशुदगी के पीछे भी रक्षदीप का ही हाथ मानते थे। कई सालों बाद लोग इस बात पर सहमत थे कि रक्षदीप ने कुँवर और उसके घोड़े की हत्या कर दी थी और उसकी लाश का भी पता नहीं चलने दिया था।

एस्टेट मैनेजर होने के नाते अनिल सिंह की ड्यूटी थी कि वो सबको समुचित आदर-सत्कार के साथ अन्दर लेकर आये। वो इच्छया और स्वीटी को मुख्य हॉल में छोड़ गया। दोनों ही महल की शानोशौक़त में बहुत असहज महसूस कर रही थीं। दोनों एक अरसे से हॉल में बैठी थीं लेकिन परिवार के दोनों में से कोई सदस्य उनसे मिलने नहीं आया था। स्वीटी इससे बेख़बर अपने खाने-पीने में मसरूफ़ हो गयी थी। उसके लिए यह ज़िन्दगी का अब तक का सबसे बेहतरीन पल था। तभी हॉल के मुख्यद्वार की तरफ़ हलचल हुई और अनिरुद्ध सिंह, प्रतिकार सिंह और प्रलाक्षा सिंह के हॉल में क़दम पड़े। तीनों के आते ही माँ-बेटी एहसासे कमतरी का शिकार हो गयीं।

अनिरुद्ध सिंह घुटनों तक आने वाली रजवाड़ों की शान समझी जाने वाली काली अचकन पहने था। बन्द गले की अचकन की ऊपरी जेब में सुर्ख़ लाल रंग का रूमाल तीन किनारों के साथ बना कर डाला गया था। प्रतिकार सिंह कदरन अनौपचारिक ड्रेस में था। उसने टखनों तक आती ट्राउज़र पहनी थी और आधुनिक युवकों की तरह नीचे बिना ज़ुराब की गुरगाबी पहनी थी। उसके जूतों की चमक हॉल की जगमग में भी अलग ही चमक रही थी। ऐसा लग रहा था कि पॉलिश वाले ने गेट से ही उसको पॉलिश करके भेजा था। हल्के हरे रंग की ट्राउज़र के ऊपर प्रतिकार महीन से धागे की एक कमीज़ पहने था। नीचे कोई बनियान न होने के कारण उसकी छाती के घने काले बाल चाँद पर एक धब्बे जैसे दिखाई दे रहे थे लेकिन यही उसकी सेक्स अपील में इज़ाफ़ा भी कर रहे थे। हर अच्छे-बुरे मौसम का सामना करते उसके घने बाल सलीके से सजे थे। चेहरे पर ऐसी मुस्कान थी कि सामने वाला भी ख़ुश हो जाये। स्वीटी के मुँह की ओर जाता कौर हवा में ही अटक कर रह गया। फिर उसने दही कबाब के टुकड़े को अपने मुँह में ठूँसा क्योंकि तब तक उसकी नज़र उसके बाँह में बाँह डाले चल रही प्रलाक्षा सिंह पर पड़ी। एक बार फिर उसकी आँखें खुली रह गयीं।

प्रलाक्षा सिंह एक सुर्ख़ वन पीस ड्रेस पहने थी जो इतनी तंग थी कि कोई हैरान ही हो सकता था कि उसने पहनी कैसे होगी। उसके सीने में दिल के ऐन ऊपर एक इतना बड़ा हीरा जड़ा ब्रोच लगा था कि अगर उसका चेहरा उससे ज़्यादा जगमग

न होता तो कोई वहाँ से नज़र हटा ही न पाता। एक हाथ से प्रतिकार की बाँह थामे थी और दूसरे में माइकल काज का ड्रेस जैसे ही सुर्ख़ रंग का बैग लटक रहा था। प्रलाक्षा सिंह के लम्बे सुनहरी बाल उसके नितम्बों तक लहरा रहे थे। कानों में बड़ी-बड़ी सोने की बालियाँ बार-बार उसके बालों से झिरी बना कर बाहर दिख रही थीं और ग़ौर से न देखे कोई तो बालों का हिस्सा ही लग रही थीं।

स्वीटी ने हाल में दाख़िल हुई त्रिवेणी से नज़र हटायी और खाने-पीने पर ध्यान दिया। मन ही मन बोला–

'दोनों क्या ग़ज़ब लग रहे हैं। बीवी हो तो ऐसी।' उनके साथ महल के अन्दर के हिस्से में भी हलचल हुई और तमन्ना कटोच ने हॉल में क़दम रखा। तीनों ने झुक कर एक-दूसरे को विश किया। तमन्ना और प्रलाक्षा बगलगीर होकर मिलीं।

'यू लुक रैविशिंग रानी सा।' तमन्ना ने तारीफ़ी निगाहों से प्रलाक्षा को देखते हुए कहा।

'अनलेस यू केम टू द रूम।' प्रलाक्षा ने कहा और तमन्ना के दोनों हाथों को अपने हाथों में थाम लिया।

'नमस्ते महाराज।' तमन्ना ने अनिरुद्ध सिंह को हाथ जोड़ कर नमस्ते की। अनिरुद्ध ने सिर हिला कर उसका अभिवादन स्वीकार किया।

'कैसे हो प्रतिकार' कह कर तमन्ना ने प्रतिकार से हाथ मिलाया। उसके चेहरे की व्याकुलता साफ़ दिख रही थी। उसने उत्सुक निगाहों से हॉल में चारों तरफ़ नज़र दौड़ायी जैसे तमन्ना से बात करने को कोई अलग कोना ढूँढ़ रहा हो। तमन्ना उसका मन्तव्य समझ गयी।

'अभी करते हैं' कह कर वो सोफ़े पर बैठी अपनी मौसी की तरफ़ आकर्षित हुई।

'हलो आंटी।' उसने इच्छया से कहा जो उनकी मौजूदगी से बेख़बर खाने-पीने पर ज़ोर दिये थे।

'ओह, नमस्ते बेटा।' इच्छया ने एकदम देहाती अन्दाज़ में जवाब दिया। तमन्ना स्वीटी की तरफ़ बढ़ी–

'यू मस्ट बी स्वीटी।' उसने कहा।

'याह द सेम।' स्वीटी ने कहा और खड़ी हो गयी। उसके जवाब से साफ़ था कि उसे अंग्रेज़ी आती थी।

'हाउ आर यू?' तमन्ना ने शिष्टाचारवश पूछा।

'सरपराइज़्ड।' स्वीटी ने कहा तो तमन्ना के चेहरे पर दुविधा के भाव आये।

'सॉरी, व्हाट।' उसने कहा।

'यस, आई सैड सरपराइज़्ड ओवर योर इन्वीटेशन।' स्वीटी ने कहा।

'ओ नेवर माइंड। लेट्स गेट एक्वेंटिड।' तमन्ना ने कहा और फिर दोनों का अनिरुद्ध सिंह के परिवार से भी परिचय करवाया।

वेटर्स कमरे में स्नैक्स और ड्रिंक्स की ट्रॉली ले आये थे। सबसे पहला जाम प्रलाक्षा ने ही उठाया। दिन का समय था अभी सूरज ढलने में समय था सो ट्रे में सभी ड्रिंक या तो क्लीयर थे या फिर बीयर।

प्रलाक्षा ने ट्रे में सबसे ज़्यादा अभिमान से खड़ी सिपस्मिथ लन्दन ड्राई की बोतल उठायी। वेटर ने बोतल उसके हाथ से लेकर ड्रिंक बना कर देने की पेशकश की पर उसने उसे ठुकरा दिया। फिर अपना ड्रिंक क्रिस्टल के एक लम्बे गिलास में बनाया। आधी दारू और आधा टॉनिक वाटर। फिर सबने वही किया। स्वीटी और उसकी माँ ने स्पराइट लिया। ट्रे में कोल्ड ड्रिंक की दो चॉयस थीं। स्पराइट या सेवन अप। तमन्ना, अनिरुद्ध और प्रतिकार ने भी जिन के छोटे पेग लिए। टोस्ट करने के लिए तमन्ना ने अभी अपना जाम उठाया ही था कि हॉल में मेरे क़दम पड़े।

जिक्र हो जिसमें न अपना, जिसमें हम शामिल नहीं
है अगर कोई ऐसी महफ़िल तो वो महफ़िल, महफ़िल नहीं।

दारू का दंगा शुरू होने से पहले ही मैंने उसमें अपनी शायरी का तड़का लगाया। प्रलाक्षा के मुँह से बेसाख़्ता वाह निकल गयी। तमन्ना के होंठों के कोर से एक मुस्कान ने अपना रास्ता बनाया।

'तो आप भी हैं' प्रलाक्षा ने अदा से कहा। उसकी यह अदा उसके पति और बेटे को नागवार गुज़री। तमन्ना की आँखों में इस वाक्य से हैरत थी जबकि सबीना सहर की आँखों में बोरियत।

'जी, मैं तो कुदरती दस्तूर के मुताबिक़ यहाँ हूँ' कह कर मैंने अपनी आँखें उसकी मदहोश कर देने वाली आँखों में डाल कर कहा। 'जहाँ फूल वहाँ भँवरा, जहाँ शमां वहाँ परवाना, जहाँ बाग़ वहाँ बुलबुल...' अभी मैं और तुक भिड़ाता पर उससे पहले ही एक आवाज़ मेरी आवाज़ पर हावी होकर बोली–

'जित्थे कबाब ओत्थे हड्डी, जित्थे ठण्ड उत्थे खाँसी, जित्थे जुर्म उत्थे फाँसी।' मुझे अपने कानों पर विश्वास न आया। मैं वहीं सन्न खड़ा था कि मेरे कन्धे पर पड़ी ज़ोरदार धौल ने मुझे प्रलाक्षा के ऊपर धकेल दिया। गनीमत थी कि मुझे ख़ुद पर क़ाबू था।

'ओए तू ऐत्थे कित्थे ओए काका बल्ली।' फिर उसने प्रलाक्षा, तमन्ना, स्वीटी और सबीना को देखा, 'किसको लाइन मार रहा था।' मेरा रंग फक हो गया।

'हलो नन्दा अंकल।' तमन्ना वकीलों के महाराज नरेश नन्दा की ओर बढ़ी। दोनों ने एक-दूसरे को अर्धआलिंगन किया।

'आप इनको जानते हैं?' उसने हैरानी से पूछा।

'ओए इसको कौन नहीं जानता। पूरे दिल्ली शहर में चार हज़ार नौ सौ हरामी मरे तो यह पैदा हुआ था। इसके जमदे ही रब्ब नू करफू लाना पै गया सी। पूरे पाँच घण्टे दिल्ली शहर में कोई बच्चा पैदा न हुआ वरना हर घण्टे दर्जनों किलकारियाँ गूँज जाती हैं शहर में। बाइ द वे कुछ अनहोनी हो गयी क्या महल में? कोई क़त्ल वत्ल?' उसने पूछा। फिर बिना किसी के जवाब का इन्तज़ार किये वो मेरी तरफ़ मुड़ा, 'ओ आ जा ओ यारा तेरे नाल बहारां।' हम दोनों मेले में बिछड़े भाइयों की तरह मिले। फिर नन्दा ने सबीना सहर को भी विश किया।

'मैडम जी मेरे लायक भी कोई काम निकलेगा या आप दोनों ही निपटा दोगे सब।' सबीना मुस्करा दी।

'आज तक ऐसा हुआ नहीं। आप आये हो तो कोई पक्का जुगाड़ करके ही आये होंगे नगद नारायण का वरना तो आप दिल्ली से बाहर क़दम ही क्यों रखो। हम तो अँधेरे के तीरन्दाज़ ही हैं अभी।' हालाँकि सबीना की आवाज़ इतनी ऊँची थी कि पूरे हॉल में सुनाई दे रही थी फिर भी नन्दा उसके इस तरह नज़दीक हुआ जैसे उसे सुन न रहा हो। यह ख़ाली उसके जिस्म की ख़ुशबू समेटने का बहाना था। मैंने पहले भी कई बार नोट किया था कि नन्दा और सबीना में एक अंडरस्टैंडिंग बन रही थी धीरे-धीरे। वैसे दोनों परफेक्ट मैच थे। नन्दा ने शादी नहीं की थी और 50 पार था जबकि सबीना करियर के चक्कर में 30 के पार थी। दोनों में उम्र का फ़र्क़ था। फिर मैंने सोचा सबीना जब मेरे जैसे कड़क जवान को घास नहीं डालती तो नन्दा किस खेत की मूली है। लेकिन फिर मुझे ध्यान आया कि प्यार और सेक्स के मामले में यह जवानी दीवानी सब किताबी बातें हैं। हक़ीक़त में इसके कई अलग-अलग कारण होते हैं।

'सो गाइज। वी वर अबाउट टू टोस्ट सो इफ यू डोंट माइंड पिक योर च्वायस ड्रिंक एंड प्रोसीड।' सब आगे बढ़े। नन्दा ने ग्लेनफिडिक ली और मुझे भी दी। सबीना जो सादी वर्दी में थी ने वोदका ली स्प्राइट के साथ। स्वीटी अपनी जगह से उठी और अपनी माँ की नज़र बचा कर उसने अपने स्प्राइट के गिलास में वोदका डाल ली।

'चियर्स।' तमन्ना ने कहा तो सबने एक साथ पहला घूँट भरा।

'अपनी दोस्त से नहीं मिलवाओगे मिस्टर अभिमन्यु।' तमन्ना ने कहा।

'ओ सॉरी। मीट मिस सबीना सहर, एसीपी दिल्ली पुलिस स्पेशल होमीसाइड डिवीज़न।' सबीना ने हाथ आगे बढ़ाया।

'सॉरी टू इंटरूड योर पार्टी। एंड आनेस्टली आई हैड द एक्सटेंडिट इन्वीटेशन।' कह कर सबीना ने मेरी तरफ़ इशारा किया। 'बाय द वे' फिर उसने प्रलाक्षा को देख कर कहा, 'इट्स सेकेंड टाइम दैट आय डिस्टर्ब्ड योर पार्टी।' प्रलाक्षा ने हाथ को हल्की सी जुंबिश देकर उसकी बात को डिसमिस कर दिया।

'ओ डोंट यू वरी यू आर वेलकम। आय ऑफ़क्रोर्स आस्कड हिम टू ब्रिंग हिज गर्लफ्रेंड...' तमन्ना जब कह रही थी तो सबीना ने बीच में ही टोका। उसे सबीना के पहले वाक्य का इतिहास मालूम न था। वो मेरे, प्रलाक्षा और सबीना के बीच में ही था।

'सॉरी यू सीम टू बी मिस्टेकन। वी आर फ्रेंड्स रादर प्रोफ़ेशनल कलीग्ज। वी हैव सिमीलर नेचर ऑफ़ जॉब एंड फॉर योर काइंड इन्फर्मेशन मिस तमन्ना आयम ऑन ड्यूटी हेयर।' कह कर सबीना ने एक सीधी नज़र प्रतिकार पर डाली। प्रलाक्षा ने मुझे देखा। मैंने आँखों से उसे ढाढस बँधाया।

'डू वी एक्सपेक्ट मोर पीपुल?' मैंने तमन्ना से पूछा।

'हाँ बस एक मेहमान इन्द्राणी नहीं आ पायीं। वो बचपन में मेरी नैनी थीं। लेकिन पिछले दिनों ब्रेन हैमरेज के बाद से वो बिस्तर पर हैं। उनके अलावा इट्स कम्पलीट। छोटे महाराज जल्द ही आप सबसे मिलेंगे।' उसने कहा।

तभी हॉल में सत्या ने क़दम रखा। वो एक प्रभावशाली महिला की तरह दिखाई दे रही थी। वो सीधे तमन्ना के पास गयी और पूछा–

'मैडम, व्हाट टाइम विल यू कम फॉर टी?'

'अनादर हाफ एन आवर आर सो।' तमन्ना ने कहा।

'वाट सार्ट ऑफ़ ड्यूटी हेयर?' तमन्ना फिर सबीना की तरफ़ मुख़ातिब हुई।

सबीना ने जवाब देने की जगह मुझे देखा। मैं लपक कर तमन्ना के पास पहुँचा। उसकी बाँह थामी और एक कोने में ले गया जहाँ मैंने कम से कम लफ़्ज़ों में टाटा घोष के क़त्ल के बारे में अब तक जो हुआ था वो रिपोर्ट पेश की। उसकी आँखें फैल गयीं।

तभी कमरे में अनिल सिंह दाख़िल हुआ।

'मैडम रूम्ज़ आर रेडी।' तमन्ना ने हम सबको देखा।

'वंस अगेन आय वेल्कम यू ऑल। योर रूम्ज़ आर रेडी। एंड' वो मेरी तरफ़ मुख़ातिब हुई, 'गुड दैट यू लिसंड टू मी एंड ब्राट योर गर्लफ्रेंड' उसने फिर सबीना सहर की तरफ़ इशारा किया। ऐसा लगा तमन्ना ने सबीना की पहली सफ़ाई को सुना ही नहीं।

'ओ जी ऐदी केड़ी गरलफ्रेंड। वो तो दिल्ली रह गयी मैडम जी हमारे मैडम तो एसीपी दिल्ली पुलिस हैं। तुसी मिले नहीं। मिलिए। सबीना सहर, सावधान सावधान टाइप असिस्टेंट पुलिस कमिश्नर दिल्ली।' फिर उसने तमन्ना या किसी और का परिचय कराने की बजाय ख़ुद को सबीना के और क़रीब किया और धीरे-धीरे बुदबुदाया।

'सोहनयो, तुसी तो अज्ज बल्ले बल्ले हो। ऐसे ही रहा करो, छड्डो वरदी शरदी एंजॉय करो पहाड़ दी सरदी।' उसने कहा तो उसकी पंजाबी या मैं समझा या ख़ुद सबीना।

सबीना की मुस्कान उसको धोखा देकर निकल आयी। मुझे अचानक नन्दा में अपना प्रतिद्वन्द्वी दिखायी दिया।

'मिस्टर नन्दा, प्लीज़...' वो प्रत्यक्षत: बोली।

नन्दा ने धीरे से अपने कानों की लौ को छुआ। 'ग़लती है। आदत से मजबूर हूँ। वकील से आप नाराज़ भी हुईं तो जमानती धारा ही लगेगी। आपकी ज्यूरिसडिक्शन तो है नहीं। न ही सरकारी काम में अड़चन का ठप्पा। दिल से निकल गया। दिमाग़ तो अभी भी अपनी हिम्मत पर तराहीमाम तराहीमाम कर रहा है।'

अब तो उसके और मेरे दोनों के लिए हँसी रोकना मुश्किल था। पर आगे जो सबीना ने कहा उससे सबके भ्रम दूर हो गये।

'आपको ग़लतफ़हमी हुई। यह भारतीय दण्ड विधान की धारा 354 का मामला तो है ही साथ ही धारा 186 का मामला भी है और हाँ जहाँ तक ज्यूरिसडिक्शन का सवाल है तो यह लीजिए आप तो वकील हैं। मैं यहाँ पर ऑन ड्यूटी हूँ। चूँकि मेरा यहाँ सादी ड्रेस में आना मेज़बान के प्रति मेरा शिष्टाचार था क्योंकि मक़सद धमकाना नहीं था।' उसने कहा।

'ओ जी मैडम जी तुसी कह दित्ता बस हो गया। लो जी अब सारे सावधान सावधान हो जाओ। मैडम जी के साथ कोई तो तिहाड़ जरूर जायेगा। और मैं इसके लिए जी जान लगा दूँगा।' उसने कहा। नन्दा का जज़्बा ग़ज़ब था। जिस उम्र में लोग अपने हास्य का पुट खो ही देते हैं उसमें भी उसके अन्दर कमाल का हास्यरस था।

'तो फिर मैं क्या करूँगा?' मैंने पूछा।

‘ओए तूं मौजां कर ओए काका बल्ली, तेरी खान पीण दी उमर है। कम्म असीं कर लेंगे मैडम जी के साथ।’ राजमहल में घुसते ही नन्दा जैसे फ़्लर्ट के मामले में रानी के घोड़े पर सवार हो गया था।

‘ओके देन, लेट्स मूव।’ तमन्ना ने कहा तो सब महल के अन्दर की ओर बढ़े। लेकिन उसने रोका–

‘नॉट देयर, वी हैव मेड स्पेशल हट्स फॉर ऑल ऑफ़ यू आउटसाइड सो लेट्स गो देयर।’ कह कर वो महल के मुख्यद्वार की ओर बढ़ी। बाहर निकलते ही सबकी आँखें फैल गयीं क्योंकि मुख्यद्वार से एक तरफ़ घूमते ही शाम के धुँधलके को मात दे कर एक समानान्तर महल जगमग जगमग रोशनी कर रहा था।

महल के गेट पर एक रौबदार, भरीपूरी महिला ने सबको फूल देकर स्वागत किया। सबको इत्तिला किया कि उनके नामों की प्लेट हट्स के बाहर लगी है। सो कहीं कोई कन्फ़्यूजन न था पर पहले सबके लिए चाय जो विशेष हॉल के बीचोबीच बने डाइनिंग हॉल में थी। चाय पीकर सब फ्रेश होकर अपने-अपने कमरे की ओर बढ़ गये। ज़्यादातर ने सीधे वाशरूम का रुख़ किया। लम्बे सफ़र के बाद सभी थोड़ा सीधा होना चाहते थे।

चौबीस

डिनर का समय आठ बजे का था लेकिन साढ़े आठ तक कोई कमरे से न निकला तो द किचन की संचालक विभा गुप्ता ने सबके दरवाज़े पर दस्तक दी। सबसे पहले सबीना सहर बाहर निकली। तमन्ना पहले से ही हॉल में थी। मौक़ा अच्छा था। वो सीधे उसके पास पहुँची। विभा ने अपनी उँगली से इशारा किया तो एक वेटर यन्त्रवत हमारे पास पहुँचा।

'क्या लेंगी?' तमन्ना ने पूछा।

'योर हाउस योर रूल्स प्रिंसेस।' सबीना ने कहा।

'वोदका।' उसने कहा। वेटर ने बड़ी दक्षता से वोदका के दो पेग तैयार किये। सामान्य 60 एमएल।

'ऑरेंज?' तमन्ना ने जूस की तरफ़ इशारा किया।

'न फ्रेश लेमन।' सबीना ने ट्रे में पड़े कटे हुए नीबुओं की तरफ़ इशारा किया।

'सेम फॉर मी।' तमन्ना ने कहा। दोनों ने चियर्स बोल कर अपने जाम हलके किये।

'सम्भव हो तो अपने दिन का शेड्यूल मुझसे डिस्कस कर लेना आप। कोई मेजर चेंज हो तो भी बता देना। आय विल टेक केयर।' सबीना ने कहा।

'यू विल टेक केयर ऑफ़ वाट?' तमन्ना ने पूछा।

'आय विल टेक केयर ऑफ़ यू टू एंश्योर दैट नो हार्म कम्ज टू यू।' सबीना ने कहा। और फिर उसने तमन्ना के कुछ और बोलने से पहले ही कहा–

'अभि मुझे सब बता चुका है। आपको कुछ हुआ तो मेरा पुलिस में होना बेकार होगा। मुझे यहाँ दो ही काम हैं। एक क़ातिल को पकड़ना और दूसरा दूसरे क़त्ल को होने से रोकना।' सबीना ने अपनी बात पूरी की।

'ओह। थैंक्यू फॉर योर कंसर्न। आय विल कीप यू पोस्टेड।'

'बाई द वे पहले दोस्ती किससे हुई थी। टाटा से या प्रतिकार से?' सबीना ने पूछा।

तमन्ना ने हैरत से उसे देखा। फिर उसे याद आया कि टाटा घोष के मर्डर का इन्वेस्टीगेशन तो सबीना ही कर रही थी तो उसे तो मालूम ही होगा।

'टाटा से दोस्ती सीनियर स्कूल के टाइम से ही है। तो ज़ाहिर है कि टाटा से पहले।' तमन्ना ने जवाब दिया।

'और प्रतिकार से मुलाक़ात सीधी या टाटा के माध्यम से।' सबीना ने पूछा।

तमन्ना कुछ देर सोचती रही फिर कहा, 'टाटा ने ही प्रतिकार से मिलवाया था।'

'दोनों में क्या ताल्लुकात थे?' सबीना ने पूछा।

तमन्ना असहज हो गयी थी।

'मुझे तो दोस्त कह कर ही मिलवाया था।' उसने कहा।

'यानी असल में दोस्त से कुछ ज़्यादा थे।' सबीना ने बात को फ़िज़ा में ही छोड़ दिया।

'लोग बातें करते रहते थे पर दोनों का स्टैंड यही था।'

'आप कन्विंसड थी?'

'मेरे कन्विंस होने या न होने से फ़र्क़ पड़ता है?'

'फ़र्क़ पड़ता है। अगर आप कन्विंसड न होतीं तो आपका और प्रतिकार का रोमांटिक एंगल कैसे फिट हो सकता था!' सबीना ने कहा तो तमन्ना ने नाख़ुशी से उसे देखा। वो उस पर 'ब्वॉय फ्रेंड थीफ़' होने का इल्ज़ाम लगा रही थी।

'अगर ऐसा होता तो हम तीनों अच्छे दोस्त कैसे हो सकते थे? हालात और होते तो आज टाटा घोष भी यहाँ होती।' उसकी आवाज़ भर्रा गयी।

'समझ सकती हूँ मैं।' सबीना ने कहा लेकिन इससे पहले वो कुछ और बोलती हॉल में एक तेज़ आवाज़ गूँजी।

'ओ मैडम जी कल्ले कल्ले। दिल्ली के दिल वालों को छोड़ कर इनके चक्कर में पड़ गयीं। इनके बारे में आपने सुना नहीं, 'पहाड़ी मित्तर किसके, खाया-पीया खिसके।' '

दोनों महिलाएँ मुस्करा दीं।

'और जी। कहीं आसे पासे कोई पार्लर भी है या नेचुरली ही है।' नन्दा ने कहा।

'क्या?' सबीना सहर ने पूछा।

'ख़ूबसूरती।' नन्दा ने कहा तो तमन्ना ने टोका।

'नन्दा अंकल आप भी न बस!'

'नन्दा अंकल, सुना आपने।' सबीना ने अपना निचला होंठ दाँतों से दबाते हुए कहा।

'नास मार दिया सारे नशे का। तुसी छड्डो जी ए दस्सो पी की रहे हो?' नन्दा ने पूछा।

'वोदका।'

'ओ बई, ए लेडीज़ ड्रिंक क्यों पी रहे हो आप?' नन्दा ने कहा।

'क्योंकि असी लेडीज़ ही हैं।' तमन्ना ने अपनी पंजाबी पर ख़ुद ही हँसते हुए कहा।

'चंगा फेर असी वी लेडीज़। लया बई काका। ऐदर एक डबल वोदका दे दे। पर पुतिन को पता न लगने देना। बैरी वहीं से राकेट न छोड़ दे।' नन्दा ने कहा तो दोनों खुल कर हँसीं। नन्दा ने पहले से बने वोदका के दो पेग को मिलाकर एक बनाया और आधा पेग नीट ही रगड़ गया। वोदका के उसके सिस्टम को हिट करते ही उसके गाल तपने लगे।

'की गल्ल चल रही सी?' नन्दा ने पूछा।

ठीक इसी वक़्त मैं भी अपने कमरे से निकला। मेरे बिल्कुल सामने अनिरुद्ध और प्रलाक्षा का कमरा था। हम दोनों लगभग एक साथ ही अपने कमरे से निकले। मैंने नन्दा, सबीना और तमन्ना को बात करते देख लिया था पर मेरे क़दम सीधे प्रलाक्षा की ओर बढ़े जो ड्रेस बदल कर आयी थी। फिर मैंने नोट किया कि मेरे सिवा सभी ने कपड़े बदल लिए थे।

'कोई प्रोग्रेस?' प्रलाक्षा ने पूछा।

'अभी तो इब्तदा हुई है। यहाँ से इनाम लायक काम करके ही निकलूँगा। बेफ़िक्र रहो।' मैंने कहा तो उसकी भवें उठी–'यानी।'

'यानी कि यहीं पर ही मिल जायेगा दुश्मन नहीं तो यहाँ से पता चल जायेगा। अगले एक सप्ताह आँखें और कान खुले रखना आप और...।' मैं कहता-कहता रुक गया।

'और...' उसने स्वाभाविक ही पूछा।

मैंने उसके वक्ष की घाटियों में गहरे झाँकते हुए कहा–'और भी बहुत कुछ।'

'यू आर सच ए डर्टी माइंड।' प्रलाक्षा ने कहा फिर पूछा–'क्या लगता है प्रतिकार के बारे में। सच बोलना।'

'मेरे को तो निर्दोष ही लगता आख़िर मेरा एक्सटेंडिड क्लायंट है।' मैंने कहा।

उसने राहत की साँस ली।

'चलो तीनों इधर ही देख रहे हैं।' उसने कहा।

'इसमें क्या हैरत। रात का वक़्त है। जहाँ चाँद है वहीं तो देखेंगे।' कह कर हम दोनों हँसते, मुस्कराते पहले से मौजूद तीनों की ओर बढ़े।

'आ बई जवान।' नन्दा ने मुझे देखा फिर प्रलाक्षा को देखा।

'शुरू हो गया न। तेरा तो वो हाल है जित्थे देखी तवा परात ओत्थे गुज़ारी सारी रात।' नन्दा ने सबीना को मेरे ख़िलाफ़ लगभग भड़काते हुए कहा।

'कोई और बात करें।' मैंने कहा।

'ना कोई बात करने का समय नहीं। आइए टेबल पर।' कह कर तमन्ना ने हाथ से हॉल के बीचोबीच सजे डाइनिंग टेबल की ओर इशारा किया। जब हम लोग कमरों में गये थे यहाँ टेबल का नामोनिशान नहीं था और अब यहाँ एक बड़ा टेबल सजा था। एकदम बेदाग़। दरअसल जब तमन्ना ने चलने को कहा था उस समय एक साथ ही सभी लोग अपने-अपने कमरे से बाहर आ गये थे। टेबल पर सबके नाम की स्लिप थी। यह संयोग था कि नन्दा और सबीना की कुर्सी साथ-साथ थी जबकि मेरे बगल में तमन्ना और दूसरी तरफ़ अनिरुद्ध सिंह था। टेबल पर मेन सीट ख़ाली पड़ी थी जहाँ स्वाभाविक तौर पर ही रक्षदीप ने आना था।

सब लोग सेटल हो गये थे। आपस में छिटपुट हल्की-फुल्की गपशप हो रही थी। तमन्ना के क़रीब होकर मैंने पूछा–

'यही है पूरा कोरम?'

'न अभी छोटे महाराज आने वाले हैं। बाक़ी ये वो लोग हैं जिनको मेरे न होने से फ़ायदा हो सकता है।' तमन्ना ने कहा।

'ओके।' मैंने टेबल पर सबको नज़र भर के देखा फिर जो एक चीज़ खटकी उसके बारे में अभी पूछना ही चाहता था कि राजमहल का एक कर्मचारी आकर उसके कान में कुछ बोला।

वो फ़ौरन खड़ी हुई। सबने उसको देखा।

'हलो एवरीबॉडी। राजगढ़ के महाराज कुँवर रक्षदीप सिंह कटोच आ रहे हैं। आप लोग प्लीज़...।' मैं और आधे से ज़्यादा लोग उसके आगे बोलने का इन्तज़ार ही कर रहे थे कि सबसे पहले अनिरुद्ध सिंह और प्रलाक्षा सिंह खड़े हुए। फिर एक-एक करके सब खड़े हो गये। सिवाय मेरे और सबीना सहर के। तमन्ना ने हमें इशारा किया।

'मिस्टर अभिमन्यु, मैडम एसीपी, प्लीज़।' उसके बाद बैठे रहने का कोई मतलब नहीं था।

'जेंटलमेन, लेडीज़। लेट मी इंट्रोड्यूस यू ऑल टू माय अंकल एंड छोटे महाराज ऑफ़ राजगढ़ रॉयल फ़ेमिली। प्लीज़ बी सीटेड।' तमन्ना ने कहा।

रक्षदीप तब तक बैठ चुका था।

'महाराज, यू नो मेजोरिटी ऑफ़ द गेस्ट्स, रिमेनिंग आय विल इंट्रोड्यूस।' उसने कहा। तब तक रक्षदीप और अनिरुद्ध की नज़रें मिलीं। दोनों की आँखों में एक -दूसरे के लिए स्वाभाविक नफ़रत थी।

'क्या अनिरुद्ध सिंह, बड़ी हिम्मत की।' रक्षदीप ने तंज़ कसा।

सुभद्रा की मौत और राजमहल में एक लम्बे अन्तराल ने अनिरुद्ध में वाक़ई हिम्मत भर दी थी।

'ठीक कह रहे हैं छोटे महाराज। सोचा पुराने हिसाब-किताब को ख़त्म ही करके आ जाऊँ।' अनिरुद्ध ने कहा तो रक्षदीप की आँखों का रंग सुर्ख़ हो गया।

'अच्छा किया। इस बार कुछ तो होगा। या तो ख़त्म या फिर शुरुआत।' रक्षदीप ने प्रलाक्षा को देखते हुए कहा।

'हज़ारों ख़्वाहिशें ऐसी...' प्रलाक्षा सिंह ने कहा तो रक्षदीप कई साल पीछे चला गया। यानी यह सप्ताह गुलज़ार रहेगा। उसने सोचा।

'छोटे महाराज, महारानी प्रलाक्षा सिंह शायरी का शौक़ रखती हैं। इनके साथ ही हैं कुँवर प्रतिकार सिंह।' तमन्ना ने कहा तो रक्षदीप ने बड़े ग़ौर से प्रतिकार सिंह को देखा। फिर अनिरुद्ध से मुख़ातिब हुआ।

'कितनी शादी कर चुके अनिरुद्ध।'

रक्षदीप के सवाल पर अनिरुद्ध शर्मिन्दा दिखाई दिया जबकि प्रलाक्षा के होंठों से एक मुस्कान ने अपना रास्ता बनाया। उसने प्रतिकार को अपनी तरफ़ खींचा और फिर घोषणा की, 'प्रतिकार इज़ माय सन।'

'राजघरानों का शौक़ व रुतबा हमें मालूम न होता तो हम आपकी बात को झूठ ही मानते और प्रतिकार को आपका देवर या भाई। वेल्कम हेयर बाय।' रक्षदीप ने कहा। यह कहना मजबूरी थी क्योंकि रक्षदीप प्रतिकार और तमन्ना की मुहब्बत को जानता था। इच्छया और स्वीटी का बहुत ही संक्षिप्त परिचय हुआ। फिर मेरी बारी थी। तमन्ना अपने फ़ोन में व्यस्त हो गयी थी। रक्षदीप बड़े ग़ौर से मुझे देख रहा था। आख़िर मैंने ही चुप्पी तोड़ी।

'नहीं हैं।' मैंने कहा तो रक्षदीप ने सवालिया नज़रों से मुझे देखा।

'सींग।' मैंने कहा। 'कल तक थे। कल ही जब आपके महल में आने का न्योता मिला तो निकलवा दिये।'

'अच्छा।' रक्षदीप ने कहा और मुस्करा दिया। सब लोग लगभग हँस रहे थे।

'क्या बला हो भई?' प्रत्यक्षतः उसने पूछा।

'जी, बला ही हूँ। बस बला का अग्रणी हिस्सा यानी ख़ूबसूरत ही नहीं हूँ। उसके लिए नज़र इधर-उधर दौड़ा लीजिए।' मैंने बारी-बारी प्रलाक्षा, तमन्ना और सबीना सहर को देखते हुए कहा।

रक्षदीप ने मेरी बात की उपेक्षा की और कहा, 'कौन हो भई?'

'जी, अभिमन्यु।' महाराज कहने में मैं ख़ुद को असहज महसूस कर रहा था। कोई मेरा दिल चीर कर देखता तो इस समय 21वीं शताब्दी में इस महाराज, महारानी के खेल पर लहू बहता हुआ दिखाई देता। पढ़े-लिखे लोग भी कैसे हो सकते हैं। झूठी शान की ख़ातिर पढ़ाई-लिखाई से अपने हासिल को भी ताक पर रख देते हैं। दिल्ली शहर से महज़ चार सौ किलोमीटर दूर यह राजा-रानी का नाटक चल रहा था।

'दोस्त हो?' रक्षदीप ने तमन्ना की ओर देखते हुए पूछा।

'जी नहीं, डिटेक्टिव हूँ प्राइवेट।' मैंने कहा तो बोला, 'इंटेरेस्टिंग। यानी नक़ली पुलिस हो जैसे थोड़े दिनों में रामलीला में रावण वग़ैरह दिखाई देंगे।' उसने मज़ाक़ उड़ाने वाले अन्दाज़ में कहा।

'छोटे महाराज, असली-नक़ली का फ़र्क़ एक नज़र में कहाँ पता चलता है। वैसे आपके लिए यहाँ असली पुलिस भी है।' कह कर मैंने सबीना सहर की ओर इशारा किया।

रक्षदीप ने सबीना को देखा, फिर मुस्कराते हुए बोला, 'अच्छा किया जो बता दिया वरना मैं इनको तो पक्का ही नक़ली समझता। चेहरे से तो ये...' सबीना ने रक्षदीप की बात को बीच में ही टोका–

'चेहरे से क्या पता चलता है सर। सबसे गुमराह करने वाला चेहरा ही है। सच के लिए चेहरे से इतर देखना पड़ता है। मैं एसीपी हूँ दिल्ली पुलिस के स्पेशल होमीसाइड डिवीज़न में।'

'भई क़त्ल के बाद तो पुलिस की आमद का सुना था पर यहाँ तो ऐसा कुछ हुआ नहीं।' रक्षदीप ने कहा।

'यही ग़लतफ़हमी है सर। पुलिस का काम क़त्ल या अपराध की जाँच-पड़ताल करके दोषी को पकड़ना ही नहीं बल्कि अपराध को रोकना भी है जो जाँच से ज़्यादा महत्त्वपूर्ण है।' सबीना ने कहा। रक्षदीप फिर मुख़ातिब हुआ।

'और तुम्हारा भई डिटेक्टिव का काम तो बाद में ही है या पहले ही?'

'मेरा भी सिम्पल ही है महाराज। डिपेंड करता है कि मुझे किसलिए हायर किया गया है। मेरा काम मेरे क्लायंट पर निर्भर करता है कि वो मेरी सेवाएँ क्यों लेना चाहता है।' मैंने कहा।

'यहाँ किसी की जान को ख़तरा है भई।' रक्षदीप ने कहा और उसकी निगाह जैसे उसके क़ाबू से बाहर होकर तमन्ना पर एक पल के लिए अटकी और फिर मुझ तक पलट आयी।

तभी द' किचन की संचालक विभा गुप्ता हॉल में हाज़िर हुई। इस समय वो वैसी भद्दी नहीं लग रही थी। बस चेहरा टैन था। हाथ भी काफ़ी हद तक गहरे साँवले रंग के थे। मेरे डिटेक्टिव मन ने बरबस उसमें यह बात नोट की कि उसने एक ढीलाढाला पटियाला सूट पहना था जिसके बाजू उसकी बाँहों को कलाई तक ढक रहे थे। उसके ऊपर का जम्पर भी बन्द गले का था। उसने ठण्ड के मौसम में भी जूड़ा कर रखा था। हॉल में अकेली वही थी जिसने बाल जूड़े की शक्ल में बाँध रखे थे। जूड़ा करने के पीछे उसका मक़सद जूड़ा करना कम और जूड़े की ज़द से बाहर करके अपने आगे के बालों के बड़े गुच्छों को अपने माथे पर गिराना ज़्यादा था।

'क्या फ़ालतू बात है' मैंने उसके बारे में अपने मन के ख़यालात को दिमाग़ के डस्टबिन में डाला।

विभा गुप्ता ने तमन्ना के कान में कुछ कहा। उसने सहमति में सिर हिलाया और उसके सीधा खड़ी होने से पहले ही हॉल में ड्रिंक्स और स्नैक्स की सर्विस शुरू हो गयी।

सबसे पहले रक्षदीप के आगे वृद्ध भिक्षु की बोतल रखी गयी। पहाड़ की सर्दी के चलते ज़्यादातर लोग इसी वृद्ध भिक्षु यानी ओल्ड मोंक रम की शरण में जाते हैं। सबने रम पीने को ही प्राथमिकता दी सिवाय महिलाओं के। प्रलाक्षा ने अपनी सिंगल माल्ट व्हिस्की और तमन्ना और सबीना ने जिन विद टॉनिक वाटर को प्राथमिकता दी। इच्छया ने शराब से तौबा की। उसकी बेटी स्वीटी ने विभा गुप्ता के कान में कुछ कहा। थोड़ी देर में उसे स्पराइट सर्व की गयी। वहाँ मौजूद पीने वालों को कोई शुबहा न था कि उसमें क्लीयर अल्कोहल का तड़का लगा था। यानी जिन या वोदका मिक्स थी।

रक्षदीप ने जाम उठाया। चियर्स बोला और पहाड़ की गुनगुनाती वादियों में रात ने जवां होने के लिए अँगड़ाई ली। बाक़ी समय खाने-पीने और हल्की-फुल्की बातों में गुज़रा।

पच्चीस

सुबह की किरण अभी फूटी नहीं थी पर मेरा अशान्त मन मुझे सोने कहाँ दे रहा था। हालाँकि कल रात देर तक डिनर की महफ़िल चली। महल में हमारा तीसरा दिन था पर कोई ऐसी बात न हुई कि हमें अपने मिशन की दिशा में कोई इशारा भी मिलता। महल की पार्टियों के लिए जो एक तरफ़ किचन का एरिया था वहाँ मैं और सबीना मौजूद थे। डनहिल की सिगरेट हम दोनों के फेफड़ों में धुएँ की धधक पैदा कर रही थी।

'क्या लगता है? आना फ़िज़ूल ही रहेगा क्या?' सबीना ने पूछा।

'अभी तो समय है। कार्यक्रम के मुताबिक़ सात दिन और। अभी से हिम्मत हार जाना तो उचित न होगा। नहीं तो कुछ और तरीक़ा ढूँढ़ते हैं।' मैंने कहा। फिर मेरी नज़र सामने आउट हाउस पर ठिठक गयी। मुझे लगा वहाँ कोई साया था। शायद तमन्ना ने ऐसा संकेत दिया था इसलिए लगा था।

उसके बाद मैंने और सबीना ने अपने-अपने मोबाइल की बैटरी की रोशनी में वहाँ का हर कोना खुदरा खँगाल डाला। कहीं किसी इन्सानी हलचल का निशान नहीं था। आख़िर हम दोनों इस बात पर सहमत हुए कि यह साया महज़ फ़िल्मों का असर और तमन्ना का वहम ही था।

'कुछ तो करना पड़ेगा।' सबीना बुदबुदायी। फिर उसने कहा–

'क्यों न हम तमन्ना को बेट की तरह इस्तेमाल करें। अभी चूँकि वो हर वक़्त सबकी नज़र में है सो हत्यारे को मौक़ा ही नहीं मिल रहा कि वो अपना वार कर सके। हमें ऐसे हालात बनाने पड़ेंगे वरना तो यहाँ कुछ हासिल न होगा।'

'ठीक कह रही हो। यही करते हैं। कल सुबह का यही शेड्यूल रहेगा।' कह कर मैंने शामियाने की तरफ़ क़दम बढ़ाये। आसमान पर जैसे तारों की बारात आयी थी हालाँकि दूल्हा ग़ायब था। चाँद का कहीं दूर-दूर तक नामोनिशान न था। इतने

सारे तारों के होते हुए चाँद का न होना सहज ही विश्वसनीय नहीं था। शायद किसी पहाड़ की ओट में हो। मैंने सोचा।

तभी मेरी नज़र शामियाने के किचन की साइट के बाहरी हिस्से पर पड़ी। उस घड़ी शोघी से जिस बर्फ़ी वाले को स्वीट डिश के लिए विशेष रूप से बुलाया गया था उसकी दुलहननुमा बीवी जो अक्सर घूँघट खींच के रखती थी, शामियाने के बीच की झिरी में से अन्दर झाँक रही थी। मैंने उसकी निगाह के कोण से अन्दाज़ लगाया कि वो उसी ओर देख रही थी जिस तरफ़ टेबल का हेड था और जिस तरफ़ तमन्ना और रक्षदीप बैठते थे। मेरे दिमाग़ में बेवजह उसको लेकर शक उपजा पर अगले ही क्षण मैंने अपने सन्देह को दरकिनार किया। आख़िर एक बर्फ़ी वाले की राजपरिवार से क्या अदावत होगी।

जब हम लोग हॉल में पहुँचे उस समय रक्षदीप इच्छया की बेटी स्वीटी से बात कर रहा था। तमन्ना प्रतिकार से गप लड़ा रही थी। तभी मुझे एक कोने में खड़े अनिरुद्ध सिंह की बेल्ट के पास रिवॉल्वर दिखाई दी। यह पहला मौक़ा था मैंने किसी को हथियारबन्द देखा था। मैंने सबीना को संकेत किया।

'यहाँ कुछ नहीं होगा जासूस महोदय। लेट्स एंजॉय आवर ड्रिंक।'

तीन दिन के शून्य परिणाम के साथ जब मैं रात के साढ़े ग्यारह बजे अपने बेड पर लुढ़का था तब तो मुझे नींद ने अपनी गिरफ़्त में ले लिया था लेकिन पहले रात को तीन बजे, फिर साढ़े तीन और अब चार चालीस पर नींद काफूर हो गयी थी। सुबह की नींद तो मुझे बस माया के पहलू में ही नसीब होती है। बाक़ी दिन तो इस समय तक चाय हलक में अपना रास्ता बना चुकी होती है। मेरे विशेष आग्रह पर द' किचन की संचालिका विभा गुप्ता ने अपने गिनेचुने कर्मचारियों में से एक की ड्यूटी लगा दी थी कि मुझे सुबह सवा पाँच बजे चाय दे दे। अभी तो आधे घण्टे से भी ज़्यादा का समय था। बाहर सुबह की लाली नहीं थी पर रात का घुप्प अँधेरा भी नहीं था। कल शाम की हल्की बारिश के बाद पेड़ों के पत्ते हरे भरे थे। आसमान पर अब चाँद ऐसे कोण पर था कि सुबह का धुँधलका उसकी चाँदनी में समा गया था। चारों तरफ़ सन्नाटा था। बस चीड़ के पत्तों की हल्की गुनगुनाती धुन एक अजीब सा समाँ बाँधे थी। नाकामी का मेरा सारा अवसाद चाँदनी में घुल कर चमकदार हो गया था। इस बार मैं शामियाने के दूसरी तरफ़ था जिधर कर्मचारियों के लिए सभी सुविधाएँ थीं। जैसे ही मैं मोड़ काट कर आगे बढ़ा एक हल्की सी गुनगुनाती आवाज़ ने मेरे पाँव रोक दिये।

सामने वाशरूम्ज़ में से एक वाशरूम, जो नहाने के लिए था, के अन्दर से आवाज़ आ रही थी। मेरी नज़र स्वाभाविक तौर पर वाशरूम की तरफ़ चली गयी। अन्दर एक गोरे चिट्टे बदन की महिला नहा रही थी। सुबह का समय था तो शायद उसने सोचा नहीं दरवाज़ा बन्द करने का या बेध्यानी में दरवाज़ा खुला रह गया। महिला भारी-भरकम थी। मैंने तुरन्त नज़र फिराई लेकिन तभी वो महिला शावर के नीचे घूम गयी। मेरी नज़र न चाहते हुए भी वहीं थम कर रह गयी। विभा गुप्ता नहा रही थी। सारा शरीर गठा हुआ था बस पेट और पृष्ठभाग पर अतिरिक्त मांस था। घुटने के नीचे की टाँगें एकदम कसरती, बाँहें पतली लेकिन चेहरे पर अतिरिक्त फैट। वो बिल्कुल भद्दी और बेडौल नहीं लग रही थी। तभी मैंने जो और बात नोटिस की वो थी उसका चेहरा और हाथ जो ऐसे लगता था जानबूझ कर टैन किये गये हों। मेरा माथा ठनका। क्या विभा गुप्ता अपनी पहचान छुपा रही है। इसलिए वो कपड़े ऐसे पहनती है कि उसके बदन के रंग का यह भेद न खुल जाये। और जितना भी आधा-अधूरा चेहरा दिखाती थी अक्सर मास्क पहन कर और माथे को अपने बालों से ढक कर ही आती थी। अब मुझे यह भी याद आ रहा था कि वो कैसे हर सवाल का जवाब हाँ या न में ही देती थी। खाने के बारे में कुछ कहना हो तो अक्सर स्वयं छोटे-छोटे वाक्य बोलती थी और विस्तार के लिए अपने शेफ को आगे कर देती थी।

और सुबह-सवेरे का समय किसी भी मन्थन के लिए सबसे श्रेष्ठ होता है। इसी वक़्त यह ख़याल भी बम की तरह मेरे दिमाग़ में फूटा कि यह ज़रूरी थोड़े है कि क़ातिल घर का कोई आदमी ही हो सकता है। घर के स्टाफ़ में से भी तो कोई हो सकता है जिसे कभी तमन्ना की कोई बात नागवार गुज़री हो। या फिर कोई किसी दूसरे को भी तो हायर कर सकता है। अब मेरा दिमाग़ बर्फ़ी वाले हलवाई की बीवी की तरफ़ भी घूमा जो शामियाने के अन्दर से तमन्ना की तरफ़ नज़रें गड़ाये थी। मेरा मन किया अभी जाकर सबीना को उठा दूँ। यह सब नुक्ते डिस्कस करके ही आगे की रणनीति बनायी जाये। कल रात अनिरूद्ध सिंह की पैंट में खुँसी रिवॉल्वर भी मुझे चिन्ता में डाल रही थी। एक साथ तीन लोग सीधे शक के घेरे में आ गये थे।

जिस समय मैं यह सब सोच समझ रहा था उसी समय दो और आँखें भी वाशरूम की दिशा में गड़ी थीं। ये दो आँखें रक्षदीप की थीं जो महल की छत से दूरबीन लेकर हर रोज़ की तरह राजगढ़ की वादियों का नज़ारा करने पहुँचा था। रक्षदीप को अपनी आँखों पर विश्वास न हुआ। अब उसे याद आ रहा था कि किस तरह द' किचन की संचालिका उससे दूरी बनाये रखती थी। अब उसे इस दूरी का कारण भी पता था। 'साली कुतिया।' उसने गाली दी। पिछले कितने सालों से इसे

झेल रहा हूँ। तभी ठिकाने लगा देता तो ठीक रहता। पर यह इस तरह भेस बदल कर आयी क्यों? यह ख़तरे की घण्टी थी। सत्या सुहानी उसकी भविष्य की किसी योजना में फिट नहीं थी। उलटे उसे इसका नुक़सान था कि वो यहाँ थी। यह ख़बर आख़िर ऐसे ही किसी संयोग से सोच समझ कर तमन्ना को भी हो सकती थी। यह तमन्ना की ताक़त को दोगुना करने वाली बात थी जो उसको बिल्कुल रास नहीं आ रही थी। सत्या सुहानी को जल्द अज जल्द यहाँ से रुख़सत करना होगा। उसने सोचा। दूरबीन हटाने के लिए जो हरकत हुई उस समय उसकी हद में मैं भी आ गया। रक्षदीप ने इसे मेरी विकृत मानसिकता समझा जिसके तहत मैं छुप-छुप कर वाशरूम का नज़ारा कर रहा था।

'डर्टी माइंड, पीपिंग टाम।' उसने कहा और मुझे बेइज़्ज़त करने का कोई सम्भावित ख़ाका भी अपने दिमाग़ में खींचा।

सवा छह बजे सबीना अपने कमरे से बाहर आयी। मैं तो अपने कमरे के बाहर ही घात लगाये खड़ा था।

'हाय।' मैंने पुकारा। उसने हैरत से मेरी ओर देखा। पिछले चार दिन में पहली बार था कि मैं नौ बजे से पहले अपने कमरे से निकला था। सबीना सहर ने जॉगिंग सूट पहन रखा था। हल्की फर वाली टॉप उसके बदन से चिपक कर उसके यौवन के उभारों को तान रही थी। अपनी क़द-काठी की वजह से टाइगर प्रिंट की टॉप और ब्राउन कलर की स्लैक्स में वो पहाड़ की ठण्ड के अहंकार को नेस्तनाबूद करती हुई मेरी तरफ़ बढ़ी। मेरी बाँछें खिल गयीं। लेकिन हूर हो और लंगूर न हो, शहद हो और मक्खी न हो, नज़र हो नज़रबट्टू न हो, यह कैसे हो सकता है। सबीना के मुझ तक पहुँचने से पहले ही एक तेज़ आवाज़ ने सुबह के सन्नाटे को भंग कर दिया।

'ओ मैडम जी ओदर कित्थे। इत्थे आओ जी। कॉफ़ी इज़ वेटिंग, वेटिंग एंड वेटिंग फॉर यू।' नन्दा ने बेसुर मिलाया।

'ओ सॉरी मिस्टर नन्दा।' फिर वो मुझसे मुख़ातिब हुई। 'वाई डोंट यू आलसो कम एंड हैव ए कप आफ़ कॉफ़ी।'

'ओ ऐहनू छड्डो जी।' नन्दा ने कहा, फिर दूर खड़े द' किचन के एक कर्मचारी को आवाज़ लगायी। 'ओए काका सर दे कमरे विच्च चा ले के जा।' मुझे अपने कानों पर विश्वास न हुआ। साला औरत के बीच में आते ही यारी खल्लास। मैं नाराज़ होकर अपने कमरे की ओर चला। पीछे से नन्दा के हँसने की आवाज़ आयी।

'ओ आ जा ओए काका बल्ली। घड़ा भर के कॉफ़ी मंगवायी है। रन्न दी तरह रुस न जाईं हुण। मज्जाक कीता सी।' उसने हाँक लगायी। मैं मुड़ा। सबीना ने भी

मेरे से लौटने की रिक्वेस्ट की। सामने से मैंने चाहे रूठ के दिखाया था पर मैं नन्दा के लिए ख़ुश था। क्योंकि औरत आपकी पूरी ज़िन्दगी को बदल सकती है। और नन्दा के जीवन को व्यवस्थित करने की तो बड़ी ही ज़रूरत थी। कॉफ़ी मग की बजाय बड़े गिलासों में थी। नन्दा ने अपनी उफनती हुई कॉफ़ी में दो ढक्कन रम जो दस एमएल के आसपास बनती डाले। फिर यही प्रक्रिया उसने सबीना के साथ की।

'ओ तैनू चाहीदा कुत्ते दा बाल।' नन्दा ने पूछा, फिर ख़ुद ही 'डॉग्स हेयर' के देसी अनुवाद पर हँसा और मेरे हाँ ना करने से पहले ही दो ढक्कन मेरी कॉफ़ी में भी उड़ेल दिये। रात के नशे के अतिरेक को सुबह उतारने का यही एक तरीक़ा होता है। कल के बेआराम के बाद मुझे कोई एतराज़ न होता अगर वो मुझे बड़ा पेग भी पिला देता। कॉफ़ी के गर्मागर्म घूँट ने हमारे बदन में 440 वोल्टेज का करंट दौड़ा दिया।

'आपकी वजह से रोज़ मेरी रनिंग रह जाती है नन्दा जी।' सबीना ने शिकायती लहजे में कहा।

'फिर क्या हुआ सोहनयो। यहाँ मौसम का, मुहब्बत का मज़ा लो आप। दिल्ली जाकर डबल कर लेना। आप तो यहाँ हो, वहाँ हो, ऊपर हो, नीचे हो, दायें हो, बायें हो बस किल किल बेबी हो।' नन्दा ने कहा तो सबीना अपनी हँसी न रोक पायी।

मैंने नोट किया कि नन्दा ने अपनी पूरी बात हिन्दी में कही सिवाय एक शब्द 'सोहनयो' के।

'ऐसा लग रहा है कि पहाड़ की आबोहवा ने मेरे यार को रिवर्स गियर लगा दिया है। पैंतीस वाली बातें कर रहे हो।' मैंने कहा तो नन्दा ने मुँह बिसूरा।

'ओए कंजरा यार नूं पैंटी कह रिया है। लज्जा नहीं आती।' उसने कहा तो मेरी हँसी छूट गयी। सबीना भी मुस्करा रही थी।

'चल्ल छड्ड। दस फेर होर की हो रिया है?' उसने पूछा।

'यही बात करने के लिए तो मैडम को बुला रहा था कि कौए ने बीट कर दी।' मैंने कहा।

'ओ ध्यान से देख ओए काका। हंस मोती गिरा गया है तेरी नाक पे।' नन्दा ने कहा।

'अच्छा चलो अब सीरियस।' कह कर मैं सबीना से मुख़ातिब हुआ एकदम नन्दा स्टाइल में, 'मैडम जी आप एक काम कर सको तो।' उसने सवालिया निगाहों से मुझे देखा।

'क्या हम यहाँ उन लोगों के सिवा जो राजमहल परिवार के सदस्य हैं बाक़ी सबका परिचय जान सकते हैं।'

'मुश्किल तो नहीं पर क्यों?' उसने पूछा।

मैंने बताया तो नन्दा ने कानों को हाथ लगाया फिर बोला–'लाहौर बिना कूलर ओए।'

सबीना ने हैरानाकुन नज़रों से उसे देखा।

'वकील साहब का मतलब है लाहौल विला कूवत। बहुत पढ़े-लिखे हैं न।' मैंने बताया।

'वही वही।' नन्दा ने सहमति में सर हिलाते हुए कहा। सबीना ठहाका लगा कर हँसी।

'ठैर जो मोतियाँ वालेयो। साड्डी जान कड्ड दोगे।' नन्दा ने सबीना के मोतियों की लड़ी जैसे दाँतों को देखते हुए कहा। सबीना ने मुझे देखा। उसे पता था मैं जल रहा हूँ।

'ओ माय गॉड।' अब मुझे समझ आया। शायद उसका मक़सद भी यही था।

'हो जायेगा। आज ही। डिनर से पहले।' प्रत्यक्षतः सबीना ने कहा। फिर मैंने हलवाई की पत्नी के बारे में भी बताया।

'यू हैव ए प्वाइंट। कोई महल के बाहर का आदमी भी तो हो सकता है।' सबीना ने कहा।

'प्वाइंट तो है पर सवाल यह है कि यह सब तुझे कैसे पता चला?' नन्दा ने कहा।

'अरे भई डिटेक्टिव हूँ कोई छोले-भटूरे वाला नहीं।'

'न न इसलिए नहीं। डिटेक्टिव होता तो तेरे सस्पेक्ट आदमी भी होते। यह जो तेरी बीबियाँ ताड़ने की आदत है उससे पता चला।' नन्दा ने कहा और सबीना ने 'दिस इज़ आल्सो ए प्वाइंट।' कहा। फिर दोनों ज़ोर-ज़ोर से हँसने लगे। बाक़ी सुबह भी यूँ ही हँसते हुए गुज़र गयी। यह दीग़र था कि हम कुत्ते के एक बाल की जगह पूरा-पूरा गुच्छा पी गये। जितनी बार कॉफ़ी भरी उतनी बार उसमें रम का तड़का लगाया। फिर अपने-अपने कमरे में बेसुध होकर गुज़ारी।

छब्बीस

विभा गुप्ता ने मेरे कमरे पर दस्तक दी। मैंने उठ कर दरवाज़ा खोला।

'सर, आपने लंच के लिए भी दरवाज़ा नहीं खोला। एक घण्टे बाद चाय का समय है। प्रिंसेस तमन्ना चाहती हैं कि सब लोग चाय पर ज़रूर पहुँचें।' मैं उठा। वो मुड़ी और मेरा ध्यान फिर उसकी बीयर बैली और भारी-भरकम पृष्ठभाग पर चला गया। मेरे दिमाग़ में फिर आया कुछ तो है जो यह अपने इस कृत्रिम मोटापे के पीछे छुपाना चाहती है। यह तो पता नहीं कि उसका महल से कुछ ताल्लुक है या नहीं हो सकने की सम्भावना इसलिए ज़्यादा थी कि आधिकारिक बीयर या हाई फैट खाना खाकर जो मोटापा अर्जित किया जाता है उससे अपने खानपान में दुबारा संशोधन कर छुटकारा भी पाया जा सकता है। अब सवाल इतना था कि विभा का मिशन यहाँ था या कहीं और। ऐसा भी हो सकता है कि बीच में ही उसे यहाँ आना पड़ा हो। फिर मैंने अपने दिमाग़ को झटका। हो सकता है कुछ भी न हो। अक्सर फ़िल्म स्टार या थिएटर आर्टिस्ट अपनी भूमिका के हिसाब से अपने शरीर की बनावट को बनाते-बिगाड़ते रहते हैं। यह बात तो आज ही विभा से पूछ कर कन्फर्म की जा सकती है।

इस बीच विभा ने नन्दा के दरवाज़े पर भी दस्तक दी और सबीना सहर के भी।

जब तक हम हॉल में पहुँचे लगभग सभी लोग आ चुके थे। मैं छोटे महाराज के पीछे पहुँचा तो उन्होंने चिहुँक कर पीछे देखा और जाने किस भावना से अपना हाथ मिलाने के लिए आगे बढ़ा दिया। यह पहली बार था। इस प्रयास में उनकी फुल स्लीव अचकन की बाँह थोड़ी ऊपर उठ गयी और नीचे उनकी झक्क सफ़ेद कमीज़ के कफ़ लिंक पर मेरी नज़र अटक कर रह गयी। मामले का पहला संकेत मेरी आँखों के सामने था। वही कफ़ लिंक जो टाटा घोष की मुट्ठी में बरामद हुआ था।

'फक फक, फक यू छोटे महाराज।'

'कुच्छड़ कुड़ी देश ढिंढोरा' मुझे पंजाबी का मुहावरा याद आया जिसका हिन्दी तर्जुमा कुछ इस तरह से था। 'गोद में बिटिया खोज शहर में'। मैंने अपनी भावनाओं पर क़ाबू पाया क्योंकि एक बात मैं अपने अब तक के तजुर्बे से समझ चुका था कि अपराध की जाँच 'कौन' पर जाकर ही ख़त्म नहीं होती। 'क़ातिल कौन' महज़ एक पाठक खिंचाऊ और दर्शक लुभाऊ फ़ॉर्मूला था। क्योंकि अपराध की पूरी जाँच के लिए 'कौन' के साथ कब, कहाँ, क्यों और कैसे भी शामिल होता है। कफ़ लिंक के दिखते ही चार 'क' तो हल हो गये थे। 'कौन', 'कब', 'कैसे' और कहाँ। बस एक क्यों बाक़ी था।

रक्षदीप। 2 सितम्बर 2023। पिस्तौल। दिल्ली वसन्त विहार में। अब सारा मसला क्यों का था। मैं अपने उत्साह पर काबू पाता हुआ सबीना और नन्दा के पास पहुँचा जो अपनी गुटरगूँ में मस्त थे।

'प्रियजनो, आज रात्रि विमर्श का विषय तय है। आप विद्वज्जनों से आग्रह है कि संध्या वेला में तरल पेय पर थोड़ा नियन्त्रण रखें क्योंकि एक बैठक मेरे आवास पर होगी।' मैंने राष्ट्रीय स्वयंसेवक संघ के प्रचारकों की सी भाषा में कहा तो सबीना ने चुटकी ली।

'राष्ट्रवादी हो गये जासूस साहब।' फिर हँसी।

'भूल गये क्या जेएनयू की पढ़ाई।'

पर नन्दा ने बैठक स्थल बदल दिया। अब मीटिंग उसके कमरे में होनी तय हुई।

रात के डिनर में रक्षदीप शामिल नहीं हुआ। रात के 11 बजे के आसपास सब लोग अपने-अपने कमरे की ओर बढ़े। यह सितम्बर 25 की रात थी। सबने ख़ुद पर क़ाबू रखा था। सब पर रम का नया-नया शौक़ चर्राया था। दरअसल रम के मतवालों को पता है कि रम शराब कम दवा ज़्यादा है। रम का मिक्स आपको कई बीमारियों से दूर रखता है। दरअसल बहुत कम लोग जानते हैं कि रम की फ़ुल फ़ॉर्म रेगुलर यूज मेडिसिन है। और पहाड़ों पर तैनात फ़ौजियों और ज़ीरो से निचले तापमान में रहने वाले लोगों के लिए तो रम बस राम का ही नाम है जिसके भरोसे जीते हैं। कहना न होगा कि पहली पसन्द ओल्ड मोंक जिसे वृद्ध भिक्षु के रूप में पहचाना था ख़ाकसार ने। विभा गुप्ता से कह कर ओल्ड मोंक की बोतल कमरे में भिजवा दी गयी थी। महफ़िल नन्दा के कमरे में लगी थी।

ओल्ड मोंक की बोतल मेज़ पर सजी थी। क्रिस्टल के तीन चमचमाते जाम भी पड़े थे। साथ में पनीर टिक्का और शोघी की स्पेशल बर्फ़ी भी पड़ी थी। सबीना ने कमरे में घुसते ही बर्फ़ी से भोग लगाया। नन्दा ने बोतल को देखा और मुण्डी से पकड़ कर टेबल के नीचे रख दिया।

'ओ परां कर ओए एहनूं 'मंगते' नूं।' भिक्षु के लिए उसने विशुद्ध पंजाबी का शब्द इस्तेमाल किया और फिर अपने कमरे के चालू वार्डरोब को खोल कर वहाँ से कैप्टन मार्गन की रम की बोतल निकाली।

'मंगते नूं!' सबीना ने हैरानी से पूछा।

'ओ मैडम जी, ए मोंक मंगते ही तो होते हैं।' उसने कहा। यह बिल्कुल नया था। हम खुल कर हँसे। फिर नन्दा ने कमरे में पड़े हॉट केस में से कॉफ़ी के ख़ाली मग निकाले और यूँ गर्म हो चुके मगों में हॉट केस में ही पड़ी बोरासिल की कैटल से निकाल कर कॉफ़ी भर दी। कॉफ़ी में बोतल की सील तोड़ कर रम का तड़का लगाया गया। नन्दा ने हॉट केस में से ही स्नैक्स की एक प्लेट निकाली जिसमें फिश पकौड़ा और मुर्गपंखों को तल कर सजा कर रखा गया था।

'भई वाह। ऐसे लग रहा है कि लीला केंपेंस्की में डिनर हो रहा है।' मैंने कहा।

'चलो जी चक्को फेर गलास ते करिए रम रम। मैडम जी की ख़ूबसूरती के नाम।' नन्दा ने कहा तो उसके रम रम में ही हम रम गये।

फिर शुरू हुआ विमर्श। मैंने कफ़ लिंक के बारे में बताया तो दोनों हैरान रह गये। रक्षदीप का टाटा घोष के क़त्ल से रिश्ता होना बहुत अजीबोग़रीब था। लेकिन किसी सस्पेक्ट को यह कह कर छोड़ा नहीं जा सकता कि प्रत्यक्षत: उसका कोई ताल्लुक नहीं दिखता। यह ताल्लुक ही खोजना था। फिर यह तय हुआ कि रक्षदीप की लोकेशन चेक की जाये। इसके लिए उसका फ़ोन चाहिए था।

'यह कोई मुश्किल काम नहीं। कल सुबह नम्बर पता कर लेंगे और यह काम तो कली ही कर देगी।' मैंने कहा।

'कल सबेर का क्यों इन्तज़ार करना। ए लै नम्बर।' कह कर नन्दा ने नम्बर दे दिया। फिर जो सवाल सबीना सहर ने पूछा मुहावरे की भाषा में वो एक लाख रुपये का था लेकिन देश में पिछले दस साल में रुपये की जो दुर्दशा हुई उसमें 40-50 लाख का था।

'वैसे मिस्टर नन्दा' सबीना ने जैसे ही कहा नन्दा के अन्दर का सोया आशिक़ फिर जाग गया।

'ओ कौन है जी नन्दा, तुसीं नरेश आखो सानूं।' नन्दा ने कहा तो सबीना ने नाख़ुशी से देखा। नन्दा ने मौक़े की नज़ाकत समझी।

'हाँ जी फ़रमाओ सोहनयो, नाराज़ नई होना।' उसने कहा तो सबीना मुस्करायी। फिर बोली–

'नरेश जी, यह बताइए कि आप यहाँ कैसे? हम दोनों को तो क़त्ल के केस की तफ़्तीश ले आयी पर आप यहाँ कैसे? फेमिली फ्रेंड?'

‘न जी अपना इन राजा-महाराजाओं, रानी-महारानियों से क्या लेना-देना। पापी पेट का सवाल है। दो वक़्त की रोटी यहाँ खींच लायी। वरना आप सोचो दस दिन में कितना नुक़सान हो जाना अपना।’ नन्दा ने कहा।

‘अब असली बात कह भी चुको अंकल।’ मैंने कहा तो नन्दा ने भस्म कर जाने वाली नज़रों से मुझे देखा।

‘ओ ठैर जा ओए अंकल दे घोड़े। ओ ठैर जा ओए अब्बीमन्नू।’ नन्दा ने जानबूझ कर मेरे नाम का निर्ममता से पोस्टमार्टम किया। फिर कान एकदम मेरे कान के पास लाकर बोला, ‘बाज आ जा नहीं तो तूंबा लगा दूँगा नीचे।’

मैंने सन्तुष्टिपूर्ण तरीक़े से सिर हिलाया। तीर निशाने पर लगा था। अब नन्दा के गम्भीर रहने की गारंटी थी।

‘मैं दरअसल परिवार का फ़ेमिली लॉयर हूँ। महाराज अक्षदीप के एक दोस्त थे जो दिल्ली के मशहूरो मारूफ़ व्यवसायी थे जिन्होंने मुझे रेफर किया था। मरने से पहले अक्षदीप ने अपनी वसीयत कर दी थी। जो एक तय वक़्त तक दिल्ली के पंजाब एंड सिन्ध बैंक की लाजपत नगर वाली ब्रांच के लॉकर में बन्द थी। अपने असिस्टेंट को ऑथोराइज़्ड करके आया हूँ। लॉकर कल यानी 26 सितम्बर को खुलेगा। जो मेरे पास परसों 27 सितम्बर को पहुँच जायेगा। 28 को वसीयत पढ़ी जायेगी और सब औपचारिकताएँ पूरी होंगी और 29 सितम्बर को यहाँ से निकल लेंगे ख़रामा ख़रामा।’ उसने कहा फिर सबीना को देख कर पूछा, ‘तुहाडा की प्रोग्राम है मैडम जी।’

‘हम भी बस क़ातिल को लेकर निकल लेंगे ख़रामा ख़रामा।’ उसने कहा।

मैं कुछ कहने ही लगा था कि नन्दा ने हाथ उठा कर मुझे रोका, ‘ओ ठैर जा बई मन्नू भाई तेरी मोटर तो जब मर्ज़ी चल पड़ती है पम पम पम।’ सबीना दिल खोल कर हँसी। हँसी तो फँसी।

उसे पता नहीं वकील के साथ सोयेगी तो सुबह तक पर्स ख़ाली मिलेगा और उधारी और चढ़ जायेगी। नन्दा बदस्तूर जारी था।

‘फिर तो मैडम जी बिल्कुल ठीक है। असी वी खरामा खरामा ते तुसीं वी खरामा खरामा। दोनों इकट्ठे निकल लेंगे।’

‘पर मैंने भी तो वहीं जाना ख़रामा ख़रामा।’ मैंने कहा तो नन्दा ने मुझे देखा।

‘न भई तू तो पूरी स्पीड पर निकलेगा। तेरी माया तो कल रच जानी यहाँ पर। उसे तेरा नम्बर नहीं लग रहा था तो मुझे ही फ़ोन करके बोली–‘भाई साहब, उनको

बता देना मैं कल शाम तक पहुँच जाऊंगी। तेज़ तेज़' नन्दा ने कहा फिर ठहाका लगा कर हँसा। 'मैनूं कैंदी भाई साहब, हा हा हा।'

'तेज़ तेज़ भी कहा माया ने।' मैंने पूछा।

'ओ बई काका मुझे क्या तूने सन्देशवाहक समझ रखा है। मैं तेरा वड्डा भरा हाँ। थोड़ा सेट करना पड़ता है लैंग्वेज़ को। वैसे भी तेरी खरामा खरामा जाने की उम्र नहीं।' उसने कहा।

'ऐसी बात है तो ख़रामा ख़रामा वाले तो आप अकेले ही हो, मैडम तो रॉकेट रॉकेट वाली है।' इससे पहले कि नन्दा कुछ बोलता सबीना दख़लअन्दाज़ हुई।

'भाई लोगो, यह बहुत हो गया डरामा डरामा। अब एक-एक पेग और काम की बात हो जाये।'

नन्दा ने फ़ौरन पेग बनाये। इस बार रम में हल्का गुनगुना पानी डाला गया।

'जो हुकुम। तो आप लोग क्या कह रहे थे रक्षदीप की लोकेशन पता करने का।'

सबीना ने टाटा घोष के क़त्ल के बारे में बताया और वहाँ से बरामद कफ़ लिंक के बारे में भी।

'यह किस दिन की बात है। मेरा मतलब तारीख़।' नन्दा ने पूछा।

'दो सितम्बर।' मैंने कहा। नन्दा ने तुरन्त जवाब दिया।

'किसी को तकलीफ़ देने की ज़रूरत नहीं। रक्षदीप उस दिन दिल्ली में था और मेरे साथ वसीयत और बाक़ी सम्पत्तियों और उनके प्रबन्धन की सूची बना रहा था।'

मेरी और सबीना की आँखें मिलीं। अब अगला सवाल था–क्यों? और फिर स्टैंडर्ड प्रॉसेस मर्डर वैपन की तलाश। फॉरेंसिक निशानदेही, फ़िजीकल एवीडेंस एंड अदर पुलिस फॉर्मेलिटीज़। सबीना को लगा ट्रिप बेफ़िज़ूल नहीं जायेगी तो दिल्ली में रामप्रताप सिंह की फ़ालतूगिरी नहीं झेलनी पड़ेगी।

'साला खूसट पहले आधा घण्टा बैठ कर अपनी आशिक़ी झाड़ता, आँखों से ताड़ता फिर अपने क़िस्से-कहानियाँ सुनाता। अब यह सब झेलना नहीं पड़ेगा।' उसने सोचा। वैसे भी किसी अपराधी को पकड़ने जैसा सुकून एक पुलिस अफ़सर को और कहीं मिल नहीं सकता।

'आगे की रणनीति क्या रहेगी?' मैंने पूछा।

'नज़र रखनी पड़ेगी रक्षदीप पर।' सबीना ने कहा।

'एक और भी है जिस पर नज़र रखनी होगी।' मैंने कहा तो दोनों ने प्रश्नसूचक नज़रों से मुझे देखा।

'अनिरुद्ध सिंह। मैंने ख़ुद देखा उसके पास रिवॉल्वर।' मैंने कहा।

'रिवॉल्वर होना ही शक की गुंजायश पैदा नहीं करते। ये किसी राजे-महाराजे अपनी पुरानी फूं फां के चलते यह सब करते हैं। पर एक कैंडिडेट और है जिस पर वाक़ई नज़र रखने की ज़रूरत है।' फिर उसने बिना हमारे 'कौन' का इन्तजार किये बताया, 'प्रतिकार सिंह।'

बात में दम था। टाटा घोष के क़त्ल और रक्षदीप का जो कनेक्शन हम मिस कर रहे थे वो प्रतिकार को पता हो सकता था। और फिर टाटा की पिस्तौल ग़ायब थी।

'बिल्कुल ठीक।' शक के दायरे में कई लोग थे।

'यार एक बात समझ नहीं आयी। तमन्ना ने उन लोगों को बुलाया जिन पर उसका क़त्ल होने की सूरत में शक हो सकता हो या जिनको उसकी मौत से लाभ हो तो फिर वो गाँव वाली माँ-बेटी तो शायद खाने-पीने के लिए ही यहाँ बुलायी गयी हैं। महल के सारे लोग मर जायें सारे उनके वकील तभी उनको कुछ फ़ायदा हो सकता है। वो भी शायद और लम्बी क़ानूनी लड़ाई के बाद।' फिर वो हँसा।

'बात एकदम ठीक है नन्दा साहब। लेकिन शक के दायरे से बाहर तो नहीं न। याद नहीं गुड़गाँव का वो मशहूर केस जिसमें एक वकील ने एक भरे-पूरे परिवार को ज़िन्दा जला दिया था ताकि उनकी सम्पत्ति उसके नाम हो सके।' सबीना ने कहा।

'ओ ते ठीक है मैड्डम जी, तुसीं फिर नन्दा साहब।' नन्दा जो अब तक एकदम गम्भीर मन्थन कर रहा था, फिर अपने पुराने मूड पर आ गया।

'फिर तो जनाब भी शक के दायरे में हैं। वैसे भी उनकी जो प्रसिद्धि है उसमें शक तो उन पर जायेगा ही।' मैंने कहा।

'ओ मन्नू मियाँ, की मशूरी है मेरी।' नन्दा ने 'आ बैल मुझे मार' को भूल कर पूछा।

'वहीं, नन्दा एनसीआर के वकीलों में सबसे गन्दा।' मैंने कहा तो नन्दा ने खा जाने वाली नज़रों से मुझे देखा।

'फेर ते तुसीं नू भी फड़ना पैना।' सबीना ने नन्दा की नक़ल की।

'आय हाय, तुसीं फड़ लो तो सानूं होर की चाहीदा।' नन्दा ने आह भरी। सबीना ने मुस्कराते हुए उसे देखा। तीनों की नज़र एक साथ रम की बोतल पर गयी। 'कैप्टन मार्गन' को तो हम शहीद कर ही चुके थे। बोतल में एक बूँद दारू न बची थी। फिर हम लोग वहीं अपने-अपने सोफ़े पर लुढ़क गये। कल का दिन-रात दोनों क़यामत के होने वाले थे।

सत्ताईस

'राजगढ़ के राजमहल के गुम्बदों पर जहाँ कभी रात भर मशालें जलती थीं वहाँ अब उन्हीं मशालों के आकार के छोटे-छोटे खम्भों में बिजली के बल्ब फिट किये गये थे कि दूर से मशालों का ही आभास देते थे। हालाँकि महल की ऊपरी दीवारों पर शक्तिशाली फ्लड लाइट्स भी लगी थीं। लेकिन ज़्यादातर समय यह मशालें ही जलती थीं ताकि रात में महल में महल जैसी ख़ूबसूरती ही रहे न कि किसी पंचतारा होटल जैसी। महल में अपने बिस्तर पर रक्षदीप बेचैन सोया था। जब से मोबाइल फ़ोन आ गये थे रक्षदीप ने रात को अपने कमरे में ज़ीरो वाट का बल्ब जलाना भी बन्द कर दिया था। उम्र के साथ उसकी रात अक्सर बेआराम ही रहती थी। सुबह तो साढ़े तीन बजे वो उठ ही जाता था। रात को समय देखने की ज़रूरत होती तो वो अपने मोबाइल की स्क्रीन पर ही देखता। अक्सर वो रात को अल्प्रेक्स की गोली निगल लेता था लेकिन पिछली सुबह उसने छत से जो कुछ देखा और फिर नीचे बने विशेष हॉल में विभा गुप्ता को देखा तो उसे एक फ़ीसदी सन्देह भी न रहा कि विभा गुप्ता ही सत्या सुहानी थी। बल्कि उसने पहले ही अगर ग़ौर से देखा होता तो उसे पता चल जाता। अब उसका मन विचलित था। कुछ तो था जो उसे यहाँ तक खींच लाया।

आज का दिन बहुत अहम था। उसको अब अपनी आगे की योजना एडवांस करनी पड़ेगी। जो भी होना है अब बस आज ही रात तक होना है। सारे काम क्रमवार किये जायेंगे। उसने मोबाइल की स्क्रीन पर समय देखा। सवा तीन बजे थे। अब जागते-सोते करवटें बदलना मुश्किल था। वो उठा। वाशरूम में गया और ब्रश करके बाहर आ गया। इतनी सुबह नहाने का कोई सवाल ही नहीं था। ठीक चार बजे वो अपने कमरे से निकला। उसका हर रोज़ का समय लेकिन आज छत पर जाने के लिए नहीं। वो दबे पाँव महल के मुख्यद्वार की ओर बढ़ा और वहाँ से विशेष अतिथियों के लिए बने पण्डाल और मेकशिफ्ट हट्स की ओर। इस पूरी क़वायद

में उसे बारह मिनट लगे। महल के बाहर ठण्ड थी और जल्दबाज़ी में रक्षदीप कुछ ऊनी कपड़े पहनने से रह गया था। हालाँकि पहाड़ की ठण्ड के हिसाब से उतनी ठण्ड नहीं थी पर फिर भी तापमान छह-सात डिग्री सेल्सियस के आसपास था। उसने अपने दोनों हाथों को छाती के साथ बाँध रखा था। वह बड़ी सावधानी से स्टाफ़ के लिए बनाये गये विशेष वाशरूम्ज़ की तरफ़ बढ़ा। आज चाँद आसमान पर वैसे ही जगमगा रहा था जैसे कल लेकिन अभी चन्द लम्हे पहले ही चाँद को किसी बादल ने घेर लिया जिस वजह से खुले में रोशनी और कम हो गयी थी। हवा इतनी हल्की चल रही थी कि चीड़ के पेड़ भी निःशब्द हिल रहे थे। रक्षदीप को यहाँ आये क़रीब 20 मिनट हो गये थे लेकिन आज सत्या सुहानी वाशरूम की तरफ़ नहीं आयी थी। तो क्या आज नहायेगी नहीं?

रक्षदीप अभी यह तय ही कर रहा था कि अगर यहाँ मौक़ा न मिला तो वो दिन में या रात का कोई वक़्त तलाश करेगा अपनी योजना को अंजाम देने के लिए। तभी पण्डाल की वाशरूम्ज़ वाली साइड में सत्या सुहानी प्रकट हुई। रोज़ की तरह बेआवाज़ चलते हुए वो वाशरूम के पास पहुँची। दरवाज़ा खोल कर उसने पहले पानी चेक किया। सत्या सुहानी रोज़ रात को ही इस वाशरूम का गीजर चला देती थी ताकि सुबह वो जल्दी से शावर लेकर निकल जाये। पिछले चार दिन में जो वो बेरोकटोक नहा कर निकलती रही तो दरवाज़े को लेकर अब और लापरवाह हो गयी थी। उसने अपनी झोलझाल मैक्सी फिर अन्दर पहना वार्मर उतारा और शावर के नीचे खड़ी हो गयी। इन्सानी फ़ितरत है कि वो शावर के नीचे घूमता ज़रूर है। जैसे ही उसने चक्कर काटा और मुँह वाशरूम की दीवार की तरफ़ किया, वाशरूम का दरवाज़ा धड़ाम से खुला और किसी ने उसे अपनी बाँहों में भर लिया। सत्या के मुँह से चीख़ इससे पहले कि वातावरण का सन्नाटा भंग करती एक मज़बूत हाथ ने उसका मुँह बन्द कर दिया। कोई उसके कानों में बुदबुदाया।

'क्या हो गया रानी साहिबा। क्या मेरे बदन में काँटे उग आये हैं। कभी तो अमरबेल की तरह लिपट जाती थीं।' रक्षदीप ने कहा।

सत्या उसकी बाँहों में तड़प गयी। उसके मुँह से गों गों की आवाज़ निकल रही थी। लेकिन वो ख़ुद को छुड़ा न पायी। तभी रक्षदीप फिर बोला–

'हाथ हटा रहा हूँ। अगर आवाज़ निकली तो यहीं लाश गिरा दूँगा।' उसने हाथ हटाया और उसे घुमा कर अपनी तरफ़ सीधा किया। सत्या के बदन पर कपड़े की धज्जी भी नहीं थी। उसका चेहरा शर्म और ग्लानि से लाल था। रक्षदीप ने बेइज़्ज़त करने वाले अन्दाज़ से उसके पेट और फिर उसके पृष्ठभाग पर चपत लगायी।

'क्या सोच रही थी तू। साली हरामज़ादी इस तरह डबल रोटी हो जायेगी तो मैं पहचान नहीं पाऊँगा। कभी कच्चा चबाता रहा हूँ तुम्हें। क्या कमी थी। सब कुछ तो पहुँच रहा था तुम्हारे पास। क्यों आयी हो?' उसने एक साथ कई सवाल दागे। बाहर सुबह की किरण फूटने को थी। सत्या ने हाथ बढ़ा कर अपनी मैक्सी उठाने की कोशिश की लेकिन रक्षदीप ने उसकी यह कोशिश नाकाम कर दी।

'पहले जवाब।'

'जाने दो प्लीज़।' वो गिड़गिड़ायी। 'बाहर रोशनी हो रही है, अभी लोग इस तरफ़ आ जायेंगे। मैं बता दूँगी। प्लीज़ जाने दो।' उसने कहा।

उधर इच्छया के कमरे की बत्ती जली। फिर साथ ही नन्दा का कमरा भी रोशन हो गया।

'जल्दी बको। क्यों आयी हो और ऐसे बहुरूप धर के क्यों?' उसने पूछा।

'सब बता दूँगी। अभी जाने दो प्लीज़।' उसने कहा।

रक्षदीप ने निर्ममता से उसे खींच कर अपने साथ सटा लिया और फिर उसके वक्ष को बेरहमी से भींच दिया। 'बताओ वरना ऐसे ही बाहर ले जाऊँगा।' सत्या सुहानी की आँखों में आँसुओं की अविरल धारा बह निकली। शर्मिन्दगी, दुख और बेइज़्ज़ती ने उसके आँसुओं का बाँध तोड़ दिया था।

'प्लीज़। लोग आ जायेंगे। छोड़ दो महाराज। शाम को सब बता दूँगी।' उसने कहा।

'एक सवाल का जवाब दो। सच। नहीं तो यहीं नंगी परेड करती नज़र आओगी।' रक्षदीप ने कहा।

'पूछो महाराज। जल्दी।'

'तमन्ना को मालूम है कि तुम यहाँ हो?' उसने पूछा।

'क्या जुल्म करते हो महाराज। उसको मैं कैसे बता सकती हूँ और बता कर मैं इस रोल में रह पाती। जाने दो प्लीज़।' वो गिड़गिड़ायी।

रक्षदीप ने उसके बालों के गुच्छे को पकड़ कर उसे सीधा किया और फिर उसके कानों में फुफकारा–'कोई चालाकी, कोई बदमाशी करने की कोशिश की तो रानी से नौकरानी बना दूँगा दुबारा। साली अहसान फ़रामोश। महल में वापसी का तुम्हारा एक प्रतिशत चांस भी था तो वो तुमने आज ख़त्म कर लिया। आज रात को। भूलना मत। नहीं तो याद भर कर लेना अपने पुराने दिन।' फिर उसने इतने ज़ोर से सत्या के पृष्ठभाग पर तमाचा जड़ा कि उसका पंजा वहाँ छप गया। शर्मिन्दगी और

बेइज़्ज़ती के सागर में गोते लगाती सत्या सुहानी को छोड़कर रक्षदीप वाशरूम से निकल गया। वापसी वो अपनी रजवाड़ों वाली शान से ही कर रहा था। उसके चेहरे पर सत्या सुहानी को उसकी औक़ात दिखा देने की तृप्ति और दम्भ साफ़ दिखाई दे रहे थे। अगले 15 मिनट बाद वो आँखों में दूरबीन लगाये छत पर था। कितना काम आयी थी उसकी यह आदत। महल की एक कर्मचारी केतली में उफनती हुई कॉफ़ी और रम की ट्रे लेकर हाज़िर हुई। आज वृद्ध भिक्षु कड़क जवान होकर उसके हलक से उतर रहा था। औरत पर अपनी सर्वोच्चता को पंजीकृत करने के बाद रक्षदीप के अन्दर के मर्द का अहंकार प्रबल हो गया था।

उधर काँपती टाँगों और थरथराते हाथों के साथ सत्या ने अपने कपड़े पहने और अब गिरी तब गिरी के भाव के साथ बमुश्किल अपने कमरे तक पहुँची। उसने कमरे में रखी इलेक्ट्रिक कैटल में अपने थर्मस में रखा सारा दूध उलट दिया। उसे पता था कि एक बार दूध उबल जाने के बाद कैटल ख़राब हो जायेगी पर उसे परवाह नहीं थी। उसके काँपते शरीर को ताक़त की सख़्त ज़रूरत थी। उसने दो चम्मच चीनी और ख़ूब सारी कॉफ़ी डाल कर दूध को उबाला और यूँ तैयार हुई देसी कॉफ़ी में एक बड़ा पेग रम का डाला। बिस्तर के सिरहाने पड़े बिस्कुट को न चाहते हुए भी खाया ताकि ख़ाली पेट जाकर कॉफ़ी उसके पेट में रिफ्लेक्स न क्रिएट कर दे।

कॉफ़ी का पहला घूँट अन्दर जाते ही उसकी धमनियों में जैसे शक्ति संचालन हो गया हो। उसका दिमाग़ सक्रिय हुआ। रक्षदीप की हरकत की वजह से हुआ पैनिक थोड़ा सेटल हुआ। उसे अपने साथ विभा या जॉय की सख़्त कमी महसूस हुई। पर अब तो महज़ तीन-चार दिन की ही तो बात थी । यहाँ आकर उसे यह पता चला था कि इस गेट टू गेदर का मक़सद तमन्ना की जान को हुए किसी अनजान ख़तरे को रोकना था। 'हाय मेरी बच्ची' कितनी ख़ूबसूरत ज़रूर रक्षदीप ही उसे मारना चाहता होगा। बहरहाल जो हुआ उसके बाद उसने अपनी योजना को भी आगे सरकाने का फ़ैसला किया। उसके बाद तो किसी ख़तरे का टंटा ही ख़त्म हो जायेगा और तमन्ना अपनी बाक़ी ज़िन्दगी आराम से बेख़ौफ़ बितायेगी। हॉल में तमन्ना और प्रतिकार के आपसी व्यवहार से उसे साफ़ ही पता चल रहा था कि दोनों के बीच में क्या रिश्ता था। कॉफ़ी का कप ख़त्म होने तक उसमें हौसले का सम्पूर्ण प्रवाह हो चुका था। वो आज रात के लिए पूरी तरह तैयार थी।

अट्ठाईस

राजे-रजवाड़ों की झूठी शान के चलते उनका सुबह ही अपने राजसी परिधान में सज जाने का फ़ायदा यह हुआ कि सबीना सहर ने अपने वाट्सएप पर शर्मा की ओर से भेजे गये कफ़ लिंक का मिलान रक्षदीप की कमीज़ के कफ़ लिंक से कर लिया था। दोनों हूबहू थे। इतने से बहुत कुछ साबित हो गया और फिर दूसरा पुख्ता सबूत क़त्ल के वक़्त रक्षदीप की दिल्ली शहर में हाज़री भी थी। लेकिन यह कोई आयरन क्लैड केस नहीं था। क्योंकि दिल्ली में मौजूदगी महज़ संयोग हो सकती है क्योंकि उसके पास दिल्ली जाने का मक़सद अपने वकील से मिलना था। महल के काग़ज़ात तैयार करना था। कफ़ लिंक किसी ने चुराया हो सकता था। इसलिए अभी और काम करना होगा। यह सोच कर सबीना सहर ने आज के दिन में दारू से दूर रहने का फ़ैसला किया। फिर उसने दूर रहने वाली चीज़ों में नन्दा का नाम भी जोड़ा। वो बहुत ज़्यादा उसका ध्यान बँटा रहा था। आज तमन्ना उसको महल में बाहर से आये सभी मेहमानों की सूची देने वाली थी जिनकी पड़ताल की जानी थी। सुबह जॉगिंग के लिए भी वो नन्दा को गच्चा देकर निकल गयी थी। अभिमन्यु से बात हो चुकी थी। कली को दिल्ली में अलर्ट कर दिया गया किसी भी सूचना को क्रॉस चेक करने के लिए। वसन्त विहार का एसएचओ वरिन्दर शर्मा तो स्टैंडबाई था ही।

वो अभी तैयार होने को उठ ही रही थी कि दरवाज़े पर दस्तक हुई। उसने 'कम इन' की हाँक लगायी। दरवाज़ा खुला। सामने वही था जिसे नहीं होना था। नन्दा। उसने कमर तक झुक कर कोर्निश बजायी और बोला, 'महाराज की जय हो।' सबीना सहर नाराज़ होना चाहती थी पर हो न पायी। उसने मुस्करा कर उसका अभिवादन किया।

'सोहनयो अज नट्ठ पज्ज नईं करनी?' उसने पूछा।

दिल्ली रह कर सबीना सहर काफ़ी पंजाबी सीख गयी थी पर इतनी फिर भी नहीं। उसने हैरत से उसे देखा।

'जॉगिंग मैडम जी जॉगिंग।'

'ओह।' सबीना को समझ आ गयी कि नन्दा सुबह से अपने कमरे के अन्दर से नज़र रखे होगा क्योंकि बाहर तो वो दिखा नहीं। फिर भी उसने झूठ बोलना मुनासिब न समझा।

'आपको झोंक लम्बी लग गयी होगी। मैं तो हो भी आयी।' उसने कहा।

तभी नन्दा को जैसे धक्का लगा और वो रपटते क़दमों के साथ आगे बढ़ा।

'अब हट भी जाओ या एसीपी मैडम के दरवाज़े पर चौकीदार की तरह जमे रहोगे अंकल जी।' मैंने कहा।

'ओ ठैर जा ओए तेरी माँ नूं...।' नन्दा ने कहा।

'मेरी माँ नूं ते सारे ही याद करदे। हुन हटो पिच्छे।' मैंने अपनी बचीखुची पंजाबी झाड़ी और बोला, 'आप इसका लुत्फ़ लो। मेरे पीछे सत्या सुहानी थी जो ख़ास मेरे इसरार पर ख़ुद चाय की ट्रे लेकर आयी थी।

'गुड मॉर्निंग मैडम, गुड मॉर्निंग सर।' उसने सबीना और नन्दा दोनों को विश किया और चाय की केतली से चाय बड़े-बड़े कॉफ़ी मग्स में डाली तो कमरा चाय में उड़ती भाप के साथ उठी अदरक की महक से भर गया। मैंने प्राणायाम की पहली साँस की तरह 20 सेकेंड तक उस महक को अपनी धमनियों में समाहित किया। कमरे में स्वर्ग का सा नज़ारा हो गया।

'लओ जी चा पीओ। खालिस पंजाबी। दुध पत्ती ठोक के ते मिट्ठा हत्थ रोक के।'

तभी नन्दा की नज़र सबीना के कॉफ़ी मग पर पड़ी। कॉफ़ी का रंग उसमें दारू मिले होने की चुग़ली कर रहा था। पर नन्दा ने कुछ कहने से ख़ुद को रोका। फिर वो बड़े प्यार से सबीना से बोला।

'की होया मैडम, परेशान हो सुबह सुबह।' अपना कोई ट्रेडमार्क पंजाबी जुमला छोड़ कर वो बेवजह सुबह को बदमज़ा नहीं करना चाहता था।

'कुछ नहीं नन्दा जी। केस उलझता जा रहा है। हाथ क़ातिल की गर्दन पर है पर दबाने लायक ताक़त नहीं।' वो समझ गया था कि अभी कोई अन्तिम सबूत उनके पास नहीं।

'वैसे कुछ भी हो सकता है पर मुझे लगता नहीं कि रक्षदीप ऐसा कुछ यानी क़त्ल कर देगा। आख़िर ज़रूरत क्या उसे?' नन्दा ने कहा।

'यही तो समझना है जनाब।' मैंने कहा। फिर जोड़ा, 'वैसे आप बताओ रक्षदीप ऐसे क्या डॉकूमेंट तैयार करवा रहा था।'

'ओ काका कल्ल दस्सया तो था। प्रॉपर्टी के काग़ज़। महल की सम्पत्ति 25 साल का हो जाने के बाद तमन्ना की हो जानी है। बस उसी से जुड़ी फॉर्मेलिटीज़ थीं। तमन्ना चाहती थी कि रक्षदीप महल में अपना दख़ल बदस्तूर रखे। उसे अभी सब चीज़ की समझ नहीं सो कुछ अरसा दोनों मिल कर चलाएँगे और फिर पूरा तमन्ना के नाम।' नन्दा ने कहा।

'तमन्ना ऐसा चाहती थी यह किसने कहा?' मैंने पूछा। सबीना ने भी सवालिया नज़रों से देखा।

'भई रक्षदीप ने ही बताया। अभी तक तो वही सब कुछ बता रहा था। तमन्ना ने तो कभी फ़ोन भी न किया। मैं चार दिन से यहाँ झ...।' फिर उसने झक्क को ज़बरन अपने गले में वापस ठूँसा, 'अपनी ज़िन्दगी के बेहतरीन पल जी रहा हूँ। मेरे दिमाग़ पर तूं फालतू बोझ न डाल। क्यों जी सोहनयो?' उसने सबीना से पूछा।

'नहीं, अभि ठीक कह रहा है। मामले का हर पहलू इम्पोर्टेंट है। आज क्या है प्रोग्राम।' उसने मुझे देखा।

'विभा गुप्ता को मैं ख़ास तौर पर लाया था। सुबह-सवेरे वो अपने गले हाथों को वैसे नहीं ढकती। क्या आपने नोटिस किया?'

'इसमें नोटिस करने की बात नहीं, तुम्हारे बताने के बाद उसके शरीर की यह डिस्क्रिपेंसी साफ़ दिख गयी थी। अब मुद्दा उसकी पहचान स्थापित करना है।' सबीना ने कहा।

'मेरी फ़ाइल तैयार होकर आज आ जायेगी। मैं उस पर नये हालात की रौ में नज़र मार लूँगा।' नन्दा ने कहा।

तभी दरवाज़े पर फिर दस्तक हुई। सबने हैरानी से देखा। यह समय ऑड था किसी के आने का। सबीना ने अन्दर आने को कहा तो राजमहल का एक कर्मचारी एक फ़ाइल उनके सुपुर्द कर गया। उस फ़ाइल में महल में बाहर से आये सभी लोगों की शिनाख़्त से जुड़े काग़ज़ थे जिनको आज अच्छे से जाँचना था।

'देखो भद्र पुरुषो, आने वाले दो-तीन दिन बड़े ही महत्त्वपूर्ण हैं। इस बार क़ातिल को न सिर्फ़ लेकर जाना है वरना उसे कुछ और अनहोनी करने से रोकना भी है।' सबीना ने कहा। मैंने सहमति में सिर हिलाया।

'तुहाडा हुकम सिर मत्थे।' नन्दा ने सबीना से कहा।

फ़ाइल पर सरसरी नज़र डाली गयी। दिल्ली से आये सभी लोगों के आधार कार्ड कली को वाट्सएप किये गये। उसे सब जगहों पर कन्फर्मेशन के लिए दफ़्तर में उसके साथ राज और दूसरे रिटेनरों की मदद लेने की हिदायत दी गयी। चाय का

एक दूसरा दौर चला और महफ़िल बर्ख़ास्त हो गयी। बाहर सुबह की जो धूप सदा ही शरीर में ताज़गी भर देती थी वो पूरे विमर्श और उसके हासिल के बाद कसैली लगने लगी थी। मेरा कमरा एक तरफ़ था। मैं नन्दा को भी विदा करके अपने कमरे की ओर बढ़ा। मन कुछ अशान्त सा था। मैंने अपने क़दम पण्डाल से बाहर की ओर बढ़ाये। अब यह आदत में शुमार हो गया था कि अगर दिमाग़ में कुछ मन्थन चल रहा है तो चहलक़दमी करते रहें।

मैंने सोचा कल पण्डाल के वाशरूम्ज़ की तरफ़ दौरा किया था आज किचन की तरफ़ का कर लूँ। मैं वहाँ पहुँचा तो मेरे मन में द' किचन के संचालकों के लिए वाह निकल गयी। किचन वाला चलताऊ हॉल भी इतना साफ़-सुथरा था कि फाइव स्टार को मात दे रहा था। सब माया का खेल है। माया को याद करने का यही नायाब तरीक़ा था मेरे पास। उसकी क़ीमत और ज़रूरत का एहसास एक साथ। मुझे उसकी कमी खली। फिर मैंने सोचा अब तो कुछ घण्टों की बात है आज तो वो पहुँचने ही वाली है। पहाड़ की सर्द सुबह में उसको याद करने से ही मेरे बदन में गुनगुनी भाप सी उठी। सर्दी जैसे मुझसे दस क़दम दूर ही ठिठक गयी। तभी मुझे दूर किसी की मौजूदगी का आभास हुआ। मैं भरसक बेआवाज़ उस ओर बढ़ा। मेरे दिमाग़ ने तुरन्त मौक़े पर मौजूद सभी लोगों के साथ उसकी समानता बनाने की कोशिश की। लेकिन कोई फिट न बैठा।

वो एक औरत थी। उसका शरीर इतना सलीक था कि मैं तय न कर पाया कि उसकी क्या उम्र रही होगी। लेकिन उसका शरीर और कपड़े उसे पहाड़न करार दे रहे थे। मैंने सोचा कोई लोकल रेजिडेंट होगी। अब मैंने यहाँ सबको ही थोड़े देख लिया है। तभी मेरे पैरों के नीचे आ रहे पत्तों की आवाज़ से सजग होकर उसने पीछे देखा। मेरी आँखें उसकी बड़ी-बड़ी आँखों से मिलीं। मैंने उनमें साफ़ ही भय की लकीर देखी। वो अपनी निपट पहाड़ी ख़ूबसूरती में थी। गोरा रंग, घुँघराले बाल जो गाँव के हिसाब से बड़े करीने से ख़ुद के पार्लर कट होने की चुग़ली कर रहे थे। लाल उभरे हुए गाल, गहरी भवें, सामान्य क़द पाँच फ़ीट तीन इंच या उसके आसपास। असली क़द क्योंकि वो पैरों में दिन की हील की जगह फ़्लैट्स पहने थी। नाक में सतनगा। पहाड़ में अक्सर लोग सात छोटे-छोटे नगों को गोलाई में जड़वा कर उनका कोका बनवा लेते हैं। कानों में छोटे-छोटे टॉपस, लिपस्टिक विहीन गुलाबी होंठ। ब्रा के बन्धन से आज़ाद तनी हुई छातियाँ। ग़ौर से देखने पर कोई भी चित्रकार उनका सही नापजोख चित्रपट पर उतार देता। वो हिली तो हवा ने भी हरकत ली। बस एक चीज़ पता न चल रही थी। वो थी उसकी उम्र।

उसको देख शायद यह पहली बार हुआ होगा कि मेरे मन में वासना का कोई उफान न उठा वरन पहाड़ की निश्छल और वास्तविक ख़ूबसूरती के लिए वाह निकली। वो हिली तो हवा में भी हरकत हुई। मुझे लगा वो वापस गाँव की ओर अपनी राह लेगी लेकिन वो पण्डाल के बाहर के किचन के एरिया की ओर मुड़ी। मेरे पास आकर उसने मुझे हाथ जोड़ कर विश किया। यह थोड़ा अजीब था। हलो हाय में उलझे लोगों को कौन हाथ जोड़ कर नमस्ते करता है।

'सुनो।' मेरे मुँह से बरबस निकला। शायद मैं कुछ देर और उसकी ख़ूबसूरती को आत्मसात करने की फ़िराक़ में था।

'जी... सर।' उसने कहा और वहीं थम गयी।

मेरे पास उससे पूछने को कुछ नहीं था लेकिन मेरे जासूसी दिमाग़ को उसकी ख़ूबसूरती गुमराह न कर पायी मन चाहे कब का गुमशुदा हो चुका था। उसकी व्याकुलता जिसके चलते वो अपने पाँव के अँगूठे से अपनी चप्पल को ही कुरेदने की कोशिश कर रही थी और सर्दी में भी उसके माथे पर पनपी पसीने की बूँदें और बार-बार उसके हाथों की हरकत मुझे उसे रोकने का संकेत दे रही थी।

'आप–मैंने पूछा–यहीं पर हैं?'

उसने सहमति में सिर हिलाया। बोली कुछ नहीं।

'दिल्ली से आयी हैं?' मेरे सवाल कितने निरर्थक हैं। उसने 'न' में सिर हिलाया।

'क्या नाम है आपका?' फिर मैं अपने ही सवाल पर हैरान हुआ।

'जी मधु... मधुमा...।' मुँह से नाम और आँखों में ख़ौफ़ की परछाईं ने एक साथ अपना रास्ता बनाया। मैंने अपना सिर झटका। उसने भी अपने बदन को एक झटका दिया और फिर द' किचन वाले एरिया में दाख़िल हो गयी। मैं महल के बाहरी हिस्से के देवदार के कई-कई मीटर ऊँचे पेड़ों में अपने छह फ़ीट के क़द को उसकी औक़ात दिखाते हुए ताज़ा हवा को अपने रोम-रोम में समाहित करने लगा। कुछ तो भेद था इस मधु में। मैंने सोचा। फिर उसका नाम भी अपनी सूची में जोड़ा।

उनतीस

पाँचवें दिन के दोपहर तक पहुँचते-पहुँचते राजमहल के कई असूल खाने की टेबल से विदा हो चुके थे। सिटिंग अरेंजमेंट बिखर चुका था। अब मैं नन्दा और सबीना साथ-साथ हो चुके थे। इच्छया और स्वीटी अलग-थलग थीं पहले की तरह। दोनों में ऐसा कुछ भी नहीं था जो उनकी तरफ़ ध्यान ले जाता। लेकिन ऐसे लोगों को चिह्नित करने में तमन्ना से कोई भूल हुई। या फिर वे इसलिए यहाँ थीं कि कभी किसी अनहोनी की सूरत दोनों की महल के निज़ाम पर कोई दावेदारी हो सकती थी। मैंने इस बारे में नन्दा से बात करने का फ़ैसला किया। सुबह से ही हल्की बारिश हो रही थी। विभा गुप्ता ने पण्डाल की फोल्डिंग रूफ़ टाप को तान दिया था। महल के कर्मचारी सफ़ाई के काम में लगे थे। मैं अपने कमरे में तैयार होकर कली और माया के सम्पर्क में था। यूँ तो माया दक्ष ड्राइवर थी पर फिर भी दिल्ली से राजगढ़ का सफ़र हरियाणा के सीमाई क़स्बे कालका से निकलते ही पहाड़ी और फिर सोलन से मुड़ते ही दुरूह हो जाता था। कली को सभी पतों की पड़ताल के लिए बोला था। अभी फ़ोन करके उसे ख़ास हिदायत दी थी कि विभा गुप्ता के पते पर वो ख़ुद जाये। पिछले कुछ मामलों में कली और मेरा ऑफ़िस ब्वॉय राज मेरे काफ़ी मददगार हो रहे थे।

नन्दा अपने कमरे में दिल्ली से तैयार होकर आये सभी दस्तावेज़ों की जाँच कर रहा था। सबीना ने वसन्त विहार के इंस्पेक्टर से टाटा घोष के मामले की सारी रिपोर्ट ली। रिपोर्ट के बाद उसने एक लम्बी साँस ली। उसे समझ आ गया था कि केस डेड इंड पर चला गया है। कोई सुराग नहीं था जो ठोस तरीक़े से रक्षदीप की ओर इशारा करे। कफ़ लिंक तो कोई भी जानबूझ कर यहाँ गिरा सकता था। दिल्ली में उसकी हाज़री का अपना मक़सद था। महल के काग़ज़ात तैयार करवाना। सब कुछ परिस्थितिजन्य था। दोपहर के भोजन के पहले महल का एक कर्मचारी आकर नन्दा से फ़ाइल ले गया ताकि रक्षदीप भी उस पर एक नज़र डाल ले। कुछ ही देर में भोजन के लिए कॉल आ गयी।

हम लोग हॉल में थे। चार दिन में सारी बातें ख़त्म हो गयी थीं जो ग्रुप में हो सकती हों। अब तो सब आपस में ही बात करते थे। हम तीनों ने आपस में बात करके जान लिया था कि किसी के पास कुछ नहीं है सो खाने पर हमला हुआ। तमन्ना कुछ ख़ुशनुमा माहौल में दिखाई दे रही थी। मैंने उसे देखा और फिर उसको लेकर अपनी हर ख़्वाहिश का बेरहमी से क़त्ल किया क्योंकि मुझे पता था कि यहाँ कुछ हासिल नहीं होगा। वैसे भी तमन्ना और प्रतिकार का आपस में सम्बन्ध तय होना तय था। इस सोच-विचार के बीच तमन्ना की मौसी इच्छया ने वापस अपने घर जाने की इच्छा जतायी। वो इस बोरियत भरे खाने-पीने से आज़िज़ आ गयी थीं।

तमन्ना ने मेरी तरफ़ देखा। मैंने उसे सहमति दे दी क्योंकि वे दोनों जहाँ महज़ हाज़री भर ही थीं। वैसे भी जितने कम लोग होंगे उतना ही आसान होगा हमें अपना अपराधी पकड़ना। तमन्ना मेरे कान के पास आकर बोली।

'ऐसे ही एक-एक करके सब रुख़सत हो गये तो बाक़ी की फ़ीस का क्या होगा?'

'चिन्ता मत करो। फ़ीस लिए बिना जाऊँगा नहीं।' फिर मैंने ग़ौर से उसे देखा और कहा, 'और इनाम के बिना भी नहीं।' पहली बार मैंने उसके तांबई चेहरे पर एक बेलौस चित्ताकर्षक मुस्कान देखी। लेकिन उसका रुख़ मेरी तरफ़ न होकर प्रतिकार की तरफ़ था। मेरी नज़र उस टेबल पर भटकी तो वैसी ही एक मुस्कान प्रलाक्षा सिंह के चेहरे पर थी जिसका रुख़ मेरी तरफ़ था। लेकिन उसकी तरफ़ से इस बोल्ड गेंद के आने से पहले ही पिच पर बॉलिंग करने के लिए कुछ ही देर में माया महल में पहुँचने वाली थी। पर उसकी मुस्कान को मैंने न सिर्फ़ कैच किया वरना वैसी ही मुस्कराहट के साथ मैच भी किया।

तभी हमारे पीछे हमें किसी की मौजूदगी का अहसास हुआ। रक्षदीप सिंह दिल्ली से आयी फ़ाइल लेकर हमारे पीछे खड़ा था।

'प्रिंसेस।' उसने धीरे से कहा। 'ये कुछ पेपर हैं आप इन पर दस्तख़त कर दो।'

'क्या अभी छोटे महाराज। मेरे कमरे में भिजवा दें। मैं बाद में कर दूँगी।' उसने कहा।

'समय बचेगा प्रिंसेस। अभी मैं विश्राम के लिए चला जाऊँगा फिर तो डिनर पर ही मिलेंगे। चाय आज मैं अपने कक्ष में ही पीऊँगा। ये तो रुटीन के काग़ज़ हैं। और फिर नन्दा साहब के काम का भी हर्जा हो रहा है। आज दस्तख़त हो जायेंगे तो यह कल सुबह ही यहाँ से निकल जायेंगे।' उसने कहा। मुझे बुढ़ऊ की यह बात बिल्कुल पसन्द नहीं आयी। बढ़िया तफ़रीह चल रही थी। नन्दा को यह जानता नहीं था। उसके काम तो न यहाँ रहते रुकें न वहाँ रहते।

अपने छोटे महाराज को खड़े देख कर प्रिंसेस भी खड़ी हो गयी। फिर अपनी कुर्सी उनके लिए छोड़ दी।

'आप बैठो, मैं उधर बैठ कर, कर देती हूँ।' यह कहने से पहले तमन्ना क़रीब 60-70 पेजेज में से पहले तीन-चार पर दस्तख़त कर चुकी थी।

'आप बैठो।' मैंने हाथ बेध्यानी में उसके कन्धे पर रख दिया। रक्षदीप ने मुझे ख़ूँख़ार नज़रों से देखा।

'आप यहाँ बैठो महाराज।' मैंने अपनी कुर्सी छोड़ी। लेकिन तमन्ना खड़ी हो चुकी थी। रक्षदीप ने मेरे हटने के लिए रास्ता बनाया। तमन्ना के गले पर विक्टोरियाज़ सीक्रेट के परफ़्यूम की गन्ध मुझे सदा की तरह मदहोश कर रही थी। यही माया का फ़ेवरिट परफ़्यूम भी था। उसी गन्ध को आत्मसात करने के मक़सद से मैंने अपना चेहरा उसके चेहरे के साथ लगभग सटा दिया और धीरे से बोला–

'पढ़ कर करना।'

'क्या?' उसने कहा।

'याद नहीं समझाया था अल्फा वन में तुम्हें। मेरा काम अपराधी को पकड़ना ही नहीं उसे रोकना भी है। दस्तख़त पढ़ कर करना।' मैंने कहा। तमन्ना ने मुझे अपनी ख़ुशबू में डूब जाने दिया लेकिन साथ खड़े नक़ली महाराज ने मेरा कन्धा पकड़ मुझे उससे दूर किया। जो मैंने कहा था अब तो पूरे हॉल ने सुन लिया था। नन्दा रक्षदीप के समर्थन में बोलने ही वाला था कि मेरा चेहरा देख कर रुक गया।

रक्षदीप ने पूरी बदतमीज़ी से मुझे एक तरफ़ किया।

'प्लीज़ साइन दीज़ डॉक्युमेंट्स प्रिंसेस। दीज़ आर नथिंग बट रुटीन। मोरओवर आय टोल्ड यू मिस्टर नन्दा इज़ इन ए हरी।'

लेकिन मेरा वार काम कर चुका था। तमन्ना ने नन्दा को देखा, फिर उसी से मुख़ातिब हुई। इस बार अनौपचारिक तरीक़े से।

'आर यू इन दैट हरी अंकल।' सबीना सहर के सामने 'अंकल' के बाद हो सकता था कि नन्दा उल्टा जवाब देता सो उसकी जगह मैंने ही जवाब दिया।

'ही इज़ नैवर इन ए हरी।' मैंने नन्दा को देखा।

उसने मुझे देखा तो मैं उसकी नज़र को पैन कर के सबीना सहर की ओर ले गया।

'आर यू इन ए हरी मिस्टर प्रेसिडेंट ऑफ़ यंग लॉयर्स एसोसिएशन ऑफ़ डेल्ही?' मैंने उसे पंप किया जिसने उसकी उम्र के चलते वियाग्रा के शाट की तरह काम किया। नन्दा तुरन्त अपनी रौ में आया।

'ओ जी छड्डो इन्नां ख़ूबसूरत दिन क्यों बदमज़ा करना। कोई न माँ राज।' नन्दा ने महाराज ऐसे बोला जैसे माँ की गाली दी हो। प्रलाक्षा सिंह अपनी हँसी न रोक पायी। उसके बाद तो माँ राज पर हँसी का सैलाब फूट पड़ा। रक्षदीप ने तमन्ना के हाथ से फ़ाइल को खींचा और सबको हँसता छोड़ हॉल के फ़र्श को रौंदता हुआ निकल गया। मैंने मशहूर इंगलिश गाना तोड़ मरोड़ कर गुनगुनाया।

'बट आयम इन ए हरी, एंड आय वांट टू नो वाई?'

असली गाने में 'आय डोंट वांट टू नो वाई' है। तमन्ना को भी गाना आता था। उसने सुर मिलाया। विभा गुप्ता ने माहौल को देखते हुए तुरन्त यूट्यूब पे सर्च करके गाना बजा दिया। मौसम रंगीन हो गया। रक्षदीप के रवैये से पैदा हुई कड़वाहट संगीत की लहरों में डूब गयी।

तीस

दोपहर के भोजन के बाद सब अपने-अपने कमरे में अलसाने के लिए चले गये। क्या कमाल की ज़िन्दगी थी। दिल्ली के धुएँ और नमी से उठी स्माग से दूर पहाड़ों की वादियों में बसा एक शानदार महल। खाना-पीना, सोना गाना। ऐसे लग रहा था सालों की तपस्या के बाद शिव जी ने सुखी जीवन का वरदान दे दिया हो। ऊपर से नन्दा और सबीना सहर की सोहबत। सोने पे सुहागा यह था कि आज शाम को किसी भी घड़ी माया भी अवतरित होने वाली थी।

काश पैदा होने से पहले ख़ुदा, भगवान, ईसा मसीह बन्दे से यह पूछता तो शायद उन दो घरानों के घर में ही सारे बच्चे पैदा होते जो आजकल सत्तारूढ़ दल से अपनी नज़दीकियों के चलते विपक्ष के निशाने पर थे। तभी मेरे ख़्वाबों ख़यालों को भंग करता हुआ नन्दा कमरे में दाख़िल हुआ। साथ में सबीना सहर भी थी।

'ओए की होया सी ओए तैनूं। सारे काग़ज़ चौकस थे।' नन्दा ने कहा।

'पता नहीं। इंस्टिंक्ट थी बस। अगर काग़ज़ रुटीन थे तो ऐसे में जब महल के मेहमान बैठे थे काग़ज़ पेश करने की क्या ज़रूरत थी। बाद में सुबह करवा लेता। वहाँ क्यों? और वड्डे वकील साब आपको क्या पता कि उस पुलिन्दे में रक्षदीप ने चार काग़ज़ अपने न धर दिये हों।' मैंने कहा।

'ही इज़ राइट। भरे हॉल में इतने लोगों के बीच इस सबका कोई मतलब नहीं था। और एक बात और सर अगर कुछ नहीं था तो वो फ़ाइल छीन कर क्यों ले गया। वहीं छोड़ जाता।' सबीना ने कहा।

'जे तुसीं मैनूं सर सर कीती ते मेरा सर फट्ट जाऊ। पर बात आपकी ठीक है।' नन्दा ने कहा।

'मेरी ठीक नहीं थी।' मैंने शिकायती लहजे में कहा।

'ओए तेरी गल्ल सुनी किन्ने। छड्ड हुन। आ जा चा चा खेलिए।' उसने कहा। तभी विभा गुप्ता चाय की ट्रे लेकर आ गयी। साथ में गर्म-गर्म पकौड़े।

चाय पीकर नन्दा और सबीना मेरे कमरे से निकल गये। दोनों ख़ूब घुलमिल गये थे। सबीना सहर से हमबिस्तर होने का तमन्नाई मैं पहले दिन से था। लेकिन उसने जैसे मेरे बीच में एक लकीर खींच दी थी। हम आपस में सब बात कर लेते थे लेकिन मेरे एक के बाद एक दर्जनों एडवांसेज के बाद भी उसने मुझे उस हद से आगे न बढ़ने दिया। लेकिन मुझे लग रहा था कि नन्दा जल्द ही उस सीमा रेखा को पार कर लेगा। मुझे दिल्ली शहर में अपने एकमात्र दोस्त के लिए ख़ुशी हुई। हालाँकि सबीना के हाथ से निकल जाने का दुख भी। अगर भावनात्मक तरीक़े से किसी से न जुड़ती तो मेरा दाँव किसी न किसी रोज़ लग ही जाना था। पर कोई न। मैंने अपने जीवन के सिद्धान्त को याद किया, 'आता है आने दो अपना है, जाता है जाने दो सपना है।'

अभी उनको निकले मुश्किल से पाँच मिनट हुए थे। मैं अपनी कुर्सी पर अधलेटा था। पिछले चार दिन की आरामपरस्ती ने जिस्म में इतनी हिम्मत भी नहीं छोड़ी थी कि मैं कपड़े बदल लेता। मेरी मौजूदा ड्रेस सुस्ताने के लिए असुविधाजनक थी पर मैं बैठा रहा। तभी मेरे कमरे का दरवाज़ा खुला और ख़ुशबू का कोई झोंका जैसे कमरे पर क़ाबिज़ हो गया। प्रलाक्षा सिंह किसी क़यामत से कम नहीं थी। मेरे पैरों को जैस पंख लग गये। मैंने पुराने राजाओं के दरबार सरीखी कोर्निश बजायी। उसने बड़ी अदा से मेरे अभिवादन को स्वीकार किया और फिर जैसे गोली चला दी हो।

'क्या जासूस साहब दारू दलिए में ही उलझे रहोगे या फिर कुछ करोगे भी।' उसने कहा तो मैंने इसे ललकार ही माना। वो मेरे साथ वाले सोफ़े पर बैठ गयी। मैंने अपना फ़ेवरिट क्लासिक रेगुलर का पैकेट निकाला और सिगरेट सुलगा कर उसकी ओर पैकेट बढ़ा दिया। उसने बड़ी दक्षता से सिगरेट सुलगायी। धुआँ मेरी ओर उगला। फिर पूछा, 'है कुछ ख़बर?'

'है तो सही ख़बर–मैंने कहा–पर आपको वादा करना होगा कि आप किसी और से नहीं करेंगी।'

'क्यों भई? क्यों करूँगी, मैं पागल हूँ। यहाँ प्रतिकार की चिन्ता में मेरा दम घुट रहा है।' उसने कहा।

'निश्चिन्त रहें आप। प्रतिकार ने ख़ून नहीं किया। हमारी शुरुआती जाँच का यही निष्कर्ष है कि क़त्ल किसी और ने किया है। हमारी पहुँच में है अपराधी। बस वक़्त का इन्तज़ार है।' मैंने कहा।

हमने माना के तग़ाफ़ुल न करोगे लेकिन
ख़ाक हो जायेंगे हम तुमको ख़बर होने तक।

प्रलाक्षा सिंह ने अपनी आदत के मुताबिक़ शेर कहा। मेरे चुनिन्दा शेरों की किताब में ग़ालिब की यह पूरी ग़ज़ल शुमार थी।

'बात तो सच है आपकी। ख़ाक तो वाक़ई हो जायेगा जो भी आपकी ज़द में आयेगा।' यह कहते-कहते मैं उसके काफ़ी नज़दीक आ चुका था।

'तो फिर क्यों ज्वाला के नज़दीक आ रहे हो।' उसने मुझे पीछे धकेला।

'किसका काम है, कुछ पता चला?' उसने पूछा।

'कुछ उम्मीद है तो सही।' फिर मैंने कफ़ लिंक के बारे में बताया और रक्षदीप की क़त्ल के वक़्त दिल्ली में हाज़री के बारे में भी।

'यह राजमहलों की दुश्मनियाँ भी न। पर क्यों?' प्रलाक्षा ने पूछा।

'यही तो सोचकर हम हलकान हो रहे हैं कि आख़िर हत्या का मक़सद क्या था। इस सवाल का जवाब आते ही हमारी आधी से ज़्यादा समस्या हल हो जानी थी।'

'तो कुल मिला कर अभी क़यास ही है।' उसने कहा।

'आप अपनी बात पर क़ायम रहना। अगले 24 घण्टे में क़ातिल को पकड़ न लिया तो मैं भी शेर पुत्तर नहीं।' मैंने कहा।

वो बिना कुछ कहे कमरे से निकल गयी। इस बार मैं बेल्ट, मोजे उतार कर बिस्तर पर ढेर हुआ। तभी कमरे में विभा गुप्ता ने दस्तक दी। क़रीब 15 मिनट बाद मैं हॉल में पहुँचा। नन्दा और सबीना घुट-घुट कर बातें कर रहे थे। तमन्ना मेरी तरफ़ बढ़ी। हमारी 'हाय हेलो' हुई। रिपोर्ट लायक अभी कुछ नहीं था।

'कैसे हो रोमियो?' सबीना ने मुझे पास आते देख कर कहा।

'आज ठीक हो जायेगा। चिन्ता नहीं।' नन्दा ने कहा।

यह सबीना की सोहबत का असर था या उसके साथ लगातार संवाद का। उसके वाक्य में एक भी पंजाबी शब्द नहीं था।

'क्यों आज क्या है?' मैंने पूछा।

'क्योंकि आज तेरा शुक्र ख़राब है। तू जासूस होगा अपने घर। यहाँ तो पीछे भी आँखें लगी हैं। तेरे कमरे में कौन आता जाता सब एफएम पर चल रहा। वो देखना उधर पर तरीक़े से, सिंह साहब तैनूं कच्चा खाण नूं तैयार है ओए काका।' वाक्य पूरा करते-करते नन्दा ने उसमें पंजाबी का तड़का लगा दिया। मेरी नज़र उधर गयी। कुँवर अनिरुद्ध सिंह मुझे ही देख रहा था। लेकिन मेरी नज़र उधर जाते ही प्रलाक्षा सिंह ने बेख़ौफ़ मुझे विश किया। मैंने भी जवाब दिया।

'नन्दा जी का मतलब है आज माया की महिमा बरसने वाली है।' सबीना ने कहा तो मैं जैसे ज़मीन पर गिरा। तब तक हर मेहमान के पास चाय की ट्रे और स्नैक्स पहुँचे। क़रीब दस मिनट बाद माया की कार महल में दाख़िल हुई। एक

दरबान टाइप आदमी उसे पण्डाल तक लेकर आया। कालिमा में लिपटती शाम में जैसे भोर का उजाला हो गया। वो बदन चिपकू सिंगल पीस काले रंग की ड्रेस पहने थी। उसके गोरे गले के साथ मोटे-मोटे काले मोतियों की एक माला थी जो उसके गोरेपन को और उभार रही थी। कानों में काले रंग के ही साँप जैसे बल खाते हुए कोई आर्टिफ़िशियल काँटे थे। उसके आग की लपटों जैसे बाल एक बड़े काली क्लिप में भी सँभल नहीं रहे थे। हॉल में खड़े तमाम लोग जैसे जड़ हो गये थे और वो सभी बुतों को भाले-बर्छियों से भेदती हुई मेरे पास पहुँची। क्षणों में वो मेरी बाँहों में थी। शाम की जैसे शान बन गयी थी।

'कैसे हो जान!' उसने कहा तो वक़्त भी अपनी रफ़्तार को पकड़ने को आगे बढ़ा।

नन्दा हिला। बिना भस्म होने की परवाह किये माया के एकदम पास आकर बोला–

'किन्ने एक्सीडेंट करवा के आयी माया।' वो हँसी।

'उसके लिए मुझे गाड़ी चलाने की ज़रूरत कहाँ।' उसने कहा।

'गल्ल ते तेरी ठीक है। अक्खां अक्खां से ही मार देगी तू तो।' उसने कहा और उसके और क़रीब सरका।

तभी सबीना ने भी हरकत ली।

'तुसीं पिच्छे हट जाओ। गिर न जाना।' उसने कहा तो नन्दा को जैसे करंट लग गया। उसने तुरन्त पासा पलटा।

'एसीपी मैडम को मिली?'

'अभी आप मौक़ा दो तब न।' दोनों बगलगीर होकर मिलीं। तभी कुँवर अनिरुद्ध सिंह की आवाज़ आयी। पहली बार उन्होंने ग्रुप टॉक की कोशिश की थी।

'हम सब भी हैं यहाँ।' कह कर वो आगे बढ़ा और माया की तरफ़ हाथ बढ़ा दिया। दोनों ने हैंडशेक किया। मेरा मन किया उसका हाथ कलाई से अलग कर दूँ। अनिरुद्ध सिंह की आँखों में राहत सी थी। उसे अब अपनी बीवी मुझसे सुरक्षित लगने लगी थी।

कैसी थी यह मर्द की फ़ितरत। मैं ख़ुद उसकी बीवी को पटाने के लिए जी जान से लगा था। और वो अगर मेरी गर्लफ्रेंड से हाथ मिला रहा था तो मेरा मन उसका हाथ काट देने का हो रहा था। उसके मन के भाव पढ़ पाता तो अभी थोड़ी देर पहले जब उसकी बीवी मुझे हाय कर रही थी तो मैं जान पाता कि तब उसका मन मेरी

छाती में गोली मार देने का था। नन्दा को जैसे ही सबीना सहर ने अलर्ट किया वो माया से दो क़दम पीछे हट गया। हसद की कोई हद नहीं। वैसे इस बात को ऐसे भी कहा जा सकता है कि कैसी थी औरत। कुदरत की एक ऐसी नायाब रचना जिसे देख कर हर मर्द का मत्था फिर जाता था।

माया हरेक से मिली। तमन्ना ने आगे बढ़ कर उसका स्वागत किया।

'गुड दैट यू केम। अब शायद यह काम पर ध्यान दें।' तमन्ना ने कहा।

'मींस!' माया ने कुरेदा।

'इनकी प्रॉब्लम यह है कि यह इधर-उधर बहुत देखते हैं। इस चक्कर में हर्ज बस काम का होता है।' तमन्ना ने कहा। और अपनी नज़र बारी-बारी ख़ुद पर और प्रलाक्षा पर दौड़ाई। वो शायद पाँच दिन के किसी ठोस परिणाम के न आने से व्यथित थी। माया हँसी।

'यू आर मिस्टेकन। दैट इज़ हिज वे बट...' फिर उसकी नज़र प्रलाक्षा पर गयी, 'डोंट वरी फ्रॉम नाओ ऑन ही इज ए हार्मलेस फ़्लर्ट ओनली।' उसने कहा।

'माया सेव्ज़।' सबीना ने कहा।

'तुम्हारा नम्बर नहीं चल रहा।' सबसे विदा लेकर हम चारों मेरे कमरे की ओर जा रहे थे। बाहर कोई कमरा स्पेयर नहीं था। सो तमन्ना ने माया को महल के अन्दर कमरे की पेशकश की जो उसने ठुकरा दी।

'वी विल शेयर द रूम डोंट वरी।' माया ने कहा।

नन्दा ने फिर चुटकी ली।

'हांजी हांजी, उसकी प्रैक्टिस भी है इनकी।'

'नन्दा जी!' माया इतरायी।

मैंने अपना फ़ोन देखा। 'नो नेटवर्क।'

यहाँ नेटवर्क का लोचा ही है।

'कली को तुमने कुछ काम सौंपा था। उसने मुझे डिटेल वाट्सएप कर दी है।' कह कर उसने अपना फ़ोन मेरे हवाले कर दिया।

कमरे में दो ही कुर्सियाँ थीं। मैं और माया बेड पर बैठे पर जैसी ड्रेस उसने पहनी थी उसमें बेड पर बैठना तो सम्भव ही नहीं था। तभी माया का अटैचीकेस और दूसरा सामान लेकर एक कर्मचारी कमरे में आया। फिर बोला–

'प्रिंसेस का कहना है कि हमारे पास कमरा स्पेयर है नीचे। दो मेहमान आज महल से चले गये हैं। कमरा आपके लिए तैयार किया जा रहा है।'

मैं उसे कुछ कहने लगा था पर माया ने पहले ही टोक दिया।

'गुड देन प्लीज़ लीव दैट बैक पैक ओनली। टेक दिस अटैचीकेस टू दैट रूम।' माया ने कहा।

'पर क्यों?' मैंने विरोध किया।

'मुझे तैयार होने में कम्फर्टेबल रहेगा।' उसने कहा।

मैंने उसका वाट्सएप खोला। कली का मैसेज था। सबीना साँस रोक कर मेरी बात का इन्तज़ार कर रही थी।

लाख सावधानियाँ करके भी सत्या सुहानी ग़लती कर आयी थी। उसने नाम तो विभा गुप्ता बदल लिया था पर अपना एड्रेस वही रोहिणी का ही रखा था। कली स्वयं वहाँ गयी थी और दूसरे फ़्लैट की घण्टी बजाते ही राज़फ़ाश हो गया था। एक तीर से दो निशाने हुए थे। तमन्ना का एक टास्क पूरा हो गया। उसकी माँ का पता चल गया और वो यहाँ है तो एक प्राइम सस्पेक्ट यहाँ है। पर क्यों?

'कोई बड़ी बात नहीं उसे अपनी बेटी की जान को ख़तरे का इल्म हो इसलिए वो उसे बचाने के लिए आयी हो।' सबीना ने सम्भावना व्यक्त की।

'पॉसिबल। कोई रास्ता निकालना होगा उससे बात करने का।' मैंने कहा।

'मैं कोशिश करूँ?' सबीना ने पूछा।

'हो सकता है पर आपके साथ पुलिस का टैग है। आपके साथ वो खुले या न खुले।' मैंने कहा।

'नन्दा जी।' माया ने कहा।

'यह हो सकता है। इनकी हमउम्र भी है।' मैंने कहा तो नन्दा ऐसे भड़का जैसे गर्म तवे पर चने का दाना उछलता है।

'ओए नास हो जाये तेरा। मेरे तो वड्डी होनी। मैं वड्डा लगता हूँ पर हूँ नहीं।' नन्दा ने कहा। इश्क़ का भूत उसके सिर पर नंगा ही नाच रहा था। सबीना ने अपना निचला होंठ दबाया। फिर बोली–

'तुम चाहते हो माया करे?'

'न माया तो अभी आयी है। इतनी जल्दी शायद ही कोई नज़दीकी बन सके। कल देखते हैं।'

'तो आगे बढ़ें।' कह कर सबीना ने महल में बाहर से आकर काम करने वालों की फ़ाइल खोली।

'इन सब की वेरिफ़िकेशन में सोलन और शोघी पुलिस की मदद ली गयी। बाक़ी काम दिल्ली पुलिस ने किया। बाहर से आकर काम करने वाले यहाँ क़रीब 14 लोग हैं जिनमें से ज़्यादातर दिल्ली के हैं जिनके पते वेरीफाइड थे। लेकिन इनमें से ही विभा गुप्ता का मामला निकल आया है। कली अगर मौक़े पर न जाती तो यह भी वेरीफाइड ही होता।' सबीना ने कहा।

'यू आर राइट। अब यह जोखिम तो है।' मैंने कहा।

'इसका एक हल है। मैं आज ही इनकी फ़ोटो वेरिफ़िकेशन भेजती हूँ। शोघी से तो वेरिफ़िकेशन एक घण्टे में ही हो जायेगी। वहाँ से तो वो एक ही है यहाँ जो स्वीट डिश में देसी बर्फ़ी बना रहा है। पता नहीं महल वालों को क्या है उसमें जैसे दूध की ढेलियां बना दी हों ख़ूब चीनी डाल के।' सबीना ने कहा।

तभी मेरे दिमाग़ में एक विचार कौंधा।

'एसीपी मैडम ज़रा फ़ाइल देना।' सबीना ने फ़ाइल मेरे सुपुर्द की।

मैंने सभी 14 नाम पढ़े। इनमें वो नाम नहीं था जो मैं ढूँढ़ रहा था। सूची में मधु नाम की कोई एंट्री नहीं थी। मेरा माथा ठनका। लेकिन मैंने कोई जल्दबाज़ी करना मुनासिब न समझा। अभी पहले मैं अपने स्तर पर काम करूँगा। महफ़िल बर्ख़ास्त हो गयी। एक-एक करके सभी कमरे से निकल गये। मैं बाज़ की तरह माया पर टूट पड़ा।

इकतीस

विभा गुप्ता सबको डिनर के लिए बुला कर गयी थी। धीरे-धीरे सब लोग हॉल में पहुँचे। इच्छया और स्वीटी की कुर्सियाँ ख़ाली थीं। इनमें से एक पर अभी माया ने क़ाबिज़ हो जाना था। माया, प्रलाक्षा, सबीना, तमन्ना। हॉल में जैसे ख़ूबसूरती में होड़ लगी थी। रोज़ की तरह ठीक आठ बजे रक्षदीप पूरी शानोशौक़त के साथ आया। ऐसे लग रहा था वो अभी शेव करवा कर आया था। गोरा रंग। सिर पर बाल कम थे पर उससे उसके रौब पर कोई असर न था। उसकी आँखें सुर्ख़ थी। ऐसे लग रहा था कि वो पहले से तीन-चार पेग लगाये था। लेकिन नशे का उसके ऊपर कोई असर था, ऐसा कुछ दिखायी न दे रहा था। वो तीर की तरह तन कर खड़ा था।

महल में पहले से ही मौजूद महिलाओं से इतर उसकी निगाहों का मरकज़ माया माहेश्वरी ही थी। वो सधे क़दमों के साथ चलता हुआ माया के पास पहुँचा। इधर रक्षदीप को माया की तरफ़ बढ़ते देख तमन्ना पहले ही हमारे ग्रुप को छोड़ कर उसी तरफ़ मूव कर गयी थी। वो अपने चाचा को हम सबसे बेहतर जानती थी। पिछले चार दिनों से सब कुछ अनौपचारिक हो गया था। अब रक्षदीप के आने की पूर्व सूचना नहीं आती थी और न ही उसके होने से महफ़िल में किसी गैरज़रूरी शिष्टाचार की ज़रूरत समझी जाती थी। माहौल राजपरिवारों से परिवार पार्टी जैसा हो गया था।

'वी हैव नॉट बीन इंट्रोड्यूस्ड।' उसने माया की तरफ़ अपना मज़बूत हाथ बढ़ाया। मुझे डर लग गया कि कहीं कमीने ने ज़ोर से दबा दिया तो माया की कलाई ही न टूट जाये। रक्षदीप खा-खा कर एकदम भीमकाय हो चुका था और 70 पार करके भी उसके जिस्म की अकड़ जवानी जैसी ही थी।

'दिस इज़ माया, माया माहेश्वरी। सिंस आय अराइव्ड टुडे, इंट्रोडक्शन वाज जस्ट ड्यू मिस्टर रक्षदीप।' माया ने कहा तो तमन्ना ने ऐन मौक़े पर पहुँच कर टोका।

'महाराज, छोटे महाराज। माया दिस इज़ माय अंकल। यू जस्ट टुक हिज नेम बट हीज अड्रेस्ड एज छोटे महाराज।' तमन्ना की बात सुन कर माया अपने सम्बोधन में सुधार करने ही वाली थी कि रक्षदीप ने कहा, 'इट्स आल राइट यू मे एड्रेस मी एज यू लाइक।' साला बुड्ढा लाइन मार रहा था। वो भी सरेआम, मैंने सोचा पर कहा कुछ नहीं। माया को मुझसे बेहतर कौन जानता था। रक्षदीप की जुर्रत न होती उसकी मर्ज़ी के ख़िलाफ़ उस पर हाथ धरने की।

'प्रिंसेस।' रक्षदीप तमन्ना से सम्बोधित हुआ, 'मैडम की ब्लड रिपोर्ट्स आ गयी हों तो डॉक्टर ग्रोवर को फॉरवर्ड कर दो।'

'ओह। डिड यू गेट योर सीबीसी डन?' तमन्ना ने पूछा।

'व्हाट फोर?' माया ने कहा।

'लेट मी टेल यू।' फिर रक्षदीप ने अपने राजपरिवार की परम्परा के बारे में बताया कि किस तरह उसके दादा-परदादा ने यह व्यवस्था की कि राजगढ़ रियासत में आने वाले हर व्यक्ति की डॉक्टरी जाँच हो। काफ़ी प्राचीन काल में यह व्यवस्था प्लेग से बचने के लिए की गयी थी जो आज भी अपने सांकेतिक रूप में चल रही थी। कभी तो शहर से आने वालों को 72 घण्टे आईसोलेशन में रखा जाता था ताकि कोई इन्फेक्शन हो तो उसका लोड आ जाये।

'नाउ एवरीथिंग इज़ सिम्बॉलिक। हम हैं जिन्होंने अपनी शानोशौकत को सहेज रखा है। वरना अब तो राजपरिवारों में भी हल्के लोगों की घुसपैठ हो गयी है। समस्या लोगों में नहीं है। समस्या हमारे राजनैतिक माहौल की है। वामपन्थियों के समाजवाद ने देश का कम नुक़सान किया था जो अब लोकतन्त्र के नाम पर देश की कमान भ्रष्ट लोगों के हाथ में चली गयी है। उसने गहरी साँस ली। उसके बोलते ही सभी लोग उसी राउंड में आकर खड़े हो गये थे।

'अज्ज ख़ाली गल्लां बातां ही हैं या कुछ खाने-पीने को भी होगा।' नन्दा ने मेरे कान में कहा। मैंने भी यह नोटिस किया। आमतौर पर तो हॉल में बार हमसे पहले पहुँच जाता है।

'सो लेडीज़ एंड जैंटलमैन। वी हैव ए रिच फ़ैमिली ट्रैडीशन ऑफ़ हॉस्पीटेलिटी।' कह कर रक्षदीप ने ताली बजायी। तुरन्त एक मोबाइल बार हॉल में दाख़िल हुआ। आज बार में दारू का मेला नहीं था। वरना आम दिनों में बीयर, वाइन, जिन वोदका, व्हिस्की सब कुछ वैरायटी होती थी। आज बार के बीचोबीच क्रिस्टल के चमचमाते गिलासों के बीच में चार 'दिनो नोआ' की बोतलें पड़ी थीं।

'ओ माय गुड लॉर्ड। वाट ए ट्रीट!' बोतलों को देख मन्त्रमुग्ध माया ने कहा।

'टू वेल्कम यू टू माय हंबल अबोड, मैडम।' रक्षदीप ने आधा झुक कर कहा। वो अपनी सारी अंग्रेज़ी आज ही झाड़ देना चाहता था। फिर उसने आगे बढ़ कर ओपनर समेत बोतल माया के हवाले की। दिनो नोआ एक हाई क्वालिटी कैलिफ़ोर्निया रेड वाइन है जिसे भोजन के साथ ही ग्रहण किया जाता है।

'माय डियर फ्रेंड्स। लेट्स सेलिब्रेट द स्पिरिट ऑफ़ फ्रेंडशिप।' कह कर रक्षदीप अनिरुद्ध सिंह को अपने क़रीब ले आया। उसके इस शिष्टाचार के मायने निकालती प्रलाक्षा दूर खड़ी थी। प्रतिकार तमन्ना के पास था। माया, सबीना और नन्दा मोबाइल बार के आसपास थे। मैं प्रलाक्षा के पास पहुँचा।

'क्या देख रही हो पारो।' उसने मुड़ कर मुझे ग़ौर से देखा, फिर मुस्करायी। बस मैं फना ही नहीं हो गया उसकी मुस्कराहट को देख कर। फिर जैसे सौन्दर्य की देवी मूर्त हो उठी हो।

'पारो! हम्म। देखना माया ने अपनी माया से तुम्हारी ये अठखेलियाँ पता कर लीं तो देवदास हो ही जाओगे।'

कैसी कमाल की बातें करती थीं। इसके साथ रात गुज़ारने का सुख तो वैसे ही था जैसे शेक्सपियर को डेस्डीमोना और वारिस शाह को हीर के साथ सोने का मौक़ा मिल जाये। तभी मोबाइल बार के पास जाम टकराये। माया के दोनों हाथों में जाम थे।

'कम अभि। इट्स टाइम टू टोस्ट।' रक्षदीप को माया से जितना हासिल होना था हो चुका। वो इस समय लगभग उससे सट कर खड़ा था।

एक मुद्दत बाद आज वाइन पीने का मौक़ा था। व्हिस्की से इश्क़ के बाद वाइन अपनी बाली उमर के प्यार जैसी लगती थी। नरम, कमज़ोर और टूट-फूट लायक।

चियर्स के साथ ही जाम होंठों तक पहुँचे। सितम्बर की मुहब्बत जैसी सर्दी में जैसे जन्नत का नज़ारा हो गया।

'यह वाइन दोस्तो पहले कम्पनी की ओर से फिर हमारी ओर से एज की गयी है। एक ख़ास नपेतुले तापमान पर यह हमारे तहखाने में कम से कम 18 वर्ष से सहेज कर रखी गयी थी। अब जब प्रिंसेस तमन्ना अपनी ज़िम्मेवारियों को औपचारिक तौर पर ग्रहण करने वाली हैं और महल में एक मेहमान-ए-ख़सूसी भी है तो आज की रात इस लाल परी के पहलू में गुज़ारी जाये।' रक्षदीप ने एक तीर से दो निशाने लगाये। रेड वाइन तो थी ही।

'कुछ और बताइए। यह सब बड़ा नॉस्टेलजिक सा है। कभी क़िस्से-कहानियों में पढ़ते थे।' माया ने कहा फिर तमन्ना से मुख़ातिब हुई, 'ओ डियर थैंक्यू फ़ोर योर इनवाइट। आय वुड हैव मिस्ड दिस अदरवाइज़।'

'प्लेज़र इज़ ऑल माइन।' तमन्ना ने तत्परता से कहा।

'सो लिसन यंग लेडी। रॉयल्टी इज़ नथिंग बट फुल टाइम एंटरटेनमेंट। ख़ास तौर पर तब जब महल के सामने कोई वित्तीय संकट न हो। सब ठीक हो तो सुबह नींद की गोद में, दिन जंगल की आगोश में, शाम घुँघरुओं से मदहोश और रात किसी के पहलू में बेहोश।' रक्षदीप ने तुक से तुक मिलायी पर राजघरानों का सच्चा ख़ाका खींच दिया।

'बस। बोरियत नहीं होती। मानोटनी।' माया जानबूझ कर रक्षदीप को उँगली कर रही थी। अब तक मैं उसकी वजह से परेशान हो रहा था पर अब मैं भी मज़े लेने लगा क्योंकि मुझे अब समझ आ रहा था कि वो रक्षदीप को मुर्गा बना रही है। हॉल में ड्रिंक्स की ट्रॉली आ चुकी थी। सब अब अपना मनपसन्द ड्रिंक बनाये थे। उसका ड्रिंक तो हाथोहाथ ख़त्म हो गया था। मेरे हाथ में भी सिंगल माल्ट थी।

'और या फिर यह।' कह कर रक्षदीप ने अपनी पीठ के पीछे हाथ डाल कर स्मिथ एंड वेसन की एक एंटीक सी दिखने वाली 32 कैलिबर की रिवॉल्वर दिखायी। प्रलाक्षा सिंह की आँखों में भय की लकीर और होंठों से सिसकारी निकल गयी।

'दिस बिलांग्ज टू आवर एनसेस्टर्स। यह स्मिथ एंड वेसन की फर्स्ट एडिशन रिवॉल्वर है जो हमारे परिवार में इसकी इंट्रोडक्शन के साल 1878 में आयी थी। कभी जुआरियों की आत्मरक्षा के नज़रिये यह क्लोज रेंज रिवॉल्वर बनाई गयी थी। एक गोली और दम बाहर। आज भी इसके निशाने में कमी नहीं।' कह कर रक्षदीप ने रिवाल्वर तान दी।

'बस यूँ पकड़ना है और यूँ खींचना है।' लेकिन इससे पहले कि रक्षदीप कोई लाइव डिमांस्ट्रेशन देता, माया ने उसके हाथ से रिवॉल्वर ले ली और ख़ुद उसे परखने लगी। मुझे पता था कि माया को आग्नेय अस्त्रों का अ नहीं मालूम बस सब दिखाने भर की बात थी।

'यह गन आज भी मेरी फ़ेवरिट है। गन और औरत में एक बात समान है।' रक्षदीप आज पूरी रौ में था। वो फिर सारे इजलास से सम्बोधित हुआ। 'गन और औरत अपने पूरे जलवे और जाहोजलाल के लिए 'हाई मेंटीनेंस' पर मुनहस्सर हैं। मेंटीनेंस में। रक्षदीप ने आँख भर कर प्रलाक्षा को देखा, 'ज़रा सी भी चूक हुई तो

समझो मिसफायर करके आपकी सारी योजना धराशायी कर दे।' फिर वो हँसा। इस बार उसके साथ फ़रमाइशी तौर पर सबने साथ दिया।

'कितने मिसफायर हुए आपसे आज तक?' माया ने रक्षदीप के साथ अपना एकल संवाद जारी रखा।

'अभी तो रिकॉर्ड में कोई धब्बा नहीं यंग लेडी। टोटली अनब्लेमिश्ड और न रिकॉर्ड टूटने की कोई सम्भावना।' उसने कहा।

'रियली।' माया ने कहा और गन रक्षदीप की तरफ़ तान दी। माया की उँगली ट्रिगर पर थी। वहाँ मौजूद किसी को इल्म तक नहीं था कि क्या गुल खिलने वाला है।

रक्षदीप हँसा। फिर वो तेंदुए की सी फुर्ती के साथ माया के पीछे पहुँचा। अपनी मज़बूत बाँहों से उसने माया को गुड़िया की तरह घुमा दिया। अपने दोनों हाथों से उसके रिवॉल्वर वाले हाथ को कस दिया। माया की उँगली ट्रिगर पर जैसे जाम हो गयी। मैंने उसमें कम्पन साफ़ देखी। मज़ाक़ भारी पड़ता दिखाई दे रहा था। उसकी आँखों से मज़ाक़ वाला भाव ग़ायब हो चुका था।

'नॉट लाइक दिस डार्लिंग।' रक्षदीप ने कहा।

'साला बहन का...कुत्ता।' मेरे मुँह से राष्ट्रीय दर्जा प्राप्त बहन की गाली निकली।

'यू हैव टू ऐम लाइक दिस टू हिट द टारगेट सो दैट इट हिट्स द हार्ट एंड लीव्स नो इस्केप।' रक्षदीप ने कहा और माया को घुमा कर उसके हाथ को ऊपर किया, ताना और धाँय। गोली चल गयी।

तमन्ना के मुँह से चीख़ निकल गयी। प्रलाक्षा दो क़दम पीछे हट गयी। मेरी आँखें माया के लिए जड़ हो गयी थीं जो रक्षदीप की बाँहों में झूल गयी थी।

सबसे पहले सबीना सहर के मुँह से आवाज़ निकली। 'ओह नो।' फिर मैं और सबीना एक साथ ज़मीन पर गिर कर तड़पते प्रतिकार सिंह के पास पहुँचे। गोली उसके सीने में धंसी थी। उसकी आँखों में ख़ौफ़ था लेकिन वो होश और बेहोशी के बीच में झूल रहा था। प्रलाक्षा के मुँह से भी चीख़ निकली। पण्डाल के बाहर से अन्दर झाँकती दो आँखें तेज़ी से हटीं। विभा गुप्ता अपने भारी शरीर को सँभालते हुए हाज़िर हुई।

सबीना सहर ने प्रतिकार के ज़ख़्म को देखा। फिर उसने राहत की साँस ली। प्रतिकार शॉक से बेहोश हो गया था वरना ज़ख़्म जानलेवा नहीं था। उसने तमन्ना को देखा, फिर कहा, 'डॉक्टर।'

तमन्ना हरकत में आयी। उसने पास खड़े अनिल सिंह को संकेत किया। वो फ़ौरन हरकत में आया। महल के लिए रिटेनर डॉक्टर संजय ग्रोवर को फ़ोन किया गया जो फ़ौरन कुमारहट्टी से राजगढ़ के लिए रवाना हुआ। ग्रोवर सोलन में प्रैक्टिस करता था पर अपना घर उसने सोलन के शोरगुल से दूर कुमारहट्टी में बनाया था।

रक्षदीप भी प्रतिकार के पास पहुँचा, 'लकी है। ज़ख़्म वैसा नहीं जैसा हो सकता था।' फिर उसने अनिरुद्ध और प्रलाक्षा को देखा, 'ठीक हो जायेगा। घबराने की बात नहीं।' प्रतिकार के माथे से ख़ून बह रहा था। गिरने से उसके माथे पर भी रगड़ लग गयी थी। विभा गुप्ता फर्स्ट एड बॉक्स ले आयी थी। उसने माथे को रुई से अच्छी तरह साफ़ कर दिया। ख़ून का बहाव रोकने को मामूली ज़ख़्म पर दबाव बना दिया। प्रतिकार के गिर जाने से उसके माथे पर भी चोट आई थी जहाँ से ख़ून बह रहा था।

'कितनी देर लगेगी डॉक्टर को।' मैंने पूछा।

'कम से कम एक घण्टा।' अनिल सिंह ने कहा।

'दैट्ड मोर दैन इट शुड टेक।' फिर उसने मुझे और नन्दा को देखा।

'उठाओ इसे।' कह कर उसने विभा को कहा, 'फ़ौरन जाओ किचन में जहाँ गैस है वहाँ आसपास सफ़ाई करवाओ।' फिर वो अनिल सिंह से मुख़ातिब हुई। 'डाइनिंग हॉल की एक टेबल ख़ाली करो। उसको वहीं गैस के पास लेकर चलो। फ्रेश शीट बिछाओ। फ़ौरन गोली की तरह।' सब एक साथ हरकत में आये।

'यू डिड दिस इंटेंशनली। फ्रॉम द डे वन डेंजर वाज ऑन हिम एंड नॉट हर।' उसने रक्षदीप से कहा।

'वाट द हेल! आर यू स्टुपिड ऑफ़िसर। दिस वाज ए बोनाफाइड मिस्टेक एंड डोंट फारगेट गन वाज इन द हैंड्स ऑफ़ दैट लेडी।' उसने माया की ओर इशारा किया।

'ठीक कह रही हो। तमन्ना महज़ एक डायवर्जन थी। असली निशाना पहले दिन से यही था।' मैंने कहा। फिर जोड़ा–

'लेकिन यह क़िस्सा बाद में पहले यह', कह कर मैंने और नन्दा ने प्रतिकार को उठाने की कोशिश की पर वो हट्टा-कट्टा था सो वहाँ खड़े उसके पिता अनिरुद्ध सिंह और सीए राज सूद ने भी हाथ लगाया। मरने से पहले ही प्रतिकार को चार जोड़ी हाथों ने उठा लिया था।

'कोई यहाँ से न जाये। लेडीज़ गो अवे।' उसने सबको इशारा किया। कोई न हिला। 'प्लीज़।' उसने तमन्ना और प्रलाक्षा को संकेत किया। दोनों पण्डाल की

ओर मुड़ गयीं। माया वहीं रही। यह संयोग था कि उसका हँसी-मज़ाक़ एक जान पर भारी पड़ जाने वाला था। रक्षदीप को अपना काम कर जाने का मौक़ा दे गया। तभी अचानक मुझे याद आया।

'रिवॉल्वर कहाँ है। तुम तैयार करो मैं देखता हूँ।' कह कर मैं पण्डाल की ओर भागा। गन वहाँ नहीं थी और न ही रक्षदीप।

सबीना सहर ने किचन के सबसे पतले कटर को साबुन से अच्छी तरह धोकर उसे फर्स्ट एड बॉक्स से सैवलान की शीशी के तरल से अच्छी तरह स्ट्रलाइज किया। फिर उसने कटर को गैस पर रख दिया जब अच्छी तरह गर्म हो गया तो फिर उसने नन्दा और मुझे इशारा किया।

'होल्ड हिम।' उसने कहा। हमने प्रतिकार को कन्धों से और अनिल और राज ने पैरों से जकड़ लिया। सबीना सहर ने आसमान की ओर देखा। मन में कोई प्रार्थना बुदबुदायी और फिर ज़ख़्म में चाकू ऐसे एंगल से भोंक कर उसे झटका दिया कि उसमें से गोली और प्रतिकार के मुँह से एक हृदयविदारक चीख़ एक साथ निकली। यह अच्छा संकेत था। उसके बाद प्रतिकार का सिर एक ओर लुढ़क गया।

दस मिनट बाद प्रतिकार के होश में आते ही सबने राहत की साँस ली। गोली जिस्म में गहरे नहीं धँसी थी। कॉलर बोन के नीचे की पसली में फँस गयी थी। हड्डी मज़बूत थी प्रतिकार की। गन भी सदियों पुरानी थी। बहरहाल, प्रतिकार के होश में आते ही जो सबसे पहले शब्द सबीना के मुँह से निकले, वे थे–

'लेट्स कॉल द पुलिस नाओ।'

'नो।' सबसे पहला एतराज़ तमन्ना का था। यह हमारा अन्दरूनी मामला है। वैसे भी यह एक दुर्घटना मात्र है।'

सबीना ने उस एतराज़ की उपेक्षा की और मोबाइल खोला। तभी मैंने भी धीरे-से उसे कहा–

'देयर इज़ नो नीड। इट इन्डीड इज़ एन एक्सीडेंट।' मैंने कहा और सबीना को चुप रहने के लिए मिन्नत की। वो साफ़-साफ़ नाख़ुश थी पर फिर भी मान गयी।

मौत प्रतिकार सिंह को गच्चा देकर निकल गयी थी।

बत्तीस

'अब बताओ साफ़-साफ़, क्यों रोका मुझे?' सबीना ने नाख़ुशी से पूछा।

'याद करो जब गोली चली तो रिवॉल्वर किसके हाथ में थी।'

'पुलिस में जाने से क्यों रोका? आख़िर यहाँ गोली चली, एक बन्दा घायल हुआ है। मैं ख़ुद एक पुलिस ऑफ़िसर यहाँ मौजूद हूँ तो फिर अपराध की जाँच क्यों न हो?' सबीना उत्तेजित थी।

'सबीना।' यह वो दुर्लभ क्षण थे जब मैंने उसका नाम लिया था। 'मेरी बात सुनो फॉर गॉड सेक। जब गोली चली तब रिवॉल्वर माया के हाथ में थी। वो हाथ उस समय रक्षदीप ने थामा था यह भी सच है पर बेनेफिट ऑफ़ डाउट ज़रूर जाता वो निश्चित ही इल्ज़ाम माया पर लगाता।' मैंने कहा।

'वाट!' माया ने ग़ुस्से में कहा। उसने जानबूझ कर मेरा हाथ थामा और ट्रिगर पर प्रेशर बना दिया। 'दिस इज़ नथिंग बट एक्यूजेशन।'

लेकिन तब तक सबीना को बात समझ में आ गयी थी। उसने सिर हिलाया पर उसकी उत्तेजना कम न हुई।

'ठीक कह रहा है मन्नू बाई। रक्षदीप ज़रूर इल्ज़ाम माया पर ही धरता कि गोली इससे चल गयी। वैसे भी जो माहौल उस समय था वो हल्के-फुल्के आपसी क्षण थे जिनमें खेल खेल में ही यह दुर्घटना हो गयी। इसमें रक्षदीप को लपेटना उतना भी आसान नहीं था।' नन्दा ने कहा।

इन हालात का एक ही इलाज था। मैं उठ कर कमरे के मिनी फ्रिज में से दारू और बीयर निकाल कर लाया। माया और सबीना दोनों ने बीयर ली। मैंने और नन्दा ने व्हिस्की। पहला दौर शान्ति से चला। सब अपने-अपने रक्तस्राव को कम करने की क़वायद में जुटे थे।

'आपने एक बात ठीक कही। मार्के की। इतने टेंस हालात में भी।' सबीना ने सवालिया निगाहों से मुझे देखा। हालात के तनाव में सबको अपना कहा भूल गया था।

'यही कि रक्षदीप का निशाना शुरू से ही प्रतिकार सिंह था। वसन्त विहार में टाटा घोष का निस्सन्देह क़त्ल हुआ पर वो एक हादसा ही था। उसका कुसूर सिर्फ़ उतना था कि वो ग़लत जगह पर ग़लत समय में मौजूद थी और प्रतिकार और गोली के बीच में आ गयी थी। रक्षदीप ने सोचा होगा कि दरवाज़ा प्रतिकार ही खोलेगा सो उसने गोली चला दी।' मैंने कहा।

'सिनेरियो नम्बर दो भी है। यह इसलिए सम्भव है कि टाटा के हाथ में रक्षदीप का कफ़ लिंक बरामद हुआ। यानी उसने हमले से बचने की कोशिश की। हो सकता है कि रक्षदीप बन्दूक़ की नोक पर घर में दाख़िल होकर प्रतिकार को या दोनों को मारना चाहता हो पर टाटा ने उसकी गन छीनने की कोशिश की और हत्यारे को मौक़े से भागना मुनासिब लगा। चूँकि टाटा ने उसे देख लिया था सो उसका मरना ज़रूरी था।' सबीना ने कहा।

मैंने तारीफ़ी नज़रों से उसे देखा। उसकी थ्योरी ज़्यादा पावरफुल थी। वरना कफ़ लिंक का टाटा की मुट्ठी में होने का कोई कारण नहीं था।

तभी कमरे में तमन्ना दाख़िल हुई। वो बुरी तरह उत्तेजित थी जोकि बिल्कुल वाजिब था।

'वाट फ़ॉर, वाट फ़ॉर आय हायर्ड यू। सरेआम गोली चल गयी।' उसने कहा।

'प्लीज़ सिट डाउन।' मैंने कहा। उसे सारी सिचुएशन समझायी गयी।

'नाओ मेक श्योर योर गन इज़ लोडेड एंड रिमेन्स विद यू आलवेज। सावधान रहो हर हालात में। अपना कमरा, खिड़की ठीक से बन्द करो। अब यह तय है कि क़ातिल का निशाना तुम हो और प्रतिकार है। मक़सद सदियों पुराना दिख रहा है। महल के निज़ाम पर क़ब्ज़ा। वरना अगले छह महीनों में सब कुछ तुम्हारा हो जाना है। क्यों सर जी?' मैंने नन्दा से पूछा।

'देखो जी, अब तो काग़ज़ प्रिंसेस के पास ही हैं सो बताने में हर्ज़ नहीं। यह सच है प्रिंसेस के 25 साल के होते ही सब कुछ इन्हीं के नाम हो जाना। अक्षदीप ने कोई गुंजायश नहीं छोड़ी किसी के लिए। उसके बाद प्रिंसेस तमन्ना के शादी कर लेने की सूरत में महल का प्रशासनिक प्रबन्ध जो शादी तक रक्षदीप के हाथ में रहना था बाद में शादी के बाद इनके पति के नाम स्थानान्तरित हो जाना था। यानी रक्षदीप अपने आइन्दा भविष्य के लिए पूरी तरह से प्रिंसेस तमन्ना पर निर्भर रहता।' नन्दा ने

कहा। फिर रुक कर अपनी बात जारी रखी। 'लेकिन अगर किसी कारणवश तमन्ना के पति की मौत हो जाती तो प्रबन्ध फिर रक्षदीप के पास। यह थोड़ा पैटरियरकल अरेंजमेंट था कि प्रबन्धन पुरुष ही कर सकता है।'

'कमाल है अक्षदीप ने अपने भाई के लिए कुछ नहीं छोड़ा।' मैंने पूछा।

'एग्जैक्टली यही बात मैंने अक्षदीप से भी पूछी थी। उसका कहना था कि सत्ता के एक से ज़्यादा हाथों में होना टकराव पैदा करता है और फिर रक्षदीप के कर्म ऐसे नहीं कि उसके लिए कुछ छोड़ा जाये। काफ़ी निराश थे वो रक्षदीप से। उसकी आदतों से भी बख़ूबी वाक़िफ़ थे। लेकिन...।' नन्दा ने वाक्य अधूरा छोड़ा।

'लेकिन...?' सबीना ने पूछा।

'जे तुसीं कैंदे हो सो...।' उसने आसपास और लोगों को देख कर सोहनयो को रिटर्न टिकट दी। सबीना के चेहरे का रंग जो ऐसे किसी हल्के जुमले की सम्भावना से बदला था वापस अपने असली रंग पर लौटा।

'दरअसल, रक्षदीप काफ़ी पैसा इधर-उधर कर चुका है। उसे पैसे की कोई कमी नहीं। लेकिन बस बात यह है कि सत्ता सिंहासन कोई नहीं छोड़ना चाहता।' नन्दा ने कहा।

'यू प्लीज़ बी काम प्रिंसेस। अब यह मसला एक-दो दिन से ज़्यादा नहीं। हाँ, एक बात है कि यहाँ से रुख़सत होने के पहले मैं आपको एक नज़राना ज़रूर देकर जाऊँगा और जिस तरह से सब चल रहा है मुझे लगता है कि हम आपको कुछ होने नहीं देंगे।' मैंने सबीना सहर को देखा। उसने सहमति में सिर हिलाया। तमन्ना ने राहत की साँस ली।

'अब बताओ, प्रतिकार का क्या हाल है?' सबीना ने पूछा।

'ठीक है। डॉक्टर आ गया है। ज़ख़्म गहरा नहीं। गोली निकाल कर आधा काम तो मैडम एसीपी ने कर ही दिया था।' फिर उसने सबीना को थैंक्यू बोला। उसकी आँखों में जेनुइन कृतज्ञता थी। 'डॉक्टर ने नयी बैंडेज भी कर दी है। रिवॉल्वर काफ़ी देर से चली नहीं थी। एंगल कुछ ऐसा बना या कुंवर की हड्डी मज़बूत थी और या फिर क़िस्मत अच्छी थी कि ज़ख़्म गहरा नहीं। इतना गहरा भी नहीं कि 72 घण्टे अंडर आब्ज़र्वेशन रखना पड़े।' तमन्ना ने कहा। सबने राहत की साँस ली।

'तो यही है वो ख़ुशक़िस्मत?' माया ने पूछा।

'मैं समझी नहीं।' तमन्ना ने पूछा।

'दूल्हे राजा कुँवर प्रतिकार सिंह।' माया ने कहा।

तमन्ना शर्मायी, फिर बिजली की तरह उठी और कमरे से निकल गयी। लड़की चाहे वर्षों से अपने प्रेमी के सम्पर्क में हो, शादी के नाम से ऐसे ही शर्माती है।

उसके निकलते ही कमरे के दरवाज़े पर विभा गुप्ता हाज़िर हुई। उसने पूछा नहीं महज़ एनाउंस किया।

'यू प्लीज़ बी ईजी विद योर ड्रिंक्स। डिनर विल बी सर्वड इन योर रूम आफ़्टर हाफ़ एन आवर।'

'नईं जी एन्नी जल्दी नईं। दो-दो पेग पीण दो। घण्टे बाद ले आना।' उसने बारी-बारी हम तीनों की ओर देखा। कोई कुछ न बोला।

'राइट सर एज यू विश।' कह कर वो कमरे से निकल गयी।

मैं सत्या की अंग्रेज़ी और मैनेरिज़्म पर हैरान था। जिस तरह वो गाँव से अचानक दिल्ली तड़ीपार कर दी गयी थी उसमें उसका यह रूप हैरान करने वाला था। हालाँकि यह सब जॉय गुप्ता और विभा की ब्यूटीशियन एंड पार्टनर विभा की सोहबत और सत्या की क्विक लर्निंग का नतीजा था। मैंने मन ही मन उसकी तारीफ़ की।

टेबल पर बीयर के कैन ख़ाली हो चुके थे। दोनों दो-दो बीयर पी चुकी थीं। तभी सबीना ने बोरियत से बीयर की ओर देखा फिर बोली, 'फक दिस लाइफ़। मुझे व्हिस्की दो।' मैं फ़ौरन उठा। उसने टोका, 'तुम नहीं, ये देंगे।' नन्दा को जैसे स्प्रिंग लग गये।

'लओ जी सोहनयो।' इस बार उसकी तमाम कोशिशों के बाद भी सोहनयो बेख़ौफ़ निकल गया। सबीना हँसी।

'अब क्या रह गया। अब तो फँसी।' मैंने सोचा।

मेरे अन्दर हसद की एक तेज़ लहर उठी। माँ होती तो नन्दा के लिए कहती। 'चिट्टे चावल दान किये होंगे इसकी माँ ने जो इतनी सुन्दर लड़की मिली इसे।' अभी तो मेरा मन कर रहा था कि मैं किसी तरह नन्दा की माँ के हाथों काले उड़द दान करवा दूँ।

क्या थी मर्दाना फ़ितरत। मेरी माशूक़ जिसे देख कर वक़्त भी रुक जाता था दीदार को मेरे सामने थी फिर भी मेरा मन दूसरे की थाली के लड्डू पर मचल रहा था।

एक घण्टे के दारू के दौर के बाद खाना सर्व हुआ। हम सबने जम कर खाया। स्वीट डिश में मैंने गर्मागर्म गुलाब जामुन और मूँग दाल हलवे के साथ शोघी की बर्फ़ी को देखा तो मुझे वो रहस्यमयी लड़की जिसका नाम सूची से ग़ायब था याद आ गयी। क्या वो कोई स्थानीय लड़की थी जो किसी को मिलने आयी हो। कल तो

इसका फ़ैसला करना ही होगा।

'अहा! क्या कमाल। माया ने बर्फ़ी के पीस को मुँह में घोलते हुए कहा। स्पेसल है यहाँ की क्या?' माया ने कहा। उसके वाक्य में 'स्पेसल' उसके पटना प्रवास की झलक थी। उसके सिवाय किसी ने बर्फ़ी न खायी। दरअसल उसने तीनों स्वीट डिश खायीं। शायद मधुमेह भी उसकी फिगर को ख़राब करना नहीं चाहता था।

नन्दा और सबीना के कमरे से रुख़सत होते ही वो धागों के बन्धन से मुक्त होकर बिस्तर पर मेरे पहलू में आ गयी।

'यह नन्दा और सबीना के बीच में क्या चल रहा है?' उसने पूछा।

'वही जो यहाँ चल रहा है।' मैंने कहा।

'गुड। दोनों के लिए अच्छा है। अकेले थे। मेरा ख़तरा भी कम हो गया।' उसने कहा।

'तुम्हारा ख़तरा?' मैंने हैरानी से पूछा।

'ओ हो मेरे भोले बलम। तुम्हें क्या लगता है मैं तुम्हारे दिलफेंक अन्दाज़ को समझती नहीं। कब से लाइन मार रहे हो। मैं इग्नोर करती हूँ पर इग्नोरेंट नहीं हूँ। समझे?' उसने कहा।

सब कुछ ख़ुदा से माँग लिया तुमको माँग कर
उठते नहीं हैं हाथ मेरे इस दुआ के बाद।

'क्योंकि हाथों के पास और बहुत काम हैं अभी करने को।' कह कर वो मुझसे लिपट गयी और मेरे कान के पास आकर बोली, 'धोखेबाज़।'

लेकिन यह शिकायत नहीं मुहब्बत थी। यही माया थी। यही ज़िन्दगी थी।

तैंतीस

रक्षदीप महल के अन्दर अपने बिस्तर पर करवटें बदल रहा था। मन बेचैन था। उसने अपने हाथों को देखा। एकदम सीधे थे फिर कम्पन क्यों? इतना ख़राब निशाना क्यों? क्या उम्र उस पर अपना असर दिखा रही थी। गोली चाहे ग़लती से चली या जानबूझ कर जानलेवा क्यों न हुई। अभी तक रक्षदीप के जीवन में ऐसी कोई औरत न थी जिसे वो चाहे और वो उसके बिस्तर तक न पहुँचे। उसके हथियार से आज़ तक ऐसा न हुआ कि गोली चले और शिकार का दम न निकल जाये। निशाना अचूक, जान जाने की गारण्टी। लेकिन आज ऐसा कैसे हो गया। उसे तुरन्त जिस्मानी भूख ने सताया। ऐसे अवसाद से निकलने का एक ही रास्ता था पहलू में औरत। लेकिन महल में अब ऐसी कोई रही नहीं। गाँव के लोग अब अपनी लड़कियों को महल भेजने से कतराने लगे थे। विकास की बयार गाँव तक बह निकली थी। अपने कठिन दिनों में लोगों की राजमहल पर निर्भरता ख़त्म थी। वैसे राजमहल के पास अब पहले जैसे आमदनी के संसाधन भी नहीं थे।

तभी उसकी नज़र अपने सामने पड़ी फ़ाइल पर पड़ी। उसके शरीर में क्रोध की लहर दौड़ गयी। वो जोकर प्राइवेट डिटेक्टिव कल बीच में कूद पड़ा जिस वजह से तमन्ना ने दस्तख़त करने से इनकार कर दिया। उसका मन तो किया था कि राजमहल की पुरानी परम्परा के मुताबिक़ उसको 154 कोड़ों की सज़ा सुना दे लेकिन अब यह सब महज़ किताबों की बातें थीं। तभी उसे माया की याद आयी। उसे अपना पौरुष जागता हुआ महसूस हुआ। डिनर पर माया उसे खुलेआम लाइन दे रही थी लेकिन वो जानता था कि यह इतना भी आसान न था। पर एक बात आसान थी। उसने सुबह-सवेरे का अपना प्रोग्राम तय कर लिया। सोने की कोशिश की पर नींद उससे कोसों दूर थी। फिर उसने अपना इलाज किया अपने बेड के साथ रखे दराज में से एक डिब्बी निकाली और उसमें रखी अफ़ीम की गोलियों में से छाँट कर एक

निकाली और उसे सिरहाने पर रखे पानी के साथ गटक गया। मिनटों में ही वो नींद की आगोश में था। घर में गोली चल गयी। एक मेहमान ज़ख़्मी हो गया। लेकिन जो इस वजह से जेल जा सकता था उसे कोई तनाव न था उल्टे तनाव यह था कि जान क्यों न गई और वो अगले कल का प्रोग्राम बता कर वो महल में आराम से सोया था।

ठीक साढ़े तीन बजे उसका अलार्म बज गया। लेकिन रोज़ उठ जाने वाला रक्षदीप आज अफ़ीम की झोंक में था। नींद उसकी आँखों से हटने का नाम नहीं ले रही थी। वो ज़बरन उठा। सीधा वाशरूम में पहुँचा और नल से बर्फ़ीले पानी के छींटे अपनी आँखों में डाले। नींद ऐसे भागी जैसे भूत देख लिया हो। चार बजे तक वो एकदम तैयार था। पच्चीस मिनट बाद वो पण्डाल के साथ वाशरूम्ज़ वाली साइड में घात लगा कर खड़ा था। ठीक साढ़े चार बजे सत्या रोज़ की तरह वाशरूम जाने के लिए आयी। वो सीधी वाशरूम में पहुँची और पिछली बार से सबक सीख कर सबसे पहले दरवाज़ा बन्द किया।

रक्षदीप ने पाँच मिनट रुक कर सत्या को कपड़े उतारने का मौक़ा दिया। फिर इतने ज़ोर से दरवाज़े पर हाथ मारा कि गनीमत थी कि वो टूट कर न गिर गया। अन्दर से सत्या की घुटी हुई चीख़ सुनाई दी।

'दरवाज़ा खोलो।' उसने कर्कश आवाज़ में कहा।

'अभी प्लीज़ वेट, मैं कपड़े पहन लूँ।' सत्या ने कहा।

रक्षदीप गुर्राया, 'इसी क्षण नहीं तो तोड़ दूँगा।'

सत्या ने दरवाज़ा खोला। रक्षदीप दरवाज़ा धकेल क़र अन्दर घुसा और एक झटके से सत्या ने जल्दबाज़ी में जो तौलिया लपेटा था उसे उसके जिस्म से अलग कर दिया।

'आयी नहीं तू कल शाम को।' उसने ख़ूँख़ार आवाज़ में पूछा। नंगे बदन सत्या ज़मीन में गड़े जा रही थी।

'कल तो इतना बड़ा हादसा हो गया था। आप जाओ प्लीज़ महाराज। मैं आज रात को आती हूँ। प्लीज़ आप जाओ।' सत्या ने कहा।

रक्षदीप ने अपने एक हाथ से ही उसके मुँह को इतने ज़ोर से भींचा कि उसके गालों पर निशान पड़ गये।

'साली कुतिया। भूल गयी पुराने दिन। उस दिन भी कहा था। 24 साल से तेरा ख़र्चा झेल रहा हूँ। फिर भी यहाँ भेस बदल कर आ गयी। ज़रा भी अहसान नहीं तेरे मन में।' फिर उसने एक हिकारत भरी नज़र उसके शरीर पर डाली। जानबूझ कर बेडौल किये गये गोरे बदन में भी एक कशिश थी पर रक्षदीप को तो उसे बेइज़्ज़त करना था।

'साली अब तो तेरे पल्ले इतना कुछ भी नहीं कि कोठे पर ही बैठ जाये।' उसने कहा। 'आज न पहुँची तो घसीट कर हॉल में लाऊँगा और सरेआम नंगा कर दूँगा।' कह कर वो निकल गया। फिर उसके मन में क्या आया कि वो महल की तरफ़ जाने की बजाय आउट हाउस की तरफ़ बढ़ चला। उसने धीरे-धीरे आउट हाउस की तीनों मंज़िल पर चक्कर लगाया। रखरखाव का बुरा हाल था। दीवार के हर कोने में जाले लगे थे। कबूतरों, चमगादड़ों और कीड़े-मकोड़ों का मेला लगा था। रक्षदीप आउट हाउस की छत पर था। सूरज की पहली किरण फूटी और आउट हाउस की खिड़कियों से छन कर सब तरफ़ रौशनी बिखरती चली गयी। वो धीरे-धीरे तीसरी मंज़िल से नीचे उतरा और जैसे ही पण्डाल की ओर जाने वाली पगडण्डी पर बढ़ा उसे जैसे मनमाँगी मुराद मिल गयी।

सामने एक ढीलाढाला टॉप और स्लैक्स पहने प्रलाक्षा सिंह जॉगिंग करते हुए उधर ही आ रही थी। उसकी हालत वही नहीं थी जो सुबह-सवेरे सबकी होती है। उसकी अलसायी सी आँखों में पूरी बोतल का सा नशा था। साँसों के साथ थिरकते उसके ब्राविहीन वक्ष धरती पर हश्र की दस्तक जैसे थे। टाँगें चीन के जिमनास्टों को भी मात दे रही थीं। रक्षदीप को देखते ही वो थमक कर रुक गयी लेकिन इतने पास कि वो हाथ बढ़ा कर उसे छूकर रोक ले।

वो जाने को मुड़ी लेकिन रक्षदीप ने उसकी कलाई को पकड़ कर रोक लिया।

'ऐसी भी क्या जल्दी है। मैं भी उधर ही जा रहा हूँ। आइए इकट्ठे चलते हैं।' रक्षदीप ने कहा।

'न सॉरी मेरे अभी तीन लैप और पड़े हैं। आप चलो।' कह कर उसने हाथ छुड़ाने की कोशिश की लेकिन रक्षदीप ने उसके हाथ को और कस के पकड़ लिया।

'कोई फ़ायदा नहीं। इतनी कमज़ोर पकड़ नहीं। चुपचाप चलो।' रक्षदीप ने कहा।

प्रलाक्षा कुछ न कह पायी। फिर दोनों महल की ओर बढ़े।

'क्या हाल है प्रतिकार का?' रक्षदीप ने पूछा।

'आपका बस नहीं चला। बहरहाल ठीक है बिल्कुल। हल्की चोट है। निशाना चूकने लग गया आपका।' प्रलाक्षा ने मज़ाक़ उड़ाया।

'निशाना बनाया ही कहाँ था। वरना हालात और होते।' यह रक्षदीप ही था जो माँ के साथ बेटे के बारे में ऐसे बात कर सकता था।

'और कुँवर के क्या हाल हैं?' पूछते हुए रक्षदीप ने उसकी कमर से लेकर उसके पृष्ठभाग पर हाथ फेर दिया। भय की मारी प्रलाक्षा परेशान थी। तभी रक्षदीप ने उसकी दुखती रग पर हाथ रखा।

'अपने कुँवर के क्या हाल हैं? कुछ होता वोता भी है उससे?' उसने कहा और प्रलाक्षा का मुँह लाल हो गया।

'महाराज, ज़िन्दगी में सबक सीखना तो सीखा ही नहीं आपने। मेरे बेटे के पीछे क्यों पड़े हो? क्या समस्या है उससे?' प्रलाक्षा ने पूछा तो रक्षदीप के चेहरे का रंग उड़ गया।

'किसने कहा कि मुझे उससे समस्या है। यह ज़रूर उस जोकर का काम होगा।' रक्षदीप ने कहा। प्रलाक्षा का यह अटैक इतना अप्रत्याशित था कि उसके हाथ की पकड़ ढीली हो गयी और वो एक झटके में उससे हाथ छुड़वा कर भागती हुई पण्डाल की ओर चली गयी।

'मेरे बेटे के पीछे क्यों पड़े हो?' यह वाक्य रक्षदीप के दिमाग़ में बज रहा था। फिर उसने सिर को झटक कर अपने दिमाग़ से सब बुरे ख़याल बाहर किये। जेब से चरस की सिगरेट निकाल कर उसे सुलगाया और एक ज़ोरदार कश खींच कर अपने फेफड़ों तक गर्माहट पहुँचायी। तभी उसे प्रलाक्षा का ध्यान आया। इतनी ठण्ड में भी वो महज़ एक काग़ज़ी टॉप और महीन से लोअर में भाग रही थी। औरत के जिस्म की गर्मी के सामने कड़ाके की ठण्ड की भी क्या ताब थी। रक्षदीप ने प्रलाक्षा को लेकर भी अपने दिमाग़ में कोई तानाबाना बुना। लेकिन वो एक अकेला था। आख़िर आज का दिन और रात दोनों ही अहम थे। आख़िर क्या-क्या होगा आज की रात। फिर उसने दिमाग़ में एक मक़सद को अंजाम देने का संकल्प किया। जो मौजूदा हालात में कदरन आसान भी था। सत्या सुहानी।

चौंतीस

हर रोज़ की तरह ब्रेकफास्ट पर गिरोह के सभी सदस्य मेरे कमरे में मौजूद थे। आज माया भी थी। सबीना और नन्दा एक साथ दाख़िल हुए। लेकिन आते ही जो मैं उन दोनों को देख कर कहना चाहता था वो सबीना ने कह दिया। उसने मुझे और माया को देखा फिर बोली–

'जोड़ी सलामत।'

मेरे दिमाग़ ने जवाब के लिए जद्दोजहद की, फिर कहा,

'शेम शेम।'

'यू डर्टी माइंड। तुम नहीं सुधरोगे।' सबीना ने कहा।

'की बई मन्नू बाई।' नन्दा ने कहा तो मैंने बीच में टोका–

'कुछ तो रहम करो। यह बाई बाई क्या है भई। ऐसे लगता है अभी मुजरा करने को कह दोगे। वकील साहब।'

'ओ वी करवा लेंगे जे न सुदरा तो। मैडम जी जो कहें बस हो जाये। समझे काका बल्ली।' नन्दा ने कहा तो मैंने सहमति में सिर हिलाया।

'तुहाडा हुकम सिर मत्थे।' मैंने नन्दा की नक़ल की।

तभी तमन्ना भी कमरे में दाख़िल हुई। सभी ने अपनी सीट संभाली। तमन्ना के पीछे ही विभा गुप्ता आयी और 15 मिनट में नाश्ता लगवाने का आदेश दिया गया।

'क्या प्रोग्रेस है। मेरा मतलब प्रतिकार की?' मैंने पूछा।

'ही इज़ फिट लाइक ए फिड्डल। डॉक्टर क्लीन चिट देकर निकल गया है। एंटीबायोटिक और पेनकिलर दे दिये हैं। सब ठीक चला दिन भर तो डिनर हमारे साथ ही करेगा।' तमन्ना ने कहा फिर वो सबीना सहर की ओर मुड़ी।

'थैंक्यू सो मच। डॉक्टर सैड दैट इनीशियल फर्स्ट एड हेल्पड ए लाट, स्पेशियली दैट यू रिमूव्ड द बुलेट।' तमन्ना ने कहा।

'नो मेंशन प्लीज़। माई जॉब। बेस्ट विशिज़। होप वी विल ज्वायन मैरिज।' सबीना ने कहा तो तमन्ना का चेहरा लाल हो गया। 'डेफीनिटली।' उसने कहा।

नाश्ता सर्व हुआ। मैंने नोटिस किया कि विभा गुप्ता में पहले जैसा उत्साह नहीं था। आँखों में एक ख़ौफ़ सा था। नाश्ते के बाद मेरे ख़ास इसरार पर सबको टकीला शाट सर्व किया गया। चियर्स बोल कर सबने घूँट भरा।

'नाओ लेट्स कम टू द प्वाइंट, मैडम।' मैंने सबीना सहर को देख कर कहा।

'मेरे पास 15 लोगों के नाम आये थे। इनमें एक शोघी और 14 दिल्ली, नोएडा और गुड़गाँव के थे। सभी की फ़ोटो वेरिफ़िकेशन सही पायी गयी सिवाय एक वि...।' मैंने उसके वाक्य को पहले ही लपक लिया 'उसकी ज़रूरत नहीं।' फिर मैं तमन्ना से मुख़ातिब हुआ।

'आपने चेक करवाया?' मैंने कहा।

'हाँ, तुम्हारे कहने के बाद मैंने विभा की ड्यूटी लगायी थी। वो स्टाफ़ का हेड काउंट मुझे दे गयी थी। यहाँ बाहर से आये स्टाफ़ की कुल संख्या 16 है।' तमन्ना ने कहा।

'यही तो। मतलब एक व्यक्ति के काग़ज़ कम हैं। कहाँ हैं? कौन है वो?' मैंने पूछा।

तमन्ना ने फ़ौरन अपना मोबाइल निकाला और विभा को तलब किया। वो आयी तो उसने रौब से उसे पूछा–

'विभा तुमने मुझे बताया बाहर 16 लोग हैं पर जो काग़ज़ जमा किये गये वो 15 ही लोगों के हैं।'

तमन्ना नहीं जानती थी कि वो अपनी माँ को ही एक कर्मचारी की तरह ट्रीट कर रही थी। आख़िर जानती भी कैसे रक्षदीप ने उसे माँ के साये से वंचित कर दिया था।

'प्रिंसेस। हम दिल्ली से 14 लोग आये हैं और दो लोग यहाँ के लोकल हैं। मैंने आपको 14 के पेपर दिये बाक़ी ने आपके पास ही सीधे जमा किये होंगे। आप कहें तो मैं दोनों से पेपर माँग लूँगी।' विभा ने बाअदब कहा।

मैंने फ़ाइल को देखा।

'लोकल दो लोग हैं लेकिन फ़ाइल में आधार व दूसरी पहचान बस एक सनम की है जो शायद वो बर्फ़ी वाला है।' मैंने कहा।

'जी, दूसरा सदस्य उसकी पत्नी है।' विभा ने कहा। अब साफ़ था। बर्फ़ी वाले की पत्नी के काग़ज़ मिसिंग थे।

'ओके थैंक्यू मिसेज़ विभा। इट्स ए ग्रेट हेल्प।' मैंने कहा। फिर मैं अपने ग्रुप से सम्बोधित हुआ।

'बर्फ़ी वाले के काग़ज़ माँग उसे क्यों अलर्ट करना। शोघी से हम डायरेक्ट ही उसकी पत्नी का ब्योरा मँगवा लेते हैं। फ़ोटो समेत।' मैंने सबीना से कहा। मधु का चेहरा मेरी आँखों के सामने ही था।

'दैट शुड नॉट बी ए प्रॉब्लम। अभी बोल देती हूँ।' सबीना ने कहा। अब बहस मुबाहिसे के लिए और कोई मुद्दा नहीं था सो महफ़िल बर्ख़ास्त हुई। मैंने और माया ने एलान किया, 'हम लोग लंच के लिए नहीं आयेंगे यहीं करेंगे।'

'ठीक है बई, हम भी कमरे में ही कर लेंगे।' नन्दा ने हाँक लगायी।

'हम?' मैंने जानबूझ कर पूछा।

'ओ ठैर जा ओए मन्नू बाई।' नन्दा ने कहा तो मैंने उठ कर ठुमके लगा दिये।

'ता ता थैया ता ता थैया।' कमरा ठहाकों से गूँज उठा। पर इस बैठक में ही मधु मालिनी पर पहचान का ख़तरा खड़ा हो गया था।

पैंतीस

सुबह वाशरूम में दूसरी बार हुए हादसे के बाद सत्या सुहानी की मन:स्थिति बुरी तरह व्याकुल थी। रक्षदीप के घृणित स्पर्श को याद कर करके उसमें रक्त उबाल मार रहा था। इस तरह वो कब तक उसे टाल पायेगी। जो सोच कर वो यहाँ आयी थी उसके सोचने और होने के बीच में कोसों फ़र्क़ निकल आया था। किसी भी क्रिया को सोचने में सिर्फ़ एक क़वायद होती है कि आपको बस दिमाग़ लगाना है। कल्पना की क्रिया को निष्क्रिय ही कहा जायेगा। करने में बहुत कुछ व्यावहारिक चीज़ों की दरकार होती है। यहाँ तक कि उसमें दिमाग़ को सोचने से आगे बढ़ कर अपनी तार्किक ताक़त भी लगानी पड़ती है। सही समय, सही स्थान, सही अवसर और भी जाने क्या। यहाँ आने का मक़सद और था लेकिन यहाँ आने के बाद अपनी ख़ूबसूरत जवान जहान बेटी को देखने का सुकून ही कुछ और था। लेकिन कितनी विवशता थी कि वो हाथ बढ़ा कर उसे छूकर महसूस भी नहीं कर सकती थी।

पिछले दो दशक से सत्या सुहानी ने जो बात सबसे ज़्यादा अपने पल्लू से बाँधी थी वो यही थी कि जीवन को यथासम्भव जटिलताओं से दूर रखना चाहिए। गाँव की लड़की जो परिपक्व होकर दिल्ली जैसे शहर में पहुँची थी, ने कभी सोचा भी न था कि वो इंगलिश की ट्यूशन लेकर शहरी औरतों की बराबरी कर लेगी। विभा के साथ उसकी दोस्ती जिस्मानी सम्बन्धों तक पहुँच जायेगी उसने यह भी न सोचा था। जब तक जॉय गुप्ता उसके जीवन में नहीं आया था उसके लिए विभा ही सब कुछ थी। जॉय के साथ दोस्ती भी ग़ज़ब थी। लेकिन अब वो दोस्ती भी अलग दिशा की ओर बढ़ रही थी। विभा दुविधा में थी कि वो अपने संकल्प को छोड़ कर चुपचाप वापस दिल्ली निकल ले या फिर अपने आइन्दा भविष्य के लिए दूसरा रास्ता अख़्तियार कर ले। तभी उसकी सोच के सागर में जैसे किसी ने बड़ा सा पत्थर फेंक दिया हो। उसने चिहुँक कर पीछे देखा।

‘सब कुछ कितना जाना पहचाना लगता है?’ मैंने पूछा।

‘मैं समझी नहीं, गुड मॉर्निंग सर।’ सत्या ने कहा।

‘मैं यह कह रहा था मिसेज़...।’ मैं जानबूझ कर रुका। ‘कि सब कुछ कितना जाना-पहचाना सा है। यह हवा, ये पेड़, ये रास्ते, यह महल और वो गाँव।’ मैंने बाहर गाँव की तरफ़ इशारा किया।

सत्या के दिमाग़ में ख़तरे की घण्टी बजी। ‘जी, हमें सब पहाड़ एक जैसे लगते हैं। थोड़े-बहुत फ़र्क़ के साथ।’ उसने कहा।

‘हमें? हम दिल्ली वालों का तो दिल्ली में ही दिल लगता है। बाइ द वे आप भी तो दिल्ली की ही हैं।’ मैंने कहा। ‘फिर आपको क्यों एक जैसे लगते हैं। आप कहीं यहीं की तो नहीं?’ मैंने यहीं पर ज़ोर देकर पूछा।

सत्या का आज का दिन अच्छा नहीं था। सुबह रक्षदीप और अब यह मुआ जासूस। पता नहीं क्या चल रहा था। वो सँभली।

‘जी, मेरा मतलब बाहर से आने वालों को एक ही जैसे लगते हैं पहाड़।’ वो साफ़-साफ़ भयाक्रान्त थी। मेरा मक़सद ख़ाली उसकी पहचान को क्रॉस चेक करने का ही था।

‘नाओ इफ यू डोंट माइंड मिस्टर जासूसी तो मैं अपना काम करूँ। लंच तैयार करना है।’ उसने कहा और किचन की ओर बढ़ गयी लेकिन उसकी चाल में कम्पन था।

‘मिस्टर जासूसी!’ पता नहीं सब इल्मविहीन होते हैं या यह जो पेशा मैंने चुना यह उसका अभिशाप था कि जिसका जो बस चलता था उसको तोड़ कर निकल जाता था। आँख-कान, नाक-मुँह, कमर। कभी-कभी एक फ़ैसला ही बहुत कुछ बदल देता है। मेरे से किचन तक के अपने रास्ते में सत्या सुहानी ने अपना अगला क़दम तय कर लिया था। वो आज रात रक्षदीप से ज़रूर मिलेगी।

मैं आगे बढ़ा। मेरा रुख़ शोघी वाले हलवाई की ओर था। थोड़ी-सी मशक्कत के बाद ही वो मुझे मिल गया। यक़ीन न आया कि वो कोई हलवाई था। हैंडसम वाले सारे गुण थे उसमें। मुझे तो अपना हमउम्र ही लग रहा था। अचानक मुझे सामने पाकर वो थोड़ा हड़बड़ाया। फिर बोला–

‘मॉर्निंग सर। आप शायद रास्ता भटक गये हैं। आप पीछे की तरफ़ से घूम कर वापस अपनी कॉटेज की तरफ़ जा सकते हैं।’ पहाड़ में लोग रहने के कमरे को भी कॉटेज ही कह देते हैं।

'न, मैं बिल्कुल भटका नहीं हूँ। मैं तो यह देखने आया था कि इन दरारों से अन्दर कैसे दिखाई देता है।' कह कर मैंने शामियाने के बीच बनी दरारों से देखने की कोशिश की तो पीछे किसी के मुँह से सिसकारी निकल गयी। मैंने मुड़ कर देखा।

वही थी। बस उस दिन के कैजुअल्स की जगह सूट पहने थी और एक लकदक दुपट्टा लिए थी।

'अरे आप भी हैं। आप वैसे ही बता दो।' मैंने कहा। वो जाने को मुड़ी।

'ठहरो।' मैंने थोड़ा सख़्त स्वर में कहा। वो वहीं रुक गयी।

'क्या बात है सर। आप कैसी बातें कर रहे हैं।' सनम ने कहा। फिर उसने कहा, 'मेरी पत्नी है।'

अब इतना नज़दीक से देखने पर वो मुझे निश्चय ही बड़ी लग रही थी। क्या हो रहा था। यहाँ जो भी जैसा दिखता था वैसा था नहीं। हरेक की पहचान में कोई पेच फँसा था। वो ख़ुद उसकी पहचान माँग कर उसे शक में नहीं डालना चाहता था।

'भई, एक बात सुनो इक्कीसवीं शताब्दी में रह रहे हो। नेशनल हाईवे पर इतनी मशहूर दुकान चलाते हो। हर तरह के टूरिस्ट से निपटते हो और तुम्हारी पत्नी इतना लम्बा घूँघट निकालती है या मुँह को छुपा कर ही रखती है। क्या वजह है। कहीं सत्यम् शिवम् सुन्दरम् वाला मामला तो नहीं?' मैंने कहा।

सनम ने पाँच सेकंड सोचा फिर उसे लगा कि मैं मधु को पहचानता थोड़े था सो क्या हर्ज़ था। इतना तो बच्चे को भी समझ आ जाता कि मैं उसकी पहचान पर सन्देह कर रहा था।

'हटा दो सीमा घूँघट। साहब बिना वजह बात का बतंगड़ बना रहे हैं।' मैं तो उसे देख ही चुका था सो मधु ने भी घूँघट हटा दिया।

'हम्म। मैंने कहा, लगता है प्रियंका चोपड़ा से प्रेरणा ली तुमने।' मेरा मतलब समझ कर सनम साफ़ तौर पर नाराज़ दिखायी दिया।

मैं आगे बढ़ा। मेरा काम हो गया था। सनम ने झूठा नाम बताया था जबकि महिला ख़ुद मुझे अपना नाम मधु बता चुकी थी। सनम को जल्दी में कोई नाम न सूझा था सो उसने अपनी बहन का नाम बता दिया था।

मैंने आज ही के दिन इसकी पहचान कन्फर्म करवाने का फ़ैसला किया। सूरज एकदम सिर पर नाचने लगा था। पहाड़ में दिन की धूप शरीर की चमड़ी को काला कर देती है। मेरे मुँह पर सूर्य देवता की ख़ास ही कृपा थी। फिर माँ की याद आयी जो बचपन में सूरज से बचाने के लिए जहाँ-तहाँ मेरा मुँह ढकती रहती थी।

छत्तीस

दिन कैसे गुज़र गया पता ही न चला। शाम ढलते ही सब लोग डाइनिंग हॉल में इकट्ठे हो गये। पिछले पाँच दिन में खानपान में सुधार ने सत्या सुहानी का वज़न दो-अढ़ाई किलो कम कर दिया था। वो एक टाइट लाल सुर्ख़ रंग का सूट पहने थी जो उसकी फिगर के बेडौल हो जाने के बाद भी उसे उत्तेजक तरीक़े से पेश कर रहा था। उसकी चाल में ग़ज़ब का ठहराव था। चेहरे पर तेज। आज उसने अपने टैन हो चुके चेहरे को फेस फ़ाउंडेशन की मोटी परत के नीचे छुपा लिया था। दोनों आँखों के आसपास को आइलाइनर से हाईलाइट किया था। बाल हल्के ढीले छोड़ कर ऐसे बाँधे थे कि वो एक गुच्छे की सूरत में उसके माथे पर गिर रहे थे। आज ड्रिंक्स की ट्रॉली वो अपनी देखरेख में लेकर आयी। सबसे पहले रोज़ की तरह ड्रिंक्स की ट्रे रक्षदीप के पास पहुँची। सत्या ने झुक कर छोटे महाराज कहा और विश किया। उसको देख कर रक्षदीप का मुँह खुला रह गया। फिर उसने बिना पूछे रक्षदीप के लिए रम का एक डबल पेग बनाया। जिसमें सामान्य तापमान पर रखी थम्स अप की बोतल खोल कर उसने जितनी रम उतना कोल्ड ड्रिंक मिलाया। जाम में से बुलबुले उठने लगे।

रक्षदीप रात की कल्पना में मशगूल हो गया। उसे लगा सत्या अब हालात से समझौता करके मान ही गयी है। तब बाक़ी सब लोगों के जाम भी भर चुके थे।

'यू लुक स्टनिंग।' रक्षदीप ने कहा। पिछले पाँच दिनों में किसी कर्मचारी के लिए यह पहला बोल्ड कमेंट था। सब लोगों के चेहरे पर हैरत थी। रक्षदीप का रुतबा अब इतना बड़ा हो गया था कि उससे इस तरह के कमेंट्स की तवक्को नहीं की जाती थी। इस सबसे बेपरवाह रक्षदीप ने टोस्ट किया–'फ़ोर योर ब्यूटी।' उसने जाम सत्या की तरफ़ उछाला फिर इतना धीरे से बोला कि सत्या को ही सुना, 'एंड ब्रेन टू एडमिट टू द सिचुएशन।' हॉल में चियर्स का उद्घोष हुआ और सबने घूँट भरा। तमन्ना और प्रतिकार साथ-साथ बैठे थे।

‘अच्छा किया आपने जो आज का जाम एक महिला के नाम से उठाया। क्योंकि आपके दिन अब लदने वाले हैं। आने वाला वक़्त हमारा है।’ प्रलाक्षा सिंह ने कहा। उसकी आँखों में रक्षदीप के लिए नफ़रत छुपाये नहीं छुप रही थी।

‘हमारा वक़्त कभी ख़त्म नहीं होगा। आपको यह अधिकार भी हमीं दे रहे हैं।’ रक्षदीप ने कहा। बात राजनीति में महिला आरक्षण की हो रही थी।

‘यू हैव ए हिस्ट्री ऑफ़ लिविंग इन ए फूल्ज पैराडाइज, रक्षदीप।’ प्रलाक्षा सिंह ने कहा। उसके मुँह से ऐसा अवमानना भरा वाक्य और अपना नाम सुन कर रक्षदीप का चेहरा तमतमा गया। प्रलाक्षा उससे दो दशक छोटी थी।

‘एंड यू हैव ए हिस्ट्री ऑफ़ बीइंग रूड। कुसूर तुम्हारा नहीं। तुम्हारा यह नाममात्र पति कभी तुम्हें कंट्रोल कर ही नहीं पाया। आलवेज ए सन ऑफ़ द मोस्ट इनफेमस बिच।’ रक्षदीप ने कहा तो प्रलाक्षा की आँखों से आँसू निकलने को हो गये। भरी महफ़िल में बातचीत का रुख़ इतना ख़तरनाक रूप ले जायेगा किसी ने सोचा भी न था।

प्रतिकार सिंह अचानक उठा। उसका चेहरा भी तमतमा रहा था। लेकिन झटके से उठने के कारण उसके ज़ख़्म के एरिया में तेज़ दर्द उठा और वो वहीं बैठ गया।

‘छोटे महाराज। प्लीज़। दे आर आवर गेस्ट्स।’ तमन्ना ने कहा।

‘करेक्शन। दे आर योर गेस्ट्स। आल दीज़ फ्रीलोडर्स आर योर गेस्ट्स।’ रक्षदीप ने सबको हिकारत की नज़र से देखते हुए कहा। हॉल में सुईपटक सन्नाटा छा गया था।

तभी सबीना सहर उठी। मैंने उसे रोकने की कोशिश की लेकिन वो तो मानी नहीं।

‘होल्ड योर हॉर्सेज मिस्टर रक्षदीप।’ उसने चेतावनी जारी करते हुए कहा।

‘नहीं तो क्या हो जायेगा? यह तुम्हारा थाना नहीं है हमारा महल है। बैठ जाओ।’ इससे पहले कि बात बढ़ती मैंने सबीना को बिठा दिया। नन्दा ने भी सबीना को क़ाबू रखने का इशारा किया। तभी सबने देखा कि रक्षदीप गटगट करके अपना डबल पेग गले के नीचे उतार गया। सत्या सुहानी जो उसके सिर पर खड़ी थी, ने उसके हाथ में दुबारा डबल पेग बना दिया।

‘इट्स ओके।’ रक्षदीप ने उसे कहा, ‘पुडिंग मँगवाओ।’ सालों ने मुँह कसैला कर दिया। सत्या ने अपने साथ खड़े किचन के कर्मचारी को इशारा किया। तीन मिनट में ही पुडिंग की ट्रे लेकर ख़ुद सनम की घूँघट वाली पत्नी हाज़िर हुई। उसने

ट्रे में से एक बाउल उठा कर रक्षदीप के आगे रखा। रक्षदीप ने नज़र भर के उसे देखा। नशे में भी उसने उसे पहचानने की कोशिश की पर हालात इतने तनावपूर्ण थे कि दिमाग़ वहीं पे जड़ था। उसने फ़ौरन पुडिंग के चार-पाँच बड़े चम्मच मुँह में डाले। फिर रम का दूसरा पेग भी ख़ाली कर दिया। पुडिंग हॉल में सबको सर्व हुई। यह पहली बार था कि खाने में पहले स्वीट डिश सर्व हो गयी थी।

इस लड़ाई-झगड़े में सवा नौ बज गये थे। सभी सूखी दारू पी रहे थे। हालात इतने गर्म थे कि स्नैक्स भी सर्व नहीं हुए थे।

'सो क्या कह रही थी तुम घोड़ों को लगाम दो। लगाम आप सब दो ख़ुद को। यहाँ आकर प्रिंसेस को गुमराह कर रहे हो। क्यों रोका था तुमने उसे फ़ाइल पर दस्तख़त करने से। कितनी देर यहाँ मुफ़्तखोरी करोगे। यू मिस्टर प्राइवेट डिटेक्टिव, यू आर नथिंग बट ए जोकर। एक ऐसा जोकर जिसे देख कर हँसी नहीं बल्कि तरस आता है।' रक्षदीप बिल्कुल आउट हो गया था।

मौजूदा टिप्पणी माया को भड़काने के लिए काफ़ी थी।

'एंड यू वट आर यू। हैव यू हैपन टू सी योर फेस इन मिरर। यू आर लाइक ए फॉसिल ऑफ़ दिस हालो एंड डिफ्लेटिड इम्पीरियलिज़्म। एंड यू कॉल योरसेल्फ़ महाराज दो यू आर नॉट एंड मिस्टर नन्दा, आयम टोल्ड, हैज राइटली कॉल्ड यू माँ का...।'

वो एकदम ओरिजिनल पंजाबी शेरनी लग रही थी। कह कर वो रक्षदीप की ओर लपकी लेकिन उससे पहले ही सबीना सहर ने उसे थाम लिया।

'ओ ठैर जा ओए माँ राज। अब दोस्ती की लिहाज़ भी न होगी। तू अपनी भतीजी से पूछ जिसने इनको बुलाया। मैडम जी चाहें तो तुझे घसीट कर तिहाड़ ले जायेंगी।' नन्दा ने रक्षदीप को कहा।

'क्यों देश इनके अब्बू का है क्या? यह राजगढ़ है। जहाँ परिन्दा भी पर नहीं मार सकता है। और फिर क्यों ले जायेंगी। गोली तो, उसने माया की तरफ़ उँगली की, उसने चलायी।'

'शान्ति से बैठ जाओ अंकल जी। जो गोली आप दिल्ली में चला कर आये हो वो भी हमें पता है। ज़्यादा बोल कर अपनी दो-तीन दिन की आज़ादी को भी ख़त्म न कर लेना।' सबीना सहर ने कहा।

'अब जब बात चल ही पड़ी है अंकल जी, कल तमन्ना से दस्तख़त करने वाली फ़ाइल में ये जो चार काग़ज़ आपने सरकाये थे जो आपको अनलिमिटेड ताक़त देने

वाले थे और यह जो तमन्ना की वसीयत भी सरका दी थी। वो भी हमारे पास है।' मैंने कहा। रात को रक्षदीप के कमरे से फ़ाइल लाकर उसको वहीं स्टडी करके नन्दा के अलावा जो काग़ज़ रक्षदीप ने छुपाये थे निकाल लाया था।

'बल्ले बई मेरे शेर ख़ुश कीत्ता ई। तभी यह पहले ही मेरे से फ़ाइल ले गया और यहाँ से भी अपने क़ब्ज़े ले गया था।' नन्दा ने कहा। फिर जोड़ा, 'वाह बई मन्नू बाई।' मेरा मन किया कि ता ता थैया कर दूँ पर माहौल माकूल नहीं था।

रक्षदीप की हवा निकल गयी। हॉल में ज़्यादातर चेहरों पर अविश्वास की झलक थी।

तभी मेरी नज़र सनम की बीवी पर पड़ी। मुझे कुछ याद आया। मैंने सबीना से पूछा, 'शोघी की रिपोर्ट आयी?'

'ओ हाँ मैं तुम्हें बताना भूल गयी। सनम की तो शादी ही नहीं हुई।' सबीना ने कहा।

मेरा शक सही था। विभा गुप्ता के बाद यह दूसरी थी जिसकी पहचान में पेच था। मैं उठ कर चलने ही वाला था उसकी तरफ़ कि अचानक रक्षदीप उठा। उसके चेहरे पर अजीब से भाव थे। उसने सत्या सुहानी की बाँह को मज़बूती से पकड़ा और उसे खींचता हुआ आउट हाउस की ओर बढ़ा। उसे लग रहा था कि उसे उल्टी आने वाली है। उसका जी मितला रहा था। रक्षदीप ने इसका कारण वहाँ के तनावपूर्ण माहौल और रम की अधिकता को माना।

रक्षदीप की बदनामी के चलते सभी को विभा गुप्ता की चिन्ता हुई। सबीना सहर ने ज़ोर से चीख़ कर पूछा–

'डू यू नीड हेल्प मिसेज़ गुप्ता?'

'नो आयम फ़ाइन।' कह कर वो रक्षदीप के साथ खिंचती चली गयी। मधु भी हॉल से ग़ायब थी। अचानक मैंने देखा कि प्रलाक्षा सिंह भी वहाँ नहीं थी।

'सबीना।' मैंने नाम लेकर पुकारते हुए कहा, 'कम देयरज समथिंग रांग।' फिर मैं माया, सबीना, नन्दा तेज़ी से आउट हाउस की ओर बढ़े। हमारे पीछे ही तमन्ना, प्रतिकार और अनिरुद्ध सिंह ने भी उधर का ही रुख़ किया।

रात एकदम शान्त थी। हमारी तेज़ चाल की वजह से पत्तों की जो खड़खड़ाहट थी उसी की आवाज़ थी। हवा न चलने के कारण आज चीड़ के पेड़ भी शान्त थे। पूर्णिमा से पहले का चाँद भी चारों तरफ़ अपनी रौशनी जलाये था। ऐसा लग रहा था

जैसे कुदरत ने अपना वार्म नाइट बल्ब जला रखा हो।

दूर रक्षदीप और सत्या सुहानी की परछाइयाँ दिखीं। फिर अचानक एक और साया भी बीच में प्रकट हुआ और 'धाँय' गोली की आवाज़ ने रात के सन्नाटे को चीर डाला। पेड़ों पर अपने घोंसलों में सेटल हो चुके परिन्दों की चीत्कार से जंगल गूँज उठा। सब साये जहाँ थे वहीं थम गये।

हम डेढ़ मिनट में ही मौक़े पर थे। रक्षदीप ज़मीन पर गिरा था। प्रलाक्षा सिंह अभी भी उस पर पिस्तौल ताने खड़ी थी। रक्षदीप औंधे मुँह गिरा था। गोली उसकी पीठ की दाहिनी ओर लगी थी।

'यह ज़ख़्म जानलेवा नहीं।' सबीना ने कहा। मैंने रक्षदीप की शाह रग टटोली। रक्षदीप अगर ईसीजी मशीन पर होता तो सीधी लाइनें ही उसकी इहलीला समाप्त होने की घोषणा कर देतीं। उम्मीद के ख़िलाफ़ उम्मीद करते हुए सबीना ने बमुश्किल उसकी लाश को सीधा किया। फिर जो दिखा वो इतनी भी जल्दी समझ आने वाला नहीं था।

रक्षदीप के पेट के बीचोबीच उसकी नाभि को चीरता हुआ एक चाकू उसकी पीठ तक पहुँच गया था। ग़ौर से देखने पर पता चलने में देर न लगी कि वो किचन नाइफ था जो मांस काटने के काम आता था। और भी हैरानी की बात यह थी कि रक्षदीप के मुँह से झाग निकल रही थी।

'डेड।' सबीना सहर ने घोषणा की। कल तक जो धोखे से पूरे महल के निजाम पर क़ब्ज़ा पाने की धोखाधड़ी में लिप्त था आज ख़ुद चल कर महल में भी नहीं जा सकता था। मेरे होंठों से बरबस निकला–

आगाह अपनी मौत से कोई बशर नहीं
सामान सौ बरस का पल की ख़बर नहीं।

मौत के तितरफ़ा वार ने रक्षदीप का खेल ख़त्म कर दिया था।

सैंतीस

मौक़े पर बड़ा ही वीभत्स दृश्य था। रक्षदीप की लाश विभा गुप्ता के पैरों के पास पड़ी थी। उसके चेहरे पर परम सन्तोष के भाव थे। लाश के पीछे प्रलाक्षा सिंह खड़ी थी। पिस्तौल अभी भी उसके हाथ में थी और वो उसे यूँ ही तान के खड़ी थी जैसे कि डर हो कि रक्षदीप उठ के न खड़ा हो जाये। सबीना सहर के मुँह से डेड निकलते ही वो हरकत में आयी। पिस्तौल नीचे किया। चेहरे पर न तो गोली चलाने का न ज़मीन पर गिरी लाश का कोई ग़म था। उसके पास ही शोघी वाला हलवाई और उसकी पत्नी जो अब पता था नहीं थी, खड़ी थी। बेख़ौफ़। घूँघट विहीन। मधु का चेहरा ऐसे था जैसे कोई सदियों पुरानी हसरत पूरी हो गयी हो। बाक़ी सब हतप्रभ थे।

'नाओ नोबाडी मूव्ज़ फ्रॉम दिस प्लेस। लेट्स ट्राय टू अंडरस्टैंड। मीनवाइल आयम कॉलिंग पुलिस।' सबीना ने कहा।

'नो, नो, प्लीज़ नो। आय बेग यू। इन आवर हिस्ट्री नेवर एवर पुलिस हैज कम टू द पैलेस। यू आर मोर हेयर एज ए गेस्ट दैन ए पुलिस ऑफ़िसर। प्लीज़।' तमन्ना ने कहा।

'लेकिन यहाँ हत्या हुई है तमन्ना। यह तो सम्भव ही नहीं है और एक नहीं तीन-तीन हत्यारे यहाँ मौजूद हैं। मुँह से निकलती झाग साफ़ बता रही है कि इनको ज़हर भी दिया गया।' मैंने सबीना की साइड ली।

कितना अजीब संयोग था जो हमें स्वयं अपनी हत्या से बचाने के लिए यहाँ बुला कर लायी थी ताकि सम्भावित हत्यारे को पकड़ा जा सके, वो ख़ुद इसके लिए तैयार नहीं थी कि उसके घर में, जो उसके चाचा की हत्या हुई उसकी जाँच हो।

'दिस मर्डर नीड्स इन्वेस्टीगेशन। वी कैन नाट लेट इट गो, आयम कॉलिंग द पुलिस।' सबीना ने कहा।

'डेफीनिटली। दिस मर्डर नीड्स इन्वेस्टीगेशन। हू डिनाइज। लेड्स इन्वेस्टीगेट। यू प्लीज़ हेल्प अस अंडरस्टैंड द सरकमस्टांसेज। प्लीज़। हेल्प मी लाइक ए सिस्टर।' तमन्ना ने कहा। फिर उसने माया की तरफ़ देखा।

माया ने तमन्ना का पक्ष लेते हुए कहा–

'ठीक कह रही हैं प्रिंसेस। इसमें कौन सा ज़्यादा समय लगना है। वैसे दिख ही रहा है। चाकू तक पहुँच विभा गुप्ता की थी। और गोली तो प्रलाक्षा की पिस्तौल से चली। शायद यह वही पिस्तौल है जो कुँवर अनिरुद्ध सिंह पहले दिन से अपने साथ लेकर आ रहे थे पर चलाने का हौसला न कर सके। जो आज प्रलाक्षा सिंह ने कर दिया।'

'ज़हर। ज़हर देने का मौक़ा भी' सबीना सहर ने विभा गुप्ता की ओर इशारा करके कहा, 'विभा गुप्ता के पास था।'

'निश्चित ही था। लेकिन' वो रुक गयी और उसने सनम की तरफ़ देखा।

'यस।' मैंने बातचीत की बागडोर फिर सँभाली। 'चूँकि खाना तो अभी सर्व ही नहीं हुआ था सो खाने में ज़हर का सवाल ही नहीं था। रम में ज़हर होने की सम्भावना थी जो मैडम ने रक्षदीप को पेश की और या फिर पुडिंग में। पुडिंग किस किसने खायी।' कई सिर सहमति में हिले।

'हमने भी चखी पर हमें कुछ नहीं हुआ। तो क्या रम में...? हालाँकि सम्भावना कम है।' मैंने कहा।

'बिल्कुल। सम्भावना कम है क्योंकि जिस तरह पानी की तरह रक्षदीप ने रम पी। अगर रम में ज़हर होता तो वो पहले घूँट में ही लुढ़क जाता।' सबीना ने कहा और गोली की रफ़्तार से सनम के पास पहुँची और उसे थाम लिया। सनम ने प्रतिरोध न किया।

'मुझे लगता है कि यह शामिल तो है इस साजिश में लेकिन इसके पास कोई मक़सद नहीं क़त्ल का। इसका मक़सद किसी और के पास है।' कह कर मैंने मधुमालिनी की ओर देखा लेकिन इसके पहले कि वो कुछ बोलती सनम चिल्लाया।

'नहीं। मैंने डाला था ज़हर पुडिंग में। उसके अलग बाउल में। मेरी पत्नी का कोई कुसूर नहीं।'

'पत्नी?' मैंने कहा।

'हाँ, सीमा का इसमें कोई कुसूर नहीं।' सनम ने कहा।

'चुप कर जा।' सबीना ने उसे झिंझोड़ा। 'ज़्यादा बकवास न कर। हमें पता है कि यह तेरी पत्नी नहीं। तेरी तो अभी शादी भी नहीं हुई।'

तमन्ना के मुँह से सिसकारी निकल गयी। इतनी सावधानी के बाद भी महल में कोई अपनी पहचान छुपा कर न सिर्फ़ आ गया वरना पाँच दिन से यहीं मौजूद भी था।

'दिस इज़ मैडनस। वाई हूम? वाई माई छोटे महाराज?' तमन्ना ने कहा।

'वो भी पता चल जायेगा। बस ज़रा सब्र की ज़रूरत है।' मैंने कहा।

तमन्ना ने प्रलाक्षा सिंह को देखा।

'आपका तो समझ आ रहा है कि आपने क्यों किया। छोटे महाराज के साथ आपके परिवार का इतिहास था। कल प्रतिकार को भी उन्होंने गोली मार दी।' तमन्ना ने कहा।

'इससे पहले भी रक्षदीप प्रतिकार को मारने की कोशिश कर चुका है।' मैंने कहा तो तमन्ना की आँखें फैल गयीं। मैंने सबीना की ओर देखा।

'यस। ही ट्रायड टू किल प्रतिकार बट इनस्टेड किल्ड टाटा घोष हू केम इन द वे ऑफ़ हिज बुलेट बाई चांस।' सबीना ने कहा।

मुझे डर लग रहा था कि लोगों की शॉक झेलने की क्षमता ही ख़त्म न हो जाये क्योंकि इस रहस्योद्‌घाटन के बाद तमन्ना ने अपना सिर थाम लिया था।

'ओ माय गॉड। पुअर टाटा घोष।' तमन्ना ने कहा।

'आय डोंट नो इफ शी वाज दैट पुअर आर बट वाज शी कुकिंग विद हिम।' मैंने प्रतिकार की तरफ़ इशारा किया।

'वाट? वाट द हैल आर यू सेइंग।' प्रतिकार ने कहा।

'अंग्रेज़ी में बोला ताकि तेरे जैसे फॉरेन में पढ़ कर आये जाली अंग्रेज़ की समझ में आ जाये। पर लगता है कि तेरी पढ़ाई में कमी रह गयी।' प्रलाक्षा ने गहरी नाख़ुशी से मुझे देखा।

कुदरत की गोद में बसी इस घाटी के इस ख़ुशनुमा आलीशान शाम के सीने में भी जैसे किसी ने चाक़ू घोंप दिया था। माहौल ग़मजदा हो गया था। तमन्ना तय न कर पा रही थी कि वो मुझे आगे बोलने को कहे या न कहे। आगे के अंजाम से बेफ़िक्र विभा गुप्ता के चेहरे पर परम सन्तोष के भाव थे। मधुमालिनी सनम के साथ चिपक कर खड़ी हैरत से सब सुन रही थी। प्रलाक्षा को अहसास हो गया था कि मैं कुछ ऐसा कहने जा रहा था जो प्रतिकार की आइन्दा ज़िन्दगी पर विपरीत असर डाल सकता था वो प्रार्थना के भाव से मुझे देख रही थी।

हालात और हत्या का मौक़ा मुआयना साफ़ कर रहा था कि अगर विभा गुप्ता न होती तो रक्षदीप अब भी ज़िन्दा होता। मधु का ज़हर जोकि बाद में पता चला कि चूहे मारने की दवा स्ट्रिकनिन था, रक्षदीप के अन्दर इतनी कम मात्रा में गया था कि

उसकी बस तबीयत ख़राब होती मौत न होती। प्रलाक्षा की गोली तो उसके कन्धे को चीर कर निकल गयी थी जैसे कोई अचानक चली गोली निकल जाती है। पर विभा का वार अचूक और ताक़तवर था जो रक्षदीप की नाभि को चीर कर उसके पेट को छिन्नभिन्न करता हुआ निकल गया था।

तभी तमन्ना ने फ़ैसला कर लिया था। उसने मुझे देखा और कहा, 'बताओ।' उसकी आवाज़ में तकलीफ़ और जिज्ञासा दोनों प्रबल थी।

'इसके किसी डिज़ाइन की उसके मम्मी-डैडी को ख़बर नहीं थी। लेकिन टाटा की मौत से इसका वो मक़सद हल हो गया जो दूसरे हालात में आज से कुछ महीनों बाद तुम्हारे क़त्ल से होना था।' मैंने कहा तो विभा सरक कर तमन्ना के पास आ गयी पर उसने अपने जज़्बात पर क़ाबू रखा। प्रलाक्षा ने मेरी ओर देखा।

'प्रतिकार सिंह को तमन्ना के साथ अपने परिवार के इतिहास का ज़्यादा पता नहीं था। पर हाँ इसको अपने खोखले राजघराने की माली हालत के बारे में पूरा पता था। यह आजकल की उस पीढ़ी में से है जो विदेश में पढ़ने के नाम पर भी मौजमस्ती करने जाती है और वहाँ से एक निरर्थक काग़ज़ का टुकड़ा ले आती है जिसके दम पर आपको किसी अच्छी कम्पनी में नौकरी तो क्या अन्दर घुसने की इजाज़त भी नहीं मिलती। इनके लिए विदेश में पढ़ाई डींग मारने की एक वजह मात्र है।' मैं रुका।

मुझे एक व्यक्ति ऐसा न दिखा जिसको मेरी विदेशी पढ़ाई की इस व्याख्या में ज़रा भी दिलचस्पी हो। सब प्रतिकार का कच्चा चिट्ठा जानना चाहते थे।

सबीना ने बातचीत की डोर थाम ली।

'यह पहले दिन से ही टाटा घोष से मुहब्बत करता था। दोनों अपने लन्दन प्रवास के दौरान ही एक-दूसरे से प्यार करने लगे थे। इसका परिवार अमीर दिखता था, था भी पर उतना नहीं, बस पुरानी शानोशौक़त और उनके लाइफ़ स्टाइल के हिसाब से हैंड टू माउथ ही थे। जबकि टाटा घोष एक सामान्य परिवार की महत्त्वाकांक्षी लड़की थी।' फिर उसने मुझे देखा। यह सब हमारी पिछली पाँच दिनों की खोजबीन का नतीजा था जिसमें कली और वसन्त विहार के एसएचओ वरिन्दर शर्मा के महत्त्वपूर्ण इनपुट्स थे। उसका मेरी ओर देखना इशारा था कि मैं लाइन पर रहूँ ताकि वो सब कह दे। क्योंकि उसे और मुझे सब मालूम था। मेरे पास थोड़े से एक्स्ट्रा इनपुट थे जो आज दिन में कोई लम्बी अलग मुलाक़ात न होने की वजह से छूट गये थे क्योंकि मैं माया और वो नन्दा के साथ बिज़ी रही सो हमें नोट्स एक्सचेंज करने का मौक़ा ही न मिला।

'हुण बोल वी अग्गे नईं ते मैड्डम जी सब पर्दाफ़ाश कर देंगे। नाले तड़का घट लगाना, हटेगा तो तू नहीं।' सबीना ने नन्दा में जैसे जोशोखरोश की हैवी डोज़ का टीका लगा दिया था। 'साला मुझे ही हूल दे रहा है।' मैंने मन में बाद में हिसाब करने का फ़ैसला किया।

'तो साहिबान, टाटा की वास्तविक और इसकी ढकी छुपी ग़रीबी ने एक ऐसे षड्यन्त्र को जन्म दिया जिसका अन्त तमन्ना के अन्त के साथ होना था भविष्य में। तमन्ना से यह पहली बार टाटा के दोस्त बल्कि शायद प्रेमी की तरह ही मिला था। एम आय राइट? एम आस्किंग बिकाज इट्स ए कंजेक्चर।' मैंने तमन्ना की ओर देख कर पूछा।

'ठीक कह रहे हो। मेरी दोस्त टाटा ही थी और यह उसका ब्वॉयफ्रेंड। हम तीनों इसी नाते से मिलते थे। फिर अचानक यह मुझे एडवांसेज़ मारने लगा। हैरानी यह थी कि टाटा भी इसे प्रमोट कर रही थी।' तमन्ना ने कहा।

'एग्जैक्टली यह सब एक योजनाबद्ध तरीक़े से हो रहा था।' मैंने कहा तो तमन्ना सोच में पड़ गयी।

'बकवास कर रहा है यह। यह सच है पर इसमें कुछ नया नहीं, तमन्ना तुमको बेहतर मालूम है। आई हैड जेनुइन फ़ीलिंग्स फ़ॉर यू। मोरओवर टाटा हैज़ डिवेल्पड डिफरेंट इंट्रेस्ट्स।' प्रतिकार ने कहा।

'बकवास तो है पर वो बकवास तुम कर रहे हो। तुम्हारी जानकारी में मौत से एक दिन पहले टाटा घोष ने दिल्ली में त्रिलोकपुरी से एक गन ख़रीदी थी। वही गन जिससे तमन्ना की हत्या को अंजाम दिया जाना था। पर तुम्हारी बदक़िस्मती से जहाँ से उसने यह गन ख़रीदी थी वहाँ संयोग से मैं मौजूद था। तुम्हारा प्लान ग़ज़ब था। त्रिलोकपुरी से वसन्त विहार जाने के लिए जो वाया मुरथल रूट टाटा ने पकड़ा था पुराने ज़माने में शायद कोई उसको पकड़ न पाता पर तकनीक ने तुम जैसे शातिरों के लिए पुख्ता बन्दोबस्त रखा है।' मैंने कहा और सबीना सहर की ओर देखा। उसने वहीं से आगे की डोर थाम ली।

'टाटा घोष ने तमाम सावधानी बरती पर उसको ऐसे घालमेल रास्तों का ज्ञान कहाँ था सो वो त्रिलोकपुरी से अपनी नयी नवेली इनोवा हाइक्रॉस के इनबिल्ट जीपीएस को ऑन करके निकली और उसका पूरा रूट ट्रेस हो गया। मुरथल के ढाबे के बाद तुमने कमान सँभाली और उल्टा चक्कर काट कर वसन्त विहार पहुँचे। शान्ति रखो अभी तुम्हारा वीडियो भी आ रहा है।' सबीना ने कहा।

'तुम उतने भोले हो नहीं जितना दिखते या दिखाते हो। समझे राजशाही के बुझते हुए चिराग़। तुम्हारी तो मोबाइल लोकेशन भी ट्रेस हो गयी है।' मैंने कहा तो उसने दाँत किटकिटाये, 'यू बास्टर्ड। जो मर्ज़ी बकवास कर दोगे और मैं मान लूँगा।' कह कर वो मेरी ओर बढ़ा लेकिन रास्ते में नन्दा ने उसे थाम लिया।

'ओ ठैर जा ओए माँ के दीने।' नन्दा ने प्रलाक्षा को देखा फिर मुझे और फिर कुटिलता से हँसते हुए बोला, 'पहले डैडी से तो निपट ले।'

'नन्दा जी।' सबीना सहर ने एतराज़ उठाया।

'मज़ाक़ कीता मैडम जी।' कह कर उसने प्रतिकार पर अपनी पकड़ मज़बूत कर दी।

'मारना तो तुम्हें तुम्हारा चाचा भी चाहता था पर उससे पहले वो तुमसे सभी ज़रूरी दस्तावेज़ों पर दस्तख़त करवाना चाहता था।' मैंने कहा।

'जो उन्होंने उस दिन कोशिश भी की। जो फ़ाइल तुम्हें भरी महफ़िल यह सोच कर पकड़ायी कि जल्दी में तुम दस्तख़त कर दोगी और फिर अपने नन्दा जी तो इस बात के जामिन थे ही कि फ़ाइल ओके है।' सबीना ने कहा, 'क्यों नन्दा जी?'

बात को खत्म कर सबीना सहर ने खँखार कर गला साफ़ किया और बोली, 'अब अगर एतराज़ न हो तो मैं पुलिस को बुलाऊँ। कुछ काम उनके करने के लिए भी छोड़ दें। इसको थाम के रखना नन्दा जी।'

तमन्ना के चेहरे का रंग उड़ गया। ये सब लोग तो आज नहीं कल निकल जायेंगे लेकिन लोकल पुलिस का तो रोज़ का झंझट हो जायेगा। उसने मुझे विनती भरी नज़रों से देखा।

अड़तीस

पुलिस से बचाने की तमन्ना की विनती भरी नज़र और लगातार बदलते दृश्यों के बीच अचानक से मुझे लगने लगा कि माया और सबीना को छोड़ कर सभी औरतों का एक-दूसरे से गहरा रिश्ता है। जब सबकी नज़रें रक्षदीप की लाश पर थीं उसी वक़्त मेरी आँखें उन सभी औरतों की आँखों को देख रही थीं। इन सभी की आँखों में एक जैसी राहत, एक जैसा बहनापा था। विभा और तमन्ना जिस तरह एक-दूसरे को देख रही थीं वह एक और कहानी कह रही थी। शायद तमन्ना को पहले ही अपनी माँ की पहचान थी। सत्या, तमन्ना, प्रलाक्षा, मधु सभी एक-दूसरे को राहत की नज़रों से देख रही थीं।

'नाओ नोबाडी मूव्ज फ्रॉम दिस प्लेस। लेट्स ट्राय टू अंडरस्टैंड। मीनवाइल आयम कॉलिंग पुलिस।' सबीना ने कहा।

'पुलिस बुलाने का मतलब यहाँ मौजूद सिर्फ़ एक नहीं वरना चार औरतों को उनके हवाले करना होगा।' मेरी इस बात से सभी चौंक पड़े।

'मतलब मैं समझी नहीं।' सबीना ने कहा।

'आप नहीं समझ पायेंगी यह कहानी, मैं ही कहाँ समझ पा रहा हूँ।'

मेरे इतना कहते ही सबीना मुझे घूर कर देखने लगी। माया ने आकर मेरी हथेली पकड़ ली।

यह हत्या एक लम्बी साज़िश का नतीजा है। इसमें चार महिलाएँ शामिल हैं।

यह सुनते ही तमन्ना ने कहा–

'अब ये क्या बकवास शुरू कर दी तुमने।'

'यह बकवास नहीं, एक त्रासदी है। यह उस सामन्ती व्यवस्था से स्त्रियों का सामूहिक प्रतिशोध है जो आज भी अपनी अवैध मुहरों के साथ समाज में सबसे ऊँचा होने की वैधता चाहता है। जहाँ सब कुछ आगे निकल गया लेकिन स्त्रियों को वहीं

काफ़ी पीछे छोड़ दिया गया। चाहे महारानी हो या नौकरानी सभी सामन्ती राजाओं के खेलने का सामान हैं।'

'तुम अपनी बकवास बन्द कर दो तो अच्छा है, यहाँ हत्या हुई है।'

तमन्ना का शरीर ग़ुस्से में पूरी तरह काँप रहा था। उसे उस तरह से काँपते और व्यथित देख विभा गुप्ता आ गयीं और तमन्ना को अपने सीने से लगा कर उसकी पीठ सहलाने लगी। यह दृश्य देखते ही वहाँ मौजूद सभी लोग आश्चर्य से भर गये। एक आम महिला का इस तरह राजकुमारी तमन्ना को सहारा देना सबको चकित कर रहा था।

'आय एम सॉरी प्रिंसेस, आपकी हालत देख कर मैं ख़ुद पर क़ाबू नहीं पा सकी।'

सबको अपनी तरफ़ अजीब नज़रों से देखने के बाद विभा तमन्ना से अलग होकर कमरे में रखी मेज़ के सहारे सिर झुका कर खड़ी हो गयी।

'बेटी को सहारा देने में किस बात की माफ़ी। एक माँ का इतना हक़ तो बनता है।'

मेरे इतना कहते ही तमन्ना और विभा दोनों अपना सिर पकड़ कर बैठ गयीं।

'यह क्या कहे जा रहे हो अभिमन्यु, यहाँ सभी तुम्हारी बातों से इरीटेट हो रहे हैं।'

'तो आप लोगों की इरीटेशन ख़त्म करता हूँ। यह हत्या एक सोची-समझी साज़िश का नतीजा है। ये चार महिलाएँ तमन्ना, सत्या सुहानी, मधुमालिनी और प्रलाक्षा सिंह। ये एक-दूसरे से अनजान नहीं हैं।'

'सत्या सुहानी...' अनिरुद्ध सिंह ने हैरान होकर पूछा

जी, विभा गुप्ता तमन्ना की माँ हैं। इन चार औरतों का मिलन कोई इत्तफ़ाक नहीं है। तमन्ना ने लन्दन से पढ़ाई कर लौटने के बाद अपनी एकेडमिक्स को अधूरा छोड़ बदले की थीसिस पर काम किया।

'बदला...' सबीना ने कहा।

'हाँ, यह राजमहल नहीं स्त्रियों के शोषण का 'राज़' महल है। स्त्रियों के शोषण के इतने राज़ एक साथ खुलते हैं कि इस महल की लकदक से आप सबको घिन आ जायेगी। यह ठीक है कि सत्या सुहानी की महाराज से शादी हुई। लेकिन उसका रास्ता भी शोषण की राह से निकला। बड़े भाई की विधवा को छोटे भाई ने अपनी जागीर समझ लिया। शारीरिक और मानसिक शोषण से तंग आकर सत्या सुहानी ने महल छोड़ दिया। रक्षदीप को भी एतराज न था। उसके पास दिलजोई का और

सामान था। वो उसे खर्चा पानी भेजता रहा ताकि उसकी जुबान बन्द रहे। मधुमालिनी एक गाँव की लड़की थी जिसके साथ राजकुमार सुदक्षदीप ने रिश्ता बनाया। लेकिन उसकी मौत या कथित हत्या के बाद रक्षदीप ने मधुमालिनी से बलात्कार किया। प्रलाक्षा जो दिल्ली में पढ़ाई कर एक आधुनिक ज़िन्दगी की तरफ़ बढ़ रही थी उसकी शादी अनिरुद्ध सिंह से हुई थी। अनिरुद्ध सिंह एक झूठा शक तो ज़िन्दगी भर करता रहा कि प्रतिकार सिंह उसका बेटा नहीं है। आज के ज़माने में ऐसे शक की कोई वजह नहीं होती, जब क़दम-क़दम पर आपका डीएनए एनालिसिस हो सकता है। लेकिन अनिरुद्ध सिंह यह कभी नहीं जान पाये कि अपनी किशोरावस्था में प्रलाक्षा भी रक्षदीप के शोषण का शिकार हुई थी। उस वक़्त वह अपने परिवार के साथ एक राजसी रस्म में हिस्सा लेने यहाँ आयी थी। अपने बेटे पर शक के निशान देखना जितना आसान है अपनी बीवी के जिस्म पर शोषण के निशान देखना उतना ही मुश्किल।'

'अभिमन्यु तुम अपनी बकवास बन्द करो और प्लीज़ हम लोगों को अकेला छोड़ दो।' तमन्ना ने रोते हुए कहा।

'हम लोग...यही तो मैं कह रहा हूँ तुम लोग। तुम औरतें शोषण के ख़िलाफ़ एक हुईं लेकिन बहुत ग़लत तरीक़े से। इससे न तो सामन्ती व्यवस्था को कोई चोट पहुँचेगी और न समाज में कोई सीख जायेगी। तमन्ना अगर तुम ख़ुदकुशी करने की कोशिश की बजाय पुलिस के पास पहुँचतीं तो आज नज़ारा कुछ और होता।'

'ख़ुदकुशी...' सत्या सुहानी ने काँपते स्वर में पूछा।

'हाँ, ख़ुदकुशी जब आप महल में स्त्री शोषण के सारे राज़ जानती थीं तो इनके बीच अपनी बेटी को अकेली छोड़ कर क्यों गयीं? क्या आपको अन्दाज़ा नहीं था कि आपकी बेटी के साथ क्या हो सकता है? आप महल के अन्दर रह कर अपनी बेटी की सुरक्षा के लिए लड़तीं तो आज आप लोग अपराधियों की क़तार में खड़ी नहीं होतीं।'

मेरे इतना बोलते ही तमन्ना और सत्या सुहानी सिसक-सिसक कर रोने लगीं। तभी मैंने आगे बढ़ कर तमन्ना की वह कलाई थाम ली जिस पर वह हमेशा अपनी ड्रेस की मैचिंग का बैंड लगा कर रखती थी। तमन्ना को अहसास हो गया था कि मैं क्या करने जा रहा हूँ। वह चीख़ते हुए 'नो प्लीज़ नो, प्लीज़' कहने लगी। तब तक मैंने उसके हाथ का बैंड खोल कर सबकी तरफ़ उसकी कलाई कर दी। कलाई पर ब्लेड के कटे के गहरे निशान देख सभी चौंक गये।

मैंने अपना बयान जारी रखा–

'देखिए आप सब। यह लड़की लन्दन से पढ़ कर आयी है। लन्दन की पढ़ाई का यह हासिल है कि अपने साथ हुए अपराध पर पट्टी चढ़ा ली है। जब तमन्ना छोटी थी तभी एक दिन चाचा रक्षदीप ने इसका बलात्कार किया। उस वक़्त बच्ची की दहशत को समझ सकता हूँ। लन्दन से आने के बाद तो यह पुलिस के पास जा सकती थी। लेकिन इसने उस भयावह रात को याद कर ख़ुदकुशी करने की कोशिश की, जैसे इस अपराध में इसकी ग़लती थी। शुक्र है जान नहीं गयी। इसके बाद भी पुलिस के पास जाने का सीधा रास्ता चुनने के बजाय अपनी ज़िन्दगी को तबाह करने का टेढ़ा रास्ता चुना। सामन्ती अपराध का बदला भी सामन्ती तरीक़े से निजी प्रतिशोध से लेंगे तो क्या समाज कभी बदल पायेगा? क्या समाज कभी जान पायेगा कि महल की महानता के पीछे शोषण का क्या राज़ है?'

तमन्ना सत्या की गोद में ज़ार-ज़ार रो रही थी। प्रलाक्षा और मधुमालिनी भी साथ आकर बैठ कर रोने लगीं।

धड़कन रुकी लाश की किसी को भी परवाह नहीं थी। इन चार ज़िन्दा लाशों को देखना सबके लिए मुश्किल भरा काम था। माया भी रो रही थी। सबीना की वर्दी ने उसकी आँखों पर रुके रहने का ऑर्डर-ऑर्डर का हथौड़ा चला रखा था।

आँसू को रोक कर जलती आँखों से सबीना ने कहा, 'तो रक्षदीप को ज़हर भी दिया गया, चाक़ू से भी वार किया गया और गोली भी चलायी गयी ताकि इसके ज़िन्दा रहने की कोई गुंज़ाइश न रहे। तमन्ना पेज थ्री के पन्नों पर तुम्हारी और मेरी जुगलबन्दी की कहानियाँ पढ़ चुकी थी। उसे पता था कि तुम्हें जोड़ते ही मैं भी इस केस के साथ जुड़ जाऊँगी। इसने अपनी हत्या का डर दिखा कर तुम्हें हायर किया ताकि किसी को शक नहीं हो कि यह किसी की हत्या के लिए तीन और महिलाओं को इकट्ठा कर रही है। सत्या से लेकर मधुमालिनी का यहाँ आना कोई संयोग नहीं था। इन चारों लोगों ने पिछले एक साल में ख़ुद के साथ ऐसा जीवन जीया जैसे इनके ऊपर कैमरे लगे हों। इन्होंने अपने अस्तित्व को ही बदल डाला। ये अकेले में भी ऐसा व्यवहार करती थीं जैसे सब संयोग का हिस्सा है। एक-दूसरे की पहचान को भी अपने दिमाग़ से निकाल डाला। इतनी लम्बी और गहरी झूठी ज़िन्दगी जीने के बजाय ये सब मिल कर अपने दुखों के साथ पुलिस के पास जातीं तो आज कहानी कुछ और होती। मैं पुलिस को कॉल करती हूँ।'

तभी माया ने सबीना का हाथ पकड़ कर कहा, 'इन सारी महिलाओं के साथ क्या हुआ ये जानते हुए भी पुलिस क्यों बुलाना। इसे हादसे का केस भी बनाया जा सकता। रक्षदीप तो मर चुका।'

'माया, अगर ये केस पहले ही पुलिस में जाता और अदालत में मामला चलता तो पूरा देश, महल का यह राज़ जानता। क़ानूनी दलीलों के बीच पूरे देश की जनता इनके साथ होती। आगे भी लड़कियों, औरतों को हिम्मत मिलती। यह असल ज़िन्दगी है कोई आपराधिक वेब सीरीज़ या उपन्यास नहीं जिसमें लोकलुभावन ताली के लिए अपराध में हीरोइज़्म खोजा जाये। हमारा काम सोसायटी को वैल्यू देना है। सच बोलने की हिम्मत जगाना है। ज़रा देखो इन हिम्मती औरतों को, यह हिम्मत सही जगह, सही तरीक़े से दिखायी होती तो आज इनके पक्ष में प्रदर्शन हो रहे होते राजमहल की धिक्कार हो रही होती। और पता नहीं कितनी पीड़ित और निकल कर सामने आतीं। यह इतनी बड़ी साज़िश पर मुग्ध होने नहीं बल्कि दुखी होने का समय है कि अपराध के ख़िलाफ़ ये ख़ुद अपराधी बन गयीं।'

सबीना जब यह बोल रही थी उसी वक़्त तमन्ना ने आकर कस कर अभिमन्यु का हाथ पकड़ लिया। अभिमन्यु ने उसे गले लगाया और उसका हाथ पकड़ कर उसे सबीना के सामने खड़ा कर दिया। अभिमन्यु माया का हाथ पकड़ कर मुख्य द्वार से निकल चुका था। उसने एक बार भी पीछे मुड़ कर नहीं देखा। उसे अपने आगे का रास्ता साफ़ दिख रहा था। उसकी आँखों में फिर से वह दृश्य लहराया जब उसने प्रलाक्षा के पर्स में मुराकामी की 'मेन विदाउट विमेन' देखी थी और उसके बाद उसके दिमाग़ में कौंधा था 'राज़महल' और 'विमेन, विदाउट मेन'। उसने माया का हाथ और ज़ोर से पकड़ लिया, उसकी पीठ और तन गयी।

❑❑